Eneidiau

Aled Jones Williams

Argraffiad cyntaf: 2013

Rhif rhyngwladol: 978-1-84527-448-2

Cyhoeddwyd gyda chymorth ariannol
Cyngor Llyfrau Cymru

Cynllun clawr: Olwen Fowler

Cyhoeddwyd gan Wasg Carreg Gwalch,
12 Iard yr Orsaf, Llanrwst, Conwy, LL26 0EH.
Ffôn: 01492 642031 Ffacs: 01492 641502
e-bost: llyfrau@carreg-gwalch.com
lle ar y we: www.carreg-gwalch.com

Argraffwyd a chyhoeddwyd yng Nghymru.

Er cof

am

Alvin Langdon Coburn

'Mab y Trioedd'

1882–1966

Ffotograffydd

'For I've often a deal inside me as'll never come out.'

Dolly yn *Silas Marner*,
George Eliot

'oblegid y mae plant y byd hwn yn gallach yn eu cenhedlaeth
na phlant y goleuni'

Efengyl Luc

Gair byr

Hoffwn ddiolch i'r Academi fel ag yr oedd bryd hynny – Llenyddiaeth Cymru bellach – am yr ysgoloriaeth hael a'm galluogodd i ysgrifennu *Eneidiau*.

Hoffwn ddiolch hefyd i ddau gerddor am eu cwmpeini tra oeddwn yn ysgrifennu, sef Antonio Vivaldi a Steve Eaves. Yn aml pan ballai'r sgwennu cefais hyd iddo drachefn wrth wrando.

A diolch arall: i Beryl Price a deipiodd y llawysgrif. Hi sydd wedi teipio bron popeth i mi yn ystod y blynyddoedd diweddar. Mae fy nyled yn enfawr iddi.

Rwyf hefyd yn cydnabod George Eastman House, Efrog Newydd, am iddynt roi eu caniatâd i gael atgynhyrchu *Yr Octopws* (The Octopus) gan Alvin Langdon Coburn.

Aled

Mai, 2013

Un Diwrnod

Roedd y drych uwchben y sinc ymolchi yn anger i gyd. Â blaenau bysedd ei law chwith, y rasel yn llipa yn ei law dde, rhwbiodd y glàs a gwelodd dameidiau o'i wyneb yn dod i'r fei. Plygodd ei ben am yn ôl a'i droi fymryn i'r chwith. Lledodd ei law yn erbyn godre' wddf mewn ystum tagu. A'r rasel wyneb i waered, sgriffiodd ag un symudiad cyflym a siarp ar hyd ei ên, a'r sŵn fel sŵn tanio matsien. Edrychodd ar y llwybr o'i wddf i'w ên, a bonion y blew yn slecs bychain rhwng lluwch y sebon siafio.

'I be?' meddai. 'Wêl neb!'

Gollyngodd y rasel i'r dŵr cynnes ac estyn am dywel nad oedd yn lân iawn o ymyl y baddon a gwaredu ei groen o'r sebon.

Heddiw roedd Tom Rhydderch yn chwe deg a chwe blwydd oed.

Clywodd y post yn cael ei wthio drwy'r twll llythyrau.

Canodd y teliffon. Trodd ei ben fymryn oherwydd bod caniad

y teliffon yn anarferol, ac mor gynnar yn y bore yn anarferol iawn.

Roedd o'n noethlymun. Nid oedd yn ddyn pyjamas. Yr oedd ei ymwybyddiaeth yn ei deimladau o'i gorff yn wahanol i ddirnadaeth drych o'r corff hwnnw. Gallai ddychmygu nwyfusrwydd ac ystwythder o hyd, a rywsut drosglwyddo hynny i'r hyn a welai o'i gorff yn y gwydr.

Celwydd yw unrhyw wydr. Ystyr 'nwyfusrwydd' ac 'ystwythder' i Tom Rhydderch oedd 'rhyw'.

'Mae galar yn y palas!' meddai.

Cyfeirio at ei bidlan yr oedd, a hen jôc rhyngddo ef ac un o'i gyn-gariadon – Menna Pugh? Pan fydd un o'r teulu brenhinol yn marw mae fflagiau Cymru ar halff-mast ac ar fore dydd ei ben-blwydd felly yr oedd pidlan Tom Rhydderch hefyd. Er hynny, nid siomiant oedd hynny iddo ond ernes.

Cerddodd i lawr y grisiau i nôl ei bost.

Wrth gwrs! Cerdyn oddi wrth Dot. Ac ynddo'r geiriau: 'Llongyfarchiadau! Ar flwyddyn arall o fynd yn iau! Eto! Dot ×'.

Cylchgrawn *Barn* oedd y llall. Aeth ar ei union i'r adran 'Adolygiadau'. Darllenodd bytiau:

Hon yw *Bildungsroman* Tom Rhydderch ... Y mae Gwasg y Brifysgol i'w chanmol am ei hailgyhoeddi fel y gyntaf o'r nofelau yn eu cyfres newydd 'Clasuron y Gymraeg' ... Wrth y pwys (neu'r kilo!) y mae gwerthuso nofel bellach ... A 'mawr' yn golygu hyd ac nid sylwedd ... Petryal o brint sy'n debycach i lond trol o eiriau nag i baragraff ... Pum modfedd o eiriau a meddwl mai brawddeg yw peth felly.

Gwyddai Tom Rhydderch gynnwys yr adolygiad ymhell cyn ei ddarllen. Gwenodd wrth weld enw'r adolygydd: 'Annabel Vaughan'.

Ar gloriau ei lyfrau yr oedd sawl sylw canmoliaethus gan 'Rhydian Pugh', 'Elgan Thomas', 'Edryd Siencyn', ac un 'Edith de Cappelo'. A rŵan 'Annabel Vaughan'. Ni wyddai neb mai Tom Rhydderch oedd pob un ohonynt. (Petai rhyw gythraul ymhonnus wedi ei ddal, medrai ei gyfeirio at Walt Whitman, oedd wedi gwneud yr un peth hefo *Leaves of Grass*.)

Yn yr adolygiad gwreiddiol a gyflwynwyd yr oedd un frawddeg – 'Mae'n drueni i Gymru nad yw Mr Rhydderch wedi cyhoeddi dim ers bron i bymtheng mlynedd' – y penderfynodd 'Annabel Vaughan' ei hepgor. Teimlai 'Ms Vaughan' na fedrai ddweud hynny. Oherwydd gwyddai nad heb 'gyhoeddi' yr oedd Mr Rhydderch ond heb 'ysgrifennu' dim yr oedd. Felly bu iddi ddileu'r frawddeg o'i hadolygiad. 'Mae,' ysgrifennodd 'Ms Vaughan' yn hytrach, 'si fod Tom Rhydderch ar fin cyhoeddi ei nofel ar flynyddoedd olaf yr artist Cymreig Richard Wilson. Yma y clywsoch hynny gyntaf! Cofiwch!'

Teimlodd Tom Rhydderch yr oerni a phenderfynodd wisgo amdano.

* * *

Fe feddyliech mai ychydig oedd yn cerdded i fyny Stryd Bold yng nghanol Lerpwl y bore hwnnw a bod y rhan fwyaf yn mynd am i lawr. Ymhlith y rhai oedd yn mynd yn groes i'r llif ymddangosiadol fe welch wraig ifanc yn ei hugeiniau hwyr. Wyth ar hugain fel mae'n digwydd. Oherwydd bod yr haul, haul oedrannus ganol Hydref, o'i blaen roedd hi mewn silwét ac ymyl ei gwallt cwta wedi ei euro, a byddai hi, fel myfyrwraig ymchwil yn yr adran ffotograffiaeth yn y John Moores, wedi galw hynny'n *contre-jour*. Fe'i daliwyd gan wydrau ffenestri'r siopau wrth iddi fynd heibio: ei hadlewyrchiad yn ymddangos ac yn ailymddangos o bryd i'w gilydd, fwy nag un ohoni, fel yr âi heibio siop ar ôl siop. Bownsiai ei chamera ar ei chlun, ei lens yn wincian o ffenest i ffenest. Byddai'r sawl a wyddai wedi dirnad mai Nikon F3 henffasiwn oedd hwn. 'Henffasiwn' yn yr ystyr nad oedd yn ddigidol – anathema i ffotograffydd go iawn yr oedd ffilm, a ffilm ddu a gwyn ar hynny, yn rhan annatod o'i phroffesiwn.

Wrth iddi arafu a llywio'i chorff i mewn i siop lyfrau News from Nowhere – rhywbeth yn y troi, efallai? – medrech yn hawdd ddefnyddio'r gair 'hudolus' amdani, a'i hystum rywsut yn llawn gwahoddiad i'w dilyn. (A dweud y gwir wrthych, fe'i dilynais.)

Aeth at y cownter lle'r eisteddai cynorthwywraig nad oedd hi wedi ei gweld o'r blaen (na minnau!) yn darllen *The Yellow Wallpaper*.

'I've come for my book. You telephoned to say that it had arrived,' meddai wrth y gynorthwywraig.

'Your name? Sorry! I've just started.'

'Nerys Hindley. And the book's *On Reading*, by André Kertész.'

'Yes, it has!' ebe'r gynorthwywraig. 'I had a look at it earlier. Sorry – again!'

'Hope you liked it! Kertész is my second favourite photographer.'

'And who's your first?'

'Coburn,' meddai Nerys Hindley. 'Alvin Langdon Coburn.'

'Not much of an idea about photographers, I'm afraid. But thanks for using us and not Amazon!'

'I wouldn't dream of doing otherwise!'

Talodd a mynd.

Y tu allan i'r siop edrychodd Nerys Hindley ar ei wats, tynnu ei ffôn o'i phoced a deialu rhif yr oedd wedi ei gadw.

Yn ei ddillad bellach ac yntau yng nghanol ei ystafell fyw – beth ydy ystyr 'byw' yn y cyd-destun yma, tybed, pendronodd Tom? – daeth ymdeimlad o unigrwydd drosto. Unigrwydd a oedd, wrth wrando arno – ac O! gallai ei glywed – fel petai'n twchu ei hun o eiliad i eiliad gan droi'n beth a sylwedd y medrid ei dorri â chyllell, bron. Unigrwydd a oedd yn sipian o gwpan, a phlât, a llyfr, a silff, a chadair, a brwsh, a thap dŵr, a phast dannedd, a phig tebot, o'r ddau afal oedd yn gwystno a'r un oren yn y ddysgl ar y bwrdd, o'i ddillad, o'i groen, ac o dan ei groen. O'i galon. Unigrwydd a oedd hyd yn oed yn medru rhoi ei law dros geg y geiriau a oedd, rywsut, yn rhyw led gynnig eu hunain iddo i'w alluogi i ddisgrifio'r unigrwydd hwnnw. Fel awdur, gwyddai'n iawn fod disgrifio unrhyw beth yn ei liniaru, yn ei ddofi. Ei gloi tu mewn i gaets cystrawen ac yntau, wedyn, o soffa paragraff yn edrych arno'n ddiogel. Ond oherwydd nad oedd Tom Rhydderch wedi medru ysgrifennu dim ers yn agos i bymtheng mlynedd, roedd yr unigrwydd yn cadw reiat o'i gwmpas. Yn drybowdian yn bowld hyd y lle, a'i wynt yn ddrewdod yn wyneb y cyn-awdur yr oedd geiriau wedi ei adael yn llwyr.

Fel priodfab ar ddydd ei briodas, byddai Tom Rhydderch wedi ei syfrdanu petai rhywun wedi dweud wrtho flynyddoedd yn ôl y byddai iaith un diwrnod yn anffyddlon iddo.

Rhuthrodd am y drws cefn. Agorodd ef, ac yno ar y rhiniog anadlodd yn ddwfn. 'Be wna i?' meddai wrtho'i hun gan wasgu ei ewinedd i gnawd meddal cledr ei law. 'Be wna i?' meddai drachefn. A chanfu ei hun â'i law arall yn ceisio tynnu rhywbeth o'r aer â symudiadau bychain, herciog fel rhywun yn ceisio dal pryf.

O'r ardd – gardd? – byddai'n rhaid cael Twm Owen yn ôl i'w

thrin! – o'r drysni yng nghefn ei dŷ gwelai dro anferthol Bae Ceredigion, fel petai dwrn cyntefig y môr yn gwthio'i hun i grombil Cymru ac yn ei adael yno nes peri i'r genedl gyfan wastad orfod ymladd am ei gwynt, a gwneud iddi feddwl fod yna rywbeth ynddi oedd yn barhaol yn brifo, hyd yn oed heddiw, ar ddiwrnod annisgwyl o braf ganol mis Hydref, diwrnod ei ben-blwydd, a'r môr ei hun yn glytwaith o lasau golau a thywyll, o wyrddni emrallt a chelyn, a gwyrddlas, a diamwntiau o oleuni mân, fel petai'r oll yn cogio bach ryw haelioni dihysbydd. O'r fan honno, meddyliai, medrai weld Carn Ingli. Neu o leiaf ddychmygu ei fod yn gweld Carn Ingli. Ai hynny, tybed, oedd wedi ei adael: ei allu i ddychmygu bydoedd eraill? Nad geiriau fel y cyfryw oedd wedi ei fradychu – yr oedd yn dal i fedru gofyn am dorth! – ond yr ias honno sydd yn eu danfon o grebwyll llenor i fedru creu siapiau a rhithiau, dyfnderoedd ac eangderau, er mwyn dwyn i fodolaeth bethau nad oeddent yno erioed o'r blaen. Os yw'r dychymyg yn troi ei gefn ar ddyn, beth sydd yna wedyn ond y ffeithiau moelion a brwnt, byd mynd a dod, byd chwinciad a darfod sydyn, byd nos a dydd a nos, byd clociau a sylltau?

Ni feiddiai Tom Rhydderch droi yn ôl o'r rhiniog i'w ystafell farw.

Daliodd i syllu ar ddwrn hardd y môr yn gwthio i fol meddal ei wlad, nes yr oedd y wlad ac yntau yn eu dyblau.

Ar stepan y drws roedd cwpan de wedi ei gadael – ganddo ef, mae'n siŵr, pwy arall? – yn llawn o ddŵr glaw, a rhyw haen o rywbeth seimllyd ar yr wyneb. Wrth edrych arni darganfu Tom Rhydderch ei deimladau. Nid oedd arno angen geiriau i'w disgrifio'n eildwym oherwydd yr oedd yn eu hamgyffred i'r byw. Daeth rhyw gryndod i ddŵr y gwpan a theimlodd yntau rywbeth tebyg o'i fewn, a gwelodd yr un cryndod ar wyneb y môr.

Canodd ffôn y tŷ a gorfododd ei hun i fynd i'w ateb.

'Rhydderch!' meddai.

'Mr Tom Rhydderch?' ebe llais mwyn, ieuanc o'r pen arall.

'Ia!' meddai'n sbriws bellach o glywed llais merch.

'Driais i ffonio'n gynharach. Rhy gynnar, dwi'n siŵr. Ymddiheuriadau. Dach chi ddim yn fy nabod i,' ebe'r llais.

'Mae'r pleser hwnnw i ddod – efallai! I ni'n dau,' atebodd.

'John Sutherland awgrymodd mod i'n cysylltu â chi,' ebe'r llais ar ôl rhyw chwerthiniad llawn embaras.

'John Sutherland! Dyna ysbryd o'r gorffennol. Mi dreuliodd hwnnw wythnos hefo fi. Fo a'i gamera. Yn fy nilyn i i bob man ond i'r tŷ bach ... a'r gwely ... yn tynnu lluniau i'w harddangos yn y Llyfrgell Genedlaethol pan enillais i Lyfr y Flwyddyn am y ... trydydd tro oedd hi, d'wch?'

'Felly roedd o'n deud. Nerys Hindley ydw i.'

'Hindley! Unrhyw berthynas?' difarodd Tom ei ddweud ar ôl iddo wneud hynny.

'Myfyrwraig ymchwil ydw i,' ebe Nerys gan anwybyddu ei sylw blaenorol, 'yn ymchwilio i'r dylanwadau ar Alvin ...'

'Langdon Coburn!' gorffennodd Tom ei brawddeg.

'Mi ddudodd John y byddech chi'n gwbod!'

'Mae'r tŷ lle roedd o'n byw o fewn tafliad carreg i hwn. Cae Besi.'

'Meddwl oeddwn i faswn i'n cael dod draw am sgwrs ynglŷn â Coburn a'ch meddyliau chi amdano fo?'

'Wrth gwrs,' meddai Tom. 'Ond pryd? Prysur ydw i!'

'Sut bydda wythnos i heddiw?'

'Dydd Llun nesa?'

Ac oedodd ar ei gwestiwn. Ond yn ei feddwl yr oedd o'n trio penderfynu pa mor hir a gymerai i Amazon yrru hunangofiant Coburn ato – llyfr ail-law bellach, wrth gwrs – oherwydd y gwir plaen ydoedd na wyddai nemor ddim am Coburn oddigerth ei fod yn ffotograffydd o Americanwr – byd-enwog? Oedd, mae'n siŵr! – a fu'n byw yn Harlech am gyfnod, ac a dderbyniwyd yn aelod o'r Orsedd yn ystod y rhyfel ac a fu farw ym Mae Colwyn – wel, am beth diawledig, meddyliodd Tom, marw yn Colwyn Bay! – ac iddo gyhoeddi'r hunangofiant nad oedd erioed wedi ei ddarllen, nac wedi bod â'r awydd i wneud hynny chwaith, tan rŵan.

'Gwrandwch!' meddai Tom. 'Gwranda, Nerys, fedri di ddŵad ddydd Mawrth nesa? Rhag ofn ...'

'Rhag ofn?' torrodd Nerys ar ei draws.

'Rhag ofn y bydd raid i mi fynd i ffwrdd ar berwyl ... fy ymchwil i flynyddoedd olaf yr artist Cymreig Richard ...'

'Wilson!' torrodd Nerys ar ei draws eto.

'Ia, ia! Dwi bron â chwblhau nofel ar y Wilson truan, olaf, alcoholig. Ac mae 'na un neu ddwy o ffeithiau amdano fo dwi eu hangen o .... Naples.'

'Diddorol!' ebe Nerys-y-llais, llais oedd bellach yn mwytho'i 'enaid' – rhywbeth arall oedd, fel geiriau, wedi ymadael o fywyd Tom Rhydderch. 'Dydd Mawrth nesaf amdani 'ta!'

'Ar bob cyfri! Ond o lle wyt ti'n siarad, Nerys?'

'O Lerpwl.'

'Ddim yn rhy bell, felly. Mi fyddi yma mewn rhyw ddwy awr, 'ballu, hefo car.'

'O na, hefo bws ddo i! Car yn ychwanegu at yr ôl-troed carbon!'

Suddodd calon Tom Rhydderch pan glywodd yr ymadrodd 'ôl-troed carbon', ac yn ei grebwyll rhoddodd ei dillad yn ôl amdani.

'Mi gymer hynny drwy'r dydd i chi!' meddai Tom.

'Mi ga i rwla i aros, wchi,' ebe Nerys yn ôl.

Cofiodd Tom Rhydderch am y llanast yn ei ystafell wely. Nid oedd gan ddyn ar ei ben ei hun fawr o reswm dros newid ei

14

ddillad gwely yn or-aml; a phan ddeuai Casi, yn achlysurol erbyn hyn, nid oedd hi byth yn aros dros nos.

'There's bound to be a bed and breakfast somewhere,' ebe Nerys heb amgyffred iddi newid i'w mamiaith.

'Wedi dysgu Cymraeg ydach chi ... wyt ti?' meddai Tom mewn syndod.

'Ia! Mam oedd y Gymraes; Nhad yn Sais. Saesneg oedd iaith yr aelwyd. Doedd Nhad ddim ... Ond mi fydda Mam yn siarad Cymraeg hefo fi. Iaith sicret!'

'Sicret!' ebe Tom yn ailddarganfod ei hyder. 'Cyfrinach!' cyfieithodd iddi. 'Dwi o blaid sicrets!'

'Ond weithiau, fel rŵan,' meddai Nerys, 'mi fydda i'n troi i'r Saesneg yn ddiarwybod i mi'n hun. Yn enwedig pan fydda i'n teimlo'n nerfus. Sydd ddim yn aml, gyda llaw,' cywirodd ei chyffes.

'Yn nerfus! Pam?' holodd Tom.

'Dydd Mawrth 'ta,' atebodd hithau. 'Ond sut ydw i'n cael hyd i chi?'

'Rŵan,' meddai Tom, 'mae hwnna'n gwestiwn diddorol ac anodd! Ond y cyfeiriad ydy.' A rhoddodd ei gyfeiriad iddi. Ond ailfeddyliodd.

'Ydy ôl-troed carbon trên rwbath tebyg i un bỳs? Ac os ydy o, yna ty'd ar y trên i Fangor ac mi ddo i i dy nôl di.'

'Ond mae hynny'n ormod!'

'Does 'na ddim byd yn ormod.'

'Mi ffonia i hefo'r amser.'

Ar ôl iddi ddiffodd ei ffôn y tu allan i News from Nowhere, clywodd Nerys Hindley lais ei thiwtor ymchwil, yr Athro John Sutherland, yn ei phen yn dweud: 'Ruduck! Tom Ruduck! The great Welsh writer – if there is such a thing as a great Welsh writer. Try him! He might know a thing or two about Coburn's time in north Wales. I stalked him once for a whole week on a commission after he was nominated for some literary prize or other. He actually lost! A word of warning though! He seemed to me a philandering so-and-so. But that was years ago, and men change!'

'Their minds don't,' cofiodd Nerys ei ateb.

Anelodd ei chamre tua'r Egg Café – ei hoff le paned yn Lerpwl, a phryd o fwyd pan fyddai yn yr ardal ac archwaeth arni. Dringodd y grisiau troellog, pren, heibio'r siop ddillad retro ar y llawr cyntaf, a'r siop recordiau feinyl ar yr ail, a'r siop ddillad TV ar y trydydd ac i mewn drwy'r drws haearn, gwyrdd. Rhoddodd rhyw lewc ar yr arddangosfa gyfredol ond nid oedd fawr ddim a dynnai ei sylw. Archebodd ei the sinsir a mêl, ac am fod ynddi'r awydd i ddathlu rhywbeth ond na wyddai yn iawn beth, prynodd fflapjac.

Wrth y bwrdd tynnodd lyfr Kertész o'r bag. Trodd i'r wyneb-ddalen ac edrych yn hir ar y gwynder. Yn y man ysgrifennodd: 'To Dad, on his birthday. With lots of love, Caroline.'

Ei henw canol oedd 'Nerys'. Yn ddiweddar yn unig yr oedd hi wedi dechrau ei ddefnyddio fel ei henw go iawn. Ar ôl marwolaeth ei mam, y llynedd.

* * *

Yn yr ystafell wely yr oedd tair Leri Rhydderch: un yn nrych y wardrob, un yn nrych y *dressing table*, ac un ar ei heistedd yn y gwely. A phob un i'w gweld yn wahanol. Er mai dim ond yn nwylo'r un yn y gwely y medrech weld paned o de yn llugoeri rhwng ei dwylo.

Yn ei hieuenctid, pan oedd nifer o'i chyfoedion yn cael eu galw'n 'ddel', 'tlws' oedd y gair a ddefnyddid i ddisgrifio Leri

Owen-Pugh, unig ferch yr enwog Syr Reynolds 'Reno' Owen-Pugh, a wnaeth ei 'farc' a'i arian sylweddol fel 'unig' *entrepreneur* Cymreig ei gyfnod – a Chymraeg ei iaith – a ffrind mynwesol i Jay Sindler. Tra oedd Sindler yn suddo'i *swizzle sticks* i ddiodydd coctel pobl ariannog y byd, roedd Reno yn toi'r diodydd rheiny â'i Reno's Brollies, ac yn eu hoeri â'r ciwbiau iâ amryliw a adwaenid ym mhobman fel Reno's Rainbabies. Yr oedd yr hysbyseb 'Don't just drink it, Dreno it!' yr un mor enwog yn ei dydd â 'Go to work on an egg!' neu 'Put a tiger in your tank!' Mor enwog, fel y bu ymgais – aflwyddiannus! – i gynnwys y gair 'Dreno' ('to sex-up an alcoholic drink') yn yr *Oxford Dictionary of New English Words*.

Priododd Reno â Gwenllian, y Dr Gwenllian Harries, a fu am flynyddoedd yn uwch-ddarlithydd yn y Gymraeg ym Mhrifysgol Cymru, Aberystwyth. Dywedid iddi gael ei chadw rhag Cadair yr adran – yr hon a haeddai, heb os – oherwydd bod sawl un o'r gwybodusion yn amheus a oedd Siôn Cent, ei harbenigedd, yn gydnaws â Reno's Ribbons, rhyw fath o addurniadau ar wydrau diodydd coctel, stori a roddodd fod i'r pennawd yn *Lol* (*Lol* oedd o, dudwch?): 'Cent ond nid Cents!' Er hynny ni fu i'r gwybodusion wrthod derbyn oddi wrthi Lawysgrif Hendy Ddu pan ddaeth honno ar y farchnad a Phrifysgol Iâl, UDA, yn daer ar ei hôl ac arian Reno, wrth reswm, yn talu amdani. Nid yw'r Cymry erioed wedi licio menter a'r ddawn i wneud arian – dim ond ei wario a ffieiddio'r ffynhonnell yr un pryd. Nid y fi sydd yn dweud hynny, gyda llaw, ond Reno a'i dywedodd mewn cyfweliad radio â'm hen fòs.

Yn enaid Leri yn cydletya yr oedd dychymyg ei thad a dychymyg ei mam. Ysbryd ei thad, efallai, a'i harweiniodd i ganlyn ac yna i briodi Tom Rhydderch: ysbryd risg, oherwydd menter oedd Tom, fel y gwyddai Leri o'r cychwyn cyntaf. Gydol eu priodas, dilynodd gyngor ei thad, a ddywedodd wrthi noson ei dyweddïad â Tom: 'Ia, iawn! Ond paid â buddsoddi'r cwbl ynddo.' Chwe deg y cant, awgrymodd i'w ferch.

Gan ei mam cafodd ddawn lenyddol, cymaint o ddawn nes iddi ennill y wobr gyntaf am stori fer yn yr Eisteddfod Genedlaethol â'r Dr Kate Roberts yn beirniadu. Ni ddywedodd Tom Rhydderch wrthi am flynyddoedd lawer, hyd nes iddo yntau ennill gwobr Llyfr y Flwyddyn am y tro cyntaf, mai ef oedd yr ail yn y gystadleuaeth honno.

'Dot' oedd llysenw cariadus Tom ar Leri. Yn ôl un o 'esboniadau' Tom, daeth yr enw i fodolaeth oherwydd iddo sylweddoli ei fod mewn cariad â hi pan glywodd hi'n cywiro un o'i hathrawon coleg mewn seminar drwy ddweud: 'I-dot ddylai hwnna fod, Mr Preis!' Dro arall mynnodd Tom – ar raglen radio hefo fi, os cofiaf – mai talfyriad o'r gair 'dotio' ydoedd. Ond yn ôl ei *bête noire* llenyddol, yr Athro Janet Osborne, a honnodd mewn erthygl ddadleuol yn *Ysgrifau Beirniadol III* mai Leri Rhydderch oedd wedi ysgrifennu trwch nofelau cynnar Tom Rhydderch, ac y medrai brofi hynny drwy astudio cystrawen y stori fer arobryn a'i chymharu â'r gweithiau cynharach, gan ddod i'r casgliad mai'r un un oedd awdur y cwbl: Leri Rhydderch! Ac mai ffordd anymwybodol Tom o gydnabod hynny oedd galw ei wraig yn 'Dot', gan mai gwir ystyr 'Dot', yn ôl Osborne, yw 'Dorothy', o Dorothy Wordsworth, gwir awen ei brawd enwocach, William. Er i Tom chwythu bygythion a chelanedd ar y pryd, cadw'n dawel ddaru 'Dot'. Dylid cofio, er tegwch â Tom, eu bod yn mynd drwy'r ysgariad yr adeg honno. Serch hynny, ni wadodd Leri erioed yr ensyniad.

Y bore hwn yn ei gwely yn synfyfyrio drwy'r ffenest ar y môr araul, roedd tlysni'r hogan ifanc wedi cyrraedd harddwch y wraig ganol oed. Ac onid rhywbeth sy'n perthyn i gyfnod hŷn yw harddwch? Fel petai blynyddoedd ac amser yn cydgynllwynio â'i gilydd ambell waith, yn ôl eu mympwy, i greu gwraig hardd, gan liniaru dro yn y rhai eraill llai ffodus na hi sy'n edrych arni loes heneiddio. Yn ei gwely medrech haeru bod Leri wedi derbyn rhyw ffafr na ddaw ond i'r ychydig 'dethol' a hynny'n anaml. Beth bynnag oedd yn mynd drwy ei meddyliau – ac yr oedd llawer o bethau – tarfwyd ar y meddyliau rheiny pan ddaeth Roj yn ôl i'r ystafell wely wedi gwisgo amdano yn ei siwt waith.

'Well i mi ei throi hi 'ta! Neu mi fydda i'n hwyr i'r trên,' meddai a phlygu i roi cusan ar ei thalcen. 'Diolch i ti am wic-end braf!'

'Bwrw Sul!' ebe Leri. 'Mi wyddost fod yn gas gin i "wic-end". Tynnu coes! Diolch i ti!'

Edrychodd y ddau i fyw llygaid ei gilydd. Yn y man, meddai Leri: 'Mae'n ddrwg gin i, Roj, na fedrwn 'im deud be roeddat ti isio i mi ei ddeud wrthat ti.'

'Tri chynnig i Gymro! Ac mae gin i un cynnig ar ôl! Mi gadwa i hwnnw'n saff. Does 'na ddim brys.'

Yr oedd y tair Leri yn edrych arno.

('Roj!' oedd adwaith Tom pan glywodd gyntaf am eu perthynas. 'Pwy fasa'n mynd hefo rwbath sy'n galw ei hun yn "Roj"? O, paid â deud wrtha i – o'r Saesneg, mwn: "to roger". Os ca i'n ffordd, mi fydd hi'n "Roger and out"!'

'Ond mi rwyt ti wedi cael dy ffordd, yn do, Tom?' ymatebodd Leri. 'Ac mi roedd dy ffordd di yn mynd â chdi oddi wrtha i drwy gydol ein priodas!')

Prifathro wedi ymddeol oedd Dr Roger Jenkins, wedi ymddeol yn gynnar er mwyn iddo fedru gweithio fel ymgynghorydd ar addysg ddwyieithog i'r Cynulliad. ('Os wyt ti'n fethiant ar rwbath, yna bydd yn ymgynghorydd!' oedd sylw Tom.) Bu iddo ysgaru oddi wrth ei wraig flynyddoedd yn ôl wedi cwta ddwy flynedd o briodas. ('Mi welodd y gryduras drwyddo fo'n go handi. Rhyw sleisan o fecyn tenau ar y diawl ydy o!' – sylwadau treiddgar eraill o du Tom ar y pryd.) Yr oedd wedi aros ar ei ben ei hun heblaw am un berthynas fyrhoedlog â'i ddirprwy dros ddeunaw mlynedd ynghynt hyd nes iddo gyfarfod â Leri Rhydderch mewn swper yn nhŷ cydnabod i'r ddau. ('A be ti'n gael gan Roj yn hollol?' holodd Tom. 'Ffyddlondeb!' ebe Leri. Ni feiddiodd Tom ddweud bod y gair 'ffyddlondeb' a'r gair 'diflastod' yn cydasio yn ei feddwl. 'Mae Tom yn genfigennus,' dirnadodd Leri, 'ond nid y genfigen naturiol sy'n rhan annatod weithiau o gariad, ond y genfigen sy'n deillio o feddiant.' Gwelsai yr un peth yn ei thad.)

'Caerdydd pnawn 'ma, ddudest di?' holodd Leri.

'Ia. Pryd ga i ffonio?'

'Nos Iau?'

'Pam nos Iau?'

'Am mai chdi ofynnodd pryd gaet ti ffonio. A dyma fi'n dewis nos Iau!'

'Be am heno?'

'Na!' ebe Leri. 'Gad heno.'

Cusanodd y ddau.

Wedi iddo fynd, arhosodd Leri ar ei heistedd yn y gwely. Gwelodd ddwy debyg iddi hi ei hun yn edrych arni o'r ddau ddrych. Cododd law yn gellweirus arnynt a hwythau yn ôl arni hithau.

Y noson cynt yr oedd Roj wedi gofyn iddi ei briodi. Am yr eildro yr oedd Leri wedi dweud, Na.

* * *

'Mind the pad, Caroline, while I'm away for the week?' oedd cais John Sutherland i'r un a adwaenai ef fel Caroline Hindley ar ôl seminar yr wythnos flaenorol. 'There have been a number of break-ins in the area recently.'

Bellach roedd hi'n ôl yn y 'pad' yn Noc Albert. Mor wahanol oedd hwn i'w hystafell hi yn un o dai mawrion ond dadfeiliedig Kensington. Kensington, Lerpwl, nid Kensington, Llundain! Ond nid oedd yn genfigennus gan mai ar fater o egwyddor y penderfynodd fyw yn L6 yng nghanol y craciau yn y pafin ac yn y bobl.

Yn ystod ei phlentyndod a'i harddegau yr oedd wedi profi bywyd bras yn un o dai helaeth a moethus Southport: ei thad yn berchen rhwydwaith o fodurdai – Elite Motors – a'r hawl ganddo i werthu ceir Aston Martin yng ngogledd Lloegr. 'Reggie' ydoedd i'w mam adref, a rhyngddi hi a'i mam yn slei bach 'Reggie-stration', yn enwedig felly pan oedd o'n hwyr yn dod o'i waith – a digwyddai hynny'n aml. Ond 'Reginald' oedd y gŵr busnes, a hyd y dref, ac yn y Rotari a'r Mesons.

Yr oedd hi'n un o *alumni* ysgol Merchant Taylors'. 'You should never have given her that bloody Kodak Instamatic that Christmas!' oedd adwaith ei thad i'w mam pan ddeallodd mai ffotograffiaeth fyddai ei phwnc yn y brifysgol. Y 'brifysgol'? Yn ôl Reginald Hindley: 'John Moores was, is and forever will be a Poly! She should have done Oxford!' 'Mecanic diawl!' sibrydodd ei mam o dan ei gwynt ac yn Gymraeg, wrth gwrs. 'Guerilla tactics!' – neu 'gorilla' fel yr ynganodd ef y gair – meddai Reggie'n ôl, ymadrodd a ddefnyddiai bob tro y defnyddiai Heledd Hindley y Gymraeg fel arf yn ei erbyn.

Yr oedd gan Reginald PA. Esboniodd Heledd i'w merch mai ystyr 'PA' ydoedd 'party animal'. A deallodd Caroline i'r dim.

Nyrs oedd Heledd Hindley a mam Caroline Nerys Hindley. Owen oedd hi cyn priodi, a'i chartref yn Amlwch. Daeth i ysbyty'r

Royal yn Lerpwl pan oedd yn ddeunaw oed. Pynctiar ddaeth â hi a Reggie at ei gilydd. Aeth tair o nyrsys ifanc un Sul rhydd i Southport, a rhywle cyn cyrraedd Blundellsands cafwyd teiar fflat. Pan ddaeth y dyn AA a Heledd wedi ei dirprwyo i esbonio beth oedd yn bod ar y car, gwaeddodd hwnnw: 'You brought me out for a f...'

'...lat tyre!' gorffennodd Heledd ei frawddeg.

'It'll cost you a date,' meddai Reggie – y dyn AA.

A dyna oedd ei enw arni ar hyd y blynyddoedd – 'Lat'. Yn ei fyw ni allod erioed feistroli 'Heledd'. Er, ar ddydd ei hangladd, sylwodd Nerys, fe'i dywedodd yn berffaith.

A'i fusnas yn ddiweddarach yn ffynnu, nid cyn-ddyn AA oedd Reginald ond un 'who did his initial training for a brief period with the Automobile Association'. Yn y cylchoedd cyfrin, go brin iddo ddweud wrth neb iddo gyfarfod ei wraig ar ymyl y lôn.

Pan aned eu hunig blentyn esboniodd i'w wraig na fyddai 'Nerys' yn enw hawdd ei ddweud yn Southport, ac efallai – fwy na thebyg – y byddai plant eraill yn ei gwatwar.

'Caroline, then!' meddai Reginald.

'Yes!' ebe Lat. '"Caroline" accompanies "Nerys" beautifully.' Roedd pynctiar yn y briodas erbyn hynny.

Ond gofalodd Heledd gyflwyno mwy nag enw canol i'w merch.

'Rally, what?' meddai Reginald un gyda'r nos gan feddwl iddo glywed rhywbeth am geir.

'Rala, it's Rala. Rala Rwdins!' atebodd Heledd o ganol helbul y Llipryn Llwyd yn cario potiau jam, a Caroline yn chwerthin.

A daeth Siôn Blewyn Coch i hela'n llechwraidd ar hyd palmantau Southport ieir Saesneg eu hiaith.

Rhywle tua Freshfields yr oedd trysor y môr-ladron wedi ei guddio.

A phan oedd hi'n darllen ar ei phen ei hun, efallai – efallai? –

mai *Cysgod y Cryman* gychwynnodd ynddi'r gogwydd tuag at wleidyddiaeth adain chwith. Tybed? Ond beth am *The Road to Wigan Pier*, a fwynhaodd hi'n well?

Bu hi yn Amlwch sawl tro pan oedd ei nain yn fyw – bu ei thaid farw cyn ei geni a phur anaml y soniai ei mam ddim amdano – ond nid addefodd erioed i'w mam fod yn well ganddi Southport. Dywedodd hynny, fodd bynnag, wrth ei thad. 'Don't tell Mummy, though!' 'She can see!' oedd ei sylw ef. 'You don't have to tell her anything. But I won't. I promise!' Ac ni wnaeth – i beth, a'r fuddugoliaeth mor amlwg? Oherwydd nid Cymraes oedd Caroline Hindley. Ei galar am ei mam ac nid Cymreictod a barodd iddi ffeirio'r enw 'Caroline' am yr enw 'Nerys'. Rhyw brotest egwan yn erbyn anferthedd marwolaeth. Fel y dywedodd ei thad wrth ffrind iddo: 'Let her do it. It can't last long!'

Yn nhawelwch y 'pad' penderfynodd Nerys osod ei chamera ar deircoes. Tynnodd ei dillad oddi amdani. Trodd y camera i wynebu'r ystafell. Defnyddiodd lens ongl lydan, cyflymder o un eiliad, agorfa isel, sgriwiodd gebl hir i'r siytyr, llusgo'r cebl o'i hôl ac agor drws yr ystafell gan guddio'i hun y tu ôl iddo; yna daeth hanner ohoni 'nôl i'r fei fel petai ymyl y drws yn llafn cyllell a hithau wedi ei haneru. 'Nerys!' meddai, gan wasgu'r botwm ar y cebl a thynnu'r llun.

* * *

Byr iawn fu oes y cyffro bychan a gafodd Tom Rhydderch yn sgil galwad ffôn Nerys Hindley. Dechreuodd anesmwytho'n feddyliol eto. Nid oedd ynddo iot o awydd mynd i'r stydi ar ddiwrnod ei ben-blwydd i weithio ar 'nofel Wilson', fel y'i gelwid ganddo. Nid bod diwrnod ei ben-blwydd yn gwneud unrhyw wahaniaeth i hynny gan nad oedd Tom Rhydderch erioed wedi 'gweithio' ar y nofel. Tudalennau gweigion oedd hi hyd yn hyn.

'Reit 'ta!' meddai Tom. 'Mi'r af i am de parti bach i "Casa Leri"!'

Ar ei ffordd i 'Casa Leri' – ei enw ef ar Clyd – penderfynodd fynd i chwilio am Twm Owen, hefo'r bwriad o ∩fyn iddo roi 'tro' yn ei ardd. Felly galwodd yn y Maeth Llon, lle tybiai, a hynny'n gywir, y byddai Twm Owen yn cael ei baned un ar ddeg.

'Mond isio gair sydyn efo Twm,' esboniodd wrth Sioned y tu ôl i'r cownter.

'O, yn ei blu!' sibrydodd hithau. 'Bad niws, gin y doctor. Ond mae o'n cau deud!'

Hogyn ifanc, naw ar hugain mlwydd oed, oedd Twm Owen, wedi byw hefo'i fam hyd ei marwolaeth flynyddoedd yn ôl, a rŵan yn yr hen gartref, Ara Deg, ar ei ben ei hun. Ceisiodd Tom Rhydderch roi gwersi Saesneg iddo ar ôl ysgol; 'er mwyn i'r hogyn 'ma ga'l rwbath yn 'i egsams, Mr Rhyddach bach, neu yn 'rarmi ddiweddith o,' oedd ple Agnes Owen, ei fam.

Roedd o'n gymysgedd o ddiniweidrwydd ac 'yna i gyd'. Ei waith oedd gofalu yn ystod tymor y gwyliau am faes carafannau Bella Vista, ac yr oedd sawl diffiniad o gwmpas y lle ym mha fodd yr oedd Twm yn 'gofalu', oherwydd yr oedd yn fachgen deniadol. Ond ar ôl i Bella Vista gau byddai'n twtio gerddi pobl – mwy na 'thwtio' gan ei fod yn arddwr fel ei dad o'i flaen – gardd Tom Rhydderch yn eu plith.

Yr oedd Tom Rhydderch yn dalwr hael iawn, fel y dywedai Twm wrth eraill o'i gwsmeriaid: 'deirgwaith be dwi'n ofyn amdano fo'. A rhoddai Tom Rhydderch aml i gildwrn iddo, 'er parch i dy fam'. Parai hyn gryn benbleth i Twm Owen gan nad oedd yn ymwybodol o gwbl o unrhyw agosatrwydd mawr rhwng ei fam a Tom Rhydderch. Nid oedd yn bosibl o gwbl fod ei fam – 'Arglwydd, nag oedd!' – yn un o 'ferched Mr Rhydderch', fel y'u gelwid yn lleol. Ond yr oedd teimladau cynnes gan y ddau at ei gilydd. Gwelai Tom Rhydderch ddaioni parhaus yn Twm Owen.

'Twm!' ebe Tom Rhydderch.

Cododd hwnnw ei ben a'i ysgwyd 'nôl a blaen beth.

'Newydd drwg, Mr Rhydderch! Doctor yn meddwl fod gin i *venerable disease*. A bydd raid i mi fynd i glinic yn Bangor. A wyddoch chi am Doctor Huws – yr hen Ddoctor Huws, nid y mab 'na – beth bynnag sy arnoch chi, mae o 'di ga'l o'n barod. Ond ddudodd o ddim o gwbwl fod o 'di ca'l hwn.'

'Esboniodd o be'n hollol oedd o, Twm?'

'Naddo! Gân' nhw ddeud wrthach chi'n Fangor, medda fo. Ewch chi â fi, dybad?'

'Wrth gwrs yr af i! Pryd?'

'Dydd Mawrth. Wsos i fory!'

'A!' meddai Tom Rhydderch. 'Dydd Mawrth, wsos i fory. A!'

Meddyliodd Tom a chafodd hyd i'r esgus yr oedd o'n ddifrifol ei angen i wenu, ac meddai: 'Lladd dau dderyn – Bangor amdani! Ond falla fydd raid i ti ddisgwl dipyn amdani ... amdana i!'

'Diolch! Dwi'n dal i gofio "Of man's first disobedience," wchi!'

'Mae hynny'n amlwg, Twm! Ond dduda i be oedd gin i isio! Ti'n meddwl 'sa ti'n twtio tipyn ar yr ardd 'cw?'

'Mi wna i pnawn 'ma! Symud 'y meddwl i o be-dach-chi'n-galw!'

Wedi'r ysgariad flynyddoedd yn ôl – ac yr oedd yn ysgariad 'dymunol', heb unrhyw ymgecru – dywedodd Leri Rhydderch wrth ei chyn-ŵr fod croeso iddo alw yn 'achlysurol' yn Clyd, ond y byddai raid iddo ganu'r gloch a disgwyl iddi hi ateb. 'Terfynau a'u pwysigrwydd, ti'n dallt! Pethau na fu gen ti 'run clem amdanyn nhw!'

O flaen drws y tŷ helaeth, a'i seiliau nid yn unig yn y ddaear ond ym mhres Reno, yn disgwyl iddi ateb, sylwodd Tom ar ôl olwynion car gwahanol i gar Leri ar y graean. 'Roj!' meddai wrtho'i hun.

Dal yn ei gŵn nos yr oedd Leri Rhydderch pan atebodd, ac o weld Tom tynnodd y coleri'n dynnach at ei gilydd i guddio'i bronnau. 'Terfynau!' meddai Tom wrtho'i hun. 'Ar y Dot,' meddai wrthi'n hyglyw ar y rhiniog.

'Mae honna wedi treulio bellach! Ty'd i mewn. A phen-blwydd hapus!'

'Mi ges y cerdyn!'

'Dim ond un?'

'Na, mi roedd 'na fwy!'

'Dwyt ti ddim wedi siafio'n iawn!' meddai Leri.

'Naddo, dŵad? Taw â deud!'

Yn y dderbynfa edrychodd Tom rhag ofn fod rhywbeth newydd. Fel ei thad o'i blaen, roedd Leri yn casglu celf.

Roedd hi wedi symud y Brancusi – *Y Pysgodyn*, a gyfleai nid yn gymaint ffurf y creadur ond ei symudiad drwy'r dŵr – i le gwahanol. Arferai fod yn stydi Tom pan oeddynt hefo'i gilydd, ac yn ei ŵydd teimlai ef rywbeth gwahanol bob tro: y 'peth' anniffiniadwy hwnnw y medr celf fawr ei ddeffro o hyd. Oedodd o'i flaen a lledodd rhyw dawelwch drosto. Cyffyrddodd ag oerni'r efydd ond cynhesrwydd oedd yn ei deimladau.

'Mae hwnna'n newydd, os mai chwilio wyt ti,' ebe Leri.

A dangosodd lun pensil gan Rachel Whiteread iddo. Roedd hi ar fin dweud: 'Roj a fi brynodd o ar y cyd yn Llundain,' ond ymataliodd.

'Mm!' meddai Tom yn edrych arno'n ddi-hid, oherwydd ceidwadwr yn y bôn oedd Tom Rhydderch, er y cyfrifid ef fel 'tad' y nofel ôl-fodernaidd Gymraeg. Medrai frygowthan yn huawdl iawn a deallus am gelfyddyd a llenyddiaeth gyfoes – bu'n darlithio i'r Academi'n ddiweddar ar 'Hurst, Parry-Williams a Bianchi' – ond Michelangelo, Raphael, Turner a Constable oedd yn medru gwneud iddo deimlo rhywbeth 'mwy' nag ef ei hun. Ac, wrth gwrs, Richard Wilson.

'Mi af i i wisgo,' meddai Leri.

'Does dim raid i ti,' ebe Tom.

'Oes, Tom!' meddai hithau'n ôl.

'Falch dy fod ti wedi symud y Kyffin 'na!' gwaeddodd ar ei hôl. 'Lle mae o? Yn y garej?'

'Dwi wedi'i roid o i'w rafflo i Hosbis yn y Cartref,' gwaeddodd hithau'n ôl o ben y grisiau.

'Dyna ddylai ffawd pob Kyffin fod – raffl!'

'Os wyt ti'n deud!' ebe Leri.

Edrychodd yntau i gyfeiriad ei llais a gweld ei chorff noeth yn y drych enfawr ar dâl y staer.

'Hyfryd!' meddai a chyffwrdd y Brancusi eilchwyl fel petai'n cyffwrdd clun yn ei ddychymyg.

'Cer i'r gegin! Mae 'na gacan i ti ar y bwrdd!'

Ac yntau'n estyn dau blât, daeth Leri i'r gegin.

'"Roger and out" wedi bod, mi wela. Ôl tracs ei gar o ar y grafal.'

'Falla mai'r fan bost fuodd!' ebe Leri. 'Ond do, mae o wedi bod!'

'Pam na fasat ti wedi deud 'ta?'

'Am nad ydy o ddim o dy fusnas di!'

Rhoddodd Tom blât a chacen iddi.

'Dim i mi, dwi'n trio cadw'n siâp!'

'Does 'na ddim byd o'i le ar dy siâp di,' meddai Tom.

'Doeddat ti ddim i fod i weld be welist di gynna yn y drych.'

'Nag oeddwn i?'

'Ydy hi'n rhy gynnar gin ti am lasiad o win?' holodd Leri ef.

'Nacdi! Ond tydw i ddim isio sbarion Roj!'

'Faswn i ddim yn ei rannu o hefo chdi, Tom!' ac estynnodd Leri botel o win newydd o'r rac. 'Coch, dwi'n cymryd.'

'Ia! Fel hen liw'r Blaid Lafur gynt ... Gwranda! Be wyddost ti am Alvin Langdon Coburn? Rwbath?'

'Nefoedd yr adar, Tom! Mi fuost di'n byw hefo fo am flynyddoedd! Y ffotograff 'na o Ezra Pound,' ebe Leri yn arllwys dau lasiad o win, 'oedd yn dy hen stydi di. Wrth ymyl Beibl 1662. Mi est â hwnnw a gadael y Pound. Coburn dynnodd y llun. Mi roth o fo'n anrheg i Nhad. Mae o wedi'i arwyddo fo. Y ddau yn y Mesyns hefo'i gilydd. Ond dyna fo, welist di 'rioed y petha da oedd yna o dan dy drwyn di, yn naddo? Ond pam holi am Coburn?'

'Mae 'na rywun isio dŵad draw am sgwrs amdano fo. A deud y gwir wrthat ti, wn i ddim yn iawn be i'w ddeud wrthi hi.'

'A faint 'di ei hoed hi? Sorri! Well i ti ga'l benthyg yr hunangofiant felly, tydy. Mi roddodd hwnnw i Nhad hefyd.'

'Damia! Ydy o gin ti? A finna wedi'i archebu fo gynna ar Amazon. Gaethwn i fenthyg y llun hefyd, tybad? Mi rof i o ar y wal.'

'Creu argraff, ia Tom? Ond cei.'

Torrodd Tom damaid o'i gacen. 'Ti isio pishyn, pishyn?'

'Un bach!'

'Be? Sylw am Roj oedd hwnna?'

'Mi'r af i i nôl y llun a'r llyfr, a rho ditha'r gacan 'na yn y bocs. Fiw iddi hi fod yma, fedrwn i mo'i madda hi!'

'Ond mi rwyt ti wedi madda llawar o betha, Dot!'

'Dim pob dim, Tom!'

Wedi iddi fynd sipiodd Tom ei win yn hamddenol. Cododd y gwydr ac edrych drwyddo gan weld popeth o'i flaen yn camffurfio.

Gwelodd lun o Leri a Roj ar y ffrij. Aeth ato. Syllodd. Tynnodd y fagnet ffrij a'i gosod ar wyneb Roj.

'Pa mor fach y medri di fod?' ebe Leri o'r tu ôl iddo, y llun a'r llyfr yn ei dwylo.

'Bach uffernol!' ebe Tom.

'Tom!' meddai Leri. 'Mi ofynnodd Roj neithiwr i mi ei briodi o. Am yr eildro.'

'A be ddudas ti?'

'Na,' ebe hi'n dawel.

'Mi roist dipyn o glustoga o gwmpas y "Na", gobeithio! Gair brwnt ydy "Na!" ar ei ben ei hun, moel.'

'Mae "Na!" yn glir,' ebe hi.

'Prioda fo! Deud "Gwnaf!" wrtho fo y tro nesa. Mi fydd o'n bownd o ofyn eto.'

'Tydw i ddim isio dy gyngor di na dy ganiatâd di!' meddai Leri.

'Ond pam deud wrtha i 'ta? Os nad ydy o'n ddim o musnas i, fel dudas ti gynna!'

'Be 'nei di weddill y dydd?'

'Dwn 'im! Sgwennu mwy ar nofel Wilson falla.'

'Nefi! A faint o dudalennau gweigion sydd gin ti bellach?'

'Mi ddaw!' ebe Tom.

'Dyma ti'r petha,' meddai Leri, yn rhoi'r llun a'r llyfr iddo.

'Mi gymra i'r llyfr ond cadwa'r llun. Rhy anhylaw i'w gario.'

'Ond be am y wal a'r hogan?'

'Nid hefo fi fydd hi'n aros, siŵr!'

'Eitha peth! Pwy fydda isio aros mewn hofal 'te, Tom? ... Tydy hi ddim adra!'

'Pwy?'

'Casi! Rhag ofn i ti alw yno ar dy ffordd.'

'Doeddwn i ddim yn pasa galw.'

'Rhag ofn, ddudas i! Mae hi'n Gaerdydd am dridia. Mi gwelis i hi'n Pepco ddoe.'

'Deud ti,' ebe Tom yn plygu i roi cusan iddi, a throdd hithau ei boch i'w derbyn.

* * *

Trwy'r ffenest edrychodd Leri ar Tom yn mynd heibio pyst y giatiau agored a diflannu gan adael dim ond gwagle ar ei ôl.

Ar sgrin ei chyfrifiadur ailddarllenodd:

Pa le y mae'r llinell honno yn ein bywydau lle mae popeth yn dechrau mynd o chwith a dyheadau ein hieuenctid yn cael eu parodïo yn y canol oed? Hwyrach nad oes llinell bendant, dim ond pethau o dow i dow yn dechrau datgymalu yn ddiarwybod i ni ein hunain, fel carrai esgid yn daffod yn raddol bach heb i ni sylweddoli hynny ond teimlo yn y man yr esgid yn llac. Pryd ddirnadodd ef y llacrwydd yna yn ei fywyd?

Â'i droed chwith ar y wal, ailglymodd Tom garrai ei esgid. Cofiodd iddo adael ei gacen ar ôl. Canodd ei ffôn a gwelodd yr enw 'Casi'. Atebodd.

'Ti 'di trio?' meddai Casi'n syth bìn.

'Dwyt ti ddim yma i mi fedru trio dim byd!' ebe Tom.

'Ha blydi ha!' meddai Casi.

'Do, mi driais gynna! Ddim yn gwbod lle roeddat ti ar ddydd 'y mhen-blwydd i. Lle wyt ti?'

'Gaerdydd tan drennydd. Ddudas i wrthat ti, tasa ti mond wedi gwrando!'

'Hefo pwy tro 'ma? Y bownsar hwnnw?'

'Fy hun! Mae hwnnw wedi mynd. Pen-blwydd hapus! Dyna pam dwi'n ffonio!'

'Ia!' ebe Tom. 'Pen-blwydd hapus i'r DWEM!'

'DWEM?' holodd Casi.

'Dead White European Male!' ebe Tom.

'O!'

'Ia, ti'n iawn! "O!" – rhwbath crwn hefo twll yn ei ganol o!'

'Mae 'na bresant yn dy lofft di.'

'Sut fedar o fod yn 'yn llofft i? Mae'r presant go iawn yng Nghaerdydd!'

'Wel, anrheg ydy hwn! Drôr top y *chest o' drawers*. Gobeithio lici di o!'

'Be ydy o?' holodd Tom.

'Cer adra i weld!'

'Casi!'

'Be?'

'Diolch.'

'Croeso ... croeso, Tom! Yli, mae raid i mi fynd. Mae raid mi baratoi rwbath ar gyfer y sesiwn min nos.'

'Min bora sgin i. Ond ar be?'

'Sut i werthuso ystadega.'

'Arglwydd!'

'Rhywun o'r gogladd sy wrthi. Dr Roger Jenkins. Canu cloch?'

'Nacdi! Mae o'n ca'l cerddad yn syth i mewn. Yn wahanol i mi ...'

'Be ti'n baldaruo?'

'Dim byd! Cym' ddigon o nodiada. Er mwyn i mi ga'l eu darllan nhw! Dwi'm 'di darllan dim byd diddorol erstalwm.'

'Sws?'

'Ia, sws!'

'Wel, gwna sŵn sws 'ta!'

'Sŵn sws. Neith hyn'na?'

'Mi bicia i draw nos Iau.'

'Mond piciad?'

'Gawn ni weld sut siâp fydd ar y DWEM! Hwyl!'

A diffoddodd Casi y ffôn.

Fel hyn yr 'esboniodd' Tom hi a fo i Casi un waith: 'Fi ydy dy borthladd cynhenid di, ti'n gweld! Ond tydw i ddim yn ddigon gwirion i feddwl nad ydy'r gwch fach, pan mae hi ar y môr mawr, yn medru angori mewn porthladdoedd eraill ambell dro ... ac am gyfnodau byr.'

'Gobeithio na ddefnyddi di'r ddelwedd amrwd yna yn 'run o dy nofela,' oedd ymateb Casi.

Casi Plemming. A oedd yn bedwar deg naw mlwydd oed. Byddai'n aros yn bedwar deg naw am weddill ei hoes gan fod yr ochr draw i hynny yn rhy uffernol i Casi feddwl amdano.

Y diweddaraf o'r 'porthladdoedd eraill' oedd Steve, bownsar o'r Rhyl, â gyfarfu ar ymweliad â'r Chepstow Races. 'Be wnelo rasys ceffyla â dysgu gwyddoniaeth i blant bach?' oedd ymateb Tom. (Ymgynghorydd ar ddysgu gwyddoniaeth mewn ysgolion elfennol oedd Casi.)

'Ffribi,' ebe hi, 'gan drefnyddion y cwrs.'

'A mi ges ditha reid ar stalwyn a'r Cynulliad yn talu. Dwi'n cymryd fod y Steve 'ma'n fengach na chdi,' meddai Tom.

'Fel rydw i'n fengach na chdi, ia?' atebodd hithau.

Yn amlwg, ond yn ddiarwybod iddo'i hun, ar ddiwrnod ei benblwydd yr oedd Tom Rhydderch wedi gwneud penderfyniad i ymweld â'r fynwent, ac ar y lôn wedi iddo gau carrai ei esgid a derbyn yr alwad ffôn, ceisiodd ddirnad y penderfyniad hwnnw. Un waith yn unig y bu iddo ildio i'r demtasiwn i ysgrifennu yn Saesneg, a hynny mewn ffit o fonni ar ôl dau adolygiad sâl a chwbl ddiddeall o'i nofel *Pwythau*, a chofiodd baragraff:

There are significant places in our lives, to which we need to return in times of indecision or crisis, not so much to carry on, but in order to remind ourselves who we truly are. They remain intact within the pristineness of the original encounter, which we can only now recall with a secondhandness. But that secondhandness of the recollection is enough to rekindle their once-upon-a-time warmth. And we can be ourselves again.

Ni orffennodd y nofel honno erioed oherwydd gwyddai mai lle i fochel ynddo dros dro oedd y Saesneg bryd hynny, rhag drycin emosiynol y Cymry a'r Gymraeg. Ac, wrth gwrs, yr wybodaeth ym mêr ei esgyrn fod y Gymraeg fel dŵr rhedegog yn ei ddychymyg a'r Saesneg yno fel lwmp o goncrit.

Ond uwchben bedd Rhiannon Owen gwyddai pa mor addas oedd y darn a gofiai. Lle i ddychwelyd iddo oedd hwn, fel y medrai unwaith eto ddirnad pwy ydoedd mewn gwirionedd. Beth bynnag ydyw 'cariad', gwyddai Tom iddo deimlo'i wres hefo Rhiannon Owen, a bod ei wrid hyd-ddo o hyd er ei myned hi i'r diddymdra.

'Wyt ti am ddeud "Pen-blwydd Hapus!" wrtha i?' holodd ei charreg fedd.

Oedodd i gael clywed yr ateb.

'Sgin ti gacan i mi yn fan'na yn dy arch? Wn i! Ches di ddim amsar!'

Oherwydd bod marwolaeth wedi pocedu ei hamser.

'Gwranda! Cerdd i ti, oherwydd mae geiria'n well na bloda. Tydyn nhw ddim yn gwywo!'

Eisteddodd ar y pridd tamp ac adrodd:

I am not resigned to the shutting away of loving hearts in the hard ground.

So it is, and so it will be, for so it has been, time out of mind:
Into the darkness they go, the wise and the lovely. Crowned
With lilies and with laurel they go; but I am not resigned.

Gwrandawodd arni hi'n gwrando. Nid oedd yn Tom Rhydderch
unrhyw gred mewn byd arall, ond gwyddai fod y meirwon yn
gwybod. Pe byddai i ryw ddiawl rhesymegol fod wedi ei holi sut
yr oedd o'n gwybod hynny, mi fyddai wedi ei daro y prynhawn
hwn yng ngheubal ei resymeg.

Nid, hefyd, na allai fod wedi dewis rhywbeth Cymraeg i'w
adrodd iddi, rhywbeth gan Eifion Wyn, neu Ceiriog, neu ryw
gybôl barddonol Cymraeg arall, yr hwyr hwn o brynhawn ei ben-
blwydd, ond heddiw anesthetig y Saesneg oedd ei angen, er mwyn
merwino'r loes ddi-ball oedd yn ddwfn tu mewn i'w famiaith bob
tro y cofiai am Rhiannon Owen. Mae diben i'r Saesneg weithiau.

'Dy garu di,' meddai wrthi.

'Dwi'n gwbod,' atebodd gan ddwyn ei geiriau cyn iddi hi gael
y cyfle i'w dweud.

Gwelodd fod drws yr eglwys yn gilagored ac aeth i mewn. Nid
oedd wedi bod dros drothwy'r eglwys ers diwrnod angladd Agnes
Owen, mam Twm Owen. Nid eglwys fawr mohoni ond un fechan
a wnâi iddo feddwl am hen fodryb ddibriod, sarrug, mewn cornel
ar ei phen ei hun mewn neithior, wedi cael gwadd am ei bod yn
perthyn yn unig ac nid o unrhyw ddymuniad clên, megis hoffter
ohoni.

Cerddodd i fyny'r gangell, ac wrth fynd daeth i ddeall bod sŵn
ei gerddediad yn tresmasu ar y distawrwydd, a bron yn
ddiarwybod iddo yr oedd ar flaenau ei draed ac yn arafu ei gamau.
Ai dyna yw eglwys, tybed, meddyliodd, muriau i amgylchynu
distawrwydd? Ond nad meddwl yr oedd ond amgyffred?

Yn y ffenest wydr uwchlaw'r allor roedd Iesu tal, ei wallt hir yn felyn, gwafriog a choban winsiét amdano, ac yn dal yr oen delaf a welodd neb byw erioed, ac oddi tano'r geiriau: 'WELE OEN DU'. Roedd carreg neu wynt wedi cipio'r 'W'. A geiriau eraill maluriedig ar hyd yr ymylon:

RHO   YD ER C   AM Y CAD   DOG LEW S E   N
WILLIAMS W LL   S

Unllygeidiog oedd Iesu, sylwodd Tom.

Gorweddai'r Beibl agored ar y ddarllenfa siâp eryr a'i big wedi torri. Ni fedrai ei atal ei hun rhag darllen yn uchel:

'Gwyn eu byd y tlodion yn yr ysbryd:
canys eiddynt yw teyrnas nefoedd.'

Fe'i dychrynwyd, nid gan y cynnwys, ond oherwydd bod y geiriau hyglyw fel cerrig duon wedi malu ffenest y llonyddwch. Sŵn y llonyddwch yn disgyn yn dalpiau a glywodd ac nid geiriau'n cael eu hynganu.

'Fedra i'ch helpu chi?' meddai llais nid nepell oddi wrtho, er na welai neb.

'Mi ro'n i'n meddwl mai eglwys oedd hon ac nid siop,' ebe Tom wrth y gwagle.

Ymddangosodd y Person o'i flaen.

'Ieuan Humphreys, Mr Rhydderch,' meddai.

A rhoddodd y gŵr tal, canol oed hwyr, a'i wallt yn britho, ei law i Tom. (Nid oedd Tom yn medru mynd yn agos at ddynion am y rheswm syml – syml? – fod ynddo rywbeth a ddywedai wrtho y byddai hynny'n arwain yn y man at ryw hefo nhw.) Ond ysgydwodd law â'r Parchedig Ieuan Humphreys.

'Peth fel hyn ydy eglwys amser te ar bnawn Llun ym mis Hydref?' holodd Tom.

'Ia! Un yn llai yma rŵan nag yn y gosber neithiwr. Ydach chi ddim wedi meddwl trio dydd Sul yma, Mr Rhydderch?'

'Tydy anffyddwyr ddim yn selogion fel arfer.'

'Fe synnech!' ebe'r ficer. 'Ond mi fuoch yn lwcus – os mai dyna'r gair – i'w chael hi ar agor. Y cwmni yswiriant yn ein gorfodi ni i gloi.'

'Ond does 'na fawr i'w ddwyn yn fama hyd y gwela i, os ca i ddeud!'

'Yn yr hen ddyddia, Mr Rhydderch, mi fyddwn i wedi dweud wrthach chi fod pob dim yma am ddim, ac mai gras oedd yr enw ar hynny.'

'Yn yr hen ddyddia?'

'Ia! Yn yr hen ddyddia ... Mi ges gip arnach chi gynna wrth garreg fedd, do ddim? Perthynas?'

'Naci! Fy nghariad i. Oedd yn wraig i rywun arall. A finna'n ŵr i rywun arall.'

'Cyffes ydy hynna?' holodd Ieuan Humphreys.

'Na, ffaith! Tydw i ddim yn chwilio am faddeuant, rhag ofn i chi ddechrau cyffroi. Mi fyddai ceisio maddeuant yn andwyol i'r cariad sydd rhyngom ni ...'

'Sydd?'

Sylwodd Tom ar y cyfuniad o dristwch a thynerwch yn llygaid y ficer. Dechreuodd ei hoffi.

'Cariad byth ni chwymp ymaith,' ebe Tom. 'Eich tiriogaeth chi, dwi'n meddwl! A phetawn i isio maddeuant, am beidio gwireddu'r cariad hwnnw pan ges i'r cyfla fydda hynny.'

'A naethoch chi ddim?'

'Naddo. Nid tri chynnig i Gymro, fel maen nhw'n deud, sydd yna – ond un! Fel i bawb arall.'

'Mae'n ddrwg gen i,' meddai Ieuan mewn llais a oedd bron ar ddiffodd.

'Pam,' mentrodd Tom, 'rydw i'n teimlo y dylwn i gydymdeimlo â chi am ... rywbeth?'

'Hel fy mhetha ydw i yn fama pnawn 'ma. Dwi'n gadael.'

'Am blwyf arall?'

'I ddim byd hyd yn hyn. Dwi wedi colli fy ffydd.'

'Dyna,' ebe Tom, 'beth blêr i Berson ei wneud. Fel i awdur golli geiriau!'

'Siarad o brofiad, Mr Rhydderch?'

'Tom – ac ydw! A gan fod Duw a geiriau, y ffernols, yn amlwg wedi mynd i'r un un lle, mi fedra i ddeud hynny wrthach chi ... yn fama.'

'Cyffes?'

'Cyffes!'

'Ond,' meddai Ieuan, 'rhyddhad, coeliwch neu beidio! Fydd fy nhafod ddim mwyach yn gorfod deud y geiriau ar lan bedd a nghalon i'n strancio yn eu herbyn nhw. Fi biau'n llais fy hun bellach. Mae'r llai sydd gen i rŵan yn fwy na'r mwy honedig oedd gen i gynt. Be am y llenor ... Tom?'

'Chi adawodd Dduw! Y geiriau a'm gadawodd i. Nhw fradychodd! Dyna'r gwahaniaeth. Ac mi rydw i'n dal i'w disgwyl nhw'n ôl!'

Gadawodd Ieuan Humphreys i'r distawrwydd rhyngddynt fod. Ni cheisiodd ei lenwi â chysur ffug geiriau.

'Gyda llaw,' torrodd Tom ar draws y llonyddwch, 'chi gladdodd Agnes Owen?'

'Naci. Fy rhagflaenydd i. Pam?'

'Cydwybod,' atebodd Tom.

A pharchodd y Person yr oedd ei alwedigaeth o fewn oriau i'w therfyn y distawrwydd eto.

'Gwraig? Plant?' holodd Tom yn y man.

'Chwaer – hen lanc! Ati hi yr af i am sbel ... Mi gerdda i hefo chi at y giât, os mynnwch chi.'

'Mynnaf,' ebe Tom, gan ryfeddu rywsut iddo ddefnyddio'r gair ffurfiol hwnnw.

'Ydach chi'n hapus, Ieuan?' holodd Tom ef ar drothwy'r fynwent.

'Mi rydw i'n ddedwydd,' atebodd yntau.

Cyfle Tom oedd hi'r tro yma i feithrin y distawrwydd. Ysgydwodd y ddau law eto, ond yn dynnach ac yn gynhesach y tro hwn.

'Mae hi'n ben-blwydd arna i heddiw,' addefodd Tom, ond yn y fath fodd nes peri i Ieuan holi ai cyffes arall oedd hynny. 'Ond llongyfarchiadau!' ychwanegodd.

A'i gefn at y fynwent a'r eglwys, lle roedd Rhiannon Owen, Duw a Geiriau o'r golwg yn eu mudandod, ac un ficer di-ffydd yn hel ei bac, cerddodd Tom Rhydderch ar hyd y lôn tuag at ei gartref gan ddyfalu ynddo'i hun beth oedd y gwahaniaeth rhwng 'hapusrwydd' a 'dedwyddwch', a pha un oedd y trymaf, pan glywodd: 'Mr Rhyddach!' yn dod o rywle uwch ei ben.

Yno ar gangen yr oedd Twm Owen.

'Be ar wynab daear wyt ti'n ei neud yn fan'na?' holodd Tom Rhydderch, er y gwyddai'n iawn fod Twm yn ddringwr coed dihafal ers ei blentyndod.

'Rhyw fyrrath ddoth drosta i, Mr Rhyddach, i ddringo coed eto. Dwi 'di gneud tair yn barod! Dwy arall i fynd!'

'Ydy hynny ddim yn beth gwirion iawn i'w wneud bellach, dŵad? Hogyn o dy oed di?'

'Dim gwirionach na sgwennu am bobol nad ydyn nhw'n bod, Mr Rhyddach!'

Roedd rhan o Tom Rhydderch eisiau sôn wrtho am

ddychymyg, a dal drych i natur, ac mai dim ond drwy naratif y medr pobl fyw eu bywydau, ond ymataliodd. 'Nacdi, mwn!' meddai, a'r rhan arall honno ynddo a wyddai mai lol gybóits ydyw llenyddiaeth. Rhywbeth i basio'r amser fel dringo coed.

'Dwi wedi gneud y joban,' ebe Twm o'r uchelder.

Edrychodd Tom Rhydderch yn hurt arno.

'Yr ardd! Mi roeddach chi am i mi dacluso'r ardd!'

'Duwadd, ia. Diolch i ti! Ond sgin i fawr o bres arna. Ty'd draw fory ac mi gei dy dalu.'

'Neith dydd Mawrth yn iawn. Dach chi'n dal i gofio am ddydd Mawrth, tydach?'

'Ti'n teimlo'n well?'

'Dwi'n dringo coed, tydw! ... 'Di bod yn fynwant dach chi?'

'Ia!'

'Welsoch chi Mam?'

'Do,' meddai Tom Rhydderch gan lechu'r tu ôl i'r gair.

'Sut oedd hi?'

Sut mae ateb cwestiwn fel yna, holodd Tom Rhydderch ei hun yn frysiog wyllt yn ei ymennydd, gan y gwyddai fod Twm yn disgwyl ateb call.

'Siort ora, hogyn,' atebodd.

'Da iawn! Mi'r af i am i fyny 'ta, Mr Rhyddach.'

'Ac mi'r af inna yn 'y mlaen.'

'Mr Rhyddach,' ebe Twm Owen, 'ddudsoch chi ddim byd wrth Mam am y *venerable disease*, yn naddo? 'Swn i ddim isio iddi hi boeni.'

''Run gair, washi!' meddai.

Fel yn ei brofiad ef gynnau uwchben bedd Rhiannon Owen, a holi Twm Owen rŵan am gyflwr ei fam, cwestiynodd Tom Rhydderch ei hun ar y lôn beth yn union oedd ystyr y gair 'marwolaeth' y tu mewn i emosiynau pobl? Nid 'darfod' a 'diwedd' ydoedd diffiniad y teimladau, fe wyddai, ond 'parhad' ac 'yma o hyd'. Nid yw 'marwolaeth' yn golygu 'marw', dirnadodd. Ac mai celwyddgi oedd y geiriadur a oedd wastad wrth ei benelin.

* * *

Yn y cyfnos archwiliodd Tom Rhydderch ei ardd daclus: y gwair wedi ei ladd; y brwgaits mewn cornel mewn bagiau plastig; y pwll bach dŵr yn sgleinio eto yng ngweddillion goleuni'r dydd. Ond rywsut yr oedd yn well ganddo lanast, meddyliodd.

Clywodd sŵn rhywun yn llifio, a'r sŵn fel ci yn dyhefod. Ynteu ci yn dyhefod a glywodd, a hwnnw fel sŵn rhywun yn llifio?

Yn y man, cerddodd o'r ardd dywyll i gyfeiriad y drws cefn. Oedodd. Roedd rhywun yn y tŷ yn edrych arno. Arswydodd wrth weld y dyn dieithr. Hyd nes iddo sylweddoli mai ef ei hun ydoedd yn adlewyrch paen gwydr y drws. Neb ond ef ei hun.

Penderfynodd ffonio Casi. Bu hi'n hir cyn ateb. Gan sibrwd, meddai wrtho: 'Tydw i ddim 'yn hun.' Diffoddodd Tom y ffôn heb ymateb.

Aeth at ei silffoedd llyfrau ac estyn horwth o Feibl – Beibl gwreiddiol 1662 – a'i gario i'r gegin. Ar ôl ei osod ar y bwrdd trodd y tudalennau nes cyrraedd Llyfr y Salmau. Yno, wedi ei guddio, yr oedd llun bychan mewn sialc du ar bapur llwyd, llun o was tafarn a golwg wedi diffygio arno ar ôl lludded y dydd. Llun gwreiddiol gan Richard Wilson. Yn ei ŵydd ac â'i fys yn ysgafn ddilyn amlinell y corff bychan, teimlodd orfoledd celf, ynghyd ag egni'r foment pan fu i Wilson gyntaf oll arwain y sialc cysáct ar hyd y papur. Teimlodd hefyd yr euogrwydd mwyaf a chaeodd y Beibl yn glewt a'i osod yn ôl yn ei le ar y silff.

Penderfynodd noswylio.

Yn ei lofft cofiodd am ei anrheg pen-blwydd oddi wrth Casi. Agorodd ddrôr y *chest o' drawers* a thynnu allan focs bychan wedi ei lapio mewn papur neis oedd â'r geiriau 'Merry Christmas' yn frith drosto. Tynnodd y papur ac agor y bocs. Cyfflincs! A'r llythyren T ar y ddwy. 'Casi! Casi!' meddai i wacter yr ystafell wely. 'Nid rhywbeth i'w wisgo ydy crys hefo chdi, ond rhywbeth i'w dynnu!' Caeodd y bocs a'i roi'n ôl hefo'r papur yn y drôr.

* * *

Darllenodd Leri Rhydderch yn y tywyllwch y geiriau ar sgrin lachar ei chyfrifiadur. 'O, ia!' meddai i'r tywyllwch. 'Mae hyn'na'n well na da iawn, yr ochr ora i ragorol, ddudwn i. Er mai fi sy'n deud!'

Cofiodd yn sydyn nad oedd Roj wedi ffonio. Cofiodd hefyd iddi ddweud wrtho am beidio.

* * *

O'i drwmgwsg yn nhŷ ei chwaer, cyffyrddodd cledrau dwylo'r cyn-Barchedig Ieuan Humphreys ei gilydd o dan y dillad, fel petaent yn greddfol gofio ystum pader.

* * *

Cysgai Twm Owen mewn breuddwyd o goed. Y rhai mwyaf a welodd erioed.

* * *

41

'"I do not think we have begun to even realise the possibilities of the camera", Alvin Langdon Coburn, 1916' darllenodd Nerys cyn cau'r llyfr. 'Time for bed,' meddai wrthi ei hun. Nid oedd hyd yn oed wedi amgyffred mai yn Saesneg yr ynganodd y datganiad mwyaf personol yna. A'r llyfr yn do-bach ar y glustog wrth ei hymyl.

* * *

Llifodd dagrau i lawr gruddiau'r Casi orweddog, noeth. Dagrau a oedd yn hen gyfarwydd â llwybrau eu taith, fel afon yn greddfol ganfod ei gwely eto ar ôl i ddynion geisio newid ei chwrs.

Daeth braich gysglyd am ei chanol a'i thynnu'n nes ato. Teimlodd Casi rywbeth fel tynerwch yn y tynnu hwnnw a throdd ei phen i'w gyfeiriad mewn syndod ac arswyd.

* * *

'Chdi sy 'na?' meddai Tom Rhydderch o'i gwsg.

Gyda'r geiriau yna y diweddodd diwrnod ei ben-blwydd yn chwe deg a chwe blwydd oed.

* * *

A'r düwch ar beni-ffarddin olwyn fawr y lleuad ac olwyn fach Gwener yn tramwyo'r cosmos.

Un Diwrnod

'I'm in a bloody field!' meddai Reggie Hindley wrth rywun y pen arall i'r ffôn, ac yntau'n eistedd ar fonet ei Lamborghini. 'That's right!' meddai. 'What does it look like? More akin to a Morris Dancers' convention than a wedding! ... I hope it's bloody legal! Or maybe I hope it's not! ... Welsh? It's like trying to understand rooks in a rookery ... Only me so far ... Look, I better go ... Yeah, catch you later ... Me too. Bye!'

Pocedodd ei ffôn a thuchan. Wrth edrych ar y cae difarodd ddod yn ei Lamborghini. Nid yn gymaint y car ei hun, ond ei liw – pinc – a fedrai'n hawdd roi'r argraff ei fod ef wedi gwneud ymdrech i ymdoddi i'r lliwiau o'i gwmpas, oherwydd yno yng nghanol y cae yr oedd cylch o foncyffion onnen a rhubanau silc bob lliw wedi eu plethu amdanynt, ac o frig pob boncyff rhedai rhubanau eraill yn gris-croes nes creu nenfwd amryliw. Yn hongian o'r nenfwd yr oedd dwsinau o sêr arian o bob maint, eu metel yn tincial yn erbyn ei gilydd. Ar lawr, yng nghanol y 'deml' hon, yr oedd cylch o ddarnau o lechi, ac yng nghanol y cylch faen mwsoglyd y tasgai dŵr ohono. Enynnodd hynny rywfaint o chwilfrydedd yn Reggie, y mecanic, a pheri iddo holi sut oedd peth fel yna'n gweithio: pwmp neu ddisgyrchiant? Neu'r ddeubeth!

O'r giât hyd at fynedfa'r 'seintwar' ac i greu llwybr, yr oedd coed ffawydd o boptu, mewn potiau pridd gleision. Ac ar y llwybr betalau rhosod.

Yn sydyn, fel yr edrychai Reggie ar yr olygfa ryfedd hon, ar y bore braf hwn o galan Mai, teimlodd ryw deimlad dyfnach ac is na'r meddyliau gwrthnysig a oedd wedi ei feddiannu hyd yn hyn. 'She's my daughter!' meddai fel cytgan i'r is-deimlad hwnnw. Canodd ei ffôn eilchwyl a phenderfynodd beidio â'i ateb oherwydd yr oedd ei flaenoriaethau ar amrantiad rywsut wedi newid fel petai rhywbeth wedi ei yrru'n groes iddo ef ei hun.

Safodd yn ei unfan a gadael i dincial y sêr a sŵn y dŵr ei suo. Gadawodd i lun o Lat ac yntau'n dod allan i'r haul ar fore cyffelyb, flynyddoedd lawer yn ôl, o gapel yn Amlwch lenwi ei grebwyll. Teimlodd wres ei gwên a gwrid ei hapusrwydd yn gorgyffwrdd â'i ddiddosrwydd ef – y ddau yn ieuanc ac yn heini. Canfu ei hun ar ymyl cae yn groes i'w ddymuniad yn wylo am yr hyn a fu ac am yr hyn na fu. Ymffurfiodd y geiriau fel o'u gwirfodd: 'I'm sorry, Lat!' A'r geiriau yn y dyn yn teimlo mor ddiymadferth â llaw yn cael ei chodi yn erbyn Jag gor-gyflym ac yntau yn ei lwybr. Yn yr awel troellodd un petal rhosyn a glanio ar ei ysgwydd. Rhwbiodd y petal rhwng ei fys a'i fawd gan deimlo'i lyfnder a'i feddalwch. Canodd ei ffôn ac atebodd y tro hwn. 'I know,' meddai. 'Didn't catch it in time ... Yeah, yeah! Tell him he can have it for thirty grand. Vintage motor like that ... My daughter's wedding, mate! ... I will, I will! ... Cheers then!'

Aeth i'w boced a dod o hyd i'r darn papur hefo'r cyfarwyddiadau sut i gyrraedd Clyd. Trawodd gledrau ei ddwylo yn erbyn pocedi ei siaced a'i drowsus. Ond gwelodd yr allweddi drwy ffenest y car yn hongian o'r ignisiyn mewn pwll o oleuni. 'Like earrings,' dywedodd wrtho'i hun.

* * *

'Roj!' gwaeddodd Leri o ddrws y lolfa. 'Ty'd â *tier* ola'r gacan o'r pantri, os gweli di'n dda. Ond yn ofalus, tydw i ddim isio colaps!"

Aeth yn ei hôl i'r lolfa ac edrych ar y gwydrau siampên. Pendronodd uwch eu pennau gan feddwl eu bod braidd yn brin.

'Mi fedrem wneud hefo rhyw chwe gwydr arall, ti ddim yn meddwl, Casi?'

Â Casi ym mhen pellaf yr ystafell yn trefnu canapes ar blatiau, ni chlywodd yn iawn ganfed cwestiwn Leri y bore hwnnw.

'Be rŵan?' ebe Casi. Ond lliniarodd ei thôn a holi'n wahanol: 'Oeddat ti'n deud rwbath?'

'Meddwl,' atebodd Leri, 'ein bod ni angen mwy o wydra siampên. Mond wyth sydd 'ma!'

'I wyth gwesti! Felly mae gin ti ddigon.'

'Ond ddim tasa gwydr yn cael ei falu.'

'Os digwyddith hynny, yna mi gei nôl un arall, yn cei!'

'Caf,' ebe Leri. 'Ti'n iawn! Ac mae wyth gwydr yn edrych mor gymesur. Sgŵar clên, sgleiniog.'

Daeth Roj i mewn yn cario'r gacen yn araf, bwyllog fel petai mewn rhyw seremoni gyfrin, ddifrifol.

'Lle mae hon i fynd, Mrs Jenkins?' holodd.

'Gofyn i Mrs Rhydderch,' atebodd Casi ef a wincio arno.

'Leri! Lle?' ebe Roj.

'Mi wnawn ni'n dau hefo'n gilydd,' meddai Leri. 'Cym' di un

ochor a finna'r llall, a'i gosod hi'n bwyllog ar ben y ddau "dier" arall. Ty'd!'

Gan mor fechan oedd y gacen, a'r ddau o boptu iddi, nid oedd Leri Rhydderch a Roger Jenkins wedi bod mor agos â hyn at ei gilydd ers tro byd. Symudodd y ddau wysg eu cefnau ar hyd y lolfa hir, nes cyrraedd y bwrdd a'i liain gwyn, llawn starts, yr oedd gweddill y gacen briodas yn gorwedd arno. Edrychodd Casi arnynt a theimlo eto ym mhwll ei stumog yr euogrwydd nad cacen yn unig a oedd wedi dod rhwng Roj a Leri, ond y hi. Roedd hynny dair blynedd yn ôl ond nad yw teimlad, wrth gwrs, yn cadw amser. Presennol parhaus sydd i deimlad.

'Ara bach rŵan, Roj!' meddai Leri. Gollyngwyd y gacen yn dyner ar y pileri Corinth bychain a symudodd y ddau oddi wrth ei gilydd i bellter cyfforddus a diogel.

'Oes yna rywbeth i fynd ar y top?' holodd Roj. 'Rhyw "Fistyr a Misus"? Fel gaethon ni, yntê Casi?' A difarodd ei ddweud.

'Nefoedd wen, nag oes!' meddai Leri. 'Mi gaethon strach i'w pherswadio hi i gael cacen. Mi fydda petheuach fel yna ar y top yn ormod. A choman!'

Meddyliodd Casi fod y gair 'coman' octif yn uwch na'r geiriau eraill.

'Sgin i ddim tast, mae'n amlwg!' ebe Roj.

Bownsiodd y gair 'tast' yn annelwig rhwng y ddwy wraig, a oedd erbyn hyn yn sbio ar ei gilydd.

'A dyna'r ganape olaf yn ei lle!' meddai Casi'n troi at y bwrdd.

'Popeth yn ei le,' ymatebodd Leri. 'Y gacen, y canapes, y gwydrau, y siampên yn oeri yn yr oergell, y blodau ... O! Un peth ar goll. Mae hi isio'r Brancusi yn y canol yn fan'na! Swyddan i Tom – pan ddaw o. Mae o'n licio ffidlan hefo'r Brancusi.'

'Ar y gair!' meddai Roj, pan glywsant sŵn y drws ffrynt yn agor a chau. Gwrandawsant ar sŵn cerddediad yn dynesu ac edrych i gyfeiriad drws y lolfa heb ddweud dim.

Ymddangosodd dyn canol oed mewn siwt liain wen, ei wallt hir ond taclus yn britho.

'John!' ebe Leri. 'Good walk, I trust?'

'Stunning!' atebodd. 'The quality of the light was something else. I told her she should have had an early morning wedding if she wanted superb photographs. But there again, it will have a different texture by three. Equally good.'

'Let me introduce you,' meddai Leri. 'Professor John Sutherland. Dr Roger Jenkins and his partner, Casi.'

Yn ei meddwl ffeiriodd Casi y gair 'partner' am y gair trymach – ac iddi hi, saffach – 'gwraig'.

'Good to meet you, guys,' ebe'r Athro Sutherland.

'So, you're the photographer,' meddai Casi.

'John's an academic,' ebe Leri. 'Today is merely a special favour for one of his brightest students.'

Dyn tynnu lluniau ydy dyn tynnu lluniau, mynnodd Casi'n fewnol.

'Pwy gaethon ni, dŵad, Roj?' aeth Casi yn ei blaen. 'What was his name?' a'i hacen yn fwriadol yn Cymreigio. Teimlodd ei hun yn tynnu maneg o'i dwrn.

'No one so prestigious!' ebe Roj. 'Good to meet you, Professor.'

'Ond mi roeddan nhw'n llunia da iawn,' meddai Casi.

'Come, John!' ebe Leri. 'You'd be wiser to take the photographs of the Brancusi now, before Tom comes. The light will be much better now, I think, coming in as it does this time of day through the large bay.'

Llywiodd Leri ef i gyfeiriad y drws.

'I bought Dr Roger a new digital camera on our wedding anniversary,' meddai Casi.

'Film still excels!' ebe'r Athro Sutherland wrth adael yr ystafell. 'We purists, I'm afraid!'

'Paid â suddo'n is, cariad,' sibrydodd Roj i'w chlust.

Symudodd Casi un gwydr siampên i'r ochr oddi wrth y gweddill a'i adael yno.

'Nice couple,' meddai'r Athro Sutherland y tu allan i'r drws ac o glyw Roger a Casi.

'"Nice" is such a useful word, isn't it,' atebodd Leri.

A gwenodd y ddau ar ei gilydd.

* * *

'Dim byd, Tom, fydd yn costio mwy na deugain punt,' oedd gorchymyn Nerys iddo.

'Am y tei rwyt ti'n sôn, dwi'n cymryd!' ymatebodd Tom.

'Am y cwbl,' ebe hithau.

'Felly, dim *morning suit*!'

'Yn bendant, dim *morning suit*,' meddai Nerys. 'Tri o'r gloch y pnawn. Cofio!'

'Ac mi fyddi di'n priodi'n noethlymun, mwn.'

'Tom!' ebe Nerys. 'Dacia chi! Dach chi wedi datgelu cyfrinach y ffrog.'

Cellwair oedd hi, tybed?, meddyliodd Tom Rhydderch.

A'r bore hwn ar y gwely yr oedd gwerth llai na deugain punt o ddillad priodas. Cyfuniad o siopa Tom yn Oxfam a'r Groes Goch.

Yn ei grys-taid llwyd, ei drôns glas – ond nad ail-law oedd y trôns, na'i sanau brown, ychwaith – eisteddodd Tom ar erchwyn ei wely gan edrych drwy'r ffenest. Gallai weld rhimyn o'r môr dros bennau toeau'r tai islaw a'r goleuni'n binnau mân drosto. Roedd môr fel yna wastad, am ryw reswm odiaf fyw, yn peri iddo glywed cerddoriaeth Vivaldi yn ei ben, cerddoriaeth y teimlai Tom nad oedd yn ceisio 'dweud' dim byd, ond yn hytrach yn bodoli ar yr wyneb – nid yn arwynebol, ond gan ddilyn amlinell bywyd ei hun. Asbri, ffyrnigrwydd, tawelwch, fflachiadau, egni'r nodau: yr oedd eu clywed yn ei alluogi i fyw dilysrwydd am y cyfnod prin y parhâi'r miwsig, heb y strach o geisio darganfod rhywbeth 'mawr' neu 'o bwys'. Teimlai'r un peth wrth fôr-syllu: ton yn codi, fflach ei sglein, yna cwafrio'n ewyn, a diffodd yn wlybaniaeth llipa ar y tywod tamp.

Ond pam nad oedd hynny fyth yn ddigonol iddo? Oherwydd mai dyn y strach ydoedd a'i eiriau'n barhaus yn pysgota am 'rywbeth' a oedd yn wlyb domen o 'ystyr'. Bradychodd y geiriau rheiny ef. Ond rywsut yr oedd hynny, hyd yn oed, yn ei blesio gan ei gadw yn y strach. 'Damia!' meddai â gwên.

A'r môr o'i flaen yn byls enfawr o oleuni a ffidil Vivaldi yn tasgu gwreichion nodau o'i 'Gloria' yn ei ben, gwisgodd y llodrau coch dwybunt a chweugain a oedd yn crefu am hetar smwddio, a rhoi'r siaced gordyrói felen golau amdano. 'Bargan honna!' oedd sylw dynes y siop am y siaced. 'Fel newydd.' 'Pa mor agos at "newydd" y mae'r gair "fel" yn medru mynd â dilledyn?' holodd Tom hi. 'Peidiwch â chabaloitsian!' meddai'r ddynes yn ôl. 'Ydach chi isio hi neu beidio? Mae honna wedi dŵad o le da.' A thalodd yntau ei seithbunt.

Crème de la crème ei wisg oedd y brôgs brown pymtheg punt. Ar ôl eu rhoi am ei draed byseddodd y tyllau yn y gwaith lledr fel petai'n ceisio clywed eu hanes blaenorol ganddynt a theimlodd bleser yn y weithred. Tynhaodd gareiau un esgid ar ôl y llall a chau cwlwm cadarn ar y ddwy. Cododd ar ei draed, ysgwyd ei gorff yn gyflym i fyny ac i lawr gan ddirnad solatrwydd ynddo'i hun. 'Y gwas priodas yn barod,' meddai'n uchel.

Ar y *dresssing table* yr oedd ei anrheg i'r ddau wedi ei lapio'n barod.

Petryal o bapur aur. Rhedodd Tom ei fysedd ar hyd y papur a deffrowyd yn ei gof y pnawn dydd Mawrth hwnnw dair blynedd yn ôl pryd y gwelodd Nerys am y tro cyntaf erioed. Daliodd i rwbio'r papur fel petai'n ceisio tynnu mwy o'i gof.

Y trên yn cyrraedd gorsaf Bangor. Y drws gyferbyn ag ef yn agor a Roger Jenkins y cyntaf allan. 'Tom!' meddai Roj wrtho ar hyd ei din. Tom yn cydio yn ei fraich a'i stopio, ond 'run o'r ddau'n sbio ar ei gilydd. 'Gofyn iddi hi eto. Cadarnhaol fydd yr ateb y tro nesa,' ebe Tom wrth Roj. 'Dwi'n nabod, Leri.' Heb ddweud dim yn ôl, aeth Roger Jenkins yn gyflym yn ei flaen.

Edrychodd i fyny ac i lawr y platfform a gweld merch ieuanc yn sefyll yn ei hunfan, a golwg ar goll arni braidd. Cerddodd ati.

'Fi ydy Tom,' meddai.

Syllodd yr hogan arno am yr hyn a deimlai i Tom yn hydion.

'Mi fedrwch chi ga'l eich riportio am beth fel'na,' meddai hi'n ôl gan gerdded oddi wrtho.

Heb iddo'i gweld aeth Casi heibio, ei phen i lawr, un llygad i gyfeiriad ei gefn, a rhuthro i fyny'r grisiau.

'Mr Rhydderch?' meddai llais o'i ôl.

Teimlodd Tom yn chwithig braidd oherwydd mai Nerys oedd wedi dod o hyd iddo ef, fel petai rhyw rym yr oedd o ei angen wedi ei ddwyn oddi wrtho.

'Mi o'n i'n disgwl gweld camera,' meddai wrthi.

'Sorri!' ebe Nerys. 'Dwy goes fel y gwelwch chi. Nid treipod!'

A chafodd Tom y caniatâd i edrych ar ei choesau. Ond jîns! Dyn sgert oedd ef.

'Ddrwg gin i neud trafferth,' meddai Nerys.

'O!' ebe Tom. 'Merch i'w mam! Dim ond Cymry sy'n dechrau sgwrs hefo ymddiheuriad. Croeso adra!'

'Adra!' meddai Nerys yn adleisio'i air a'i flasu yr un pryd â boddhad.

'Mi'r awn ni am y car. Ond gwrandwch! Mae raid i mi godi rhywun yn Ysbyty Gwynedd. Meindio?'

'Of course not,' meddai hithau.

Tom glywodd y Saesneg, nid y hi.

Wrth y goleuadau, dri char o'i flaen, gallai Tom daeru mai Roger Jenkins oedd wrth y llyw a rhywun wrth ei ochr ond na allai ei weld – ei gweld? – oherwydd yr *headrest*, ac erbyn iddo droi i gyfeiriad yr ysbyty roedd y car wedi hen fynd i lawr y lôn arall.

Ar y pafin ger mynedfa Ysbyty Gwynedd safai Twm Owen yn wên o glust i glust. Wrth gamu i'r sêt gefn, meddai: 'Dim byd siriys, Mr Rhyddach. *Gentle worts*, medda'r doctor a mae o 'di rhoid rwbath i mi. Fawr o ddoctor, y Doctor Huws 'na.'

'Falch o glywad,' meddai Tom Rhydderch. 'Ond dyma ti Nerys. O Lerpwl. Mae hi wedi dysgu Cymraeg.'

'That's good!' ebe Twm Owen.

'Nid dysgu wnes i,' meddai Nerys wrth Tom Rhydderch, 'ond etifeddu.'

'Wrth gwrs!'

A thrawodd ei phen-glin yn ysgafn â'i law.

Yn y drych ar y ffordd yn ôl medrai Tom Rhydderch weld nad oedd Twm Owen yn medru tynnu ei lygaid oddi ar Nerys Hindley.

'Sgin ti ddim gobaith, washi,' meddai wrtho'i hun.

Cododd Tom Rhydderch ei fys oddi ar y papur aur a daeth ei gofio i ben.

* * *

Cyrhaeddodd Tom Rhydderch a Reggie Hindley Clyd yr un pryd.

Daeth y ddau allan o'u ceir yr un pryd.

'This Clyde, mate?' holodd Reggie.

'The very place! Same as in Scotland,' ebe Tom.

'Is there?' meddai Reggie. 'Nice pile!' ychwanegodd gan amneidio tua'r tŷ helaeth. 'A real Southport house this. I'm Caroline's dad.'

'Tom!'

'At long last! I've now a face for the idol. Good to meet you, Tom. Reggie!'

Ysgydwodd y ddau law.

'But you don't live here, do you? You're divorced, aren't you? Death interfered with my wife's intentions. The sod. Death, that is.'

Nid atebodd Tom ef ond ei arwain gerfydd ei benelin at y drws ffrynt a chanu'r gloch.

Edrychodd Reggie yn hurt arno.

'One of the conditions of the divorce settlement,' meddai Tom yn edrych yn syth o'i flaen ac wedi deall penbleth Reggie.

'I be,' meddai Leri Rhydderch yn ei phais yn agor y drws, 'wyt ti isio canu'r gloch? Peth gwirion i'w neud, a'r lle 'ma'n ddigon prysur fel mae hi. O!' ebe hi'n ffrwcslyd i gyd pan welodd Reggie Hindley.

'What a welcome in the hillsides!' meddai hwnnw'n edrych arni. 'Reggie, Caroline's dad.'

Cynigiodd ei law iddi, a gafaelodd Leri ynddi'n llipa.

'Mind the oil,' meddai Reggie. 'Only kidding!'

'Nefoedd fawr!' ebe Leri o dan ei gwynt.

'Dwi ar ganol newid, Tom,' meddai'n hyglyw. 'A lle ti 'di bod? Do come in. I'm sorry, Reginald, we're at sixes and sevens here. You are very welcome. Make this house yours, please!'

'Not before you give me the deeds first,' ebe Reggie.

'Ha!' meddai Leri yn ffugio chwerthiniad.

'Fo ydy'i thad hi, wir!' ebe Tom mewn islais.

'Ei mam ydy hi, mae'n amlwg,' meddai Leri. 'Just telling Tom to make you something to eat, Reginald.'

'I'm fine,' ebe Reggie, ei gellwair wedi diflannu oherwydd gwyddai'n iawn beth oedd ystyr 'just saying' o'r dyddiau rheiny o iâ pan ddeuai ef i mewn i ganol sgwrs rhwng Lat a Caroline. Caroline yr oedd ei mam wedi ei throi yn Nerys. Ac o'i marwolaeth wedi cario'r dydd. Teimlodd eto weiren bigog brawddeg Gymraeg yn cael ei thynnu drwy un o'i wythi. Gwelodd Tom y newid yn ei wyneb.

'She really means it, you know,' meddai Tom.

'I've eaten on the A55,' ebe Reggie'n sych yn ôl.

'Paid â deud be ydw i'n ei feddwl neu ddim yn ei feddwl,' meddai Leri.

'Anything I can do so that the sixes can find the sevens?' holodd Reggie, yn cofio mai hwn oedd diwrnod priodas ei ferch, Caroline.

'You can help Tom move the Brancusi, Reginald, if you don't mind,' ebe Leri.

'I've sold many a Lamborghini but I'll be damned if I've clapped eyes on a Brancusi,' meddai'n meddalu fwyfwy.

Chwarddodd Leri fel petai'n ddiffuant.

'Gwna fo'n reit handi,' ebe hi wrth Tom, 'er mwyn i ti gael mynd adra'n ôl i newid. Mae golwg y diawl arnat ti.'

Penderfynodd Tom beidio â dweud dim.

Â Tom yn mwytho'r cerflun yn ôl ei arfer, esgynnodd Leri Rhydderch y grisiau, letrig silc ei phais yn tynhau'r defnydd am ei chluniau a'i choesau, ei phen-ôl yn siglo'r mymryn lleiaf.

'Nice,' meddai Reggie yn ciledrych ar Leri.

'I've always loved it,' ebe Tom.

'I'm not surprised,' meddai Reggie.

'Such beauty within your hands,' ebe Tom.

'Yeah,' meddai Reggie.

Trodd Leri ei phen a gweld fod Reggie yn edrych i'w chyfeiriad.

Cariodd Tom y Brancusi a chariodd Reggie y plinth i tuag at y lolfa.

Bu bron i Casi daro yn eu herbyn a hithau mewn hast wyllt yn dod allan o'r ystafell.

'Now, that's a collision I wouldn't mind being in,' ebe Reggie'n edrych ar Casi.

'O! mae'n ddrwg gen i,' meddai Casi. 'Ar ras wyllt. Wedi addo trin gwallt Nerys. Ac mae hi'n disgwl amdana i yn ei llofft ers meitin.'

'Dyma dad Ne... Caroline,' ebe Tom.

'Dach chi'ch dau 'run ffunud,' meddai Casi wrth Reggie. 'Deud wrtho fo mod i'n deud, Tom.'

'Be ydw i – dy gyfieithydd di?'

'Whatever you said,' ebe Reggie, 'I'll agree totally with you!'

'I was just saying,' meddai Casi, 'that you and ... are so alike.'

'You're not a "just saying" person, I don't think. But we are, aren't we. My girl and me.'

Boddwyd y tri gan fflach o oleuni. A llais wedi'r fflach o du ôl i gamera yn y lolfa'n dweud: 'I shall call it "Famous Welshman with Famous Sculpture". But maybe something less prosaic and more arty. Remember me, Tom?' holodd yr Athro John Sutherland.

Oedd, yn iawn – yn ffotograffydd ieuanc, egnïol a ddilynai Tom fel ffurat ar hyd coridorau'r Llyfrgell Genedlaethol a bron i fyny twll ei din.

'I do! I do!' meddai Tom. 'I lost Book of the Year and you won the National Geographic photography prize.'

'I thought you'd won!'

'Na! No!' ebe Tom yn cofio blas y colli o hyd.

'I've had some lovely shots of that,' meddai'r ffotograffydd, yn pwyntio at y Brancusi hefo'i gamera.

'I'd like copies,' ebe Reggie yn edrych ar Casi.

Cododd hithau ei haeliau.

'Look, old boy,' meddai John Sutherland, 'I need to reach the venue so that I can set up and take some light readings. We'll have plenty of time to reminisce later.'

Ond nid oedd fawr o awydd yn yr 'old boy' i wneud hynny.

Cododd John Sutherland ei law yn ffwr-bwt ac anelu am allan.

'Y gwallt i minna,' meddai Casi gan adael i'w bys lithro'n araf ar hyd tro'r plinth.

Yn y lolfa yn edrych drwy'r ffenestri hir, a'i gefn tuag atynt, safai Roger Jenkins. Â'i fys pwyntiodd Tom at y safle ar y llawr lle dylai'r plinth gael ei osod.

'Job done!' meddai Reggie wrth ei roi i lawr yn yr union fan. Arno dododd Tom y Brancusi. Yna cerddodd at Roj a sefyll wrth ei ochr, y ddau'n sbio i'r un cyfeiriad, nid ar ei gilydd. Ni ddywedodd yr un o'r ddau yr un gair.

'Tom,' ebe Roj yn y man.

'Esgus ydy dydd priodas,' meddai Tom, 'i gogio bach fod y byd a phob dim yn y byd yn iawn.'

'Dyfyniad o ble fyddai hwnna rŵan, Tom?' holodd Roj.

'Ac felly,' aeth Tom yn ei flaen, 'dwi'n awgrymu cadoediad rhyngddon ni'n dau heddiw. Cytuno?'

'Gweinier y cledd,' ebe Roj, 'a dyfyniad ydy hwnna.'

Cynigiodd Tom ei law iddo.

'Sdim isio mynd dros ben llestri chwaith,' meddai Roj yn ei gwrthod.

'Dad!' ebe Nerys o ddrws y lolfa a throdd y tri i'w hwynebu.

Edrychodd Reggie arni. Oedodd beth cyn dweud dim fel petai'n gorffen brwydr ag ef ei hun. Agorodd ei freichiau.

'Ca... Nerys! ... My love!' meddai.

* * *

Ar ddiwrnod ei briodas, yn nhŷ ei fam, traed oer a deimlai Twm Owen. Yn ei ddychymyg chwiliai am goeden i'w dringo. Sycamorwydden, os yn bosibl, a dwylo'i dail yn ei guddied a'i warchod, ac yntau'n uchel ar ei brig o'r golwg. Nid oedd yr un ar gael. A gorfu iddo aros hefo'r cwestiwn a'i plagiai o dro i dro, a heddiw yn arbennig felly: ai oherwydd ei bod yn ei bitïo yr oedd Nerys wedi cytuno i'w briodi? Ond hi a gytunodd. Hi ofynnodd. O fath.

Ni allai Twm Owen anghofio adwaith Reggie pan gyfarfu'r ddau gyntaf oll. Wedi iddo edrych ar ei ddarpar fab-yng-nghyfraith am ychydig eiliadau, 'Jesus!' oedd ei gyfarchiad cyntaf.

'Mi fedrat wneud yn waeth na chael dy gymharu ag Iesu Grist,' cysurodd Nerys ef ar y trên yn Formby ar y ffordd yn ôl. 'Gwranda!' meddai wrtho a'r trên bellach yn gadael Blundellsands. 'Er mwyn i dad dy licio di mae'n rhaid i ti gael pedair olwyn yn lle breichia a choesa, a *fuel injection* yn hytrach na chalon. Nid mynd â chdi yno er mwyn cael ei ganiatâd o wnes i, ond i dy ddangos di.' 'Fel dangos car newydd, ia?' cofiodd Twm iddo ateb. Pan arhosodd y trên yn Waterloo a Twm wedi gwneud dim ond edrych ar ei efell ansylweddol yn ei ddilyn bob cam o'r ffordd yr ochr draw i'r gwydr, meddai Nerys wrtho: 'Gwnaf!' 'Be?' ebe Twm. 'Nid dyna'r cwestiwn y mae "Gwnaf!" yn ateb iddo,' meddai hi wrtho. Trodd Twm i edrych arni a chanfu Nerys y cwestiwn yn nhristwch ei lygaid. Cusanodd y ddau. 'Them two's kissin',' meddai hogan fach o'i sedd gyferbyn â hwy wrth ei mam. 'He's just asked me to marry him. That's why!' ebe Nerys yn torri o'r gusan. 'And you're the first one I've told.'

Yng ngorsaf Lime Street y daeth Twm o hyd i'r geiriau: "Nei di mhrodi fi?' 'Sorri!' meddai Nerys. 'Dwi newydd addo i ryw foi ar y trên gynna.' 'Hen ast,' meddai yntau'n ôl. 'Ty'd!' meddai wrtho a'i lusgo o'i hôl gerfydd ei law i gyfeiriad Heol yr Eglwys. O flaen Woolworths yr oedd peiriannau gwydr yn llawn o dda-da a theganau. 'Hwn,' meddai Nerys am un o'r peiriannau, 'ond chdi sy'n talu! Ty'd â hannar can ceiniog i mi.' Chwilotodd yntau'n ddiddeall yn ei boced, dod o hyd i un, a'i roi iddi. Gwthiodd hithau'r darn arian i agen yn y peiriant, troi'r nobyn a disgynnodd modrwy mewn bybl plastig o dwll yn y teclyn. 'Hwda!' meddai wrtho. 'Agor hwnna a rho'r fodrwy am 'y mys i!' 'Ond, Nerys,' ffromodd Twm, 'tydy hyn ddim yn cymryd y peth o ddifri. Chwara hefo fi wyt ti?' 'Dallta hyn,' meddai hi'n ffrom yn ôl, 'canpunt drosodd gostiodd modrwy dyweddïo Dad a Mam, oedd yn lot o bres bryd hynny. A wyddost ti faint oedd gwerth y briodas yn y diwedd? Hannar can ceiniog! 'Dan ni'n dechra o'r pen arall. Rŵan, rho hi ar 'y mys i!' Ymbalfalodd Twm i agor y swigen blastig a thynnodd fodrwy werdd a'i diamwnt coch ohoni a gafael yn llaw Nerys. 'Llaw rong,' ebe hithau, 'ti ddim wedi gneud hyn o'r blaen, yn naddo?'

'Ydy, ydy!' ymatebodd Leri Rhydderch wrth droi a throsi llaw Nerys yn uchel yn y goleuni a ddeuai drwy ffenest fawr y lolfa yn Clyd y noswaith honno er mwyn iddi gael golwg iawn ar y fodrwy. 'Mae hon yn duedd mewn celf gyfoes,' esboniodd Leri i'r ddau, 'a'i gwreiddiau yn Duchamp a'i "ready-mades", decini, i droi'r *tacky* a'r agos-wrth-law yn estheteg i ryfeddu ati. Jeff Koons ydy'r enw

57

mawr bellach. Er, cofia, tydw i ddim yn licio Koons.' Edrychodd
Leri ym myw llygaid Nerys, edrychodd ar y fodrwy, edrychodd
yn ôl ar Nerys a holodd yn gyffro i gyd: 'Nid Koons, naci!'

'Naci,' ebe Nerys.

'O'n i'n meddwl! Neu mi fyddai hon wedi costio ffortiwn,' ebe
Leri.

'Fasa fawr o syndod chwaith. Ond dwi'n cymryd nad yn dy drôns
yr wyt ti'n priodi?' meddai llais drwy ffenest agored y parlwr a
thu ôl i'r llais, Tom Rhydderch, a oedd wedi bod yn edrych ar
Twm Owen am rai munudau cyn dweud dim wrtho.

'Tom!' ebe Twm Owen ar ei union a'i lais yn llawn cynnwrf.
'Ydach chi'n meddwl fod Nerys yn 'y mhriodi fi oherwydd ei bod
hi'n pitïo drosta i? Mae 'na wahaniaeth dybryd rhyngthan ni.'

'Gwahaniaeth rhwng dau,' meddai Tom Rhydderch gan roi ei
ddwylo yn erbyn lintel y ffenest a gadael i'w freichiau gynnal ei
bwysau, 'sy'n gneud priodas. Nid tebygrwydd. Cwffio'n gilydd am
ein bod ni'n rhy debyg fu hanes Leri a fi erioed.'

Cerddodd Tom Rhydderch drwy'r sgylyri ac i'r parlwr.

'Paid ...' meddai wrth Twm Owen. Ond peidiodd ei eiriau wrth
syllu ar y lle gwag rhwng *Salem* a *Bless this House*. 'Paid,'
ailgychwynnodd, 'â gadael i mi dy glwad di'n deud hyn'na byth
eto! Ti'n dallt? Mae Nerys yn lwcus i dy gael di, ac mi ŵyr hi
hynny. Tydw i ddim yn ddyn da, ond mi rydw i'n adnabod daioni
pan wela i o.'

'Oeddach chi mewn cariad hefo Leri?'

Roedd cefnau'r ddau at ei gilydd yn null dynion o drin pethau
sy'n ddyfnach na'r arfer.

'O, oeddwn,' atebodd. 'Mi gwela hi rŵan ar ddydd ein priodas
yn dŵad i lawr y gangell yn Eglwys Llanbadarn ar fraich Reno. Ac
mi roedd pawb arall yn diffodd yn ei llewyrch hi. Mi oedd y cariad

mor fawr â hynny, washi. A finna ger yr allor fel lleuad bychan yn cael 'y ngoleuo gan ei haul hi. Ond tra oeddan ni'n dau'n tyfu tu mewn i'r briodas, ddaru'r cariad hwnnw ddim prifio a newid hefo ni. Mi ddaethon ni allan o'r eglwys yn ŵr a gwraig a gadael y cariad ar ôl ar ei ben ei hun wrth yr allor. A phan oeddan ni angan ei aeddfedrwydd o, mi sylweddolon ni fod y cariad hwnnw'n llawar rhy fach i fod o ddim iws. Yn rhywun arall y gwelis i'r cariad a ddylai fod yn eiddo i Leri a fi yn ei lawn faintioli. Soniodd dy fam wrthat ti am Rhiannon Owen erioed?'

'Do.'

Gwyddai Twm Owen fod Tom Rhydderch yn crio. Gwyddai Tom Rhydderch fod Twm Owen yn gwybod hynny.

'Paid ti â deud wrth neb dy fod ti wedi gweld Tom Rhydderch yn crio,' meddai.

'Amdani hi, Rhiannon Owen?'

'Am y ddwy, washi. A'r ddwy golled .... Mae hi'n bryd i ni fynd.' Ac wynebodd y ddau ei gilydd. 'Mi ges ditha gyllideb, mi wn! Dena ar y diawl, mwn, fel finna, ar gyfer dy ddillad priodas. Cer i newid. A wedyn mi'r awn ni.'

Teimlodd Tom Rhydderch y gwagle ar y pared â blaenau ei fysedd, lle y gwyddai y dylai rhywbeth fod.

Yn ei lofft gwisgodd Twm Owen ei grys gwyn digoler, ei jîns, a'r wasgod silc bob lliwiau.

'Oxfam!' meddai, yn dangos ei wisg wedi iddo ddychwelyd i'r parlwr.

'Snap!' ebe Tom Rhydderch. 'Ond lle mae dy sgidia a dy sana di?'

'Dim ond os oedd hi'n bwrw glaw. Droednoeth fel arall,' atebodd Twm Owen.

* * *

Edrychodd ei hadlewyrchiad ar Leri Rhydderch o'r drych a gweld ei rhyfeddod. Tair haen ei ffrog silc wen a'r rhimyn lleiaf o les rhwng yr haenau, y tyrban ar ei phen, y gadwyn ddiamwntiau y daeth Reno â hi'n anrheg i'w mam un tro o Tiffany's yn Efrog Newydd am ei gwddf. Winciodd ei hadlewyrchiad arni yr union adeg y winciodd hi ar ei hadlewyrchiad. Trodd o'r drych ac yng ngwacter ei llofft teimlodd ei hangen am rywun i edrych arni.

'Mae Roj a fi am ei throi hi, Leri,' ebe llais Casi o'r tu allan i'r drws. 'Wela i di yno.'

'Ia! Ewch chi'ch dau,' meddai hithau'n ôl yn ddi-ffrwt braidd.

Trwy'r ffenest gwelodd y ddwy goeden onnen, a dwy o'u canghennau'n cyffwrdd ei gilydd, fel petaent yn ffugio dal dwylo gan ddynwared dau gariad. A natur yn ei gwatwar hi – Leri Rhydderch.

* * *

Clywodd Nerys ddrysau'n cau a lleisiau anhyglyw'n pitran-patran hyd y tŷ fel petaen nhw'n llygod bach rhwng trawstiau. Edrychodd drwy'r ffenest a gweld ei thad yn eistedd ar fonet y car yn aros amdani. Roedd bonet car yn ddiogelach lle iddo, fe wyddai, na soffa a'i chlustogau. Agorodd y ffenest a gweiddi i'w gyfeiriad: 'Won't be long!'

'No worries, darling!' gwaeddodd yn ôl. 'It's your prerogative on your day to keep us all waiting.'

Daeth Roj a Casi allan o'r tŷ.

'Gofyn iddo fo ydy o'n gwbod lle i fynd?' meddai Casi wrth ei gŵr.

'Fo sy'n mynd â Nerys 'te,' ebe Roj, 'ac mae hi'n gwbod, tydy!'

'Nice car,' meddai Casi wrth fynd heibio.

'Lovely body,' ebe Reggie'n ôl.

'Oh, Dad!' meddai Nerys yn ei glywed wrth gau'r ffenest.

'Pinc!' ebe Roj. 'Mae lliw ei gar o'n binc.'

'Ydy, mae o,' meddai Casi.

Teimlodd Roger Jenkins, wrth newid gêr, y dylai gadw llygad ar ei wraig heddiw. Ond teimlad ydoedd, nid geiriau hyd eto wedi eu ffurfio yn fwriad.

'Garu di, Roj,' ebe Casi.

Clywodd yntau'r geiriau. Ond rhywbeth arall a deimlodd. A sŵn ei geiriau'n debyg i sŵn cyrtans yn cael eu cau'n sydyn rhag iddo weld y rhywbeth arall hwnnw.

'Mi wn i,' meddai wrth newid gêr eto. ''Dan ni ddim wedi bod mewn priodas ers ein priodas ni,' ychwanegodd fel pe bai'n ei hatgoffa.

'Dyna oedd yn mynd drwy meddwl inna pan o'n i'n trin gwallt Nerys gynna, ac mi ddudis hynny wrthi hi,' ebe Casi yn tynnu ei sgert fwyfwy dros ei phenagliniau.

'Oedd 'na rwbath arall yn mynd drwy dy feddwl di?' holodd Roj.

'Na, dwi ddim yn meddwl. Pam ti'n gofyn?' ebe Casi fel petai wedi dychryn braidd.

'Paid â chynhyrfu,' meddai Roj yn ôl. 'Nid cwestiwn mewn llys barn oedd hwnna i fod.'

Clywodd Nerys dair cnoc ysgafn ar ddrws ei hystafell a llais Leri o'r tu allan yn holi: 'Ga i ddŵad i mewn?'

Agorodd Nerys y drws iddi, Nerys yn ei ffrog wyrdd tywyll, ychydig dros ei phenagliniau, llinynnau tenau o'r defnydd ar ei hysgwyddau noethion, ei gwallt wedi ei godi ychydig ar ei phen.

'Mor dlws wyt ti ... A dwi'n meddwl fod hon yn gofyn am wddw fengach,' meddai Leri, yn tynnu ei chadwyn oddi ar ei gwddf ei hun. 'Tro rownd i mi gael ei gosod hi arnat ti. Tydw i mo'i hisio hi'n ôl, gyda llaw. Dy anrheg priodas di ydy hon.'

'Hen air bach od ydy "Diolch". Rhy fach yn aml i ddal yr hyn mae o'n gorfod ei gario. Ond, diolch, Leri.'

Teimlodd y gadwyn a'i diamwntiau'n llifo fel gwlybaniaeth oer ar hyd ei chroen, a bysedd Leri'n gosi mân ar ei gwar wrth iddi gau'r bwcwl, a'i hanadl yn goglais ei gwegil. A'i dwylo'n dyner ar ei hysgwyddau, gwthiodd Leri Nerys yn araf i gyfeiriad y drych.

''Na ti!' ebe Leri.

Gwelodd y ddwy ei gilydd.

'Fel mam a'i merch,' meddai Nerys.

Gair sy'n medru tynnu'n agos a gwthio i bellter yr un pryd yw'r gair 'fel'. A theimlodd Nerys golled ei mam yn union yr un adeg ag y teimlodd Leri'r gwacter o fod heb blant.

'Ti'n meddwl?' ebe Leri.

'Ydw, mi rydw i,' meddai Nerys.

Trodd Leri Nerys rownd a'i gwasgu ati ei hun a mwytho noethni ei chefn.

'Mi fydd yn chwith,' ebe Leri, 'wedi dy gael di'n fan hyn am dair blynedd drosodd.'

'Ydach chi'n cofio'r noson gynta, Leri?'

Eisteddodd y ddwy ar erchwyn y gwely.

'Lwcus,' ebe Leri, 'mod i wedi mynd draw i dŷ Tom, yn doedd, hefo'r llun o Ezra Pound gan Coburn, a chditha wedi dŵad yn ôl yno'n ffrwcslyd i gyd oherwydd bod y Bull wedi dybl bwcio. "Mi geith aros yma hefo fi," meddai Tom.'

'Na cheith wir!' medda chitha'n chwyrn. 'Mae'r lle 'ma fel cwt mochyn ac mae gin i fwy o le na chdi. 'Ngwarchod i oeddach chi, Leri?'

'Nid danfon y llun oeddwn i. Ond chwilfrydig. Pwy oedd yr hogan 'ma? Ond fasa Tom ddim wedi gneud dim, sti!'

Oedodd Leri, a meddwl. 'Dwi'n ei amddiffyn o, dŵad?' dywedodd.

'Ac mi ddaeth Casi i'r tŷ,' ebe Nerys, 'heb wybod ein bod ni'n dwy yno dan weiddi: "Mae dy bresant pen-blwydd go-iawn di wedi cyrradd 'nôl o Gaerdydd".'

'A'i gwep hi'n disgyn pan welodd ni'n dwy,' meddai Leri.

Chwarddodd y ddwy.

'Casi,' sobrodd Leri, 'oedd wedi bod hefo Roj y nosweithiau cynt.'

'Ydach chi wedi maddau i Casi, Leri?'

'Treigl amser yn llacio'i afael ar bethau sy'n brifo ydy maddeuant. Mae amball beth yn y treigl yna'n teimlo fel maddeuant,' atebodd Leri, 'ond teimlodd Tom y peth yn fwy na fi yn y bôn, er ei fod o'n deud nad oedd o mewn cariad hefo Casi, os buo Tom mewn cariad hefo neb erioed ond fo'i hun. Ond balchder dyn, ti'n gweld, pan ma' dyn arall yn hela, mela a choncro yn ei diriogaeth o. Fawr o wahaniaeth bryd hynny rhwng dynas a llwynog.'

'Ydach chi'n dal mewn cariad hefo Tom?'

'Weithia fedar cariad mond dŵad i'w oed pan fo dau nid hefo'i gilydd ond ar wahân ... A rwla ynof fi'n hun, mae'n siŵr 'y mod i ... mewn cariad hefo fo. Ond tydw i bellach ddim yn mynd i chwilio am y rhwla hwnna.'

'Mi fydda Tom yn licio i chi neud.'

'Unig ydy Tom,' ebe Leri, 'ac mae hi'n hawdd camgymryd unigrwydd am gariad. Un teimlad yn ffugio'r llall. Cwmpeini mae pawb isio yn y diwadd, ia ddim? A chariad yn esgus!'

'Be am Rhiannon Owen, Leri?'

'Ba! Dychymyg Tom yn cael y gora ar ei fywyd arferol o oedd hynny. Awen oedd hi. Mi gafodd y cyfle i'w phriodi hi a wnaeth o ddim. Ac mae o'n licio'r difaru rŵan. Dyn sentimental ydy Tom,

63

cofia di. Mae gynno fo ofn cariad go iawn drwy'i din.'

Aeth y ddwy'n ddistaw a chael eu bod yn dal dwylo.

'Mae 'na ran ohono' i, Leri,' ebe Nerys toc fel petai'n sydyn wedi darganfod ofn nad oedd hi ynghynt yn ymwybodol ohono, 'sydd ddim isio gadael yr ystafell yma.'

Edrychodd ar hyd ac ar led ei hystafell. Eiliadau a gymerodd hynny ond yr oedd cerbyd taith hir ar olwynion bychain yr eiliadau rheiny.

Trodd yr ystafell ar fyr dro o fod yn lle dros dro i fod yn gartref. Yma yr ysgrifennodd y rhan helaethaf o'i doethuriaeth ar fywyd a gwaith Alvin Langdon Coburn a dychwelyd i Lerpwl dim ond pan oedd raid. A dychwelyd o Lerpwl hefo mwy a mwy o'i thrugareddau. Y lluniau o'i mam a hi'n tyfu'n *collage* gyda'r misoedd ar y wal nes iddi 'ddarganfod' un diwrnod mai map o Wynedd ydoedd: ei mam ieuanc yn gwenu o Amlwch. Llyfrau Cymraeg ei phlentyndod yn twchu ar y silff yn fan 'cw. Yma yr ymwthiodd fwyfwy ac yn raddol bach Nerys y Gymraes, o groen y Caroline Saesneg.

A phan fedrodd ddod â llun o'i thad yn ôl gyda hi un diwrnod, deallodd fod Caroline yn ôl hefyd. A bod y galar am ei mam wedi prifio i le o gymodi pethau. Ac nad oedd raid iddi benderfynu rhwng Nerys a Caroline yn y diwedd. Ac mai peth ffug oedd cenedligrwydd, rhywbeth ar yr wyneb oedd ffiniau, a bod pobl yn eu dyfnderoedd yr un fath. Castell oedd ymwybyddiaeth o 'genedl', deallodd yn yr ystafell hon, i warchod eich hun pan fo ansicrwydd yn eich bygwth. Arf i gwffio ofn mewnol ac allanol. Wal i guddio tu ôl iddi.

Ond tybed, holodd yma'n aml, ai llais Caroline yn unig a fedrai ddweud hynny, ac na fedrai Nerys, na Tom Rhydderch, na Twm Owen, na hyd yn oed Leri, gytuno â hi ar unrhyw delerau?

Cofiodd fynd am dro yn y dyddiau cynnar gyda Tom

Rhydderch. Wrth fynd heibio capel a oedd bellach yn dŷ bwyta a gedwid gan bâr o Fanceinion ac arno'r dyddiad o hyd – 1904 – ebe Tom: 'Yn y flwyddyn honno mi gafodd y byd *Nostromo*, a mi gaethon ni ddiwygiad! Mae petha i'w gweld yn cyrraedd Cymru pan maen nhw wedi darfod mewn llefydd erill.' Ac iddi hithau ei ateb yn syth bìn, ond yn Saesneg: 'Tom! That's the real difference between us, isn't it? The Welsh are always "done to". We English just "do".' 'We English, Caroline?' chwarddodd Tom. Ond yr oedd tinc o chwerwder yn y chwerthiniad hwnnw.

Yma, drwy'r ffenest un prynhawn, y gwelodd Twm Owen yn codi rhosyn o'r goeden i'w drwyn i'w arogli. Er bod Twm yn ymwelydd cyson â Clyd, y prynhawn hwnnw, ac am y tro cyntaf, teimlodd deimlad a oedd ychydig bach yn fwy na hoffter. Ei weld wedyn yn dringo coeden a chyhyrau ei freichiau'n chwyddo, gan ddychmygu sut beth fyddai teimlo'r cyhyrau rheiny am ei chnawd hi.

Diniweidrwydd oedd ei hangen, sylweddolodd, wrth ei wylied – y diniweidrwydd cynhenid hwnnw sy'n peri i aderyn godi o'i nyth bob bore er mwyn gwneud yr hyn sy'n angenrheidiol i aderyn ei wneud a dim mwy. Gweithred nad oedd baich a loes ymwybyddiaeth yn mennu dim arni. Gweithredu'n rhydd o wybod eich bod yn gweithredu. Yr un diniweidrwydd sy'n galluogi llew i larpio ewig a'i rhwygo'n rhidens. Yr un diniweidrwydd a barodd i gell normal droi'n gell cancr a rheibio'i mam yn gyfan gwbl. Heb ymwybyddiaeth o eiriau fel 'da' a 'drwg', 'tlws' a 'ffiaidd'. Roedd hi eisiau byd cyn bod iaith. A rywsut roedd Twm Owen yn agosach na neb a welodd erioed at y byd hwnnw. Un ydoedd a oedd yn darganfod y byd nid drwy ei reswm, na'i grebwyll, na'i eirfa, ond drwy ystumiau hydwyth ei gorff yn gwingo'n osgeiddig drwy blethwaith canghennau'r coed. Ond un diwrnod disgynnodd o goeden ar ddamwain – neu o fwriad? –

wrth ei thraed. Penderfynodd, o'i weld yn griddfan ar y llawr, ei bod mewn cariad ag o.

'Mae'r ystafell 'ma'n gyfystyr â hapusrwydd i mi, Leri,' ebe Nerys.

'Ydy hi?' holodd Leri, yn cofio digwyddiad arall yn yr ystafell hon.

Canodd Reggie gorn ei gar.

'A diolch i ti,' ebe Leri, 'am gadw fy nghyfrinach i.'

Gwenodd Nerys arni.

'Ty'd!' meddai Leri a rhoi cusan ar ei thalcen.

Canodd y corn drachefn.

Cydiodd Leri yn ei braich a'i harwain am allan.

A Leri ar fin cau drws y llofft ar eu holau, 'Peidiwch!' meddai Nerys. 'Nid yn dynn. Gadwch o'n gilagored.'

Cerddodd y ddwy i lawr y grisiau fraich ym mraich a phersawr gwahanol y ddwy'n cydgymysgu yn yr aer o'u holau.

Wrth i Leri agor y drws ffrynt, ebe Nerys wrthi: 'Leri! Tydy Twm a fi erioed wedi caru.'

Daeth geiriau Reggie ar ei ffôn i'w clyw cyn i Leri fedru ymateb, a diolchodd am hynny.

'Tell him it's an insult to my bank balance. Thirty grand or no car. Ah!' meddai Reggie yn eu gweld, a diffodd ei ffôn. 'No need to rush. Sounding the horn was only a ten-minute warning. Coming with us, Larry?'

'Oh no!' ebe Leri. 'You two need to be alone. But let me go first.'

Wrth i Leri yrru heibio yn y BMW fflat top, meddai Reggie: 'Small world, eh? I remember the advert, you know!' "Don't just drink it, Dreno it!" Money is always made out of trash.'

'You should know, Dad!' ebe Nerys.

'Oh, I do!' meddai Reggie, yn llawn bodlonrwydd.

Plygai ffenestri'r car adlewyrchiadau'r coed wrth fynd heibio a'u taflu am yn ôl yn fflachiadau du a gwyn.

'Will I understand anything this afternoon?' meddai Reggie yn y man.

'Probably not!' ebe Nerys. 'But you will feel everything ... if you allow yourself.'

'You bet I will!' meddai.

* * *

Yno yr oeddynt yng nghanol cae mewn teml: seriff y môr oddi tanynt yn y pellter, y mynyddoedd o'u hôl yn wyddor o siapiau. Yno yr oeddynt yn aros amdani: Tom Rhydderch a Twm Owen yn edrych i gyfeiriad y giât; Casi a Roger Jenkins yn llonydd, ddistaw wrth ochrau ei gilydd; Leri Rhydderch yn cael gair ag Ieuan Humphreys a fyddai'n llywio'r seremoni; John Sutherland am y tro olaf a'r canfed tro yn archwilio'r camerâu roedd o wedi eu gosod mewn mannau penodol, ac yn medru eu gweithio o'r teclyn yn ei law, ei Hasselblad yn crogi am ei wddf. Yn y bwlch rhwng un cae a'r llall yr oedd perchennog y tir yn eistedd ar ei feic pedair olwyn yn edrych arnynt, ei gi yn y cefn yn edrych i gyfeiriad gwahanol. Minnau mewn llecyn anghysbell. Ambell wraig hyd y gwrychoedd wedi dod i fusnesu. A thonnau'r môr yn ferched yn chwifio'u hancesi gwynion.

Gwelodd Twm Owen a Tom Rhydderch fympyr crôm y car yn araf bach yn dod i'r fei ym mwlch y giât, wedyn ei drwyn pinc yn llithro heibio a dod i stop, a Nerys yn ffrâm ei ffenest.

A hithau ar fin agor y drws, mynnodd Reggie ei bod yn aros lle roedd, oherwydd mai gwaith *chauffeur* oedd agor drws.

O'i gweld cynullodd Ieuan Humphreys bawb o gwmpas y

cylch o lechi, pawb ond Twm Owen, a oedd i aros wrth y garreg ddŵr.

'Ydy hi'n saff yn fama?' holodd Tom Rhydderch ei gyn-wraig wrth iddo sefyll yn ei hochor.

'Wedi bod erioed, Tom. Lle rwyt ti sy'n ansad,' atebodd hithau.

Chwiliodd Roger Jenkins am law ei wraig, ei chanfod a gafael ynddi.

Dychmygodd Twm Owen ei hun mewn coeden a sadiodd hynny ef. O'i 'brig' gwelodd Nerys yn cymryd braich ei thad a gwyddai, er na welai, ei bod yn gwenu arno a gwenodd yntau'n ôl arni hithau.

Pwysodd Ieuan fotwm y peiriant chwarae cerddoriaeth a daeth y Largo o Gonsierto Vivaldi i'r Liwt a'r Fiola i fodolaeth.

Trodd y gweddill i gyfeiriad Nerys a'i thad.

Trwy'r gerddoriaeth clywid cliciadau meddal y camerâu, a thincial y sêr, a si'r dŵr yn gwlychu'r mwsogl ar y garreg.

Dynesodd Nerys a'i thad, a'u dyfodiad yn eu prifio yn llygaid y lleill fel yr âi'r pellter yn llai. Teimlodd Nerys fraich ei thad yn ymlacio yn ei braich hi. Cyffyrddodd petal rhosyn ei throed ddiesgid a chilio. Ond yn y cyffyrddiad gwyddai rywsut sut beth oedd bod y tu mewn i oleuni.

I bawb a edrychai arni, yr oedd hi'n pefrio.

Arafodd y gerddoriaeth gerddediad y ddau. Ac amser fel petai'n agor llwybr o'u blaenau, gan adael iddynt gerdded ar hyd ei eiliadau.

Yn y foment honno deallodd Reggie fod mwy iddo nag a feddyliai, a gwenodd ar ei ferch.

Teimlai pawb a'u gwyliai'n dod eu bod yn cael rhywbeth yn ôl yr oeddynt rywsut wedi ei golli.

Yn ei ddarfelydd profodd Tom Rhydderch gawod o eiriau.

Gwasgodd Roj law Casi rywfaint bach yn dynnach a chiledrychodd hi arno ef.

Agorodd Leri fymryn ar ddrws bychan yn y rhywle hwnnw yr oedd wedi addo na fyddai byth yn mynd yn agos ato, fyth eto.

Ymddihatrodd Ieuan Humphreys o hualau ei reswm a'i resymoldeb, a'i synnu ei hun.

Credodd John Sutherland ynddo'i hun fel artist ac nid namyn dim byd gwell na thechnegydd: rhywbeth a oedd wedi ei blagio erioed.

Daeth Twm Owen i lawr o'r goeden yn ei ddychymyg am nad oedd ei hangen arno mwyach.

Yn y man fe anghofiai pawb hyn a byddai rhyw rodd yn diffodd ynddynt, a byddent yn dychwelyd i'r ffalster beunyddiol sydd yn cymryd arno'r gwir.

Pan ddaeth Nerys a Reggie o dan gronglwyd y deml symudodd Ieuan Humphreys at ochr Twm Owen ger y garreg ddŵr a'i gymell i fynd at yr ymyl i'w chyrchu i'r cylch. Llithrodd Nerys ei braich o fraich ei thad a rhoi ei llaw i Twm, a'i hebryngodd at Ieuan.

Edrychodd Reggie am le gwag a phenderfynodd y byddai'r fan wrth ymyl Casi yn gweddu i'r dim.

'Croeso!' ebe Ieuan. 'Profiad hapus ydy hwn i mi. Ond chwithig braidd hefyd, mae'n rhaid i mi addef, gan ei fod yn hen arferiad o ngorffennol i. Ond y mae'r awyrgylch yn dra gwahanol fel nad ydw i'n teimlo'n anghyfforddus a mod i'n mynd yn ôl at rywbeth a adewais i. Dwi'n diolch i Nerys a Twm am ofyn. Os ca i feddwl amdanaf fy hun fel MC oedd yr amod!'

'He's saying ...' dechreuodd Casi sibrwd i glust Reggie.

'Never mind,' sibrydodd yntau ar ei thraws, 'I'm supposed to feel it, not understand it.'

Pwniodd Roj hi'n ysgafn ond gallasai ei anniddigrwydd mewnol fod wedi medru cyfleu mwy o nerth i'w benelin.

'Ond mae digon o'r Person ar ôl ynot ti, Ieuan, fel nad wyt ti wedi anghofio sut beth ydy rhagymadroddi,' meddyliodd Tom Rhydderch.

'Y cwbwl sy'n mynd i ddigwydd,' meddai Ieuan drachefn, 'ydy fod Nerys a Twm yn cyfarch ei gilydd ac addunedu i'w gilydd ... Felly, Nerys a Twm!'

Ciliodd Ieuan y tu ôl i'r garreg ddŵr.

Cydiodd Nerys yn nwy law Twm Owen.

Edrychodd arno, a dweud: 'Twm! Mi ddois i i Gymru i chwilio am ddyn ...'

'Oo!' meddai Casi'n uchel a heb feddwl, a theimlodd bwniad arall, ond mwy hegar y tro hwn, o du Roj.

'Wir, Casi!' ymatebodd Nerys a medrodd pawb arall wenu. Aeth yn ei blaen:

Dyn o'r enw Alvin Langdon Coburn, un o ffotograffwyr mwya'r byd ym mlynyddoedd cynnar yr ugeinfed ganrif. Dyn a dynnodd luniau enwog iawn o Ezra Pound, Henry James, George Bernard Shaw a W. B. Yeats. Ond rywbryd, wrth ddod i'w adnabod, mi ddarganfyddais i resymau eraill a mwy dros glosio at Coburn. Alltud oedd o a adawodd ei famwlad, America, ym mil naw un dau, ac ni ddychwelodd yno i fyw. Ym mil naw un chwech fe ddarganfu Gymru, a dwy flynedd yn ddiweddarach symudodd i'r cwr yma i fyw gan adeiladu tŷ a rhoi enw Cymraeg arno, Cae Besi. Nid dod yma i dynnu mwy o luniau a wnaeth Coburn, er iddo wneud hynny hefyd, ond i chwilio am fyd arall, byd yr enaid a'r galon. Yn yr Eisteddfod Genedlaethol ym mil naw dau naw, a gynhaliwyd y flwyddyn honno yn – ia! – Lerpwl, fe'i derbyniwyd yn aelod o'r Orsedd a chymerodd enw newydd: 'Mab y Trioedd'. Pererin oedd Coburn gydol ei oes hefo'i gamera ar ei gefn, neu o leia ar ei fol.

Wyt ti'n gweld y cysylltiadau, Twm? Dwn i ddim ffeindiodd Coburn yr hyn yr oedd o'n chwilio amdano. Ond mi wnes i! Ac mi ddisgynnodd o goeden – yn llythrennol, yn do, Twm?

Un pnawn, a finna wedi hen laru ar sgwennu nhraethawd ymchwil ar Coburn, mi es i'r ardd yn Clyd hefo fy nghamera fy hun. Wrth fynd heibio'r dderwen mi glywis sŵn brigau'n malu ac mi welis Twm yn plymio i'r ddaear. Trwy dipyn o boen, medda chdi: 'Do'n i ddim yn sbio arnach chi drwy'r ffenast yn sgwennu. Wir yr! Dydy hyn rioed wedi digwydd o'r blaen.'

Twm! Mi sylweddolis y pnawn hwnnw fod yna rwbath yno' i hefyd nad oedd erioed wedi digwydd o'r blaen.

Fe drodd y 'chi' poléit mewn dyddiau yn 'chdi' mynwesol. Fe ddechreuodd teimladau annelwig gyda'r misoedd fagu enwau. 'Ffrind' oedd yr enw cyntaf, diogel; 'ffrind da' ymhen ychydig; 'ffrind da iawn' ar ôl hynny; 'mwy na ffrind' yn ddiweddarach. Wedyn mentro deud y gair 'cariad', i mi fy hun gynta. Ymarfer ei ddeud o'n slei bach a nheimlada fi'n gwrando. A'u clywed nhw'n cymeradwyo. Mentro'i daflu fo un diwrnod i dy gyfeiriad di. Chditha'n ei ddal o a'i daflu fo'n ôl i mi, a minna'n ei ddal o. A'r gair yn y diwadd yn gadael ein gwefusau ni er mwyn gneud lle i'n gwefusau ni gyfarfod.

Pnawn dy gwymp di mi ddudas di rwbath arall wrtha i: 'Mi fedrwn gario'ch cameras chi o gwmpas y lle os dach chi isio.'

'Dwi isio,' meddwn inna'n ôl.

'Dwi isio' o hyd, Twm. A mae hwnna bellach yn air nad oes yna ben draw iddo fo.

Dwi isio.

Dwi isio ti'n ŵr i mi.

Dwi isio ti'n gymar enaid i mi.

Dwi isio chdi hefo fi, beth bynnag ddaw i'n rhan ni.

Dwi isio.

Fyddi di?

'Could you understand that?' sibrydodd Casi i glyw Reggie.

'How could I?' atebodd yn chwyrn rhwng ei ddannedd.

'Could you feel anything then?' sibrydodd Casi'n ôl.

'I could!' meddai i'w chlust. 'If you're offering.'

Pwniodd Casi ef yn ysgafn a theimlodd yntau'n well.

Holodd Roj ei hun â pha fath o goeden y cymharai Casi? Larts, tybed? Ac ym mha dymor yr oedd hi? Mewn hydref hwyr sy'n cogio haf? Coeden yn gwywo? Ni allai benderfynu yn ei deimladau beth yn union yr oedd y gair 'gwywo' yn ei gyfleu iddo: trugaredd ynteu chwerwder.

'Byddaf,' ebe Twm Owen yn ôl â hyder nad oedd neb wedi ei weld ynddo o'r blaen. Tynnodd Nerys yn nes ato.

'Lle saff i mi ydy coeden,' meddai, 'rwla rhwng "fama" a "fancw". Falla nad ydw i erioed wedi medru ymddiried yn "fama" a tydy "fancw" byth yn cyrraedd. Mond y chdi sydd wedi medru dŵad â fi i lawr. A hwyrach nad disgyn wnes i'r pnawn hwnnw ond neidio. Chdi ydy'n lle saff i, Nerys. A dwi isio bod yn lle saff i ti. Ga i?'

'Rhyfadd na fasa fo wedi gofyn i mi sgwennu rhwbath iddo fo,' meddyliodd Tom Rhydderch, 'mi fydda wedi cael rhwbath o werth.' Ond daeth meddwl arall i wrth-ddweud hynny pan gofiodd yn sydyn eiriau'r Athro Janet Osborne mewn adolygiad ar un o'i lyfrau: 'Nid oes cariad yng nghystrawennau Tom Rhydderch.'

'Cei,' ebe Nerys.

Teimlodd Leri drymder y gair 'Cei' a'i deimlo'n suddo i

ddyfnder nad oedd hi ond megis wedi medru edrych arno o lan ei bywyd. Cododd un o haenau ei ffrog â'i llaw yn ffwr-bwt a gadael iddi ddisgyn yn ôl i'w lle.

'Mi benderfynon ni,' meddai Nerys, yn dal llaw ei chymar, 'na fyddan ni'n cyfnewid modrwyau. Ond yn hytrach yn prynu rhywbeth o bwys i'r naill a'r llall, rhywbeth na fyddai'n costio mwy na phumpunt.'

Edrychodd i gyfeiriad Ieuan, a ddaeth atynt gan roi iddi hi yn gyntaf hen allwedd. Cymerodd Nerys yr allwedd a'i chyflwyno i Twm.

'Dwn 'im,' ebe hi, 'be oedd hon yn medru ei agor ar un adeg. Fel tasa ots erbyn rŵan. Ond cym' di hi. A hefo hi mi gei di agor fy mywyd i. Y pethau sy'n dyner yno'i. Y pethau sy'n brifo yno' i. Fy nieithrwch i. Fy Seisnigrwydd i. Fy Nghymreictod i. Fy ngobeithion i. Fy nghyfrinachau i. Fy ofnau i. Ein dyfodol ni. Dyma i ti'r goriad.'

Cymerodd Twm yr allwedd.

Rhoddodd Ieuan ddarn o fetel gloyw iddo – tua phedair modfedd o hyd, twll yn un pen, a phant yn y llall.

'I chdi!' meddai Twm. 'Ond wn i ddim be ydy o. Mwy na wyddai dyn y sêl cist car. Mae yna bethau ynon ni'n dau na wyddon ni ddim be ydyn nhw. Mae'r blynyddoedd o'n blaena ni'n wag. Beth bynnag ddaw, beth bynnag sydd yna, mi fydda i yno hefyd. Dy anrheg di! Beth bynnag ydy o. A'r cyffro a'r ofn mae o'n ei ddal.'

'Pwy sgwennodd hwnna, dybad?' holodd Tom Rhydderch ei hun. 'Nerys?'

'Mae geiriau'n dod yn naturiol i ganlyn teimladau cryfion,' ebe Leri wrthi hi ei hun.

Derbyniodd Nerys ei hanrheg.

Cododd Reggie ei ysgwyddau ar Casi i ddynodi ei benbleth, a

phan sylweddolodd fod Roj yn edrych arnynt cododd ei aeliau i'w gyfeiriad ef. Trodd Roj ei ben i ffwrdd ac yntau bellach wedi deffro'n llwyr i bresenoldeb Reggie wrth ochr ei wraig.

Dyfalai Roger Jenkins fod y weithred syml yna y tu hwnt i Reggie Hindley a Casi a theimlai'n falch o hynny, er na allai yntau ychwaith roi ei fys ar yr union le ynddo'i hun yr oedd y cyfnewid anrhegion rywsut wedi ei gyffwrdd, a rhyw fodd wedi ei gyfareddu.

Daeth y syniad odiaf fyw i grebwyll Casi: ei bod yn sgwâr o ham gwlyddar rhwng dwy dafell. 'Toedd o'n neis,' meddai wrth Roj. A theimlodd y geiriau yn ei cheg fel te oer.

Teimlai Ieuan Humphreys y dylai ddweud rhywbeth ond ildiodd i reddf ddyfnach ynddo i gadw'r distawrwydd. Troellai'r sêr yn eu hunfan gan ddal y goleuni a'i ryddhau yn ôl yn bigau mân. O geg y garreg tasgodd y dŵr yn glwstwr o swigod, ac enfysau'n ymffurfio tu mewn i ambell un. Yn y bwlch yng nghlawdd y cae taniodd y ffermwr injan y beic, a'i sŵn o'r pellter yn ddim uwch na sŵn gwenynen yn cwyno ar baen ffenest.

'A dyna ni!' ebe Nerys wrth bawb yn y man. 'Mi rydan ni'n ŵr a gwraig.'

Daeth John Sutherland ymlaen a'u trefnu ar gyfer y llun: Twm a Nerys yn y canol, Leri a Reggie o boptu iddynt, Tom Rhydderch ar un ochr ond ychydig ymlaen, Casi a Roger Jenkins ar yr ochr arall ac Ieuan Humphreys yn y cefn.

'What's Welsh for "Smile"?' holodd John Sutherland.

'Caws!' meddai Tom Rhydderch.

'Cause, then!' ebe John Sutherland.

Gwenodd pawb. Rhai'n ddidwyll. Rhai'n ffuantus. Ond gwenodd pawb.

Pwysodd Sutherland fotwm yr Hasselblad a'i sŵn mor llyfn â phluen yn taro'r llawr.

Edrychodd Leri unwaith eto hwnt ac yma ar hyd y lolfa er mwyn sicrhau ei hun fod pob dim yn ei le – yn 'gymen', ei hoff air – ac yn barod. Gwelodd ddwy linell gyfochrog y canapes yn ymestyn hyd ganol y bwrdd fel petaent yn fotymau bychain amryliw. Sylwodd ar y gwlith oer ar y poteli siampên yn troi'n ffrydiau nes tampio'r lliain oddi tanynt. Synnodd fod un gwydr ar wahân i'r saith arall, a gwthiodd ef yn ôl yn araf â blaen ei bys gan weld y lliain yn crychu wrth iddi wneud hynny. Clywodd ei dinc bychan wrth iddo gyffwrdd y gweddill. Teimlodd foddhad y tinc. Cododd glustog a'i ysgwyd a'i bwnio'n ysgafn yn ei ganol i adfer ei siâp, a'i roi'n ôl fel y dylai fod. Er siom i Leri, cododd cawod o lwch o'r glustog ond diflannodd bron ar amrantiad.

Heibio llyfnder eisin gwyn y gacen gallai weld drwy'r ffenestri i'r ardd lle roedd Nerys ar lin ei gŵr ar y fainc ac Ieuan Humphreys yn plygu i sgwrsio â hwy. O dan y goeden dderwen y disgynnodd Twm Owen ohoni un tro yr oedd Reggie Hindley a John Sutherland, cefn John tuag ati a Reggie, fe welai, yn edrych dros ysgwydd Sutherland i gyfeiriad Casi a Roger Jenkins a Tom Rhydderch. Roedd Tom a Roj, fe wyddai, yn ceisio bod yn glên â'i gilydd y prynhawn hwn.

'Mi fuoch chi'n allweddol i mi,' ebe Nerys wrth Ieuan, 'a dyna pam roeddwn i – ni – isio i chi arwain ein seremoni ni.'

'Allweddol!' meddai Ieuan. 'Da iawn oedd yr allwedd gynna. Clyfar! Ond diolch am ofyn. Fy mraint i.'

Cofiodd Ieuan am y noson honno yn nhŷ Tom Rhydderch dros bryd o fwyd, a Nerys yn sydyn yn tarfu ar y bwyta a'r sgwrsio ac mewn gwewyr yn ei holi: 'I lle mae Mam wedi mynd? Mi ddylach chi fedru dweud!' Y peth olaf, gwyddai Ieuan o'i brofiad hir, y mae galar ei angen yw'r gwir. Mi fyddai dweud 'Nunlle' yn ateb llawer rhy frwnt; 'Dwn i ddim' yn ateb iddo ef ei hun; 'Mae hi ynddoch chi bellach' yn ateb llawer rhy fach. Felly cydiodd yn ei llaw a'i gwasgu gan ymddiried yn annibendod dweud dim. Gwenodd Nerys arno wên fechan a oedd rywle rhwng 'Diolch' a 'Diolch am beidio dweud celwydd'. O'r foment honno tyfodd cyfeillgarwch angenrheidiol rhwng Nerys ac Ieuan.

'Dal i fynd 'nôl a blaen ar yr A470?' holodd Tom Rhydderch Roger Jenkins.

'Ydw,' atebodd.

Lle mae rhywun i fod i fynd ar ôl ateb mor swta? holodd Tom ei hun.

'Hen lôn annifyr,' ebe Casi, yn ymestyn rhywfaint ar ateb ei gŵr.

'Ydy, mae hi,' cytunodd Tom.

'Seremoni wahanol,' ebe Roj.

'O'n i mewn dagra,' meddai Casi.

'Oeddat, yn doeddat,' ebe Roj.

'Ond trio peidio dangos, 'te,' meddai Casi.

'Mi welis i,' ebe Roj.

'Y llyfr ar fin ei gyhoeddi, ydy o, Tom?' holodd Casi.

'Fawr o dro rŵan,' atebodd. 'Fawr o dro,' ychwanegodd.

'Richard Wilson, ia?' meddai Roj.

'Pwy?' ebe Tom.

'Richard Wilson, llyfr ar Richard Wilson. Yr arlunydd,' atgoffodd Roj ef.

'O ia. Richard Wilson,' ebe Tom, fel petai wedi cofio'n sydyn enw a oedd wedi bod ar flaen ei dafod ers meitin, ers misoedd, ers blynyddoedd, erioed.

'Never thought I'd see him again. Old Ruduck!' ebe John

Sutherland. 'Quite a reputation,' ychwanegodd. Roedd ef a Reggie yn sbio ar y triawd ar y lawnt.

'Has she?' meddai Reggie.

'For words ... and women,' ebe John.

'Not much dosh in the Welsh language I should guess,' meddai Reggie.

'But always refused translation it seems. Where the money could be, of course. If he's any good,' ebe John.

'Is he any good?' holodd Reggie.

'God knows,' meddai John.

Gwthiodd Leri y ffenestri ar agor, a chamu ar y feranda.

'Barod,' gwaeddodd ar bawb. 'Dowch!'

'Mân siarad yn waeth na deud dim, tydy, Tom?' sibrydodd Roger Jenkins i glust Tom Rhydderch.

'Dach chi'ch dau mor hapus, tydach!' ebe Ieuan Humphreys wrth Nerys a Twm.

'Ydan,' meddai hithau.

'Ydan,' meddai Twm, ei gŵr, yn ei hadleisio.

'There's going to be a band I hear, Larry,' meddai Reggie wrth Leri ger y ffenestri llydan, agored.

'It's known as a string quartet,' ebe Leri'n ôl.

'Damia! Be sy haru mi eto!' meddai Casi wrth y drych yn lloches y tŷ bach.

* * *

Pinsiodd Ieuan Humphreys weddill y cyraints a'r resins o'r gacen ar ei blât at ei gilydd yn belen feddal a'i stwffio i'w geg.

Edrychodd John Sutherland o'i gwmpas yn llechwraidd cyn bachu'r canape olaf un, ond llithrodd o'i afael a glynu yn lapel ei siaced fel petai'n fathodyn.

Dychmygai Tom Rhydderch fwa'r ffidil fel nodwydd wyneb i wared injan wnïo yn pwytho miwsig i'r aer.

Gwthiodd Roger Jenkins botel siampên wag i fyny ac i lawr i slwtj y rhew a'r dŵr yn y bwced, a thalpiau o'r rhew a oedd heb doddi'n taro ochrau'r bwced fel tafod yn clecian yn erbyn top ceg.

'Ydy o 'di orffan?' holodd Casi yn lled floesg. A gwnaeth Roj siâp yr 'g' goll â'i fys ar y lliain wrth ddweud, 'Yndy.'

'Mi a' i i nôl hwy,' meddai hi. 'Ŵ,' ebychodd wrth daro'i chlun yn erbyn congl soffa.

'It's the bubbles, darling,' ebe Reggie wrthi o'r soffa. 'All the alcohol in champagne is in the bubbles, they tell me. Fatal!'

'Ff-eityl,' meddai Casi'n ôl, ac yn ei blaen â hi i'r gegin i gyrchu mwy.

'Pam nad oes yna ddim byd yn gynnil mewn godinebwyr?' holodd Roj ei hun. 'Cyfrwys, ia. Ond byth yn gynnil.'

'No! On your knee,' meddai Nerys wrth ei thad, ac yntau newydd daro'r fan ar y soffa wrth ei ymyl. 'Happy?' holodd hi ef gan eistedd ar ei lin.

'If you're happy, then I'm happy,' atebodd.

'No again! Are you happy?'

'Do you know?' ebe Reggie. 'I think I am.'

'I'll just say this,' meddai Nerys, 'then I'll drop it. Leave her alone, Dad. He might be lacklustre but he's a kind and good bloke.'

'Who?' ebe Reggie.

'You know who I mean!' meddai Nerys.

Sleifiodd Roger Jenkins o'r neilltu a'r gair 'lacklustre' yn anghyfforddus yn ei feddwl fel bawd mawr troed yn dŵad allan o dwll mewn hosan.

'Scout's honour!' ebe Reggie.

'But you were never a scout,' meddai Nerys yn ei bwnio.

'I know!'

'Please!' erfyniodd Nerys.

Edrychodd arno. 'New tricks, old dogs. Waeth heb,' meddai dwyieithrwydd ei meddyliau.

'Was that this afternoon legal, Caroline?' holodd Reggie.

'No,' meddai Nerys.

'Don't you think it should be?'

'No.'

'What if ...' ac ataliodd Reggie ei eiriau ei hun drwy godi ei law a'i gollwng wedyn yn llipa ar arffed ei ferch.

'So, tell me about your happiness then,' meddai Nerys.

'Nice people! OK, people on the whole.' Ac oedodd, 'I spoke to your mum this morning.'

'Did you,' ebe Nerys ond nid rywsut fel cwestiwn.

'I said I was sorry.' Oedodd eto. 'Do you think she heard me?'

Mwythodd Nerys ei foch ag ochr ei bys ond ni fu iddi gynnig ateb.

'What the hell?' ebe Reggie.

'Stay in that place, Dad,' meddai Nerys. 'Go down that road of silence.'

'What, without my Lamborghini!' ebe Reggie yn darganfod ffordd o'i amddiffyn ei hun.

'So, what do you think of Twm by now? My husband!' meddai hithau yn ei achub hefyd rhag lôn tawelwch.

'Oh, I approve!' atebodd.

'No, you don't. So there's no need to lie.'

'He'll be faithful to you,' ebe Reggie. 'It takes someone like me to see that ... but the boot's on the other foot, I'd say.'

'What do you mean?' meddai Nerys yn codi fymryn oddi ar ei heistedd.

'Will he be enough for you, Caroline? You know what of your

mother is in you. What I think you don't know is what of me is in you … Sorry, shouldn't have said that!'

Ond yr oedd wedi ei ddweud.

Yn y gegin methai Casi yn lan ag agor drws yr oergell.

'Ochor yr echel ydy hwnna, Casi fach,' ebe Leri o'r tu ôl iddi.

'O! tydw i'n ffŵl,' meddai Casi yn rhoi ei thalcen yn erbyn gwynder yr oergell.

'Nag wyt!' ebe Leri a'i throi i'w hwynebu a gafael yn ei dwy ysgwydd. 'Ond cym' ofal nad wyt ti'n gneud dy hun yn ffŵl.'

'Y siampên sy 'di codi 'ymryn i mhen i.'

'Nid am y siampên rydw i'n sôn. Gwerthwr ceir ail-law ydy o, Casi! Ac er bod yna rywfaint o farrug rhyngtha i a Roj, mae o'n ddyn da.'

'O!' ebe Casi, 'dwi'n gwybod. Ond pam fod dynion da hefyd yr un pryd yn ddynion mor ddiflas?'

Ni cheisiodd Leri ei darbwyllo'n wahanol. Ac wylodd Casi'n hidl ar ei hysgwydd.

'Ty'd,' meddai Leri wrthi, 'cer di i roi dŵr ar dy wynab. Ac mi'r af inna â photel neu ddwy o siampên drwodd.'

Edrychai Tom Rhydderch o'r soffa ar yr un a oedd yn chwarae'r sielo, ei fysedd yn rhedeg i fyny ac i lawr y cribellau ar ras. Dynwaredodd Tom ef yn ei feddwl gan ddychmygu mai asgwrn cefn gwraig oedd yna. Teimlodd ei hun yn gorwedd yn noeth, yn ieuanc, ar wely a'i benagliniau'n gwasgu i'w chnawd meddal uwch ei chluniau a siâp ei chorff rhwng ei ddwylo fel siâp sielo. Yr O du, tywyll ym mol yr offeryn a chlywodd ei O! ef ei hun wrth iddo feddiannu ei chnawd. A hwyrgan Borodin yn llonyddu o'i gwmpas wrth i linynnau'r bwa fwytho'r tannau. Ond, fel geiriau, rhywbeth ynddo i'w gofio'n unig oedd rhyw bellach. Teimlodd law ar ei ysgwydd a'i bysedd yn llithro i'r golwg dros ymyl ei ysgwydd.

'Hel meddylia ar gyfer nofel wyt ti ar dy ben dy hun yn fan hyn?' ebe Ieuan Humphreys wrtho.

'"Meddwl" am nofel rydw i wedi ei wneud ers blynyddoedd, Ieu bach,' atebodd Tom ef, 'ymysg petha erill!'

'Fyddet ti wedi licio ysgrifennu am ddaioni, Tom? Rhyw betha digon tywyll sydd wedi bod gin ti cyn hyn.'

'O, na! Drygioni ydy pwnc llenyddiaeth. I fyd y cwymp y mae geiriau'n perthyn. Fydd yna ddim llenyddiaeth yn y nefoedd, sti. A dyna i ti pam mai lle diflas iawn fydd o: 'run trosiad, 'run ddelwedd. Mond gweld plaen, clir. Paid â deud wrth neb, ond dwi'n meddwl mai Philistiad ydy duw. Y cwbwl y medri di ei ddeud ydy nad oes gan dduw ddim math o dast. Y diafol ydy'r artist. Hwyrach mai duw feddyliodd am y bydysawd, ond dychymyg y diafol roddodd o wrth ei gilydd.'

Cydiodd Tom yn llaw Ieuan, rhyw hanner codi, a chan ddal i afael yn ei law, ei arwain mewn hanner cylch rownd ymyl y soffa a'i roi i eistedd wrth ei ochr. Daliodd y ddau ddwylo heb, efallai, sylweddoli eu bod yn gwneud hynny.

'Cyn i mi anghofio,' ebe Tom yn y man, 'dyma hwn i ti.'

Aeth i boced fewnol ei siaced a thynnu amlen allan a'i rhoi i Ieuan. Y mae cyfyngdra yn drech na balchder, a phocedodd Ieuan yr amlen yn slei ond nid cyn teimlo trwch yr arian o'i mewn.

'Tom!' ebe Ieuan. 'Fyddwn i ddim wedi medru cael y ddeupen ynghyd heb dy haelioni di ar hyd y blynyddoedd ers i mi adael yr eglwys.'

'Tâl am y seremoni, 'na'r oll! Ond mi welis dipyn o ôl y Person yn yr anffyddiwr pnawn 'ma, do ddim?'

'Mae cofio fel lladrad o chwith, ti ddim yn meddwl? Dŵad â rhywbeth yn ôl yn hytrach na'i ddwyn o.'

'A'r dŵad yn ôl yn waeth na'r colli,' meddai Tom.

'Ond fedrwn i mo'u gwrthod nhw,' ebe Ieuan. 'Yn enwedig, Nerys.'

Bu sbel o ddistawrwydd rhyngddynt a gwrandawodd y ddau ar Borodin.

'Y pnawn hwnnw,' meddai Tom yn y man, 'yr es i â hi i Amlwch i weld hen gartref ei mam gwta fis wedi iddi hi gyrraedd fama. Doedd hi ddim wedi bod yno er pan oedd hi'n blentyn. Mi fynnodd gael mynd i mewn i'r tŷ. Y perchnogion yn ddigon clên, chwara teg iddyn nhw, yn rhoi eu caniatâd. A'i sgrechian hi yn y gegin. "Tydy hi ddim yma! She's not here!" Rywsut, ei cha'l hi o'na ac i'r car ac adra. Hitha'n fud ac yn syllu i nunlla yr holl ffordd. Unwaith gyrhaeddon ni fama mi ruthrodd i'w hystafell a chau'n glir â dŵad allan. Ti'n cofio? Y tro cynta, am wn i, i mi weld Leri'n colli'i chydbwysedd. Dŵad i dy nôl di. Chditha'n aros tu allan i'r drws am hydion. "Mi arhosa i'n fama, Nerys," meddat ti, "ac os wyt ti isio i mi ddŵad i mewn, mi ddof." Rhyddhad yn y man o glywed sŵn y goriad yn troi yn y clo. A'r drws yn ca'l ei agor fymryn. Chditha'n mynd i mewn a chau'r drws.'

'Fedrwn i mo'i gweld hi, sti,' ebe Ieuan. 'Mi roedd ei stafell hi fel y fagddu. Wedi gosod cwiltia dros y ffenestri i gyd. Mond ei chlywad hi. "It's not, Caroline! Ydy mae o, Nerys!" Nerys yn crio. Caroline yn chwerthin. Caroline yn crio. Nerys yn chwerthin. "Don't touch me. Gafa'l amdana i. You don't need to, do you, Caroline? Wyt, mi rwyt ti, Nerys." Dal fy ngafael yn y ffaith ei bod hi wedi agor y drws. Dyna'r cwbwl oedd gen i. Gwbod na fydda ysbyty a chyffuria o ddim help yn y pen draw. Er mai dyna oedd dy reddf di a Leri. Cymryd cythral o risg. A dilyn 'y ngreddf fod raid iddi hi fynd drwy'r düwch. Nad sâl oedd hi. Nid afiechyd oedd hwn ond ymrafael calon ac enaid. Ac aros hefo hi. Ddim yn meiddio rhoi pwt o ola ymlaen. Y petha rhyfedda'n mynd drwy meddwl i. Fel be tasa rhywun wedi medru rhoi cyffur i Saul ar lôn Damascus a difa Paul yn y fargen. Hi yn y diwadd yn rhoi'r gola ymlaen. A'i gweld hi, ei llaw ar y swits gola, yn hanner noeth a'i chnawd hi wedi ei orchuddio â geiria a llythrenna. "Mae o wedi mynd," medda hi. Cydiwch yno' i. A gadwch i mi gysgu wedyn.'

'Y tro cynta i Leri a fi gysgu dan yr unto hefo'n gilydd y diwrnodia rheiny ers blynyddoedd,' ebe Tom.

'Ond nid yn yr un gwely,' meddai Ieuan.

'Na! Nid yn yr un gwely,' ebe Tom, a bwâu'r offerynnau bellach yn gandryll yn yr aer a'r *vivace* yn dod i'w derfyn.

'Some more bubbly, Reggie?' meddai Leri, yn dal y botel wrth ymyl y gwydr gwag a oedd yn llipa yn llaw Reggie Hindley.

'Why not?' ebe ef, yn sythu ei hun ar y soffa. 'How wonderful, Larry, to be wealthy like us.'

'O, rhin rheuedd!' meddai wrtho, ac wedyn yn Saesneg, 'Isn't it just! But tell me, what was it like to be poor? That's an experience I never had.'

'Do you know,' ebe Reggie'n ôl, 'your old man and I were geniuses? Turning shit into mountains of dosh. Your Brancusi and my Lamborghini come from the same sewer. Birds of a feather us, eh Larry!'

Arllwysodd Leri'r bybli i'w wydr a pharhau i arllwys hyd nes roedd y gwirod yn gorlifo dros yr ymylon a hyd ei lawes, a hyd ei drowsus ac yn socian i mewn i ddefnydd y soffa.

'Don't worry about it,' meddai Leri, 'we both can afford it.'

'Of course we can!' meddai yntau.

Trodd Leri ar ei sawdl. Chwarddodd Reggie, yn gwybod na fyddai'r Gymraeg bellach yn rhwystr o fath yn y byd rhyngddynt.

Penderfynodd fynd i chwilio am Casi.

Roedd hyder ynddo.

'Mi roedd gan Coburn lun *Yr Ardd yng Ngolau'r Lloer*,' meddai Nerys a'r lleuad uwch eu pennau yn ei llawnder yn llifolau drostynt.

'Paid troi'r stori,' ebe Twm Owen wrthi, nid yn gas ond rywsut nid yn ffeind ychwaith.

'Ond be taswn i ddim gwerth!'

'Dau sydd yna, nid un. A tydy cariadon ddim yn rhoi marcia i'w gilydd.'

'Ma' gin ti erill i nghymharu fi â nhw.'

'Faswn i ddim yn gneud y ffasiwn beth, Nerys.'

'Er dy waetha mi fyddat yn rhwla ynoch chdi dy hun.'

'Does dim rhaid i ddim byd ddigwydd heno,' ebe Twm Owen.

'That was a wonderful shot of you two lovebirds on the branch in the moonlight. Hope you don't mind,' meddai John Sutherland yn dynesu tuag atynt o'r llwyni, 'best shot of the day I reckon. Sorry to have missed most of the "do". But photographing at night has always thrilled me. Hasn't it, Caroline? Get her to tell you about Brassai and Wegee, Twm.'

'Nerys a Twm! Lle dach chi? Ma'ch isio chi,' galwodd Leri i'r nos o'r feranda.

'You must title it *Intimacy*,' ebe Nerys yn rhoi ei braich am ganol ei gŵr ac yntau am ei chanol hithau – yn y man, fel petai'n ofni ei chyffwrdd bellach.

'Me and my husband in the moonlight,' ychwanegodd Nerys am yn ôl.

Ond yr oedd John Sutherland ar goll y tu ôl i'w gamera yn tynnu llun Leri ar y feranda mewn lloergan fel na chlywodd, a'r canghennau o'i ôl wedi eu lleueru i gyd.

'Rhaid o leiaf gael un *valse*,' ebe Leri'n gellweirus ond yn bendant wrth Twm a Nerys. 'Os oedd gwaharddiad ar areithiau, mi rydw i'n mynnu *valse*. A chi'ch dau i ledio.'

'Wrth gwrs!' meddai Nerys. 'A Leri, dwi yn ddiolchgar am hyn i gyd. Dim ond y chi fedra drefnu digwyddiad mor gymen.'

'O,' ebe Leri a'r gair 'cymen' wedi ei boddhau'n fawr, fel y gwyddai Nerys y byddai.

'Be ydy *valse*?' holodd Twm dan ei wynt.

'Dawns!'

'Fedra i ddim,' meddai Twm.

'Medri!' ebe hithau. 'Dilyn di fi. A gad i dy draed ddychmygu eu bod nhw'n dringo. Ac anghofia bob dim am ddawnsio.'

'Foneddigion a boneddigesau,' meddai Leri – edrychodd Casi o'i chwmpas rhag ofn ei bod wedi colli presenoldeb rhyw 'foneddiges' arall drwy'r dydd – 'mae Nerys a Twm wedi gofyn am *valse*. A nhw fydd yn arwain. Aelodau'r pedwarawd, os gwelwch yn dda.'

'Would you mind turning that cawing into intelligible language?' holodd Reggie Casi, ac yntau'n fwriadol yn sefyll y tu ôl iddi erbyn hyn.

'There's going to be a dance,' ebe Casi.

'Got myself in the right place then, haven't I,' meddai yntau.

'Twm and Nerys go first,' ebe hithau.

'Of course they do!' meddai. 'Then us.'

Dechreuodd y gerddoriaeth a llediodd Nerys Twm i'r llawr.

'Llaw chwith am 'y nghanol i, y dde ar 'yn ysgwydd i,' ebe Nerys wrtho. 'Meddwl: coeden. A dechra ddringo. Ty'd!'

Aeth ag ef i ganol y llawr. Gwelodd Twm Owen y gerddoriaeth yn mynd i un cyfeiriad a'i draed yntau'n mynd i'r cyfeiriad arall. Daeth cymeradwyaeth egnïol oddi wrth y gweddill.

'Sycamorwydden, Twm bach,' ebe Nerys wrtho'n gellweirus, 'nid *monkey puzzle*.'

Yr oedd ei droed chwith yn amlwg yn agen y fforch rhwng dwy gangen ac yn gwrthod yn lân â dod oddi yno.

'Time to go,' ebe Reggie a chwyrlïodd Casi i'r llawr. Mewn dim yr oedd eu traed mewn cytgord perffaith. Ildiodd hithau ei chorff i'w ddwylo oedd yn ei gwthio a'i thynnu. Synhwyrodd ei chnawd gyflwr o ryddhad.

'God, you can dance,' meddai Casi.

'I just need the right partner,' ebe yntau.

'Shouldn't you be doing that?' holodd John Sutherland Roger Jenkins.

'I've found out today,' meddai Roj, 'that there are lots of things that I should be doing.'

'I'm a boring old fart,' ebe John.

'Oh,' ebe Roj, 'I don't know about that. But that seems to be the common consensus about me around here.'

'Never mind,' meddai John, yn cyffwrdd ei lawes. 'No point asking you to dance, I suppose?'

A chwarddodd y ddau. Cynhesodd Roj tuag ato.

'Wel!' ebe Leri Rhydderch wrth Tom Rhydderch gan ddal ei llaw agored i'w gyfeiriad.

Nid oedd Tom Rhydderch yn ddawnsiwr chwaith ond o weld Twm Owen wrthi cafodd hyder od.

'Wrth gwrs,' meddai wrthi.

Teimlodd henaint ei law yn mynd yn iau ar ei chefn. A'i hanadl yn poethi ei foch.

Darganfu Leri ei hun yn gwenu a thynnodd ef fymryn yn nes ati.

Derbyniodd Tom y gwahoddiad ond gofalodd beidio â mynd yn rhy agos am rŵan.

'Tell me about photography, John,' meddai Roj gan droi ei gefn ar y dawnswyr.

Llithrodd llaw Reggie Hindley yn agos at ben-ôl Casi Jenkins.

'Duwadd! Priodas ydy hi wedi'r cwbwl,' ymresymodd Casi â hi ei hun. A throdd ei phartner dawnsio rownd fel y byddai ei gefn at Roj a hithau'r tu ôl i Reggie.

'What do you want to know?' ebe John Sutherland.

'Tell me something about this Coburn,' meddai Roger Jenkins.

'You should start with his pictures of Henry James,' ebe John Sutherland.

'I'm good with second-hand things,' meddai Reggie wrth Casi, 'they feel brand new with me.'

Edrychodd Casi i gyfeiriad Roj. Edrychodd ar Reggie. Edrychodd yn ôl ar Roj.

'Then maybe you can give me a spin sometime,' meddai wrtho.

A gwelodd Reggie ei law yn adlewyrchiad gwydr y ffenest yn mwytho'i phen-ôl.

A thraed Twm Owen bellach mewn drysni o frigau mân, rhyddhad iddo oedd gweld Ieuan Humphreys yn dod i'w cyfeiriad.

'Ga i'r fraint?' holodd Ieuan y ddau.

'Fi, dwi'n cymryd?' ebe Nerys.

'Yn bendant!' meddai Ieuan.

Cymerodd hi i'w freichiau. Gwthiodd hithau'r cof a ddaeth yn sydyn i'w hymwybod – ohoni ei hun yn ei freichiau un noson amser maith yn ôl wedi ymweliad anodd â thŷ ei mam yn Amlwch – i'r eigion o'i mewn lle gwyddai fod Lefiathanod eraill yn nofio'n dawel gan fraidd gyffwrdd ei gilydd yn awr ac yn y man yn y düwch dyfrllyd, llonydd.

'Wyt ti'n hapus?' holodd Ieuan hi wrth ei throi rownd yn araf.

'Yndw,' meddai.

'Wyt ti?' holodd drachefn.

Gorffwysodd ei phen ar ei ysgwydd, a deimlai'n lle llydan. 'Yndw!' meddai fel petai hi angen ailymarfer y gair.

A daeth y gerddoriaeth i ben.

'Dot,' ebe Tom ar ganol y llawr yn edrych i fyw llygaid ei gyn-wraig, y ddau'n agosach nag y bwriadodd hi ar y cychwyn.

'Na, Tom,' meddai hithau.

'Ond tydw i ddim wedi gofyn y cwestiwn i ti eto.'

'A dyna pam rydw i'n rhoi'r atab i ti,' ebe Leri.

'Roj,' meddai Casi wrtho pan ddaeth 'nôl at y soffa ar ei phen ei hun, 'pryd wyt ti'n mynd i Gaerdydd nesa?'

'O, Casi, Casi!' ebe Roj wrtho'i hun, 'mi fedra i dy ddarllen di fel un o lyfrau darllen cyntaf Mary Vaughan Jones.' Yn hyglyw gwirfoddolodd yr wybodaeth angenrheidiol iddi: 'Mhen pythefnos.' Ac ychwanegu: 'Pam na wnei di drio un o gystrawennau llyfrau olaf Henry James? Pethau cymhleth fedar guddio bwriadau yn well.'

'Be?' meddai hi.

'Dim byd,' ebe ef. 'John a fi sydd wedi bod yn trafod lluniau Coburn o Henry James.'

Aeth Tom Rhydderch at Nerys a Twm Owen.

'Gair bach!' meddai. 'Mond isio rhoi eich anrheg priodas i chi'ch dau.'

Arweiniodd hwy drwy'r lolfa ac i'r stydi.

'Dyma fo,' meddai gan roi petryal wedi ei lapio mewn papur aur iddynt.

'Chdi!' meddai Twm Owen wrth Nerys.

Gan osod eu hanrheg ar y ddesg agorodd hithau'r papur crand. O'r plygion agored gwelsant lun gan Richard Wilson o was tafarn a golwg wedi diffygio arno ar ôl lludded y dydd, efallai, wedi ei fframio bellach mewn ffrâm a oedd yn gydnaws â'r llun.

'Mi roedd hwn yn tŷ Mam,' ebe Twm Owen.

'Oedd, mi roedd o,' meddai Tom Rhydderch.

'Mi fuo hi'n chwilio amdano fo,' ebe Twm Owen.

'Fuodd hi?' meddai Tom Rhydderch.

'Ei thad dda'th â fo rywsut o Blas Penmaenen pan orffennodd yno fel garddwr,' ebe Twm Owen.

'Dyna ddigwyddodd, ia?' meddai Tom Rhydderch.

'Ond roddodd hi mono fo i chi, Tom,' ebe Twm Owen.

'Naddo,' meddai Tom Rhydderch.

'Sut gaethoch chi o, felly?' ebe Twm Owen gan edrych yn syth i lygaid Tom Rhydderch.

'Ty'd!' meddai Nerys wrth ei gŵr.

'Ydy hwn werth pres?' ebe Twm Owen.

'Ty'd!' meddai Nerys.

'Ffortiwn ddudwn i,' ebe Tom Rhydderch.

'Does ryfadd eich bod chi wedi rhoi cildwrn i mi yn awr ac yn y man yn ymddan...gos..iadol ...' – a baglodd tafod Twm Owen ar y gair yna.

'Ymddangosiadol,' cynorthwyodd Tom Rhydderch ef.

'... am ddim rheswm,' gorffennodd Twm Owen ei frawddeg ei hun.

'Pam heno, Tom?' ebe Nerys.

Cydiodd ym mraich ei gŵr a'i arwain at y drws.

Un Diwrnod

Gwelodd Tom Rhydderch, noson y cyhoeddi, ei lyfr ei hun – y llyfr y bu'n ei ysgrifennu'n araf ac yn bwyllog am o leiaf bymtheng mlynedd, a hynny heb gyfrif yr amser y bu'r gyfrol yn eplesu yng nghroth ei ddychymyg. Gwelodd y teitl: *Blynyddoedd Olaf Richard Wilson*. Gwelodd y portread o Wilson gan Anton Mengs ar y clawr.

Agorodd y llyfr a theimlo brawddeg ar ei hyd â'i fys. Weithiau y mae brawddeg yn llawn ystyr, dro arall nid yw'n ddim ond llinell o deimlad. A llinell o deimlad oedd hon, oherwydd gallai ei theimlo'n symud o flaen ei fys i fyny ei fraich, heibio'i ysgwydd a throi'n sydyn i'w galon. Gallai amgyffred nerfau'r geiriau a phyls y berfau, gïau cysylltiol pob 'ac' ac 'a', anadl – egwan! – yr un ansoddair (nid oedd yn ddyn ansoddeiriau). Ymledodd o deimlad y frawddeg i deimlad y paragraff wrth i'w fys droelli hwnt ac yma ar hyd y geiriau yn y petryal.

Ond nid ei enw ef oedd ar y clawr, sylwodd. Enw ei wraig oedd yno. 'Leri Owen-Pugh', darllenodd. Yr oedd hyd yn oed ei snâm wedi ei ddileu o'i lyfr ei hun.

Ond, ei lyfr ef oedd o, fe wyddai. Ei syniad ef ydoedd. Ohono ef y tarddodd. Drwyddo ef y ffrydiodd. Ef! Ef! Go damia, ef!

Mam faeth i'w blentyn o oedd y Leri Owen-Pugh hon. Llyfr wedi ei ddwyn oedd hwn. Llên-ladrad ydoedd.

Darllenodd:

O flaen yr îsl, lle nad oedd cynfas, safai'r Wilson sigledig, â brwsh yn ei law, llaw a oedd yn crynu oherwydd effaith alcohol. Crafangodd ei law arall yn dynn am arddwrn y llall i'w sadio. Yn yr aer â'r brwsh gwnaeth hanner cylch. Yr oedd wedi ei blesio'n fawr oherwydd gwyddai y byddai'n berffaith pe digwyddai fod yna gynfas o'i flaen. Nid artist wedi darfod oedd o wedi'r cyfan, fel y meddyliai Catherine Jones, ei gyfnither.

Fe af i â'r gynfas i'w dangos iddi.

Cododd hi o'r îsl gan symud yn bwyllog ar hyd ei ystafell wely i gyfeiriad y drws, y gwagle rhwng ei freichiau estynedig yn pwyso tunnell.

'Catherine!' gwaeddodd, 'Catherine! Tyrd i weld.'

Baglodd yn erbyn pot piso. Disgynnodd yn glewt a swnllyd ar ei gefn ar y llawr.

Agorwyd y drws a rhuthrodd Catherine Jones i mewn.

'Fedri di ddim codi'r gynfas 'ma sy wedi disgyn ar 'y mhen i?' erfyniodd Wilson. 'Mae hi'n un go drom.'

A dechreuodd, er ei waethaf ei hun, chwerthin.

Edrychodd Catherine arno a'i adael ar y llawr a mynd allan, a chlep y drws yn gwneud i'r pared grynu.

'Ond sgin ti ddim isio gweld y llun,' gwaeddodd ar ei hôl o'r llawr, 'dechrau llun newydd?'

A theimlodd bwysau'r gynfas nad oedd yn bod yn gwthio i lawr ar ei frest fel na fedrai anadlu'n rhwydd. Fel petai trymder gwacter ei fywyd yn gwasgu gwaddod y bywyd hwnnw'n llwyr allan ohono.

'Mm! Eitha,' meddai Tom Rhydderch wrtho'i hun. 'Ond nid da lle gellir gwell.' Er nad oedd yn cofio ymhle yr ysgrifennodd y darn yr oedd newydd ei ddarllen. (Medrai Tom Rhydderch ddweud i'r dim ymhle yng Ngwynedd yr ysgrifennodd bron bob paragraff yn ei lyfrau – neu o leiaf, ymhle y cafodd y syniadau ar gyfer y paragraffau. Petaech chi'n lloffa drwy ei gasgliad personol o'i weithiau medrech weld yn y marjin gyferbyn â sawl paragraff enwau priod, megis: Blaenau Seiont – ar y cei; Rhosgadfan – ger Cae'r Gors; Rhyd-ddu – giât Tŷ'r Ysgol; Groeslon – wrth ymyl Angorfa; Y Lasynys – wrth y ddresel.) Fo – ia, fo, ysgrifennodd y llyfr yma a oedd bellach yn ei ddwylo. Roedd o'n ddyn hapus.

Trodd y llyfr drosodd i ddarllen y broliant ar y clawr ôl. Roedd dyfyniad yno:

'O'r diwedd cawn glywed llais dilys Leri Owen-Pugh ei hun, er i ni glywed ei adlais y tu mewn i weithiau eraill. Rhyfeddwn at y llais unigryw hwn sydd bellach wedi mynnu cael clywed ei hun yn y paragraffau. A mynnaf finnau fod *Blynyddoedd Olaf Richard Wilson* yn un o'r pethau gorau a ysgrifennwyd yn y Gymraeg ers degawd a mwy.'

Yr Athro Janet Osborne

'Cytuno â'r dyfyniad?' clywodd lais o'i ôl. 'Cyfiawnder o'r diwedd, yntefe, Tom.'

Trodd yntau i wynebu Janet Osborne.

'Mae'n addo storm o'r môr, chwedl y bobl tywydd. Ond

'rhoswch, mae hi yma rŵan! Rockall, Malin, Finisterre,' ebe Tom wrthi, a'r llyfr yn ei law fel petai'n ei gynnig iddi, 'a German Bight!' A gwnaeth sŵn brathu yn ei gŵydd drwy glecian ei ddannedd yn erbyn ei gilydd.

'Ma'n wir, on'd yw e, Tom?' meddai Janet Osborne.

'Dwi ddim wedi cael y cyfle i'w ddarllen o eto,' ebe Tom yn gwyro tuag ati fel petai'n ceisio arogli ei phersawr neu edrych i lawr yr hollt rhwng ei bronnau.

'O, Tom!' meddai â gwên. 'Mi rwyt ti wedi darllen ei gwaith sawl tro o'r bla'n er nad ei henw hi sydd ar y clorie.'

Nid oedd Tom wedi bod mor agos at Janet Osbsorne ers y gyda'r nos honno yn Aberystwyth pan ddaeth i wrando arni'n darlithio ar 'Y Nofel Gyfoes Gymraeg' – gall casineb fel cariad glosio pobl at ei gilydd, a'i gasineb tuag ati a barodd iddo fynychu'r ddarlith – ac y bu bron iddo gerdded allan pan glywodd hi'n haeru: 'Ni fydd amser yn garedig wrth Tom Rhydderch fel y bu wrth Daniel Owen neu Islwyn Ffowc Elis, dyweder. Llyfrau i'w cyfnod ydynt gan nad oes dim ynddynt a all drosgynnu eu *milieu*,' ond ni allai oherwydd ei fod mewn cuddwisg y noson honno. Roedd wedi gwisgo top-côt flêr amdano, sbectol haul am ei lygaid, hen het am ei ben ac roedd ffon wen yn ei law. Ni wyddai neb pwy ydoedd. A byddai i ddyn dall gerdded yn gyflym, ddidrafferth ar hyd y llwybr rhwng y cadeiriau ar ganol darlith ac anelu'n ddigymorth at yr allanfa yn tynnu sylw. Felly, gorfu iddo aros yn ei sedd yn berwi tra oedd hi'n canmol i'r entrychion llenyddol nofelwyr fengach a mwy cyffrous nag ef.

Nid oedd Janet Osborne wedi bod mor agos at Tom Rhydderch ers y gyda'r nos honno yn Aberystwyth lle roedd yn darlithio ar 'Strwythurau Nofelau Cyfoes'. Cyn iddi draddodi'r ddarlith daeth Ifan ap Ifan o'r Adran Gymraeg yn y brifysgol ati i'w rhybuddio fod Tom Rhydderch yn y gynulleidfa ond mewn cuddwisg.

'Pa un yw e?' holodd Janet.

'Y bachan dall yn y canol,' ebe Ifan ap Ifan.

'Smo ti'n gweud. Wir?' meddai hithau mewn hanner anghrediniaeth. 'Ond 'na fe, nid oes dim yn fy synnu am Rhydderch erbyn hyn.'

'Pryd welson ni'n gilydd ddwytha?' holodd Tom hi.

'Ro'n inne ar fin holi 'run peth,' ebe Janet.

'Dwi ddim yn cofio,' meddai Tom.

'Smo fi'n cofio chwaith,' ebe hithau.

'Mewn rhyw ddigwyddiad Academi, siŵr o fod.'

'Siŵr o fod,' meddai Janet Osborne,' ond doeddwn i ddim yn dy ddishgwl di 'ma heno. Meddwl y bydde dy falchder di wedi dy gadw draw.'

'Fy malchder,' ebe Tom yn camu rhywfaint oddi wrthi, 'a ddaeth â fi yma oherwydd mi rydw i'n hynod falch ohoni. Fy ngwraig.'

'Cyn-wraig, ife? Gwed rywbeth wrtha i, rhywbeth o'n i moyn gofyn i ti erio'd. Pwy yw Annabel Vaughan, Rhydian Pugh, Elgan Thomas, Edryd Siencyn ac Edith de Cappelo, y mae dyfyniadau canmoliaethus ganddyn nhw ar glorie dy lyfre di? 'Sa i wedi clywed amdanyn nhw erio'd. Y'n nhw'n perthyn i Walt Whitman?'

'Ond drycha lle mae'r *Leaves of Grass* erbyn hyn,' meddai Tom. 'Beirniaid y dydd fethodd weld ei fawredd o.'

''Nei di fy esgusodi fi?' ebe Janet. ''Wy moyn gair â Leri cyn dechre.'

'Dwi wedi dy esgusodi di erioed,' meddai Tom.

'O! Ond cyn mynd. Pos clywedol i ti! Gamp ti weud beth yw e.'

Curodd Janet Osborne yn rheolaidd rythmig â gewin ei bys ar bren y gadair wrth ei hymyl.

'Sa i'n gwybod,' ebe Tom yn ei dynwared.

'"Dyn dall yn curo'i ffon wen ar y llawr wrth iddo adael neuadd",' dynwaredodd Janet ef yn ôl.

Aeth oddi wrtho i chwilio am Leri.

Ymlaciodd Tom yn y gadair yn ffuantus gan roi'r argraff ei fod yn ddedwydd. Ond teimlai hen glais yn procio o dan ei asennau. Nid oedd neb yn dod ato, dim ond ambell nòd o hirbell i'w gyfeiriad oddi wrth ambell un. Er mwyn gwir deimlo unigrwydd rhaid i chi gael twr o bobl o'ch cwmpas. Darllenodd yn ei gof bwt o frawddeg o ryw ysgrif feirniadol: 'nofelwyr fel Kate Roberts, Jane Edwards, Harri Pritchard Jones a hyd yn oed Tom Rhydderch'. Teimlodd fryntni'r 'hyd yn oed' oedd yn ei wahanu oddi wrth y gweddill disglair fel petai'r beirniad wedi cofio amdano'n sydyn a'i ychwanegu allan o dosturi.

Sylwodd ar Nerys – Nerys ar ei phen ei hun, heb ei gŵr – yn pwyso'i phenelin yn hamddenol ar silff-ben-tân farmor y lolfa yn Clyd, ei phen ar un ochr mewn sgwrs glòs â'r cynhyrchydd teledu – roedd y noson i'w ffilmio ar gyfer rhaglen *Berfâd* – y gwelsai Tom ynghynt yn llygadu Nerys o bellter saff a'i chylchu fel hen wylan yn troelli o amgylch bag sbwriel heb ei gau'n iawn. (Tybed oedd rhywbeth ar agor yn Nerys?) Ond nid oedd yn genfigennus. Damia! oedd. Yn achlysurol yn unig y bu Cymraeg rhyngddo a hi ers noson y briodas, flwyddyn drosodd yn ôl bellach, a'i dwpdra ef yn rhoi llun Wilson yn anrheg priodas i'r ddau. Pam y gwnaeth hynny, holai ei hun yn aml? Ei anwybyddu'n llwyr a wnâi Twm Owen. Cydiodd Nerys yn ysgwydd y cynhyrchydd a'i droi i gyfeiriad rhywbeth. Edrychodd y ddau i'w gyfeiriad – ef oedd y 'rhywbeth' – a throi'n sydyn yn ôl at ei gilydd pan welsant ei fod ef yn edrych i'w cyfeiriad hwy. Cododd Tom ei law ar Nerys ond cymerodd arni beidio â gweld.

'A dyna felly'r enwog Tom Rhydderch,' meddai'r cynhyrchydd wrthi. 'Nabod o?'

'Mi ro'n i'n meddwl 'y mod i,' atebodd hithau.

'Ond be amdana chi?' holodd, a'i awydd i droi'r sgwrs oddi wrth hen lenor.

'Be amdana i?'

'Dudwch rwbath wrtha i amdanach eich hun,' ebe ef.

'Chi gynta!' meddai Nerys.

Lle roedd Leri? ac edrychodd Tom ar ei wats. Deng munud i fynd. Gwyddai am hoffter Leri o 'grand entrances'. Bythefnos yn ôl y cafodd y symans i'w chyfarfod ar y cwrs golff. Nodyn drwy'r drws: 'Tom! Cyfarfod yn yr "Offis". Fory am dri. Mi fydda i wedi cyrraedd *tee* 12 erbyn hynny yn dy aros di. Pwysig! Dot ×'

Ar y cwrs golff – yr 'Offis', chwedl hi – y dywedodd Leri wrth Tom ei bod yn bwriadu ei ysgaru. Ond *tee* tri ar ddeg oedd hwnnw. Er gwaethaf ei addefiad mai rhesymolwr ydoedd, roedd Tom yn ddyn ofergoelus iawn a diolchodd mai ar gyfer *tee* deuddeg yr oedd y symans.

Yr oedd Leri yn olffwraig tan gamp a brwd. Camai'n hyderus o dwll i dwll. Y bêl yn ddi-ffael wastad yn cyrraedd y lle iawn: y lle iawn yn unol â diffiniad Leri o'r 'lle iawn'. Handicap o chwech ganddi. Un G & T hefo sleisen o lemon ynddo, y mymryn tonic yn hisian o'r botel i'r gwirod, cyn mynd adref. Ond ni welodd Tom Rhydderch 'gêm mor ymhonnus yn fy nydd'. A'r cwmni 'yn fwy ymhonnus fyth. Mae gwerinwr yn troi'n snob unwaith y mae clyb golff yn ei law a phobol fach yn teimlo'n fawr. Ac yn enwedig ferched hŷn, crwyn eu hwynebau'n debyg i hen handbag.' 'Paid â stwnsian' oedd unig sylw Leri ar ragfarn Tom.

'Am be mae hyn, dybad?' holodd Tom ei hun uwchben y

nodyn. Rhywbeth pur fawr i orfodi symans i'r 'Offis'. Ond ni allasai feddwl am ddim byd.

Ni sylwodd neb ar Roger Jenkins yn dobio'i droed dde byth a beunydd ar y carped yn y gornel ym mhen pellaf y lolfa, gan edrych ar ei wats yn rheolaidd ac edrych i gyfeiriad y drws yr un mor aml. Roedd Casi yng Nghaerdydd ac wedi addo gadael yn gynnar er mwyn bod yn y 'cyhoeddi'. Ond hwyrach, meddai, yn gadael i olau dydd ffyrnig ei ofn a'i amheuaeth ddisgleirio yn ei grebwyll, ei bod wedi mynd i Gaerdydd *via* Southport. Gwenodd rhywun arno a bu bron iddo â gweld yr enw 'Cwcwallt' mewn neon oren yn fflachio yn y wên. Roedd o'n dioddef yn gudd. Roedd o'n dioddef yn fawr. Gwenodd yntau'n ôl ar y wraig ddieithr oedd wedi bod mor glên â'i gydnabod fel dyn o gig a gwaed.

Er na fyddech yn gwybod hynny o edrych arni, yr oedd yr hen 'ysfa', na wyddai neb amdani ond y hi, wedi cydio yn 'Nerys'. Eto. Teimlodd hi'n cyniwair o'i mewn yn raddol bach ers misoedd, fel y mae pwt o awel ambell waith yn cyrraedd o flaen storm a dail y coed yn dechrau anniddigo. Fel yr 'ysfa' sy'n dychwelyd i gamblwr, dyweder, ar ôl blynyddoedd o ymwrthod rhag betio. Nid Llŷr oedd wedi ei thanio. Ond Llŷr oedd yn digwydd bod yn ei llwybr pan ddychwelodd yn ei mawredd am sgowt ar hyd ei chrebwyll a'i chorff rhag ofn bod 'rhywbeth' ar ôl. Yr oedd digonedd ar ôl. A rhan annatod o'r 'ysfa' yw'r sbort: yr hela, y cynllwynio a'r celu. A'r dal. Ond mai siomiant yn ddi-feth yw'r dal. Ond nad oedd 'Nerys' heno yn cofio'r siomedigaethau blaenorol a'u canlyniadau difaol. Nid oes neb sy'n ysglyfaeth iddi'n cofio dim. Dyna yw tric yr 'ysfa' wastad – peri i'r un sydd yn ei chrafangau anghofio. Dyna pam y medr ddychwelyd mor rhwydd. (Ni feddyliodd erioed y byddai'n dychwelyd ar ôl iddi briodi Twm. Twm oedd ei 'hamddiffynfa' rhagddi – i fod. Dyna oedd ei 'bwrpas' iddi.) Dychwelyd! Nid yw byth yn gadael! Dim ond llechu mewn gaeafgwsg ac un diwrnod yn y tywyllwch agor un llygad loyw. A'r llall yn y man. Edrychodd hi ar Llŷr a gweld – ond beth a welodd? Rhywbeth tebyg i gwningen, mae'n debyg. A Llŷr ei hun yn tybio mai fo oedd yn rheoli pethau, fel pob dyn, meddyliodd 'Nerys'. Chwarae gêm yr oedd o eisoes wedi ei cholli cyn dechrau. Y foment hon yr oedd hi'n ffieiddio'i hun ac yn ei mwynhau ei hun yn gymesur. Mewn perffaith reolaeth ac allan o bob rheolaeth, ond na fyddai neb yn medru dweud hynny – nid hyd yn oed hi ei hun.

'A be ydach chi am i mi ddeud?' ebe'r cynhyrchydd wrth Nerys.

'Dudwch be liciwch chi,' meddai hithau.

'Fel dudas i,' ebe yntau, 'Llŷr Teigl ydy f'enw i. Dwi'n gynhyrchydd teledu, rhywbeth oeddwn i eisiau ei wneud ers dyddiau coleg. Dwi'n dri deg mlwydd oed. Dwi'n briod hefo dau o blant, un o bob un, fel maen nhw'n ei ddeud. Mae gen i ddrws ffrynt i fy mywyd. A drws cefn. Ychydig sy'n gwbod am y drws cefn. Ond mae'r goriad ar gael. Wnaiff hynny? A be rŵan amdana ...' ac oedodd wrth geisio penderfynu rhwng 'chi' a 'chdi', ond dewisodd 'chi' am y tro '... chi?'

'Ga i ddŵad i mewn i dir neb dy feddylia di?' meddai Ieuan Humphreys wrth Tom.

'Hogyn! Cei! Falch o dy gwmni di,' atebodd Tom. 'Ar y cwrs golff oeddwn i, 'achan.'

'Mi wyddwn nad oeddat ti'n fama. 'Di bod yn sbio arna ti ers meitin. Fedar heno ddim bod yn hawdd i ti.'

Nid atebodd Tom mohono.

'Pwy ydy hwnna hefo Nerys?' newidiodd Ieuan drywydd y sgwrs.

'Yntê hefyd!' ebe Tom. 'Y ddau wedi bod geg yn geg am hydion. Ac mae hi ar ei phen ei hun, dwi'n sylwi.'

'Gwranda,' meddai Ieuan, 'wela i di ar y diwadd. Lle ma'r jeriw agosa? 'Yn oed i!'

'Na! Mi weli di fi r̂wan,' ebe Tom. 'Mi ddo i hefo ti. 'Yn oed inna hefyd. Unrhyw esgus i adael fama.'

Ymlwybrodd y ddau drwy'r dorf sylweddol erbyn hyn – hanner cant 'ballu a mwy o bobl amcangyfrifodd Tom – gan hau ystrydebau – 'sut dach chi?' 'duw, helô!' 'sut ma'i' – wrth fynd a gofalu peidio ag aros am unrhyw ymateb.

Cydiodd rhywun yn llawes Tom a'i dynnu am yn ôl. 'Menna Pugh!' meddai wrtho'i hun.

'Sut mae llenor mwya secsi Cymru?' holodd.

'Yn bihafio!' meddai Tom yn ôl.

'Dwi'm isio bihafio, *darling*,' ebe Menna. A sibrydodd i'w glust: 'Dwi'n teimlo nghoesa'n agor fel llyfr: rhwbath mawr, jiwsi fel *War and Peace*.'

'Rho fo 'nôl ar y silff,' meddai Tom wrthi ac yn ei flaen ag o. Clywodd sŵn ei chwerthin llawn siampên o'r tu cefn iddo. 'Menna Pugh,' ynganodd yn ei feddwl gan gofio rhyw achlysur, rhyw noson, rhyw feddwdod, rhyw ddeffro'r bore wedyn, rhyw ddifaru egwan: dim ond 'rhyw', a dweud y gwir.

Aeth y ddau heibio fi. 'Mr Rhydderch,' cydnabyddais ef. Edrychodd fel petai wedi fy hanner adnabod cyn mynd yn ei flaen. Ond dyna fo, dyn i'w hanner adnabod wyf fi.

Yng ngheg y drws safai tri dyn gan gau'r llwybr, a 'run o'r tri yn fodlon symud.

'Gawn ni basio?' ebe Ieuan. Naill ai nid oeddent wedi ei glywed oherwydd y dwndwr, neu roeddent wedi penderfynu magu rhyw ystyfnigrwydd oherwydd y sarhad o orfod sefyll yn y drws. Yr 'Ap' oedd un. Adnabu Tom ef – y bardd mawr, Cymraeg.

'Pasio ddudodd o, gyfeillion,' ebe Tom, 'ac os nad ydach chi'n gadael i ni basio mi fydd hi'n biso dychrynllyd hyd lawr. Plis? Pasio?'

Symudodd y bardd led englyn i'r ochr ac aeth y ddau drwy'r bwlch wysg eu cefnau.

'Diolch yn fawr iawn,' meddai Tom, yn gwneud môr a mynydd o'r peth. 'Dim byd gwaeth na prostet. Gair tebyg iawn i "proest".'

Ciledrychodd y bardd arno fel petai'n llawfeddyg o fri yn mela efo peils. Winciodd Tom arno.

'I le'r awn ni?' holodd Ieuan ar y coridor gwag.

'Mae 'na dŷ bach yn fama, weldi,' ebe Tom, a gwthio un o'r paneli derw ar agor i ddatgelu lafotri gêl, dawel, borffor ei lliw. Aeth Ieuan i mewn ar ei union. 'Dim amsar i fannars, mae'n ddrwg gen i. Fedra 'im dal,' meddai.

'Na finna chwaith,' ebe Tom, a'i ddilynodd gan gau'r drws, 'Dyma ti be ydy pen draw cyfeillgarwch.'

Bu oedi hir cyn i ddim byd ddigwydd: y ddau fel dau ar lan bedd yn sbio am i lawr, a thuchan gwthio'n dod o gegau'r ddau. Yna cychwynnodd un, a hynny'n peri i'r llall ddechrau hefyd, a phisodd y ddau'n hamddenol i ffrwd ei gilydd, llaw Ieuan yn ddiarwybod iddo ar ben ysgwydd Tom fel petai'n ei ddal i fyny.

''Dan ni fel 'san ni'n solffeuo,' ebe Tom.

'Rhyddhad hen ddynion,' meddai Ieuan yn ysgwyd ei hun.

Cydiodd Tom yn y gair 'rhyddhad' a'i ail-ddweud.

'Mi'r awn ni'n ôl heibio Nerys,' ebe Ieuan.

'Tybad?' meddai Tom.

'YN bendant!' ebe Ieuan.

Gwelodd Tom ffêr Leri yn y gwagle rhwng ffyn y grisiau, a'i ffêr yn ymestyn i'w choes wrth iddi gerdded am i lawr, ac ymyl ei ffrog las yn ysgwyd ychydig is na'i phen-glin fel y deuai mwy ohoni i'r fei yn y disgyn. Clywodd Janet Osborne yn dweud: 'Ma' fe 'ma.' Nid ymatebodd Leri. 'Be roedd dwy ddynas yn ei neud hefo'i gilydd yn llofft?' holodd Tom ei hun. Fel y medrai Leri fod wedi gofyn beth oedd dau ddyn yn ei wneud hefo'i gilydd mewn lafotri, petai hi o'r un meddylfryd ag ef. 'Ond doedd hi ddim yn gwisgo sana,' meddai wrtho'i hun.

'Chi rŵan!' ebe Llŷr Teigl wrth Nerys.

'Dach chi'n gwbod 'yn enw fi'n barod,' ebe hithau.

'Ond dudwch o eto,' meddai Llŷr.

Heb i 'run o'r ddau sylweddoli aeth Ieuan Humphreys a Tom Rhydderch heibio iddynt.

'Nerys Owen ydw i. Dwi'n dri deg ac un mlwydd oed. Dwi'n ffotograffydd proffesiynol ac wedi cwblhau doethuriaeth ar fywyd a gwaith Alvin Langdon Coburn, ac ar fin gweld ei gyhoeddi'n llyfr. Dwi'n sengl ...' ac wedi iddi ei ddweud lledodd ofnadwyaeth drosti yn gymysg ag anghrediniaeth ei bod wedi dweud hynny o gwbl, fel petai blysau'n medru cynllwynio â geiriau yn y dirgel ac yn annibynnol arnom i fynegi rhywbeth na fyddem ni wedi meiddio'i ddweud. Clywodd Ieuan y gair 'Coburn', tra clywodd Tom y gair 'sengl', 'Ac mae gen inna ddrws ...'

Lledodd cymeradwyaeth drwy'r dorf yn y lolfa cyn iddi fedru gorffen ei brawddeg – ond nad oedd modd iddi orffen ei brawddeg – oherwydd bod Leri Rhydderch a Janet Osborne wedi cyrraedd.

'Sgin i ddim papur a phensal,' ebe Llŷr Teigl a sibrydodd rif i'w chlust. 'Fedri di gofio fo?' Sibrydodd Nerys y rhif yn ôl. Am foment gwelodd ei thad ar fonet car pinc. Sleifiodd Llŷr rhwng hwn-a-hwn a hon-a-hon at y bobl camera a sain. Penderfynodd Nerys osod ei hun y tu ôl i Tom Rhydderch.

Yn gwylied hyn i gyd, ei gefn yn erbyn y pared, yr oedd Ieuan Humphreys.

Janet Osborne: (yn erchi i Leri eistedd ac yn eistedd ei hun)
Jiw! Dyna beth yw croeso. I dy lolfa yn dy dŷ dy hunan. Ac ar ran Gwasg y Brifysgol 'wy moyn diolch i Leri am 'yn cael ni yma yn Clyd ac arlwyo ar ein cyfer ni. A'r siampên! Sgwrs anffurfiol fydd rhyngom ni'n dwy, a chyfle wedi 'ny i chi ofyn i Leri arwyddo'r llyfr. Ar ôl i chi ei brynu fe, hynny yw!

'Gas gin i betha fel hyn,' meddai Tom Rhydderch wrtho'i hun, 'a lansio llong ydach chi, nid llyfr, siŵr dduw!'

J.O.: Felly mla'n â ni! A 'wy am ofyn i ti'n gyntaf, pryd y dechreuest di sgrifennu?

Leri: Wel! Pan o'n i'n fach mi oeddwn i'n arfar torri papur yn sgwaria bychain a'u steplo nhw wrth ei gilydd i greu llyfra. Ac mi roedd gin i gi anwes, *dachshund*, o'r enw Kaiser Ben. Fo oedd y sylwebydd ar ddigwyddiada tŷ ni. Ac mi fyddwn i'n cofnodi ei sylwadau o yn y llyfra bychain. Llyfrau Kaiser Ben oeddan nhw.

Ar hyd y coridor, yn nhraed ei sanau, yn cario'i hesgidiau sodlau uchel, gan gerdded ar flaenau ei thraed fel petai'n ceisio sathru ei sŵn ei hun, daeth Casi ac i mewn â hi i'r lolfa lle roedd, diolch byth, dri dyn, un ohonynt yn fardd go bwysig, fe wyddai, yn cau ei llwybr ger y drws. Ymestynnodd i edrych dros ysgwyddau dau ohonynt i weld a welai hi Roj, ac oedd, yno roedd o'n sbio i'w chyfeiriad – damia! – a dangos ei wats iddi. Gwnaeth

102

hi siâp ceg 'Sorri!' ac ystum llywio car â'i dwylo a tharo ysgwydd un o'r dynion wrth wneud, a hwnnw'n troi rownd a gwenu arni a sibrwd, 'Dowch am i mewn.' Atebodd hithau mewn islais ei bod 'yn iawn diolch' a chynnig esboniad i ddieithryn pam ei bod yn hwyr drwy sibrwd y gair 'traffig', a pheri iddo yntau ymateb drwy ddweud dan ei wynt, 'sobor 'di mynd'.

Leri: Ac mi fydda Kaiser Ben yn cael deud be licia fo am tŷ
           ni. Doedd yna ddim sensro ar ei sylwebaeth o.

J.O.:   Dy *alter ego* di oedd Kaiser Ben, felly? Un oedd yn
           medru gweud beth na feiddiet ti dy hunan ei weud?

Leri: Ia, mae'n siŵr.

J.O.:   Wyt ti am ddatgelu cyfrinachau Kaiser Ben wrthym ni?

Roedd Nerys yn fwriadol wedi gosod ei hun tu ôl i Tom Rhydderch, er nad oedd ef yn ymwybodol o hynny. Yn y man, ac oherwydd na fedrai hi ddal mwyach, pwniodd ef yn ysgafn yn ei gefn. Hanner trodd i'w chyfeiriad ac ymestyn ei ben am yn ôl.

'Ga i fenthyg beiro?' sibrydodd Nerys.

'I be?' sibrydodd Tom yn ôl. 'Does 'na ddim byd o werth wedi ei ddeud hyd yn hyn.' Ciledrychodd y ddau o boptu iddo arno a gwgu.

'Plis!' sibrydodd Nerys.

Trodd yntau'n ôl i wynebu'r holi a daeth ei law i'r fei o'r tu cefn iddo'n dal beiro. Cipiodd hithau'r feiro ac ysgrifennu'r rhif ffôn yn gyflym ar syrfiét. Gwthiodd y feiro'n ôl rhwng ei lawes a'i gesail. Tynnodd yntau'r feiro o'r ochr arall a'i phocedu.

Leri: O, be, dŵad? Os oedd Nhad a Mam wedi ffraeo, Kaiser
          Ben oedd yn cael deud hynny. A phetai Mam wedi yfed
          gormod oherwydd nad oedd 'y nhad byth adra, Kaiser
          Ben fydda'n cofnodi'r peth. Rhyw fanion betheuach
          fel'na.

J.O.:   Manion betheuach i Leri'r wraig ganol oed, efalle. Ond
          nid i'r ferch fach. Ffurf ar ryddhad oedd ac ody
          sgrifennu i ti?

Leri: Falla. Dwn 'im! Dwi'n fwy tueddol i feddwl mai
          rhywbeth i liniaru'r diflastod ydy o. Mi roeddan ni'n
          deulu cyfoethog iawn, iawn. Doedd yna fyth ymdrech
          i gael unrhyw beth. Os oeddwn i isio'r peth-a'r-peth mi
          fyddai yno ... ddoe! Ac mi roedd y diffyg ymdrech yn
          bownd o arwain at ddiflastod yn y diwedd. Rhyw
          nychdod y tu mewn i'r holl gyfoeth. Ond fedra Nhad
          ddim prynu sgwennu!

J.O.:   Sgrifennu'n rhywbeth ysbrydol felly? Yn yr ystyr o
          an-faterol?

Gwasgodd Nerys y syrfiét yn dynn yn ei dwrn ac wrth wneud
clywodd ei gŵr neithiwr a'i gefn ati yn y gwely yn holi i'r
tywyllwch: 'Pryd, Nerys fach? Pryd? Gad i mi jyst dy dwtsiad di
'ta. Mond mynd hannar ffordd.' Ffieiddiodd at y gair 'twtsiad' a
theimlo rhyw ych-a-fi yn ystwyrian o dan ei choban.
Gwrandawodd y ddau ar y düwch o'u cwmpas a'i dagrau distaw
hi'n treiglo i'r gobennydd. Yn araf bach llithrodd ei llaw ar hyd y
gynfas tuag ato nes teimlo defnydd ei byjamas ond ni allai fynd
ymhellach. Teimlodd yntau'r cyffyrddiad egwan. Doedd fiw iddo

ymateb, fe wyddai. 'Dwi yn dy garu di, sti,' sibrydodd, a'i sibrwd yn ei darfelydd hi fel winciadau'r sêr yn bell, bell i ffwrdd yn yr eangderau difesur, didostur. Beth bynnag oedd yn bod arni, nid oedd cariad yn ddigon cryf i'w drechu. 'Gwbod,' meddai hi yn y man ac anadlu rhythmig ei gŵr wrth ei hochr yn dweud wrthi ei fod eisoes wedi syrthio i gysgu. Gwasgodd y syrfiét yn dynnach a chodi ei dwrn i'w cheg a brathu ei migyrnau. 'Be oedd Nerys yn ei ysgrifennu ar y syrfiét, tybad,' meddyliodd Ieuan Humphreys, 'a'i gwasgu'n dynn yn ei dwrn, a chodi ei dwrn i'w cheg, a brathu ei migyrnau?'

Leri: Tydw i ddim yn siŵr iawn be ydy ystyr 'ysbrydol'. Rhyw air llanw, falla, sy'n cael ei daflyd o gwmpas y lle oherwydd bod pobol yn rhy ddiog i chwilio am air gwell, mwy cysáct. Mi fyddwn i'n fodlon deud fod y sgwennu cynnar yna yn rhyw fath o *antidote* i'r cyfoeth, efallai. 'Y mheth i oedd o. Fedra 'na neb arall ei neud o ond y fi. Dwi'n cofio Nhad yn cynnig chweugain i mi am un o'r llyfra bach a finna'n gwrthod. Ac mi oedd honno'n foment fawr.

J.O.:   Moment fawr? Ym mha ffordd?

Leri: Fod yna derfyn i gyfoeth fy nhad ac i gyfoeth yn gyffredinol. Ac mi gafodd o dipyn o sioc! ''R hogan 'ma 'di troi chweugain i lawr!' medda fo wrth Mam, a Mam yn wincio arna i. A hwyrach i mi gyflawni rhywbeth yn fy ffordd fach fy hun yr hoffai Mam fod wedi ei wneud ond wedi methu. A drwy ddweud 'na!' wrtho fo mi faglais ar draws fy unigolyddiaeth a fy annibyniaeth.

J.O.:   Yw sgrifennu'n ffurf ar ddweud 'na!' wrth nifer o
           bethe?

Leri: Be wyt ti'n 'i feddwl?

J.O.:   Mai math o brotest yw sgrifennu.

Leri: Fel y mae sawl awdur wedi bod yn ddraenen yn ystlys
           sawl unben – y math yna o brotest?

Edrychodd Roger Jenkins i gyfeiriad ei wraig, yn 'mochel yn
fancw tu ôl i dri dyn a'i phen i lawr. 'O fama, hyd yn oed,'
dywedodd wrtho'i hun, 'mi fedra i glywad ogla dyn arall arni hi.'
Cododd hithau ei phen i'w gyfeiriad. Gwenodd arno. 'Heno,
mechan i, mi gawn sgwrs,' ebe Roj wrthi drwy ei edrychiad arni.
'Mae o'n gwbod,' meddai Casi drwy ei gwên.

J.O.:   Yn rhannol, ie. Ond, yn fwy na hynny, y syniad yma o
           annibyniaeth. Mi wedest i ti ganfod dy annibyniaeth
           wrth sgrifennu'r llyfrau bychain 'ny. Rhyw werddon
           hollol i ti dy hunan yn rhydd o gyfoeth dy dad. A ...

Leri: Nid yn rhydd o gyfoeth fy nhad. Ond yng nghanol
           cyfoeth fy nhad. Dwi'n digwydd licio cyfoeth, gyda llaw!
           Does yna ddim byd o'i le mewn cyfoeth. Dda gen i mo'r
           surni Cymraeg 'ma bob tro mae cyfoeth yn codi ei ben,
           a'r ffug foesoli a dyrnu'r frest sy'n dod yn ei sgil o, a
           hwnnw'n ildio i ryw sosialaeth *faux* a llwyd. Mae
           dychymyg a chreadigrwydd *entrepreneur* fel fy nhad
           yr un mor siarp a'r un mor ddilys â dychymyg unrhyw
           awdur o werth. Snobyddiaeth ddiwylliannol sy'n

mynnu fod llenyddiaeth rywsut yn bur a phres rywsut
yn fudur, rhyw ddiofrydbeth.

'Pryd, tybed,' meddyliodd Tom Rhydderch, 'y cyfyd fy enw i ei
ben? Mae'r sguthan Osborne 'na yn denshan isio dŵad â fi i mewn
a rhoi moment "et tu, Brute" i Leri.'

J.O.:   Mae hyn'na'n swnio'n amddiffynnol iawn! Wyt ti'n un
            sy'n amddiffyn dynion?

Leri: Bobol bach, nacdw!

J.O.:   Gaf fi fod yn ddrwg?

Leri: Mi wyt ti'n ddrwg bob amsar!

J.O.:   Wyt ti'n awgrymu mai rhyw fath o hobi i'r breintiedig
            yw sgrifennu, rhywbeth i'w wneud yn yr amser sbâr
            rhwng cyfrif dy arian?

Leri: Wrth gwrs nad ydw i ddim! Ond mae nifer o lenorion
            yn cymryd eu hunain a'u gwaith lawer gormod o ddifri.
            Tydy'r rhan fwyaf o bobl yn malio dim am lenyddiaeth.
            Nid gweld bai mo hyn ond cydnabod fod ganddyn nhw
            betha llawer pwysicach i'w gwneud. Cael y ddeupen
            ynghyd, ran amlaf!

J.O.:   Beth, felly, yw diben llenyddiaeth?

Leri: Mi fyddai John Gwil yn deud wrthon ni yn y coleg iddo
            fo gael pleser o ddarllen y llyfr-a'r-llyfr. A dwi'n cytuno

ag o. Unig ddiben llenyddiaeth ydy rhoi pleser. Os na fydda i wedi cael fy llygad-dynnu gan ddwy dudalen gyntaf unrhyw lyfr, yna fydda i byth yn cario mlaen.

J.O.: 'Wy mewn sioc! Mae mwy i lenyddiaeth na phleser?

Leri: Oes 'na?

J.O.: Wel, o's!

Leri: Be?

J.O.: Sylwebu ar y natur ddynol a'i datguddio.

Leri: Job athronydd ydy hynny, ia ddim? Geiriau ydy tiriogaeth llenor. Creu â geiriau rywbeth prydferth ddylai awdur ei wneud. Cadwyn o eiriau sy'n gorwedd yn fwclis cymen ar y papur. Paragraff perffaith a phrydferth rydw i'n chwilio amdano fo, nid pregeth, nid rhyw 'ystyr'.

'Let me do it,' clywodd Casi Reggie yn ei ddweud yn ei dychymyg. 'Turn around. Nothing excites me more than untying a woman's necklace, the last thing to be removed, and letting it slip softly down her nakedness. Then kissing her bare neck. Just like this.' A theimlodd hithau eto'r gemau bychain yn llifo'n oer ar hyd ei chroen ac yn ei goglais. Fyntau'n eu dal ar gledr ei law ychydig is na'i bronnau. Ynganodd hithau: jasper, amethyst, carnelian, opal, onics – geiriau nid i enwi ond i gyfareddu.

Leri: Geiriau nid i enwi ond i gyfareddu. Iaith sy'n creu
          llenyddiaeth, nid syniadau.

J.O.:   Ond y mae llenyddiaeth yn fwy nag estheteg. Alla i
          ddim credu dy fod ti'n ddisgybl i Walter Pater. Beth am
          dy ddaliadau di?

Leri: Does gen i fawr o ddaliadau.

J.O.:   Ond beth yw dy gymhelliad di wrth sgrifennu?

Gwelodd Tom Rhydderch ei hun eilchwyl yn ei ddychymyg yn
aros amdani wrth ymyl y *tee*. Roedd yno o'i blaen a rhoddodd
hynny fwy nag ychydig o bleser iddo. Gwelodd y cerbyd golff yn
y pellter yn crynu o ochr i ochr ar y tir anwastad wrth ddod yn nes.
Gwelodd ei llaw'n chwifio o'r cerbyd i'w gyfeiriad. Cododd yntau
ei law – ond yn ddiegni – yn ôl. Clywodd sŵn boddhaus rywsut
y teiars ar y glaswellt. A sŵn llyfn yr injan letrig. Arafodd hi wrth
ei ochr.

'Mi fuo raid i mi roi hwn ar tsarj,' meddai Leri. 'Dyna pam
dwi'n hwyr.'

'Dim angen esboniad,' ebe Tom.

'Mi ddoist!' meddai hithau.

'Fel y gweli di, dwi yma.'

'Reit 'ta, hwda!' A rhoddodd ddreifar iddo.

'Oes raid?' meddai Tom. 'Gas gin i golff, fel y gwyddost ti'n
iawn.'

'Dwi'n gwbod. Ac oes. Ty'd!'

Gwthiodd Leri *tee* i'r ddaear a gosod pêl arno.

'Mae'r gwynt o'n hola ni,' meddai hi, 'felly mi gei shot dda.'

Edrychodd Leri ar y bêl. Edrychodd i'r cyfeiriad y dylai'r bêl fynd iddo. Edrychodd ar y bêl drachefn ac yn ôl i'r fan y byddai'r bêl yn sicr o'i gyrraedd. Lledodd ei choesau. 'Sgydwodd ei chorff.

'Pam fod golffars yn ysgwyd eu tina' fel'na bob tro?' holodd Tom.

'Cau dy geg,' meddai Leri. Ag un symudiad llyfn cododd y dreifar oddi wrth y bêl, dros ei hysgwydd a thu ôl i'w gwar, ac yn ôl ar wib gan daro'r bêl i'r pellafion cywir.

'Fel'na yli!' meddai wrtho. 'Chdi rŵan.'

'Gwranda!' ebe Tom. 'Gad i mi jyst dy watsiad di. Fedras i 'rioed hitio'r blincin peth. Mi wyddost hynny.'

'Fel mynni di,' meddai Leri. 'Ty'd i'r cerbyd 'ta. Mi roedd honna'n shot dda, gyda llaw. I'r lle iawn!'

'Deud ti,' ebe Tom, 'ond deud hefyd pam y symans.'

'Pa symans? Isio dy gwmni di dwi.'

'Ond i ddeud be?' meddai Tom. 'Difôrs oedd cenadwri fama ddwytha, os cofia i'n iawn.'

'Dim byd mor drastig! Mond isio deud wrthat ti ydw i mod i wedi sgwennu dy lyfr Wilson di drostat ti. Ac y bydd o'n ca'l ei gyhoeddi mhen pythefnos. Dwi'n gobeithio y doi di i'r lansiad. O'n i'n gwbod na sgwennat ti mohono fo fyth. Mlaen â ni. Dal dy afa'l.'

Ni ddywedodd Tom air o'i ben, dim ond gwrando ar hisian y cerbyd yn tramwyo'r gwair yn sigledig gan eu siglo yntau a hithau yn erbyn ei gilydd. Cyffwrdd ei gilydd a gwahanu ar yn ail yn symudiad y tryc.

'Pam, Leri?' meddai yn y man.

'Mi roedd hi'n stori rhy dda i'w gada'l! Am artist mawr a'i alluoedd o wedi pallu.'

'Fel fi, ia?'

'Brenin bach, naci!'

Cyffyrddodd eu hysgwyddau a gwahanu. Cyffyrddodd eu cluniau a gwahanu.

'Dial arna i wyt ti, Leri? Dial oedd dy gymhelliad di, ia?'

Leri: Dwn i ddim be ydy nghymhelliad i. Fe all cymhelliad artist fod yn beth digon salw er bod y gwaith yn aml yn gamp.

J.O.: Fel Walter Scott yn sgrifennu er mwyn talu ei ddyledion?

Leri: Cymhelliad go nobl, hwnna, ddywedwn i. Talu dyledion.

J.O.: Talu dyledion ynteu talu'r pwyth yn ôl? Dial, a yw dial yn gymhelliad?

Daliodd Leri a Tom lygaid ei gilydd. Atebodd hithau i fyw llygaid Tom dros bennau'r gwesteion eraill.

Leri: Fe all fod. Ond fe all cymhelliad newid yn y broses o sgwennu. A rhywbeth brwnt ar y dechrau'n tyneru yn nhaith yr iaith. A'r gystrawen rywsut o'i gwirfodd ac er eich gwaetha chi yn edifarhau. A'r geiriau rywsut yn canfod cnawd meddal, bregus. Ac wedyn rydach chi'n gwbod fod ganddoch chi arddull.

J.O.: Oni'd oedd yn fwriad gan dy gyn-ŵr sgrifennu llyfr ar flynyddoedd olaf Richard Wilson?

'Leave him. Just walk away,' ebe llais Reggie ym mhen Casi. 'I want you. I seriously, deeply want you.'

Leri: Oedd.

J.O.:   Ond ti wnaeth. Pam?

Leri: Fe'm hudwyd gan y stori. Ac mi o'n i isio teimlo sut beth oedd bod yn artist mawr a'i alluoedd o wedi pallu'n llwyr. Mae'n rhaid fod hynny'n uffern iddo fo. A rywsut, mi oeddwn i isio rhannu'r uffern yna. A chynnal y dyn drwy iaith brydferth, er ei druenused ef.

'I can't, I can't,' clywodd Casi ei hun yn dweud, 'he's such a good man.'

Leri: Mi oeddwn i isio cydymdeimlo. Iddo fo yr ysgrifennais i'r llyfr.

'For God's sake,' clywodd Casi Reggie'n dweud, 'you can't incarcerate yourself in the prison of his goodness.'

J.O.:   Pa 'fo'?

Leri: Richard Wilson. Pwy arall?

A lleithiodd ei llygaid. 'Don't make me do it,' ebe Casi.

J.O.:   Llythyr caru yw'r gyfrol?

Leri: Mi fydd raid i'r darllenydd benderfynu hynny.

Nid oedd Leri wedi tynnu ei llygaid oddi ar Tom, na Tom oddi arni hithau.

'I can't make you do it,' ebe llais Reggie ym meddwl Casi. 'I can only show you what you really want. And it's not him.'

Gwasgodd Nerys y syrfiét yn dynnach yn ei dwrn. 'Plis, paid â gadael i mi wneud hyn,' meddai. Er na wyddai wrth bwy yr oedd hi'n erfyn. Meddyliai Ieuan Humphreys iddo weld ei gwefusau'n symud fel petai'n siarad hefo rhywun.

J.O.: Felly, mae trugaredd yn gymhelliad mewn llenyddiaeth?

Leri: Ydy mae o. Y pennaf un.

J.O.: Wyt ti'n gweud fod geirie'n medru achub pobl?

Leri: Falla mod i. Yr unig achubiaeth sydd ar ôl bellach, o bosib.

J.O.: Un cwestiwn i orffen. Wyt ti wedi sgrifennu nofel arall erio'd?

Leri: Naddo. 'Run. Hon ydy'r gynta.

J.O.: Siŵr?

Leri: Berffaith siŵr.

J.O.: Gyfeillion! Leri Owen-Pugh (yn edrych yn hir ar Leri cyn dweud) a chofiwch brynu'r llyfyr.

'Ga i ddeud gair?' ebe Tom Rhydderch o ganol y gwesteion eraill. Trodd pawb i edrych arno. Edrychodd Janet Osborne ar Leri ac amneidiodd hithau i fynegi ei bodlonrwydd i hynny ddigwydd. Meddai Tom:

'Dwi isio llongyfarch Leri Owen-Pugh ar gyhoeddi cyfrol arall. Mae geiriau o Lyfr Job wedi bod ar fy meddwl i drwy gydol y noson: "O am un a'm gwrandawai! wele, fy nymuniad yw, i'r Hollalluog fy ateb i, ac ysgrifennu o'm gwrthwynebwr lyfr." 'Na'r oll!'

Dechreuodd y cymeradwyo'n araf, yna'n frwd.

Croesodd Roger Jenkins yn syth bìn at Casi.

'Casi!' meddai, 'dwi am gael gair! Lle buost ti tan heno?'

'Ti'n gwbod yn iawn lle bues i,' atebodd hithau. 'Dwi'n dy adael di, Roj.'

Daeth y geiriau allan ohoni ymhell cyn iddi hi benderfynu eu dweud.

Gwyddai Ieuan Humphreys nad oedd Nerys Owen yn holliach, ond pan drodd i'w chyfeiriad nid oedd hi yno.

Yn y drws, a hithau ar fin gadael, daeth Janet Osborne a Tom Rhydderch wyneb yn wyneb â'i gilydd.

'Mae'n ddrwg gen i na ches di ddim o'r hyn roeddat ti'n wirioneddol yn chwilio amdano fo ganddi hi heno,' ebe Tom.

'Mae'n rhyfeddod parhaus i mi,' meddai Janet, 'pam fod menywod deallus yn fodlon gwarchod ac ymgeleddu dynon *dead beat* ... Hwn yn anrheg i ti!' A thrawodd ef yn ei stumog â'i chopi llofnodedig o *Blynyddoedd Olaf Richard Wilson*. 'Ti bia fe. Mae hynny'n berffeth amlwg!'

'Ac mae'n amlwg nad wyt ti wedi bod mewn cariad erioed,' ebe Tom wrth y gwagle lle bu'r Athro Janet Osborne eiliadau ynghynt.

Agorodd y llyfr a gweld ar yr wyneb-ddalen: 'I Tom. Darllenydd rhwng y llinellau.'

'Mae'n amlwg hefyd,' meddai, 'na wnest ti ddarllen y llyfr cyn cynnig dy froliant – rhywbeth hollol Gymreig i'w wneud.'

A gwenodd Tom Rhydderch, awdur, o ganol ei fuddugoliaeth. Trodd rownd ac yno, ym mhen pellaf y coridor gwag yn edrych arno, yr oedd Leri Rhydderch. Edrychodd y ddau ar ei gilydd.

'Ty'd i'n helpu fi i glirio'r llanast,' ebe Leri wrtho.

'Mi ro'n i'n meddwl dy fod ti wedi gneud hynny'n barod,' atebodd Tom hi.

* * *

Ar flaenau ei thraed dringodd Nerys risiau ei chartref yn y tywyllwch. Agorodd yn araf bach ddrws yr ystafell wely. Rhoddodd ei phen rownd y drws a gweld fod ei gŵr yn ddwfn tu mewn i'w gwsg. Cerddodd am yn ôl yn ysgafndroed a chau'r drws yn dawel, dawel. Aeth i lawr y grisiau'n ôl gan godi ei phwysau o'i thraed i'w hysgwyddau. Agorodd ddrws yr ystafell fyw. I mewn â hi. Caeodd y drws ar ei hôl. Eisteddodd ar y soffa. Agorodd y syrffiét a oedd bellach yn lwmpyn chwyslyd yn ei llaw. Agorodd ei ffôn. Yn ei oleuni glas darllenodd y rhifau ar y syrffiét a oedd yn grychau mân drostynt. Canodd unwaith. Canodd ddwywaith. Diffoddodd ef yn sydyn a'i daflu ar y glustog. 'Be ti'n neud?' meddai llais tebyg i'w llais hi o'i mewn. Syllodd i'r düwch nad oedd yn ddüwch llwyr, a gwelodd y celfi a'r trugareddau a oedd mor gyfarwydd iddi yng ngolau dydd bellach yn siapiau dieithr ac od. Gloywodd ei ffôn ar y glustog, pyls ar ôl pyls o oleuni glas. Medrai ei ateb. Medrai beidio â'i ateb. Cydiodd ynddo. Ac atebodd.

'Mi ddaru ti ffonio,' ebe llais Llŷr Teigl.

'Do,' ebe hithau.

'A difaru?' holodd.

'Falla.'

'Mi liciwn i barhau â'n sgwrs ni.'

'Finna hefyd,' meddai hi.

'Mae 'na le bach yn Nhal-y-llyn. Ar ymyl y dŵr. Gwbod amdano fo?'

'Yndw.'

'Fedri di aros y noson?'

'Medra. Ti 'di bod yno o'r blaen, dwi'n cymryd?'

'Falla,' meddai Llŷr. 'Mae nos Wenar nesa'n iawn hefo fi.'

'A finna.'

'Haws i ti.'

'Pam?' holodd Nerys.

'Ti'n sengl, dwyt ... Lle coda i di?'

'O flaen y tŷ. Mi rwyt ti'n gneud ffilm ddogfen ar Coburn. Ti ddim yn cofio i ti ddeud?'

'Dwi newydd gofio mod i wedi deud hynny,' ebe Llŷr.

'Ara Deg ydy enw'r tŷ. Ar y lôn sy'n rhedeg i fyny o'r castell.'

'Tua chwech?'

'Tua chwech! Fydda i yn yr adwy.'

'Hei,' meddai Llŷr, 'dwyt ti ddim yn ara deg.'

'Hwyl,' ebe Nerys a diffodd y ffôn.

Parhaodd i eistedd yn ei hunfan gan ryfeddu pa mor hawdd oedd twyllo.

'You're daddy's girl,' sibrydodd i'r tywyllwch. A daeth pwl o chwerthin drosti.

Camodd Ieuan Humphreys o gysgod y clawdd gyferbyn ag Ara Deg a gosod ei hun yn llif golau neon y lamp gerllaw. Fel petai o angen dod o dywyllwch i oleuni. Fel petai o angen cael ei weld. Edrychodd i gyfeiriad y tŷ a dyfalu.

* * *

Ger Llyn Tryweryn stopiodd Casi ei char a thynnu ei ffôn o'i bag. Deialodd. Atebodd Reggie.

'I'm on my way back,' meddai wrtho.

'I knew you would be,' ebe yntau.

'No, you didn't, you didn't know! Damn you, you didn't! You didn't,' sgrechiodd i lawr y ffôn.

A thaflodd ef i'w bag. Ond ni allai droi'n ôl. Ac ymlaen â hi.

Un Diwrnod

Roedd hi'n tynnu am un o'r gloch a gwyddai Nerys y byddai ei
gŵr adref unrhyw funud. Eisteddai ar y soffa a'i ffôn yn barod yn
ei llaw. Clywodd y drws ffrynt yn agor a chau. Rhoddodd y ffôn
wrth ei chlust a dweud wrth neb y pen arall pan ddaeth Twm i
mewn i'r ystafell fyw, 'Na, dim o gwbl siŵr.' Gwenodd ar Twm a
phwyntio at y ffôn, 'Tydy o'm yn fyr rybudd siŵr ... Tydw i'n
gneud dim, nacdw ... Na, dwi'n gwbod yn iawn fod angen gola
ben bora ...'

Safodd Twm i wrando arni fel y gwyddai hi'n iawn y byddai'n
gwneud.

'Sdim raid i chi ddeud hynny wrth ffotograffydd! ... Ac mi
rydach chi isio gneud pwt o gyfweliad heno ... Wel ia ... Sbario fi.
(A chwarddodd) Ar goll fyddwn i'n mynd ... Mi fydda hynny'n
handi iawn ... Mi codwch fi am chwech ... Y tŷ ola ond un yn y
rhes sy'n rhedeg am i fyny o'r castell ... Hwyl tan hynny.'

Diffoddodd y ffôn, ac meddai wrth Twm ar ei hunion, y ffôn ar ei harffed: 'Ti'n cofio fi'n sôn am y cynhyrchydd teledu gyfarfyddais i noson cyhoeddi llyfr Leri. Llŷr wbath ...'

'Snâm od – "Wbath",' ebe Twm.

Chwarddodd Nerys.

'Wel, fo oedd 'na yn gofyn fedrwn i ddŵad i neud y ffilmio fory. Ti'n cofio fi'n deud am y ffilmio, dwyt? Ar gyfer yr eitem maen nhw isio'i neud ar Coburn a fi a'r arddangosfa pan fydd hi yn Aberystwyth, yn y Llyfrgell Genedlaethol. Ti'n cofio am honno, dwyt? Ac maen nhw isio medru ffilmio ben bora achos fod y gola'n well ac felly am i mi fynd heno fel y byddwn ni yno'n barod. Ac mae hynny'n gneud sens, tydy? A mi ddudodd 'sa fo fy nghodi fi tua chwech. Heno.'

'O,' meddai Twm Owen, bron allan o wynt ei hun yn gwrando arni a'i thruth yn teimlo'n debyg iawn i gyfarwyddyd ar gefn potel gwenwyn lladd chwyn. 'Dyna dda. Mi gei noson bach i ffwr'... yn lle?'

Mae eiliad o osteg rhwng gofyn cwestiwn a chael yr ateb yn llawer rhy hir pan mae celwydd yn cael ei ddweud. Sylwodd Twm ar yr oedi.

'Ochra Tywyn yn rhwla,' ebe Nerys, a wyddai ei bod wedi cymryd gormod o amser cyn ateb. 'Ffonia i o 'nôl, yli, er mwyn i ti ga'l y cyfeiriad iawn rhag ofn i rwbath ddigwydd.'

Teimlodd Nerys fymryn o bwys yn ei stumog.

'Rhag ofn i be ddigwydd?' holodd Twm.

Nid oedd Nerys wedi cysidro'r cwestiwn yna o gwbl. Nid oedd wedi gweld ymhellach na dechrau'r noson. Nid oedd wedi meddwl o gwbl sut y byddai'n diweddu. Beth oedd yn mynd i ddigwydd? Cynyddodd y pwys yn ei chylla.

'Dim,' atebodd hi ei gŵr. A'r gair o geg ei wraig yn teimlo iddo fel ateb i gwestiwn nad oedd ef wedi ei ofyn.

'Dim ond noson ydy hi, 'te! A tydw i ddim yn bell,' sbriwsiodd Nerys ei thôn.

'Nag wyt,' ebe Twm.

Ond rywsut, er na allai esbonio'r peth, yr oedd daearyddiaeth lle wedi troi'n ddaearyddiaeth emosiwn.

'A gwranda,' meddai Twm, yn dod i eistedd wrth ei hochr a rhoi ei fraich amdani a'i gwasgu'n dyner i'w gesail. 'Dwi'n falch ohonot ti. Arddangosfa yn Aberystwyth ym mhen y mis: "Coburn a'i Ffrindiau". Cyhoeddi dy lyfr ditha. A rŵan ffilm. Be nesa?'

Gadawodd hithau iddi ei hun swatio yn ei gôl heb, yn unol â'i harfer, wingo a cheisio ymryddhau. Sylwodd Twm ar hynny hefyd, gan deimlo fod ei bodlonrwydd anarferol yn esgusodi rhywbeth arall.

'Eitem ar raglen yn unig. Nid ffilm,' ebe Nerys, yn coelio am ennyd yn llwyr yn ei chelwydd ei hun.

'Mi af i i neud tamad o ginio i ni,' meddai Twm yn y man.

'Na! Mi'r af i,' ebe Nerys yn codi.

Ond cydiodd Twm yn ei llaw a sbio i fyw ei llygaid. 'Dwi'n dy garu di,' meddai wrthi. Teimlodd Nerys ei eiriau fel mymryn o ddŵr berwedig ar groen ei llaw. 'Dwi'n gwbod,' ebe hi'n ôl gan gau ei llygaid. A sylwodd Twm ar ei llygaid yn cau.

Roedd yn eneth dlos ond roedd rhywbeth o'i mewn a waharddai i'r tlysni hwnnw gymryd meddiant llwyr o'i hwyneb gan ledaenu rhyw dawch o rywbeth egrach rhyngddi hi a'r un a edrychai arni. Nid oedd hyn wedi taro Twm erioed o'r blaen.

Gollyngodd ei afael arni ac aeth hithau i ryddhad y gegin. Anadlodd yn ddwfn wrth y sinc, ei dwy law yn gafael yn dynn yn yr ymyl aliminiwm. Yn ei phen gwelodd ei hun wrth ochr ei mam ym mhen pellaf yr ystafell fyw enfawr yn ei chartref yn Southport, ei thad y pen arall yn siarad ar y ffôn. 'Wyt ti'n gwbod hefo pwy mae o'n siarad?' clywodd lais ei mam o'r gorffennol. 'Hefo neb.

Pam, dŵad, fod ambell un fel dy dad yn meddwl fod pobol erill, fel chdi a fi, yn dwp?' Agorodd ddrws y ffrij a thynnu allan ddwy sleisen o ham glwyddar, ych, pinc oedd ar blât a chling-ffilm llipa, tamp drostynt a'u gosod ar y wyrcing top.

'Gyda llaw,' gwaeddodd o'r gegin wrth haneru dwy rôl fara, 'mi welis Tom Rhydderch bora 'ma.'

'O,' ebe Twm Owen.

'Mi holodd tybad 'sa ti'n trin ei ardd o?'

'O', meddai Twm Owen drachefn.

'Mi ddudis wrtho fo am alw draw heno,' gwaeddodd Nerys yn ôl.

'O', ebe Twm eto.

'Mae'n bryd i chi'ch dau gymodi,' meddai Nerys yn taenu menyn ar y bara. Nid ymatebodd Twm Owen i hynny, ond gwyddai yn ei galon fod Nerys wedi dweud y gwir am y tro cyntaf yr amser cinio hwnnw.

'Ddudas di wrtho fo na fyddat ti yma?'

Oedodd Nerys cyn ateb a daeth eiliad hir celwydd i glyw Twm Owen eilchwyl.

'Sut fedrwn i,' meddai Nerys, 'a finna ddim yn gwbod ar y pryd? Ond paid â deud wrtho fo i le dwi 'di mynd.'

Camgymeriad oedd dweud hyn'na, sylweddolodd Nerys. Damia! Dylai fod wedi edrych mwy i gyfeiriad ei thad yn y dyddiau cynnar er mwyn dysgu crefft dweud celwyddau. Ymataliodd Twm Owen rhag holi 'Pam?' oherwydd yr oedd rhyw wirionedd annymunol wedi chwalu drosto.

'Welis di rywun arall?' holodd Twm fel petai'n falch o gael cau ceg ogof ei deimladau â geiriau.

'Ieuan Humphreys yn sbio i ffenast siop. Ond welodd o mohono' i,' ebe Nerys, yn dychwelyd i'r ystafell fyw. 'Dyma ti.' A rhoddodd ei ginio iddo. Derbyniodd y plât, a'i dro ef rŵan oedd cau ei lygaid fel petai'n gwrthod gweld y ddynes wahanol oedd o'i flaen.

'Pam ti'n cau dy llgada?' holodd Nerys.

'O'n i?' ebe Twm a rhywbeth isel, o'r golwg bron, fel siom yn nhôn ei lais.

Cydiodd Nerys yn ei law a'i gwasgu. Nid agosatrwydd a deimlai Twm ond dieithrwch.

'Gwranda,' meddai wrthi, ''sa'r ots gin ti taswn i'n mynd â'r frechdan 'ma hefo fi. Dwi'n meddwl i mi anghofio rhoi'r caead yn ôl ar y botal wenwyn yn 'rardd Ty'n Rhos, ac mi oedd y cŵn bach yn rhydd. 'Sa well mi fynd yn ôl yn go handi.'

''Na ti 'ta,' ebe Nerys. 'Ond wela i di cyn i mi fynd?'

'Chwech ddudas di, yntê?'

'Ia.'

'Go brin, yli. Mae gin i beth myrdd o waith yn Ty'n Rhos 'na. Dduda i ta-ta rŵan.'

'Sws,' meddai Nerys.

'Ia,' ebe Twm, 'sws.'

'Gweithred ydy sws, nid gair.'

Meiriolodd Twm Owen yn fewnol a gafaelodd yn dynn, dynn ynddi a'i chusanu. Ildiodd hithau i'w gusanau ac arogl chwys bore caled o waith, ac arogl creosot ac arogl cemegydd lladd chwyn yn tasgu o'i ddillad. Yr oedd ei chalon yn curo'n gyflym a theimlodd Twm hynny. 'Hen feddyliau hurt,' meddai wrtho'i hun. Ymryddhaodd o'r cusanu, edrych arni a gosod ei phen ar ei ysgwydd. Roedd o'n llawn edifeirwch.

'Wela i di,' meddai wrthi. 'A deud wrth Mr Wbath am gymryd pwyll ar y lôn. Dwn i ddim be wnawn i hebot ti, Nerys.'

Ar y ffordd yn ôl i'w waith gwyddai Twm Owen nad oedd dichon i'w wraig ei dwyllo. Rhyw chwiw o genfigen ddi-sail ac afresymol a ddaeth drosto. Teimlodd gywilydd. Dwrdiodd ei hun.

Ef oedd wedi dweud celwydd wrthi hi gan nad oedd cŵn o gwbl yn Nhy'n Rhos. Brathodd y frechdan a'i chael yn dda, hynod o dda.

Edrychodd Nerys yn y drych ar y pared.

'How did I do, Daddy?' sibrydodd.

*　*　*

Canfu Ieuan Humphreys ei hun yn darllen yr un un frawddeg am y trydydd tro. Waeth iddo fod wedi edrych ar leiniad o ddillad ddim, ac wyneb Nerys yn codi'n dragywydd uwchben y geiriau gan daenu amheuon a'u pegio hyd ei feddyliau anfoddog. Daeth i'w feddwl y posau rheiny mewn comics i blant 'slawer dydd, yn dangos dau lun a edrychai yn hollol yr un fath, ond o graffu'n fwy gofalus deuai gwahaniaethau bychain i'r amlwg rhwng y naill a'r llall: tri afal yn un a dim ond dau yn yr un arall; pum smotyn ar wisg y clown yn yr un ar y chwith, pedwar yn yr un ar y dde. Rhywbeth tebyg oedd Nerys, dirnadodd Ieuan, yn debyg iddi hi ei hun bob tro y gwelai hi ond bod yna ryw fanion ynddi wedi newid. O roi'r manion i gyd at ei gilydd, rhywun gwahanol a safai o'i flaen, rhywun nad adwaenai, a dweud y gwir.

Oherwydd nad oedd fawr o gysylltiad wedi bod ers noson y briodas rhwng Tom Rhydderch a Nerys Owen, penderfynodd Ieuan rannu ei boen – ac, ie, poen ydoedd gan fod agosatrwydd mawr wedi bod rhyngddo ef a Nerys – nid â Tom ond â Leri Rhydderch.

Y bore braf hwn, a mwy na'r arfer o bobl ar y stryd fawr, drysau'r siopau i gyd ar agor a rhyw ysbryd cleniach i'w deimlo hyd y fan, a mwngral o gi, hyd yn oed, yn mynd o'r pafin i'r lôn pan ddaeth i lwybr Meimi Puw, yr hen garpan, cerddodd Ieuan Humphreys i gyfeiriad Clyd. Ond nid ar hyd y ffordd arferol.

Penderfynodd, er mwyn medru hel ei feddyliau at ei gilydd, fynd y ffordd hirach, drwy'r dref, i lawr wedyn am y môr, i fyny'r allt serth, y mynyddoedd yn y pellter o'i flaen, heibio'i hen eglwys a'i mynwent, ar hyd y lôn fach, gul, y gwrychoedd o boptu heddiw'n dechrau sbriwsio eu hunain ar gyfer y gwanwyn, allt arall ac ar ddâl yr allt honno medrid gweld giatiau agored-bob-amser Clyd. Cyrn mawrion y simneiau oedd i'w gweld gyntaf dros y perthi a thrwy'r coed – y coed y gwelid ambell dro Twm Owen ar gangen un ohonynt, er nad mor uchel i fyny'r dyddiau hyn ag yr arferai fod flynyddoedd yn ôl.

Ond rhwng Spar a'r gofeb ryfel adnabu Ieuan gefn Nerys, a Tom Rhydderch o'i blaen – llaw Nerys yn rhwbio braich chwith Tom yn dyner, a'r ddau yn amlwg mewn sgwrs o bwys. Sgwrs cymod? dyfalodd Ieuan. Cymerodd arno ddarllen hysbyseb cyngerdd yn ffenest y siop 'ddafadd, rhyw hanner troi a gorfodi ei lygaid i eithafion eu hymylon nes roeddent yn brifo. Bellach yr oedd Tom a Nerys yn dal dwylo. 'Mae pethau'n well,' ebe Ieuan wrtho'i hun. Gadawodd Tom a Nerys ei gilydd: Tom i'r cyfeiriad arall ac am adref, mae'n debyg. Daeth Nerys i lawr y stryd tuag ato ef, ond yr ochr arall i'r ffordd, diolch byth, ei chamera'n bownsio ar ei chlun. Parhaodd Ieuan i ddarllen poster y cyngerdd drosodd a throsodd hyd nes y gwelodd gorrach ei hadlewyrchiad yn cerdded ar ben 'Cyngerdd Mawreddog'. Wrth droi o'r ffenest trawodd dyn dieithr yn erbyn Ieuan.

'Sorry, pal,' meddai'r dieithryn wrtho.

'I'm not your "pal",' ebe Ieuan yn flin.

'Thought you were, mate,' meddai'r llall ac yn ei flaen ag o.

Yfed dŵr tun samon yr oedd Leri Rhydderch – arllwys y dŵr o'r tun i gwpan wydr, rhoi'r samon mewn powlen a'i hollti'n ddau gan dynnu'r esgyrn mân a'r croen ohono â chyllell a fforc a'u rhoi yn y dŵr, yna'i yfed gan deimlo'r croen a'r esgyrn yn cyffwrdd ei ddannedd tra sugnai'r dŵr drwyddynt, wedyn eu bwyta â'r fforc – rhywbeth y gwelodd ei mam yn ei wneud, er mawr gywilydd i'w thad, 'am nad oes raid i ni brynu a bwyta pethau o duniau', a'i hefelychu â boddhad gydol ei hoes – pan glywodd y gloch drws ffrynt yn canu gan beri iddi golli mymryn o'r hylif ar ei ffrog. Aeth i agor y drws gan feddwl mai Tom oedd yna.

'Ieuan!' meddai. 'Dyma braf.'

Crychodd Ieuan ei drwyn fel petai'n clywed ogla samon.

'Wedi bod yn twtio dipyn,' ebe Leri.

'Dim yn anghyfleus, gobeithio?' holodd Ieuan.

'Dim o gwbwl!' ebe hi. 'Tyrd i'r gegin ... i'r lolfa,' ailfeddyliodd, 'ac mi awn ni allan ar y feranda. Be gymri di? Coffi? Rhy gynnar i lasiad o win ydy hi?'

Edrychodd Ieuan ar ei wats. Newydd droi hanner awr wedi un ar ddeg.

'Wsti be,' meddai Ieuan, 'tydy hi ddim! Mi gymra i win. Pam lai?'

Tra aeth Leri i nôl gwydriad yr un iddynt camodd Ieuan ar y feranda. Fel petai dwrn y cwmwl uwchben, wrth fynd heibio, yn codi clwt du ei gysgod oddi ar yr aethnen gwelodd ei dail yn diferyd goleuni. Gwelodd ditw tomos las mewn tri symudiad stacato ar drawst y feranda yn troi o'i ben i'w gwt a rywfodd ddiffodd ei gorff bychan mewn ehediad nad oedd rywsut yn bosibl i lygaid Ieuan ei ddal yn llawn. Gwelodd yn y pellter gwningen yn mentro gwib ar draws y lawnt ac ysmotyn gwyn ei chynffon fer yn wincio wrth ddiflannu i'r düwch diogel dan lwyn. Gwelodd eiliadau tryloyw rhyw bryfed ger y goeden rhosod. Gwelodd yn ei gof Nerys yn fancw ar lin ei gŵr ddydd ei phriodas yn dweud pa mor hapus yr oeddynt. Clywodd gnocell yn rhywle yn dobio'i big i'r rhisgl a'i sŵn yng nghlyw Ieuan fel petai'n dynwared y gair 'hapus' drosodd a throsodd.

'Coch yn iawn, ydy o?' ebe Leri o'r tu cefn iddo.

'Nerys!' meddai Ieuan, yn derbyn y gwin.

'Llwncdestun ydy hyn'na?' ebe Leri. 'Ydy hi'n disgwl neu rwbath?'

'Sorri! A diolch am y gwin. Ar 'y meddwl i mae hi.'

'Hogan fach od ydy Nerys,' ebe Leri heb gyffroi dim.

'Chlywis i 'rioed mohonot ti'n deud hynny o'r blaen,' meddai Ieuan.

'Wel! Mi wyddost ...' ebe Leri'n oedi, 'y stŵr 'na flynyddoedd yn ôl. A'i ffordd hi o feddwl am betha a'u hamgyffred nhw. Merch i Reggie. Nefoedd yr adar, syndod ei bod hi cystal, a hwnnw'n dad iddi hi.'

'Ond roedd 'na rwbath y noson o'r blaen, Leri, noson cyhoeddi dy lyfr di, oedd yn wahanol. Nad oedd o'n iawn o gwbwl.'

'Tyrd i ni ista,' ebe hi. 'Tendia! Hen betha anhylaw ydy'r cadeiria haearn bwrw 'ma,' meddai wrth lusgo un o'r cadeiriau gerfydd ei choesau ôl gwichlyd ar hyd llawr cerrig y feranda nes peri i Ieuan fynd i'w gilydd i gyd a gwasgu ei ddannedd.

''Sa rheitiach i ti rai plastig o Pepco,' ebe Ieuan.

Edrychodd Leri arno a difarodd Ieuan hyd yn oed awgrymu'r peth.

'Ti 'di colli gwin ar dy ffrog, choelia i fyth,' meddai Ieuan, yn sylwi ar y patsyn tamp ar ei bron.

'Do?' ebe Leri'n ceisio edrych ar ei ffrog. 'O, rhyw lanast hefo rwbath ges i gynna,' esboniodd yn annelwig. 'Nerys,' meddai, 'be amdani hi 'ta?'

'Mi roedd hi'n geg yn geg hefo ...'

'Llŷr,' ebe Leri, 'y cynhyrchydd teledu. Dim byd yn od yn hynny.'

'Fedrat ti ddim rhoi trwch un o dudalennau dy lyfr di rhwng ceg y naill a cheg y llall. Mi roeddan nhw mor agos â hynny. Mi sylwodd Tom hefyd.'

'Ac mae Tom, wrth gwrs, yn arbenigwr ar y pellter angenrheidiol y dylid ei gadw rhwng ceg dyn a gwefusau dynes.' Nid aeth Ieuan ar ôl y trywydd hwnnw.

'Mi roedd 'na dyrfa ac felly sŵn,' esboniodd Leri, 'ac felly methu clywad, ac felly gyrru pobl yn nes at ei gilydd. Oes isio esboniad arall?'

'Pan oeddat ti'n cael dy holi gan y ddynas 'na ...'

'Janet Osborne! Mi ges lythyr digon piwis ganddi hi bora 'ma. Ond matar arall ydy hynny rŵan. Cer 'mlaen.'

'Mi roedd hi'n ymddangos i mi fel petai hi'n siarad â hi ei hun. Mi wnes rwbath anfaddeuol.'

'Be?' meddai Leri.

'Mi dilynais i hi adra.'

'A'n gwarchod!'

'Aeth hi ddim y ffordd arferol, ond ar hyd y lôn heibio'r eglwys. Mi bwysodd am hydion yn erbyn giât y fynwent gan sbio i fagddu'r beddau. Ac mi roedd hi, Leri, yn mwmial rhywbeth iddi hi ei hun. Mi clywat hi ond annelwig oedd y geiriau.'

Pendronodd Leri gan edrych ar Ieuan ac yntau arni hithau.

''Rhosa'n fama am funud,' ebe Leri gan godi a mynd i'r tŷ.

Gwelodd Ieuan ddrudwy'n dowcio'i hun yng nghafn dŵr y cloc haul, a 'garwhau ei blu' dyfynnodd o'i gof, a'i big prysur yn taflu defnynnau o ddŵr i'r aer. Gwelodd wenynen – rhy gynnar, efallai, wedi ei hudo gan y gwres annisgwyl, rhy gynnar ac allan o'i lle, fel ei feddyliau trwblus ef am Nerys? Ond ni chredai hynny gan y gwyddai ei fod yn iawn rywsut. Dychwelodd Leri â llythyr a'i sbectol yn ei llaw.

'Ddudis i mo hyn wrthat ti ar y pryd, chdi na Tom, ond ar ôl

127

y digwyddiad hunllefus 'na hefo Nerys yma flynyddoedd yn ôl, mi sgwennis at ei thad hi. Nid fo atebodd, yn od iawn, ond ei dwrna fo. A dyma ti'r atab. Gwranda.'

Tynnodd Leri y llythyr o'i gas a chan ddal ei sbectol uwchben y geiriau – 'fel ma'n chwaer yn ei wneud,' meddyliodd Ieuan – cyfieithodd rai pethau.

'"Nid yw hyn yn ddigwyddiad newydd nac yn syndod", mae o'n ei ddeud ond heb ymhelaethu. A hyn yli: "Pan oedd Caroline" – dyna maen nhw'n ei galw hi – "yn ferch fach yn yr ysgol"', peidiodd â'i chyfieithu, ' "an incident occurred, of a minor import". "Gwir oedd dweud" ', cyfieithodd eto, ' "fod Mr a Mrs Reginald Hindley ar y pryd yn wynebu treialon personol a hynny, heb os, oedd i gyfrif am ymddygiad eu merch, Caroline N. Hindley. Mr Hindley" ', a llithrodd yn ôl i'r gwreiddiol, ' "wishes me to thank you on his behalf for your care of his daughter and to reassure you" – o be, dwn 'im – "ac i ddweud wrthych am gysylltu â mi, if such a happening should recur, something he deems very unlikely. We, therefore, deem the matter unfortunate, but closed. Yours faithfully" – "Sincerely" ddyla hwnnw fod, dŵad? – "Lionel M. Blondelheim." Iddew, mae raid.'

Rhyfeddodd Ieuan oherwydd iddi gyfeirio at ei hil, ond meddai'n hyglyw, 'Pam mai ei dwrna fo atebodd, ti meddwl?'

'Rhyw lun ar fygythiad … meddal … Edliw drwy gyfreithiwr i mi gadw'r peth yn ddistaw. Dwi wedi gneud petha fel'na fy hun … er mawr gwilydd i mi.'

'Do?' ebe Ieuan a thinc o ddychryn, braidd, yn ei lais.

''Nes i 'rioed gydnabod y llythyr na sôn dim pan ddaeth Reggie yma i'r briodas a'i gwarfod o am y tro cynta.'

'Be nawn ni?'

'Be sy 'na i'w wneud, Ieuan?'

'Dwyt ti ddim yn meddwl fod dim byd o'i le, yn na gwyt?'

''Dawn i ddim mor bell â hynny. Mi trawodd fi'n od pan oedd Nerys yn fy nghynorthwyo fi hefo'r llyfr a finna am gadw'r peth oddi wrth Tom ... rhag ei frifo fo ... sut roedd hi rywsut yn gwirioni hefo cyfrinachedd y peth, hyd at obsesiwn bron. Ond falla fod 'na rwbath arall.'

'Fel be?'

'Hogyn diniwad ydy Twm Owen.'

'Hogyn da!'

'Ia, da. A diniwad. Diniwad yn yr ystyr nad ydy o'n gymhleth nac yn ddwfn.'

'Arwynebol, ti'n trio'i ddeud.'

'Yn ei ystyr ora. Nad oes twyll ynddo fo. Dim cilfacha, dim selerydd. Mae hi'n hogan lwcus yn ei ga'l o. Ond ydy hynny'n ddigon iddi hi? Hwnna ydy'r peth. Fe all hi ddiflasu'n hawdd ...'

'A mynd i chwilio i lefydd erill mwy diddorol,' a dywedodd Ieuan y gair 'diddorol' â pheth sen, 'fel cynhyrchydd teledu.'

'Mae'n bosib! Tybed ai hynny'n unig ydy o?'

'Pam briododd hi o 'ta?'

'Pam mae unrhyw un yn priodi rhywun arall? Esgus ydy "cariad" yn aml. Ac mae "cariad" yn medru cuddied cant a mil o bethau, pethau mwy dirgel, mwy poenus ... a salach, na wyddon ni'n hunain, hyd yn oed, ddim amdanyn nhw.'

'Wn i ddim am hynny,' ebe Ieuan, ac arlliw o ddigalondid yn ei lais, teimlai Leri, nes peri iddi fentro cwestiwn nad oedd hi erioed o'r blaen wedi cael yr hyder i'w ofyn er dymuno gwneud hynny.

'Fuo 'na rywun ym mywyd Ieuan Humphreys erioed?'

Brathodd y cwestiwn ef fel petai'n gi wedi aros yn ei gwt am hydion gan adael iddo fynd heibio i le ymddangosiadol ddiogel cyn suddo'i ddannedd i feddalwch ei gnawd.

'Do,' meddai a thôn y 'Do' yn swnio iddi'n debyg i ddrws yn

cau'n glep ar ystafell nad oedd neb yn mynd i gael ei gweld.

'Mwy o win?' gofynnodd Leri'n tynnu'n ôl o le annymunol, efallai, i Ieuan, tybiai.

'Dwi ddim am fedru gorffen hwn hyd yn oed,' atebodd. 'Mae o'n rhyw ddechra codi i mhen i. Ac mi fydd beryg, dan amgylchiada o'r fath, i mi ddeud petha na fynna i mo'u deud nhw. Mi'r af, Leri ... Ac mi gadwn lygad ar betha, ia?'

'O hirbell, Ieuan!' ebe Leri.

'Ia! Ddylwn i ddim fod wedi ei dilyn hi.'

'Na ddyliet,' meddai hithau.

Gwelodd Ieuan bryf yn strancio yn ei win ac wedyn yn llonyddu.

A hithau'n dal y drws ffrynt ar agor iddo, meddai Ieuan, 'Mi ddarllenis y nofel, Leri. Clasur, ddwedwn i. Am ddyn a'i greadigrwydd o wedi pallu'n llwyr ac urddas geiriau yn ei ddal o wrth ei gilydd. Urddas dy eiriau di.'

Edrychodd y ddau ar ei gilydd a'r gwres annhymig yn eu cyffwrdd, hithau'n gweld y tyfiant rhwng cerrig mân y dreif.

'Mae cariad fel chwyn, wsti,' ebe hi. 'Po fwya rwyt ti'n trio ca'l ei warad o, mwya'n byd mae o'n aildyfu. Yn wytnach. Yn lletach. Yn flerach ... Mi glywist am Casi, mae'n siŵr?'

'Wedi mynd am Southport!'

'Twrneiod wedi eu cyflogi eisoes.'

'Roj druan,' ebe Ieuan.

Ond ni allai Leri gael ei hun i gytuno ag ef. A theimlodd am eiliad fin rhyw bleser fel nodwydd gudd emosiwn yn tynnu edau hen deimlad ar ei hôl a phwyth yn cael ei dalu.

''Swn i 'di meddwl 'swn i di medru cynnig brechdan samon i ti,' ebe Leri'n dod ati ei hun.

'Gas gin i ei hogla fo. 'Nenwedig peth o dun,' meddai Ieuan.

'O!' ebe Leri yn rhwbio defnydd ei ffrog.

Cynigiodd ei boch iddo. Wrth iddi wneud cyfaddefodd Ieuan iddo'i hun am y tro cyntaf erioed ei fod wedi bod eisiau cydio'n dynn am Leri Rhydderch a theimlo'i bronnau yn suddo i'w frest. Cusanodd ef hi a'i freichiau'n stiff, gyfochrog â'i gorff.

* * *

Ond daeth Twm Owen yn ôl o'i waith yn gynharach nag yr addefodd i'w wraig. Ond nid i'w gartref. Arhosodd ar waelod yr allt gan guddio'i hun y tu ôl i dalcen un o'r tai islaw a sbecian rownd y gornel lle medrai ei gweld yng ngardd Ara Deg, ei dwy benelin yn pwyso ar y giât a'i phen rhwng ei dwylo yn edrych i lawr y lôn i'w gyfeiriad ef. Roedd Twm yn gyfuniad o chwilfrydedd, amheuaeth ac euogrwydd a'r euogrwydd yn ennill y blaen ar y gweddill. Daeth car yn araf i fyny'r lôn, a'r gyrrwr yn arafu wrth bob drws ffrynt a chraffu.

'Rhif pedwar ydy hwnna,' meddai Twm fel petai'n ei gynorthwyo. 'Mae Ara Deg rhwng naw ac un ar ddeg. Ond mond sbio am i fyny sy raid i chi ac mi gwelwch hi.'

A dyna'n union a wnaeth Llŷr Teigl. A'i gweld. Ond ar yr un pryd trodd a gweld Twm Owen a gwenodd arno. Neidiodd amheuaeth dros euogrwydd ar fwrdd draffts emosiynau Twm.

'Esgusodwch fi,' meddai Llŷr wrth Nerys drwy'r ffenest agored, un llaw ar yr olwyn yrru, y llaw arall yn agor drws y teithiwr iddi, 'chwilio am rywun ara deg ydw i.'

Heb newid ei hystum, 'does 'na neb fel'na yn fama, mae'n ddrwg gen i,' meddai wrtho.

A chanfu Twm Owen ei hun yn ystumio clustfeinio. 'Nid fel'na,' clywodd ei deimladau'n dweud wrtho, 'y mae cyfarwyddwr teledu yn codi gwestai.' A daeth Nerys drwy'r giât yn cario cês bychan pinc, na welodd Twm mohono erioed o'r blaen. 'Ond i be fyddai hi isio cês mwy ar gyfer un noson yn unig?' ebe rhyw wrth-deimlad wrtho. 'Be mae o'n ei neud rŵan,' holodd Twm wedi iddo weld ysgwydd Llŷr yn gwyro rhywfaint at Nerys, 'newid gêr 'ta cyffwrdd ei phen-glin?' A chododd Llŷr ei law o'i phen-glin i newid gêr.

Llithrodd y car yn ei flaen ac o'r golwg, a theimlodd Tom yn euog am nad oedd o mwyach yn teimlo euogrwydd. Ond gwyddai yr un pryd nad oedd dichon i Nerys fyth fod yn anffyddlon iddo. Nid oedd anffyddlondeb yn rhan o bwy oedd hi, sadiodd ei hun â'i resymegu. Cerddodd i fyny'r allt, ei gerddediad yn sionc, ond ei deimladau, myngus erbyn hyn, yn llusgo'u traed y tu mewn iddo.

'Welodd neb monoch chdi?' ebe Nerys wrth Llŷr.

'Mond ryw foi ar y gornol.'

'O,' ebe hi heb holi mwy oherwydd nad oedd dim o'i le i wraig sengl gael ei gweld yn mynd i mewn i gar dieithr a dyn dieithr yn ei yrru.

'Pam?' meddai Llŷr. 'Ydy o ddim o'r ots, nacdi?'

'Of course not,' ebe Nerys heb feddwl.

'Paid â deud wrtha i dy fod ti'n un o'r Cymry 'ma sy'n britho'u Cymraeg hefo Saesneg.'

'Be haru mi, dŵad?' meddai Nerys yn gwasgu ei fraich a'i chwestiwn yn ei tharo yr un pryd fel y cwestiwn cywir i'w ofyn iddi hi ei hun. Ond ymddiosgodd ohono yn gyflym iawn a suddo i'w sedd, ei sgert yn codi'n uwch i fyny ei chluniau a Llŷr yn gweld hynny drwy gil ei lygaid.

'Wedi mynd!' darllenodd Twm Owen y nodyn ar fwrdd y gegin. 'Wedi paratoi pryd i ti (Yn y ffrij!). Da ydw i, yntê! Wela i di fory.

Cysga'n dawel, nghariad i. Ner ×'

Agorodd Twm yr oergell ac yno roedd eog wedi ei goginio'n barod, berwr dŵr a deiliach eraill wrth ei ymyl, merllys a shafins Parmesan mewn powlen ar wahân ('I'w grilio am wyth munud – troi drosodd ar ôl pedwar' wedi ei ysgrifennu'n gymen ar bapur bychan ar eu pennau), tatws newydd a lwmpyn o fenyn arnynt mewn powlen arall ('Meicrodon, tri munud'), saws *hollandaise* mewn jwg ('Twymo'n unig. Paid berwi! Fi gnath o!), *crème brûlée* ('Wedi ei brynu mae hwn, mae gin i ofn. Ond un da – Siop Catrin!') a photel fechan o win. Teimlai Twm y dylai wirioni. Teimlai y dylai ddeall nad oedd owns o dwyll yn agos at fêr esgyrn Nerys. Ond teimlai fod ei deimladau'n siarad ar draws rhywbeth arall, dyfnach. A thrawodd ef yn sydyn nad oedd hi erioed o'r blaen wedi galw ei hun yn 'Ner' fel petai ei henw wedi ei hollti nid i gonsurio anwyldeb ond er mwyn cuddio darn ohoni hi ei hun.

'Deud rwbath wrtha i am y Coburn 'ma, 'ta,' ebe Llŷr.

'Pam?' meddai Nerys. 'Er mwyn i ni gael y busnas drosodd gynta, ia?'

'Pa fusnas drosodd?' ebe Llŷr yn edrych ar y Rhinogydd yn borffor yn y goleuni hwyr a'r haul yr ochr draw iddynt yn edwino.

'Coburn oedd fy esgus i!' meddai Nerys yn ddifeddwl, yn edrych ar yr un olygfa.

'Esgus? Wrth bwy?' holodd Llŷr.

'Tom,' meddai Nerys, yn deffro i bethau ac eisoes wedi dysgu ei gwers am yr eiliad rhwng cwestiwn ac ateb mewn celwydd. 'Tom Rhydderch! Tasa fo wedi galw cyn i ti gyrraedd. Mae o wedi bod â'i lygada arna i ers cantoedd. A tasa fo wedi gofyn i le ro'n i'n mynd, mi faswn i wedi deud mod i'n rhan o ffilm ar Coburn ar gyfer yr arddangosfa dwi wedi ei threfnu yn y Llyfrgell Genedlaethol.'

'Wela i,' ebe Llŷr yn ei hamau ond nad oedd yn malio iot ychwaith a oedd hi'n dweud y gwir ai peidio. Nid ar y gwir yr oedd ei fryd y noson hon. 'Wel, deud! Am Coburn.'

Cododd Twm lwy bren o'r saws i'w geg a'i deimlo'n ddigon cynnes. Ond roedd y merllys wedi cipio, fel y dylent wrth gwrs, ond na wyddai ef hynny gan mai pethau i'w berwi oedd llysiau yn ei brofiad ef.

Cofiodd Nerys nad oedd wedi diffodd ei ffôn.
'Roedd o'n rhan o fudiad Vorticism,' meddai yn ei ddiffodd, 'mudiad oedd yn deillio o Futurismo yr Eidal. Wyt ti wedi clywed am Marinetti?' Disgwyliodd am yr ateb. 'Wel, hwnnw!' meddai pan na chafodd un, 'dylanwad hwnnw ar bobol fel Newington ... Newington?' oedodd am ymateb, ond ddaeth 'run! 'Ac yn arbennig Wyndham Lewis.' Nid oedodd am ymateb y tro hwn gan y gwyddai bellach nad oedd gan Llŷr yr un clem am beth yr oedd hi'n sôn. Gwyddai ei bod yng nghwmni dyn dwl. 'A Wyndham Lewis ydy tad Vorticism, er mai mudiad llariaidd ydy o o'i gymharu â Futurismo. Mudiad Seisnig yn y bôn.
'Ych, Seisnigrwydd!' ebe Llŷr.
'Ac fe wnaeth i Coburn ...'

Daliodd Tom y plât o dan y tap dŵr poeth i'w gynhesu oherwydd yr oedd gas ganddo fwyd poeth ar blât oer ond cofiodd fod yr eog yn oer a'r deiliach, a daeth cyfyng-gyngor drosto a thynnodd y plât yn sydyn o lif y dŵr.

'... gynhyrchu,' ebe Nerys, 'yr hyn alwodd o'n *vortographs*, lluniau a grëwyd drwy ddefnyddio drychau. Sgin ti ddiddordeb yn hyn?'

Gosododd Tom yr eog ar y plât, trefnodd y deiliach o'i gwmpas, cododd y merllys a'r caws tawdd o'r gril i'r plât, ac arllwys peth o'r saws ar ben – ond ar ben be? holodd ei hun – yr eog, mwn. Ac yntau ar fin eistedd, cofiodd am y tatws. Aeth i'w nôl o'r oergell a'u dodi yn y meicrodon a'i gosod ar dri munud.

'Oes, yn tad!' ebe Llŷr.

   'Nag oes ddim!' meddai Nerys. 'Sbio ar 'y nghoesa fi wyt ti.'

   'Sbio ar y lôn ydw i,' ebe Llŷr a wincio arni.

   'Ond i dy ddiflasu di fwy,' meddai hi, 'mi greodd Coburn *vortograph* enwog o ben Ezra Pound.'

   'Be? Torri ei ben o i ffwrdd?' ebe Llŷr a'i law tu mewn i'w chlun, ei fysedd yn llithro am i fyny.

   'Don't do that,' meddai Nerys yn uchel.

   'Arglwydd, sorri!' ebe Llŷr yn troi ati mewn dychryn.

   'Y wal!' gwaeddodd Nerys.

   A gwelodd yntau'r wal, a throi'r llyw yn gyflym i unioni'r car yn ôl ar y lôn.

Canodd cloch y feicrodon ac aeth Twm i nôl ei datws. Gafaelodd yn y ddysgl â godre cledrau ei ddwylo, ei fysedd am allan fel petaent yn adenydd i'r ddysgl. Ho-hoiodd ei ffordd yn ôl at y bwrdd oherwydd poethder y ddysgl a'i gollwng yn glewt ar y ford nes peri i un dysen sboncio o'r llestr ar y lliain bwrdd. Chwythodd ar ei ddwylo a'u dobio yn erbyn ei grys. Cododd y dysen oddi ar y lliain bwrdd a thair arall o'r ddysgl a'u rhoi ar ei blât. Dechreuodd fwyta. 'Mm!' meddai'n uchel. 'Mm-mm! Mae hwn yn dda, Ner...' oedodd, '...ys.' Gorffennodd ei henw fel petai'n dod â rhywbeth at ei gilydd yn ôl a theimlodd yn gwbl holliach ynddo'i hun oherwydd bod ei wraig a oedd yn sicr i ffwrdd am un noson yn unig, yn sicr yn ffilmio, yn sicr wedi paratoi pryd mor hyfryd iddo. Bwytaodd fel petai'n ymddiheuro iddi am ei feddyliau di-sail blaenorol.

'Ddrwg gin i,' ebe Nerys yn y man i'r tawelwch oedd wedi ffeindio'i ffordd rhyngddynt. 'Dwi'n licio ca'l 'y nandwn cyn dim byd arall. Fel pob dynas. Dim *bull's eye* ar dartbord ydw i.'

'Dria i am y dybl top gynta 'ta,' meddai Llŷr yn ddig ac yn rhyw ddechrau meddwl a oedd hyn i gyd yn syniad da.

'Paid â gwylltio, cariad,' ebe Nerys yn ceisio dod ag ef at ei goed a phwyso'i phen ar ei ysgwydd.

Meiriolodd yntau rywfaint a rhedeg ei fys o dan ei gên.

'Fan'na'n lle saff, siawns,' meddai wrtho'i hun.

Daliodd hithau ei fys a'i sugno fymryn am eiliad neu ddwy.

'Oes 'na dinc o Lerpwl yn dy Susnag di?' holodd Llŷr toc.

'Fan'no roeddwn i yn y coleg,' meddai hi. 'Wyt ti isio gwbod mwy am Coburn?'

'Oes,' atebodd, a thôn ei lais yn edliw 'nag oes'. 'Wir yr!' cywirodd ei hun. 'Pwy oedd Ezra Pound?' meddai, yn ceisio ffugio diddordeb.

'Rhywun ddyfeisiodd yr ewro,' ebe Nerys.

'Boi diddorol felly,' meddai Llŷr, yn symud ei ben-ôl yn ei sedd yn anghyffordddus gan nad oedd fel arfer yn dewis merched peniog oherwydd mai peth anodd iawn i'w ffwcio yw ymennydd.

Gosododd Twm Owen ei gyllell a'i fforc ar y plât gwag yn foddhaus ac wedi ei ddigoni. Cofiodd am ei bwdin. 'Dwi fod i gnesu hwn, Nerys?' holodd ei habsenoldeb. 'Dwyt ti ddim yn f' atab i! Felly mi bwyta i o'n oer.'

''Dan ni yma,' ebe Llŷr, yn troi i faes parcio'r gwesty.

A chanodd cloch drws ffrynt Ara Deg.

Roedd dau gar arall yn y maes parcio a meddyliodd Llŷr ei fod yn adnabod rhif un ohonynt.

''Rhosa di'n fama am funud,' meddai, 'a mi'r af inna i tjecio.'

'Tjecio be?' ebe Nerys. 'Sgin ti'm cwilydd ohono' i, yn nag oes? Dim hŵr ydw i, yn naci?'

'Brensiach pawb,' meddai Llŷr. 'Nag oes, siŵr iawn. Meddwl amdanat ti roeddwn i.'

Gwenodd Nerys.

'Pam ti'n gwenu?' holodd Llŷr.

'Yr ymadrodd: meddwl amdanat ti roeddwn i. Ymadrodd y mae dynion yn ei ddweud pan maen nhw'n ceisio bagio allan o gul-de-sac o'u gwneuthuriad eu hunain.'

'Mae dynion a dynion, sti,' ebe Llŷr.

'Oes,' meddai Nerys, yn cofio'n sydyn am Twm, ei gŵr.

'Mi'r awn ni 'ta ... hefo'n gilydd!' ebe Llŷr, yn betio rhyngddo ag ef ei hun nad oedd rhif y car arall yn perthyn i neb a adwaenai. 'Ond ty'd yma gyntaf.' Plygodd i'w chusanu. Penderfynodd hithau adael i'w gwefusau ddeffro i'w gusan. Teimlodd ei law yn llithro ar hyd ei chlun. 'Toc,' meddai Nerys yn symud ei law, 'ty'd!' Teimlodd Llŷr ei gorff i gyd yn cynhyrfu oherwydd fe wyddai fod yna noson dda o hela o'i flaen. Nid oedd dim byd gwaeth, na dim byd mwy siomedig, na dynes hawdd i'w maglu.

Agorodd ddrws y dderbynfa iddi a'i herchi i fynd i mewn yn gyntaf, yn rêl gŵr bonheddig.

Agorodd Twm Owen ddrws ffrynt ei gartref ac yno safai Tom Rhydderch.

'Ga i ddŵad i mewn, Twm?' meddai, ei law yn pwyso ar bostyn

y drws, ei galon yn pwyso ar ddaioni tybiedig Twm Owen.

Edrychodd y ddau ar ei gilydd.

Dirnadodd Tom Rhydderch y foment honno nad oedd ynddo ac nad oedd ganddo unrhyw rym o fath yn y byd, a'i fod yn hollol ar drugaredd Twm Owen.

Am chwinciad yn unig y daeth gwyfyn malais i grebwyll Twm Owen. Ond ciliodd.

'Cewch siŵr iawn, Tom,' meddai a theimlodd ryddhad, rhyddhad fod hen gyfeillgarwch nad oedd hyd yn hyn wedi sylweddoli ei dyfnder wedi ei adfer.

A thros y trothwy estynnodd ei law i gyfeiriad Tom Rhydderch, a roddodd ei law yntau yn llaw Twm Owen gan ei theimlo'n ei gwasgu a'i thynnu am i mewn.

'Huws,' meddai Llŷr wrth y ferch wrth y ddesg, 'Endaf Huws. Ystafell ddwbwl. Un noson.'

Mae'n rhaid fod y ferch a'r enw 'Cain' ar ei bathodyn wedi gweld wyneb Nerys yn newid ac meddai: 'Dach chi'n siŵr?'

'Yndw! Pam?' ebe Llŷr yn siort.

'Mond gofyn!' meddai Cain yn ôl a gwenu.

'Oes 'na lawer yma heno?' holodd Llŷr wrth arwyddo'r gofrestr.

'Nag oes. Pam?' atebodd Cain.

'Gweld hi'n ddistaw,' ebe Llŷr.

'Lle bach distaw o'r neilltu ydy o,' meddai Cain.

'O! felly,' ebe Llŷr.

'Ystafell rhif deg,' meddai Cain a rhoi'r allwedd iddo. 'Liciach chi oriad hefyd, Mrs ...

'Owen,' ebe Nerys.

'Tydy Nerys ddim yma,' meddai Twm Owen.

'O!' ebe Tom Rhydderch. 'Nacdi hi? Wedi mynd am wyntyn mae hi?'

'Wedi mynd i ffilmio.'

'Ffilmio? Heno? Ddudodd hi ddim byd am hynny wrtha i bora 'ma.'

'Mi ofynnodd i mi beidio â deud dim wrthach chi,' ebe Twm Owen fel petai'r geiriau wedi mynnu dod allan ohono yn annibynnol ar ei ewyllys i'w cuddio, 'am y ffilmio.'

'O,' meddai Tom Rhydderch.

Syllodd y ddau ar ei gilydd.

'Ond mi adawodd bryd ffit i frenin i mi cyn gadael,' ebe Twm Owen.

'Do wir,' meddai Tom Rhydderch. 'Dim ohono fo ar ôl, mwn, os ca i fod mor ddigwilydd â gofyn?'

'Y plât wedi'i lyfu, mae gin i ofn. Ond mi fedra i neud wy ar dost neu fecd bîns!'

'Y ddau!' ebe Tom Rhydderch. 'Ydy o'n draffarth?'

'Dim o gwbwl,' ebe Twm Owen yn cythru am y gegin. A'r ddau ddyn yn falch o gael torri o'r sgwrs na wyddai'r naill na'r llall i ba le'r arweiniai.

Gwthiodd Twm Owen big y teclyn agor tuniau i'r tun becd bîns. Clywodd Tom Rhydderch eto Nerys noson cyhoeddi llyfr Leri yn dweud y gair 'sengl' wrth ddyn dieithr nad oedd wedi cadw'r pellter angenrheidiol hwnnw y dylai dyn dieithr ei gadw oddi wrth wraig yr oedd newydd ei chyfarfod.

'Be oeddat ti isio deud dy snâm go iawn wrth honna?' ebe Llŷr wrth Nerys.

'Be oeddat ti isio deud dy snâm anghywir?' atebodd Nerys.

'Fel'na fydda i'n gneud ...'

'Bob tro,' cwblhaodd Nerys ei gyfaddefiad.

'Gwranda,' meddai Llŷr, yn atal ei cherddediad a'i throi tuag ato, 'does 'na 'run o'r ddau ohonon ni'n ddiniwad. 'Dan ni'n gwbod yn iawn be ydan ni'n ei neud, be 'dan ni isio, a pham ein bod ni yma ... Anghofia fo! Sorri. Ty'd i ni ga'l bwyd.'

Cerddodd y ddau i mewn i'r ystafell fwyta a sŵn tawel piano yn eu hamgylchynu. Sylwodd Llŷr fod dau arall yn eistedd wrth fwrdd yn y gornel bellaf. Hanner trodd y dyn ei ben tuag atynt a throi yn ôl gan sibrwd rhywbeth wrth y wraig oedd yn gydymaith iddo. 'Yma i'r un perwyl â ninnau, heb os,' meddai Llŷr wrtho'i hun ac ymlaciodd. Teimlai'n saff o'r diwedd. Gafaelodd yn llaw Nerys.

'Gawn ni fwrdd, os gwelwch yn dda?' meddai wrth y gweinydd a ddaeth atynt.

'I ddau?' ebe'r gweinydd.

'Pam? Welwch chi dri?' meddai Llŷr wrtho.

Arweiniodd y gweinydd hwy'n urddasol at fwrdd yng nghanol yr ystafell. Edrychodd y gweinydd ar y ddau ohonynt, ond gwenodd. 'Na, dwi ddim yn meddwl,' meddai a hebryngodd hwy gyda'r un urddas at fwrdd mewn cilfach o'r golwg. Yr oedd wedi hen arfer trin pobl fel Llŷr. Meddyliodd ei fod wedi ei weld yma o'r blaen. Ond fod y wraig a gadwai gwmpeini iddo y tro hwnnw yn un wahanol.

Clywodd Tom Rhydderch yr wy newydd ei gracio yn hisian yn y badell ffrio a sŵn y saim yn sboncian.

'Y melynwy'n feddal, Tom?' holodd Twm Owen o'r gegin.

'Ia, siort ora,' ebe Tom Rhydderch a chlywodd y tost yn neidio o'r tostiwr.

Ar y pared yn ôl, rhwng *Bless this House* a *Salem* gwelodd Tom Rhydderch lun Richard Wilson.

'Meddwl y byddat ti'n trin 'rardd 'cw. Ailafael mewn petha.

Mae hi wedi mynd â'i phen iddi,' gwaeddodd Tom Rhydderch i'r gegin.

'Reit,' ebe Twm Owen. 'Drennydd falla?'

'Neith yn tsiampion.'

'Ar 'ych glin 'ta wrth y bwrdd?' holodd Twm Owen.

'Neith ar 'y nglin yn iawn.'

'Cig! Cig! Cig! A mwy o gig!' ebe Nerys yn mynd drwy'r fwydlen. 'Fawr o ddim at ddant llysieuwraig. Y *risotto* unig ar odre'r ddalen amdani felly!'

'Ac mi rwyt ti'n llysieuwraig felly?' meddai Llŷr.

'Craff!' ebe Nerys.

Teimlodd Llŷr ei hun yr eiliad honno yn fach ac yn mynd yn llai. Nid oedd wedi teimlo fel hyn y troeon o'r blaen gan fod y merched eraill rywsut yn fwy hyblyg ac ystwyth. Yn ddylach, mewn geiriau eraill.

'Anodd ydy'r rhagymadroddi cyn y secs, yntê?' meddai Nerys yn darllen ei feddyliau. 'Y *foreplay* geiriol.'

'Brensiach pawb,' ebe Llŷr. 'Dwi'n mwynhau ac wedi edrych ymlaen. Nid rhyw ydy'r peth.'

'Ia, i mi!' meddai Nerys.

Daeth y gweinydd hefo'r gwin ac wedi iddo fynd drwy'r rigmarôl ynfyd o arllwys ychydig i wydr Llŷr – pam fo mwy na fi? holodd Nerys ei hun – hwnnw'n ei arogleuo a blasu ychydig ohono gan ei gymeradwyo a dweud pa mor dda ydoedd, pa mor wironeddol dda ydoedd mewn gwirionedd, llenwodd wydrau'r ddau a chymryd eu harcheb bwyd.

Petai teledu ddim yn bod, ni fyddai Llŷr Teigl yn bod ychwaith, dirnadodd Nerys. Meddai hi, 'And did you discover that hint of warm French summers with a slight aroma of engine oil on your palette?'

'Peth i'w gymryd o ddifrif ydy gwin,' ebe Llŷr. 'Wyt ti am i mi dy ddysgu di?'

'A be ddudi di am hwn?' meddai Nerys yn dal ei gwydr i fyny. 'Heblaw ei fod o'n wlyb, yn goch ac mewn gwydr.'

'Mi fedra i ddeud o'i flas o, o ba ran o Ffrainc y daw hwn.'

''Sa'm yn haws i ti ddarllen y label? Mi fyddi di'n gynt o lawar.'

'Gad i mi fynd i'r tŷ bach yn gynta a wedyn mi ro i wers i ti.'

Yn y tŷ bach yr oedd dyn yno eisoes pan ddaeth Llŷr i mewn. Myfi ydoedd.

'O'n i'n meddwl mod i'n nabod rhif y car,' meddai wrthyf.

Edrychasom ar ein gilydd nes peri iddo bi-pi ar ei esgid.

'Fedra i gymryd yn ganiataol,' ebe Llŷr, 'na fyddi di'n deud dim am hyn?'

'Dim ebwch,' atebais.

Caeais fy malog, golchais fy nwylo a thrwy ru'r peiriant sychu dwylo clywais Llŷr o'r tu cefn i mi yn troi'r tap dŵr ymlaen.

'Pwy oedd y boi 'na ddaeth allan o dy flaen di?' holodd Nerys Llŷr pan ddaeth yn ôl at y bwrdd.

'Neb,' atebodd. 'Lle roeddan ni, dŵad?'

'Yn fama!' ebe Nerys.

'Deud wrtha i am Lerpwl,' meddai Llŷr wedi iddo benderfynu anghofio am wers y gwin.

Rhedodd Tom Rhydderch ei gyllell ar hyd ei blât gan grafu'r melynwy a'r tomato sôs a rhoi'r cwbl yn ei geg.

''Sa Leri'n gwaredu,' meddai. 'Byta hefo cyllath! Ond diawch, mi roedd hwnna'n dda. Diolch i ti.'

'Sut dach chi'n gwbod pan fydd rhywun yn anffyddlon i chi, Tom?' holodd Twm Owen ef.

'Am fynd i lygad y ffynnon wyt ti, ia?'

'Mae'n ddrwg gin i.'

'Na, paid! Ohono' i y mae'r ymddiheuriadau'n tasgu heno … Sut wyt ti'n gwbod? Oherwydd dy fod ti'n gorfod gofyn y cwestiwn. Ac mae'r amheuaeth wedyn yn lledu drwy bob dim fel rhyw gansar.'

'O,' meddai Twm Owen.

A chlywodd Tom Rhydderch eilchwyl Nerys yn ei grebwyll yn ynganu'r gair 'sengl'.

'Mae 'na olwg ar 'rardd, dwi siŵr, Tom.'

'Oes, mae 'na. Dwyt ti ddim yn sylwi, yn nag wyt, ar y newid graddol, hyd nes un diwrnod mi rwyt ti'n gweld llanast uffernol. A ti'n holi ar stepan dy ddrws: sut ddiawl ddigwyddodd hyn'na?'

'Dipyn o fôn braich, cryman, *lawn mower*, *weedkiller* a 'ballu, ac mi fydd hi fel ag yr oedd hi.'

'Mor hawdd â hynny ydy hi?' holodd Tom Rhydderch.

'Ydy, mae hi,' ebe Twm Owen â phendantrwydd rhyw benderfyniad yr oedd o newydd ei ddarganfod ynddo'i hun.

'Am y llun,' meddai Tom Rhydderch, yn amneidio i gyfeiriad y Wilson ar y wal. 'Fedrwn i ddim diodda gweld neb yn hapus. Dyna ti pam 'nes i be 'nes i. Mae'n ddrwg gen i. O waelod calon.'

Nodiodd Twm Owen ei ben.

'Feddylsoch chi 'rioed ei werthu o?' gofynnodd Tom Rhydderch.

'Naddo!' ebe Twm Owen. 'Mam oedd bia fo. Ac felly does gan neb yr hawl …'

'Nag oedd!' meddai Tom Rhydderch. 'Doedd gin i mo'r hawl.'

'Mi gymra i'r plât, Tom,' ebe Twm Owen.

Rhoddodd Tom Rhydderch y plât iddo gan deimlo rhyw faich yn cael ei dynnu oddi arno.

'Diolch,' meddai.

'Croeso,' ebe Twm Owen gan gario'r plât a'i wacter i'r gegin.

'Yn Lerpwl y ganed Saunders Lewis,' ychwanegodd Llŷr yn hyderus fel petai o wedi dweud rhywbeth mawr, newydd ac o bwys.

'Nefi wen, naci!' meddai Nerys. 'Yng Nghilgwri y ganed Saunders Lewis. Ac mi fydda pobol Cilgwri yn gwaredu petait ti'n eu cymysgu nhw â phobol Lerpwl.'

'Ac mae 'na wahaniaeth?'

'Y gwahaniaeth y mae pres a snobyddiaeth yn medru ei wneud.'

'Mi fuo Mam, pan oedd hi'n iau, yn nyrsio am gyfnod yn y Royal.'

'O,' meddai Nerys.

'Popeth yn iawn?' ebe'r gweinydd.

'Nacdi!' meddai Nerys, 'Yndy mae o! Cogio bach dwi. Ond mod i wastad wedi bod isio deud hynny wrth weityr. Sorri!'

Gwenodd y gweinydd, ond yn giamllyd arni, a throi ymaith.

'Mi ddylsat fod wedi cymryd y *risotto*. Eitha da, a deud y gwir. Y stecan 'na i'w gweld yn llawn gïau.'

'Doedd hi mo'r orau i mi ei bwyta. Lle oeddat ti'n byw yn Lerpwl?'

'Wyddost ti am Lerpwl?'

'Everton! 'Nhad yn gefnogwr.'

'Ddim yn bell o Everton. Kensington. Rhannu fflat yno hefo hogan o'r enw Caroline.'

'Susnas?'

'Ia. O Southport.'

'Neis?'

'Be? Kensington? Y fflat? Caroline?'

'Caroline!'

'Mi roeddan ni'n dwy mor wahanol. Ac mi aeth petha'n ffradach.'

'Dal mewn cysylltiad?'

'Weithia ... Ond dyna ddigon am Lerpwl.'

'Be wnawn ni rŵan?' ebe Llŷr yn cydio yn ei llaw.

'Yr hyn y daethon ni yma i'w wneud, ia?'

'Ond pwdin gynta.'

'Mi o'n i'n meddwl mai fi oedd y pwdin. Ond mi gymra i *crème brûlée*.'

'Mi gewch afal yn bwdin,' meddai Twm Owen yn piciad ei ben rownd drws y gegin.

'Afal Drwg Adda!' ebe Tom Rhydderch, 'Ond dim diolch. Ddudas i wrthat ti rioed, dwed, fod gas gin i fala. Well i mi ei throi hi, dwi'n meddwl. Drennydd ddudas di, yntê? Ar gyfer yr ardd.'

'Ia'n tad. Ac mi fydd hi fel ag yr oedd hi erbyn y pnawn!'

'Fydd hi?' ebe Tom Rhydderch, yn edrych i fyw ei lygaid.

'O, bydd. Fel roedd hi, Tom!'

Teimlodd Tom Rhydderch ei ffôn yn crynu yn ei boced. Arweiniodd Twm Owen ef at y drws ffrynt. Yn slei edrychodd ar ei ffôn gan weld yr enw 'Nerys'. Agorodd Twm Owen y drws, a dweud, gan sbio tua'r llawr, 'Tydy Nerys ddim yn anffyddlon i mi.'

Dyna roedd Twm Owen yn ei gredu ond nid dyna roedd o'n ei wybod, dirnadodd Tom Rhydderch yn fewnol a llygoden fach y gair 'sengl' yn dod eto i'r fei o ryw dwll yn ei grebwyll.

'Wrth gwrs nad ydy hi ddim. Pwy fydda'n meiddio awgrymu'r ffasiwn beth' ebe Tom Rhydderch. 'A mi fydd gin ti fam yng nghyfraith newydd cyn bo hir rŵan, meddan nhw!'

'Bydd.'

'Hei, ddim mor ffast! Dim mor glinigol!' ebe Llŷr yn gweld Nerys yn tynnu ei nicyrs, y gweddill ohoni eisoes yn noeth, yn gorwedd ar ei gwely. 'Dwi'n licio agor yr anrheg, fel ar fore Dolig!'

'Ty'd,' meddai hithau.

Dadwisgodd yntau'n gyflym, yn rhy gyflym nes i'w drôns fachu yn ei droed a pheri iddo hopian yn ei unfan. Teimlodd yn ddig. Chwarddodd Nerys. Sylwodd ar greithiau bychain ar ei chlun. Ystolion o greithiau. Gorweddodd wrth ei hochr. Tylinodd ei bron. Rhoddodd ei geg ar ei theth. Teimlodd hi ei galedwch gwlyddar, anghynnes, cyfoglyd ar groen ei choes.

'Get off me, you bastard,' gwaeddodd. 'Get off me!' A'i daflu gerfydd ei ysgwyddau oddi wrthi.

Edrychodd arni, ei lygaid rywle rhwng cynddaredd a dychryn.

Heb yngan gair neidiodd i'w ddillad. Hastiodd o'r ystafell.

Trodd Nerys ei phen i'r gobennydd. Ac wylodd.

Mewn cyfyng-gyngor yr oedd Tom Rhydderch ar ei ffordd yn ôl adref, y stryd yn ddistaw, sŵn ambell gar yn mynd heibio ar stryd arall, minnau'n dod i'w gyfeiriad, ac meddwn wrth fynd heibio, 'Sut ydach chi, Mr Rhydderch?' ac yntau'n ateb 'Pwy sy 'na? O, chdi' – roedd wedi fy adnabod heno – ac aethom ein dau heibio'n gilydd, y lleuad llawn uwchben fel hen bishyn hanner coron. A ddylai ffonio Nerys ai peidio? Chwalwyd ei benbleth pan deimlodd gryndod y ffôn yn ei boced.

'Ddowch chi i nôl i, Tom, plis?' ebe hi.

'Lle wyt ti?' holodd.

'Tu allan i'r gwesty yn Nhal-y-llyn. Wyddoch chi?'

'Gwn. Mi ddo i â rhywun hefo fi. Ieuan, debyg.'

'Na! Chi'ch hun. Neb ond chi.'

'O'r gora. Rho rhyw dri chwartar awr i mi. Cer ditha'n ôl i'r gwesty.'

'Na-na.'

'Aros lle rwyt ti ac mi fydda i yna!'

146

'Tom,' meddai Nerys, 'welsoch chi Twm?'

'Do.'

'Oedd o'n iawn?'

'Oedd.'

Cofiodd Twm Owen nad oedd wedi yfed y gwin. Aeth i'r oergell i'w gyrchu. Gafaelodd yn y botel gan deimlo'i hoerni. Gwasgodd hi'n dynn, dynn ac er ei waethaf ni allasai rwystro'i ddagrau rhag llifo. Fel petai rhywun dyfnach nag ef ei hun yn crio ar ei ran. Fel petai'r gwir wedi bachu reid ar dryc celwydd.

Ar y lôn y tu allan i Drawsfynydd, gwelodd Tom Rhydderch gar mewn arhosfan a'r gŵr a adnabu fel y cynhyrchydd teledu yn sefyll wrth ei ochr yn edrych i'r nos.

Yng ngolau'r lloer yr oedd y llyn yn araul, ac yno, nid nepell o'r gwesty, yn eistedd ar y wal yr oedd Nerys a'i phen i lawr. Stopiodd Tom y car gyferbyn â hi. Edrychodd arni drwy'r ffenest a chododd hithau ei phen yn y man a lled-wenu arno. Daeth i mewn i'r car a gorffwys ei phen ar ei ysgwydd, ei ddwy fraich yntau am i fyny mewn cyfyng-gyngor arall, p'run ai gafael amdani ai peidio. Dewisodd beidio. Byddai coflaid dau ddyn mewn un noson yn ormod, penderfynodd. Sythodd Nerys ei hun ac edrych yn syth o'i blaen.

'Am be dach chi'n aros, Tom?' meddai. 'Ewch!'

Ar ôl nifer o filltiroedd mewn distawrwydd, ebe Tom wrthi, 'Mi gei ddeud beth bynnag fynni di. Eith o ddim pellach.'

'Does 'na ddim byd i'w ddweud,' atebodd hi ef.

A dychwelodd y distawrwydd.

Ar ôl cyrraedd y dref llywiodd Tom y car i gyfeiriad Ara Deg.

'Na!' ebe Nerys yn dawel. ''Ych tŷ chi, Tom, os gwelwch yn dda. Tan bora fory.'

'O'r gora,' meddai Tom.

Yn yr oriau mân, â'i law rownd ymyl drws y tŷ bach, oedodd Tom Rhydderch cyn ei agor i'w lawn faintioli gan aros yno i feddwl a theimlodd law fechan, feddal yn cyffwrdd ei law ef a llais yn sibrwd o'r ochr arall:

'Newch chi ddim deud, na newch, Tom?'

'Be?' penderfynodd ar ateb o'i guddfan. 'Deud dy fod ti wedi cyffwrdd llaw hen ddyn ganol nos.'

A chlywodd sŵn ei thraed yn pitran-patran yn ôl i'r ystafell wely sbâr.

Agorodd yntau'r drws yn llawn ac wynebu neb a dim ar y coridor gwag.

Un Diwrnod

Y bore bach hwnnw, diwrnod agoriadol ei harddangosfa 'Coburn a'i Ffrindiau' yn y Llyfrgell Genedlaethol, oedd y trydydd bore yn olynol i Twm Owen glywed ei wraig yn chwydu yn yr ystafell ymolchi. Nerfusrwydd, mae'n debyg, esboniodd Twm iddo'i hun wrth wisgo amdano. Ond fel y boreau o'r blaen, daeth Nerys yn ôl i'r ystafell wely fel y gog.

'Sâl wyt ti?' holodd Twm.

'Naci. Pam?' ebe hithau.

'Dy glywad di'n sic.'

'Fel'na mae rhywun, 'te.'

'Ia. Diwrnod mawr i ti,' meddai Twm.

'Mae pob diwrnod yn ddiwrnod mawr,' ebe hithau, yn tynnu ei choban a Twm yn ciledrych yn ôl ei arfer ar ei noethni, 'a ninnau'n fyw.'

Ni wyddai Twm sut i ymateb i'r athrawiaeth wantan ben bore

hon, a oedd rywsut yn rhan o'r asbri od oedd wedi cydio yn Nerys yn ddiweddar, rhyw orfoledd ym mhob dim y teimlai ef y dylai rywsut ei ofni.

Wrth i'w ben ymddangos drwy wddf ei siwmper gwelodd Nerys yn tynnu ei nicyrs dros ei phen-ôl, ei bronnau'n gryndod bychain wrth iddi wneud hynny.

'Nerys,' meddai Twm, a hithau'n camu i'w jîns, 'dwi mor falch ohonot ti, sti. Feddylis i 'rioed y baswn i'n briod â rhywun enwog.'

Teimlodd Nerys naill ai fel ei hitio neu ei gofleidio. Ond ni allai ganfod man canol. Nid oedd raid iddi, oherwydd i Twm gydio ynddi, cledr ei law yn braidd gyffwrdd ei bron wrth iddo fynd i anwesu ei chefn, a blaen ei fys yn symud yn araf am i lawr ar hyd y fertebra.

A'i gên yn pwyso ar ei ysgwydd, meddai: 'Paraseit ydy cofiannydd, sti! Cael dy drochi yng ngoleuni rhywun arall mwy, fel y lleuad ... Ond, mi roedd yr adolygiad yn y *Sunday Times* ddoe yn hael iawn. Mi ffoniodd Tom Rhydderch i ddeud, ac mi roedd o ar ben ei ddigon fel tasa fo wedi sgwennu'r llyfr. Ond efallai mai dyna ydy hanes diweddar Tom Rhydderch.'

Teimlodd Nerys fel petai Twm yn ei thynnu tua'r gwely – oedd o? – ac ymddihatrodd o'i afael drwy roi cusan ar ei wefusau. Ond daliodd Twm hi lle roedd hi. A theimlodd hithau ryw ddiddanwch nad oedd am ei wrthod yng nghryfder ei freichiau. Ond, fel y dywedodd Twm, roedd heddiw'n 'ddiwrnod mawr' ac felly nid oedd ganddynt amser i'w wastio. 'Ty'd!' meddai wrtho. 'Brecwast.' A llaciodd Twm ei afael.

Ar fomentau bychain fel hyn o agosatrwydd corfforol yr oedd Twm Owen bellach yn byw. Nid oeddynt yn aml. Ond nid oeddynt yn anaml ychwaith. A dyna oedd y peth. Fel yna, fe'i siomid ar yr ochr orau gan lai, yn hytrach na'i siomi'n llwyr drwy ddisgwyl gormod a chael dim.

Mordeithiai ei briodas â phegwn ei gariad yn ddi-ffael. Nid na fedrai ef fod wedi dweud hynny. Ond yr oedd yn ei synhwyro fel melyster pell yn ddwfn ynddo'i hun.

Canodd y ffôn ar y cwpwrdd erchwyn gwely.

'Hi, Dad!' meddai Nerys yn ei ateb gan orwedd ar y gwely, un llaw wedi ei gosod yn ddifeddwl ar ei bron noeth. 'You're early ... Looking forward to it ... It's a seven o'clock start ... From Southport to Aberystwyth? Three hours, I'd say ... Be ti'n feddwl, Twm? Teirawr? ('Dwn 'im,' ebe Twm.) Yeah, Twm thinks it's three hours too ... It's the big, clean stone building on the hill ... A Parthenon for books ... New mother-in-law will know where it is ... I'm not being sarcastic, I'm being cosy ... Plenty of hotels, Dad. Be there for six ... See you then ... Me too ... Dad oedd yna.'

'Taw â deud,' meddai Twm, a oedd bellach wedi eistedd ar ymyl y gwely yn tylino'i throed a hithau'n gadael llonydd iddo wneud. ''Rhosan nhw hefo'i gilydd, ti'n meddwl?'

'Dad a Casi! Fedar dau dwyllwr ddim twyllo'i gilydd. Dyna eironi petha. Mi nabodith hi ei dricia fo'n syth bìn a fynta'i thricia hitha. Er mwyn twyllo, mae'n rhaid i un o'r ddau gymar fod yn hollol ddiniwad. Aw!' ebe Nerys wrth i Twm wasgu ei throed yn rhy egr.

'Sorri,' meddai Twm, gan wrido a hanner codi.

'Paid â stopio,' ebe hi.

'Ond 'nes i dy frifo di, yn do!'

'Fedri di ddim brifo neb.' Oedodd. 'Ond,' ychwanegodd, 'hwyrach mai dyna ydw i isio i ti neud. Mrifo fi.'

A chanfu Twm yn ei hedrychiad ryw ddyhead pell, peryglus bron, nad oedd wedi ei weld erioed o'r blaen.

'Dwi'n gweithio tan hannar dydd. 'Rardd tŷ chwaer Ieuan Humphreys. A dwi'n hwyr yn barod,' meddai'n dianc rhag yr edrychiad.

151

Canodd cloch y drws ffrynt.

'Ei di?' ebe Nerys.

Yn ei absenoldeb gwasgodd Nerys ei bronnau a'u teimlo ychydig bach yn fwy nag yr oeddent yr wythnos cynt – o hynny roedd yn sicr. Clywodd sŵn siarad i lawr y grisiau ac yna'r drws yn cael ei gau.

Dychwelodd Twm i'r ystafell wely.

'Rwbath i chdi,' ebe ef.

'Bocs?' holodd Nerys.

'Ia. Be ydy o?'

'O! rhyw betha dwi 'di'u hordro. Fasat ti'n dŵad â fo i fyny i mi?'

'Dydy o'm yn drwm, sti,' ebe Twm.

'Plis?' meddai hithau. 'A rho fo yn y llofft wag, 'nei di.'

Oherwydd gwyddai Nerys na châi hi mwyach gario unrhyw fath o bwysau.

Ystyr 'llofft wag' fel arfer yw llofft sy'n llawn dop o 'nialwch a geriach, y teflir iddi'n bendramwnwgl bethau na fydd eu hangen ond yn achlysurol, os o gwbl, neu bethau sydd angen eu trwsio ar ryw adeg ond nad yw'r 'adeg' fyth yn cyrraedd. A dyna paham y syfrdanwyd Twm pan ddarganfu, a'r bocs dan ei gesail, fod yr ystafell yn unol â'r disgrifiad ohoni yn wag hollol – wedi ei glanhau a phopeth wedi ei glirio. Gosododd y bocs ar ei ochr yn erbyn y pared. Wrth wneud hynny sylwodd ar yr enw: Ms Caroline Hindley. Fel petai rhyw fôr cudd o'i fewn wedi gadael broc teimlad ar draeth ei emosiynau gan adael iddo'i ganfod, ei godi, a'i gario, ond yn ei fyw ni allai Twm Owen enwi'r teimlad hwnnw a oedd wedi ymledu drosto. Caeodd ddrws yr ystafell yn dawel ac ar y landin oedodd mewn cyfyng-gyngor. Aeth i mewn i'w ystafell wely.

'Mi'r af i,' meddai wrth gefn Nerys oedd wedi llwyr wisgo

amdani ac yn sbio allan drwy'r ffenest.

'Reit-o,' ebe hithau heb droi rownd.

'Wedi bod yn clirio, dwi'n gweld,' meddai Twm.

'Hen bryd, yn doedd,' ebe hithau.

Penderfynodd Tom fygu'r cwestiynau eraill: Pryd? Sut? Pam? Lle'r aeth popeth? Beth sydd yn y bocs wedi ei gyfeirio at un o'r enw 'Caroline'?

'Mi oeddwn i'n meddwl cychwyn am Aberystwyth tua thri,' meddai Nerys a'i chefn ato o hyd. 'Dwi 'di trefnu hefo Tom Rhydderch i'n codi ni bryd hynny.'

'Ia. Tri. Mi fydd hynny'n iawn. Mi fydda i'n ôl tua un.'

Ac aeth Twm Owen am ei waith.

Pan glywodd Nerys y drws ffrynt yn cau aeth hithau i'r ystafell wag. Pwysodd ei chefn yn erbyn y wal, a'r bocs wrth ei hymyl. Yn y man gadawodd i'w chorff lithro'n araf i'r llawr. Yno, ar ei chwrcwd, a'r goleuni o'r tu allan yn atgynhyrchu patrwm chwareli'r ffenest ar y carped glas, glân, cydiodd yn y bocs, ei anwylo, siglo'i hun 'nôl a blaen. A suo ganu.

'Oh! my darling,' meddai. 'Oh! my darling.'

* * *

Rhoi petrol yn y car – Aston Martin y tro hwn (DBS V8, gyda llaw) – yr oedd Reggie Hindley, un llaw'n pwyso ar ymyl to'r car, gan edrych dros ei ysgwydd ar y litrau a'u cost yn troelli'n gyflym ddu a gwyn ar y pwmp ac yn ffieiddio at y pris, tra edrychai Casi arno o'i sedd drwy gornel drych y gyrrwr. Hwn fyddai'r tro cyntaf i'r ddau ymddangos yn gyhoeddus hefo'i gilydd – yng Nghymru, hynny yw. Ond yn Aberystwyth! Ac yn y Llyfrgell Genedlaethol! Roedd hi'n anodd cysoni Llawysgrif Hendregadredd a Reggie Hindley o dan yr unto. Ond nid oedd hi bellach yn ddieithr yn y

153

cylchoedd oedd yn cyfrif yn Southport.

Bu mewn dau – tri? – ginio Rotari, ac un cinio noson y gwragedd, masonig: 'a load of shite, but good to belong to, I suppose' oedd barn Reggie am y loj. Duw yn unig a ŵyr faint o weithiau yr oedd hi wedi gorfod dweud 'Llanfairpwllgwyngyll...' Cafodd rywfaint o ddifyrrwch wrth ddweud: 'cachu', 'pidlan' – 'It means "pugnacious",' esboniodd, ac 'Oh! really,' ymatebwyd – pan ofynnwyd iddi ddweud 'something in Welsh'. Yn ystod y llwncdestun i'r frenhines, noson y gwragedd masonig, dywedodd yn hyglyw, 'Twll ei thin', gan ymestyn y geiriau Cymraeg i gydddigwydd â 'Her Majesty the Queen' ac nid oedd neb callach, oherwydd yr odl, mae'n debyg. (Ond sylweddolodd yr un pryd nad oedd 'jôcs' y Cymry i gyfeiriad y Saeson fyth yn medru brifo'r Saeson rheiny. Hi yn unig oedd yn chwerthin. A hynny rywsut yn ei hynysu fwyfwy.)

Ond a oedd hi'n hapus? Oedd! Damia, oedd! Medrodd berswadio'r Cynulliad fod ei swydd fel ymgynghorydd wedi dod i ben ei defnyddioldeb, a bod holl blant bach Cymru yn eginwyddonwyr o'r siort ora, ac felly cafodd ddwy flynedd o gyflog, 'diolch yn fawr', a hanner pensiwn am y tro, y gweddill i ddilyn pan ddeuai i oed. (Hyn i gyd, wrth reswm, yn ei gadael yn rhydd i chwilio am swydd arall fel 'ymgynghorydd'.) Nid oedd Roj – a fyddai ef yn Aber heno, tybed? – am wrthwynebu'r ysgariad o gwbl, cyn belled â'i fod yn cael enwi Reggie fel yr achos – 'Yeah! Put me down. What the hell?' oedd ei sylw ef. Cafodd ei chyflwyno i Tiger Woods pan ddaeth yr Open i'r Royal Birkdale. Meddyliodd am y peth a phenderfynodd fod hynny'n fwy o gamp na chael ei chyflwyno i'r Archdderwydd neu i Carwyn Jones. Nid oedd gan Tiger fawr i'w ddweud oherwydd bod y creadur newydd gael ei ddal yn godinebu ledled Merica, ond gallai gydymdeimlo ag o, a theimlodd yn agos ato. 'Knows his golf balls, that guy' oedd ymateb Reggie, ei fraich am ei chanol a'i braich hithau am ei ganol ef, a'r G & Ts y mymryn lleia'n drech na hi, a chwarddodd am ei bod yn mwynhau cwmni Reggie yn fwy nag a fwynhaodd gwmni neb arall erioed. 'Dwi'n dy garu di,' meddai wrtho, dwtsh yn floesg. 'What's that?' holodd. 'But I think I know.' A chusanodd y ddau fel petaent yn eu hugeiniau.

Ond a oedd hi'n ei garu? Mater o bwyso a mesur oedd cariad i Casi bellach, rhwng beth oedd ganddi'n solat yn ei gafael yn barod a'r hyn yr oedd hi'n annhebygol o'i gael yn y dyfodol nad oedd yn bod ac na ddeuai ychwaith. Ac yr oedd yr hyn a oedd ganddi yn ei meddiant y noson honno – a chwrs golff y Royal Birkdale yn fân oleuadau drosto i gyd, a gwynt tawel yn chwythu o'r môr dros y twyni tywod, a gwên ddanheddog y Tiger, a braich Reggie am ei chanol – yn eithaf da, a dweud y gwir, a'r hyn nad oedd ganddi yn lleihau, yn pellhau, ac yn breuo yn ei dychymyg. Setlodd am rywbeth y noson honno. Mae'n rhaid ei bod wedi gwneud, oherwydd dywedodd wrth Reggie: 'You need to know something. I'm not forty nine.' Ac meddai yntau'n ôl: 'I know! I looked you up. You're fifty nine, you lying cow.' A rhoddodd slap ar ei phen-ôl. A daeth rhyw ryddhad od drosti. Fel petai Reggie wedi gweld yn well na'r rhelyw pwy oedd hi, o leiaf gymaint ag y medr unrhyw un wybod unrhyw beth am rywun arall.

'I think I'm happy,' meddai wrtho.

'Then that's all right then, isn't it?' atebodd.

'Yes, it is. Ydy, mae o,' ebe Casi fel petai hi angen cadarnhad y ddwy iaith. Clywodd Reggie'n pwmpian wrth ei hochr a theimlodd ei bod am unwaith mewn perthynas go iawn. 'Beg pardon,' meddai Reggie. A chwarddodd y ddau.

Deffrodd y bore wedyn – a hyn oedd y sioc iddi – yn teimlo'r un fath â'r noson cynt. Rŵan, mi roedd hynny'n brofiad newydd i Casi (*née* 'Jenkins', ond nid eto 'Hindley'.) Fel arfer deffro'n difaru rhywbeth yr oedd hi.

A dychwelodd Reggie i'r car ar ôl talu am y petrol.

'Where is this place, did you say?' holodd.

'Machynlleth,' ebe hi.

'If you say so!' meddai yntau gan wasgu ei phen-glin. 'Bit nervous, Cas?' ychwanegodd.

'No,' ebe hithau'n dweud y gwir.

'How far are we?'

'We're not,' atebodd hi. 'We're very close … you and I.'

'Caroline Hindley?' meddai'r dyn DHL. 'I won't try to say the rest. Sign here, please.'

Arwyddodd Nerys am y parsel oedd yn llawer rhy fawr iddi fedru ei gario i'r llofft wag. Mae'n rhaid fod 'Eddy', oherwydd dyna a ddywedai ei fathodyn, wedi amgyffred hynny.

'Do you want it taken up, love?' holodd.

'If you don't mind. Upstairs.'

'Now, there's an offer! Where to, love?'

'Second door on the right.'

'Certainly. Bit of a Scouse accent there, eh?'

'Southport.'

'I beg your pardon! Birkenhead, me.'

A llamodd Eddy â'r bocs i fyny'r grisiau, dwy ris ar y tro.

'You'll need a few more to fill up there, I'd say,' ebe Eddy'n cyrraedd y gwaelod yn ei ôl.

'They're on their way.'

'See you again then, love,' meddai.

* * *

Arferiad Twm Owen oedd cario'i offer o joban i joban y noson cynt. Arferiad arall oedd peidio cyhoeddi ei bresenoldeb i berchnogion y gerddi heblaw drwy sŵn ei waith – a bwrw, wrth gwrs, eu bod hwy yn y tŷ. Ond yr oedd Eira Humphreys adref. A hefyd ei brawd, Ieuan. Edrychodd y ddau drwy'r ffenest ar Twm Owen.

'Mae o'n mynd yn debycach i'w fam bob gafael, Ieuan,' ebe Eira Humphreys, 'y tonnau yn y gwallt du yna, a'r tueddiad i wthio'i ysgwydd dde am ymlaen fel y byddai hi. A'i natur hi ynddo i weld da ym mhawb. Ond ches di fawr i'w wneud â hi, naddo?'

'Naddo. Mi roeddwn i yn yr hen le arall na, yn do'n, am yn rhy hir o lawar.'

'Oeddat,' ebe Eira'n edrych arno ac yn cofio. Ond nid oedd byth yn edliw hynny iddo os nad oedd raid. Ac weithiau mi roedd raid.

Gair am Eira Humphreys: yn 'hogan sengl' y daethai i'r dref flynyddoedd lawer yn ôl gan aros yno cyhyd fel y croesodd y trothwy hwnnw pan mae 'hogan sengl' yn dechrau cael ei hadnabod fel 'hen ferch'. Ond bu hi'n briod unwaith. Digwyddodd 'rhywbeth' na wyddai neb amdano heblaw archif ei theimladau ei hun. Am gyfnod bu'n athrawes lanw yn yr ardal, yn dysgu cerddoriaeth. Ni wyddai neb, yn bennaf oherwydd iddi hi beidio datgelu hynny, mai hi oedd, yn gynnar yn ei hoes, un o'r ddau faswnydd yng ngherddorfa'r Royal Liverpool Philharmonic. Daeth hynny hefyd i ben am resymau 'arbennig'.

Hi a aeth at yr esgob i erfyn arno i beidio â diurddo'i brawd (a oedd, yn ôl y 'sôn', ar ei ffordd i gyrraedd swydd archddiacon, os nad yn esgob ei hun ryw ddydd) gan bledio â'r esgob i roi iddo un o fywoliaethau'r dref – yr eglwys wantan Gymraeg, denau ei chynulleidfa, nid yr un Saesneg 'bwysig' yr heidiai'r bobl ddŵad iddi – ac yr addawai hi gadw llygad arno a'i ddiogelu rhag ei wendidau ei hun. A chan nad oedd yr eglwys eisiau 'sgandal' cytunodd yr esgob, a bu'r ddau'n llythyru'n weddol gyson yn ddiarwybod, wrth reswm, i Ieuan.

Hi hefyd a 'ddangosodd' i Ieuan drwy berswâd, dadl a sgwrs dyner ond gonest fod ei ffydd yn deilchion ynddo, ac wedi bod felly ers blynyddoedd lawer, ac y dylai 'wneud y peth iawn' ac ymddiswyddo.

Anaml y byddai'n mynd allan erbyn hyn, heblaw i hel neges, a hynny'n blygeiniol a chyn pawb arall. Ond fel sawl un nad yw 'byth yn mynd allan' gwyddai bron bopeth.

Nid oedd wedi clywed pethau da o gwbl am Tom Rhydderch erioed, ac felly nid oedd yn cymeradwyo cyfeillgarwch ei brawd ag ef, ond dewisodd ei chyngor ei hun ar y mater hwn. Fodd bynnag, cadwodd lygaid effro ar y ddau o'i hunfan pellgyrhaeddol.

Fe'i clywid yn aml yn chwarae'r baswn – fel petai cerddoriaeth yn ei galluogi i feddwl.

'Ac mae o'n hapus hefo'r hogan 'na? Y Susnas, o Southport, hefo'r tad 'na y mae Casi Jenkins wedi dengid i ffwrdd hefo fo,' meddai Eira.

'Ydy,' ebe Ieuan, yn rhyw hirhau pob llythyren o'i ateb byr.

'Dogn o amheuaeth yn fan'na?'

'Mm. Falla.'

'Mi fyddi'n mynd i Aberystwyth yn ddiweddarach?'

'O, bydda. Dwi'n ca'l pàs.'

'Tom Rhydderch, dwi'n cymryd.'

'Naci! Leri,' ebe Ieuan.

'Leri Rhydderch. Gwraig ffein iawn ... Tendia di ar Twm Owen, wnei di? Panad. Talu. Mae gen i awydd rhoi tro ar yr offeryn.'

'Ia, gwna. Ac mi drycha inna ar ei ôl o.'

'Da bo ti 'ta,' ebe Eira.

'Da bo ti 'ta,' meddai Ieuan. Nid oedd wedi taro 'run o'r ddau erioed pa mor chwithig i rywun arall fyddai eu clywed yn dweud 'da bo ti' wrth ei gilydd a hwythau ddim ond yn symud o un ystafell i'r llall o fewn yr un tŷ bychan.

Parhaodd Ieuan i edrych ar Twm. Gwelodd ef yn astudio'r ardd – ac ie, 'astudio' oedd y gair cywir, deallodd wrth ei wylied – ei lygaid yn symud hwnt ac yma i benderfynu trefn y gweithio, beth i'w gyflawni gyntaf, a'i law wedyn yn ymestyn am yn ôl at yr arf pwrpasol ar gyfer hynny, gan ddirnad wedyn dasg wahanol a theclyn arall i drin honno, ac ymlaen fel yna hyd nes ei fod wedi cynllunio'r cwbl. Wrth afael mewn *secateurs* cododd Twm Owen ei ben i gyfeiriad y tŷ a gweld Ieuan Humphreys yn sbio arno, a chododd ei law. Agorodd Ieuan y ffenest a dweud, 'Mi rwyt ti'n weithiwr rhyfeddol.'

'Chi'n meddwl?' ebe Twm yn gwenu.

'Nerys yn nerfus?'

'Dwn 'im,' meddai Twm a'r gair fel petai'n disgyn o'i geg i affwys, ei lygaid yn agor yn fawr wrth ei ddweud a'i ben yn ysgwyd fymryn o ochr i ochr.

'Mi fydd hi'n tsiampion, siŵr. Tom Rhydderch yn deud fod yr adolygiad yn y *Sunday Times* yn un y bydda fo wedi talu crocbris am ei gael. Tom druan!'

'Ieuan,' ebe Twm Owen.

'Be, washi?'

'Dim byd ... Mond meddwl deud oeddwn i na fydda i'n medru gorffan heddiw.'

'Dydan ni ddim yn disgwl i ti fedru gneud,' atebodd gan holi ei hun beth, tybed, oedd y peth arall yr oedd Twm Owen angen ei ddweud wrtho. 'Mi ddo i â phanad allan i ti'n munud. Dau siwgwr, yntê?'

'Dau siwgwr,' ebe Twm yn dadfachu clo'r *secateurs*.

A chlywodd y ddau sŵn y baswn o'r llofft. Amneidiodd Twm Owen i gyfeiriad y llofft. Dynwaredodd Ieuan sŵn chwythu, ac ysgwyd bysedd ei ddwy law o flaen ei frest. Gwenodd Twm a mynd i dorri pennau'r ffarwel haf marw.

Fel rhyw yndyrtecyr o offeryn y meddyliasai Ieuan am y baswn erioed, a'i nodau trwsgl rywsut, ond eto'n felfedaidd, yn cerdded drwy'r gerddorfa a'u dwylo y tu ôl i'w cefnau'n urddasol. Mozart ydy hwnna, gwyddai Ieuan. Ac yn ei ddychymyg gallai weld ei chwaer, y bwtan fer, a'r offeryn hir o'i blaen yn ymdebygu i forgrugyn yn cario gwelltyn deirgwaith ei maint.

* * *

'Ymhlith papurau fy nhad, y diweddar, fel y gwyddoch chi, Reynolds Owen-Pugh,' ysgrifennodd Leri, a'r papur ar ei glin yn y lolfa, 'y mae llun ohono ef a Coburn a'i wraig, Edith, ar draeth Harlech ... Well i mi newid y drefn,' meddai Leri wrthi ei hun a dechreuodd eto: 'Y mae llun o Coburn, ei wraig, Edith, a fy nhad ar draeth Harlech ... Na! Mae'r cynta'n well.' Dechreuodd eto fyth: 'Ymhlith papurau fy nhad, y diweddar, fel y gwyddoch chi, Reynolds Owen-Pugh ...' Nid oedd yn farchog bryd hynny. Na, mae'n rhaid rhoi ei deitl iddo. 'Ymhlith papurau fy nhad, y diweddar, fel y gwyddoch chi, Syr Reynolds Owen-Pugh, y mae llun ohono ef ac Alvin Langdon Coburn' – gwell rhoi'r enw'n llawn – 'a'i wraig, Edith' ('Coburn' neu beidio, pendronodd) 'a'i wraig, Edith Coburn' (penderfynodd) 'ar draeth Harlech – wyneb Coburn yn rhyw gyfuniad o wynebau D. J. Williams, Abergwaun, a Syr Idris Foster ... Neith hyn'na mo'r tro,' a rhoddodd linell drwy'r gymhariaeth. 'Hwyrach mai'r prynhawn hwnnw y rhoddodd Coburn ei bortread o Ezra Pound yn anrheg i fy nhad: llun a fu am flynyddoedd yn stydi yr awdur Tom Rhydderch, ac

160

sydd i'w weld yn yr arddangosfa ardderchog hon.'

Ailddarllenodd Leri hyn a'i gael yn addas. Wrth iddi wneud daeth yr hen awch drosti, yr awch a ddeuai bob tro y teimlai 'fel hyn', ond nad oedd dichon rywsut na lleoli na disgrifio'r 'fel hyn'. Felly aeth i'r gegin, ac er ei bod wedi cael cinio ryw awran ynghynt, agorodd y cwpwrdd lle cadwai'r prosesydd bwyd, ac o'r tu ôl iddo tynnodd allan un o blith nifer fawr o duniau *corned beef* a gadwai yno – ni fyddai hi wedi dweud 'a guddiai yno'. I'r craff, yr oedd tuniau samon yno hefyd.

Roedd yna rywbeth am siâp tun *corned beef* oedd yn plesio Leri Rhydderch yn fawr. Nid cweit yn byramid; tebycach, meddyliai wastad, i un o'r temlau Astec: *ziggurat* o beth ydoedd. Credai y dylai'r sawl a'i dyfeisiodd fod wedi ennill gwobr ryngwladol am ei greu. Rhyfeddod iddi oedd y dull o'i agor. Cyfosod cryfder a gwendid yn y metel; cuddied y goriad o dan y label yn yr hen ddyddiau ac, yn ddiweddarach, efallai y gofidiai am hyn – ar waelod y tun. I Leri Rhydderch, perffeithrwydd ei hun oedd tun *corned beef* Fray Bentos. Nid enw ar gwmni oedd hwn, siŵr iawn, ond ar fod dynol, mawr – 'Dyma nhw'n dŵad, ylwch, y ddau ohonyn nhw: Pablo Piccaso a Fray Bentos!'

Pleser pur oedd codi'r dafod fechan, fetel ar yr ochr a'i rhoi yn yr agen yn y goriad; troi'r goriad fymryn nes bo'r dafod yn cyrlio amdano; troi fwy nes teimlo'r metel gwan yn rhoi a sŵn yr aer yn rhusio i'r tun; weindio wedyn yn bwyllog – go damia os torrai, a dyna oedd unig wendid y cynllun – a'r rhuban o fetel yn troelli fel sbring cloc; codi godre'r tun agored am i fyny yn hynod o ofalus – doedd yna ddim byd gwaeth na thorri'ch bawd ag ymyl tun *corned beef*: gwendid arall, efallai – ac â chyllell o'r tu mewn gwthio'r cig o'r tun nes bod hwnnw, â sŵn sugno, yn llithro'n un darn pinc, llawn jeli ar y plât. Felly y gwnaeth rŵan, a thorri'r cig yn dafelli tewion. O fewn ychydig funudau yr oedd hi wedi sglaffio'r cwbl. Lapiodd y tun mewn papur newydd a'i wthio i ganol y bin sbwriel o olwg y byd. Ond, fel yn ystod y troeon o'r blaen, yr oedd hi wedi anghofio pam y gwnaeth hyn o gwbl – roedd teimlo 'fel hyn' wedi mynd – a dychwelodd i'r lolfa at ei hysgrifennu fel petai dim byd wedi digwydd. Tan y tro nesaf.

'Ni feddyliais erioed,' ysgrifennodd, 'y deuai i'm rhan y fraint o gael agor arddangosfa o waith Alvin Langdon Coburn' – "cyfaill fy nhad?" – holodd ei hun, "ie, pam lai?" – 'cyfaill fy nhad, wedi ei churadu ar y cyd rhwng y Dr Nerys Owen a'r Athro Emeritws John Sutherland, a hynny yma yn Llyfrgell Genedlaethol Cymru. Y ddau, yn ddiddorol iawn' – "dau 'iawn' siŵr o fod," haerodd – 'iawn, wedi cyfosod peth o'u gweithiau hwy eu hunain ochr yn ochr â lluniau un o arloeswyr' – "mi roedd, yn doedd?" cwestiynodd Leri ei hun – 'un o arloeswyr ffotograffiaeth hanner cyntaf y ganrif ddiwethaf. A dyna esbonio teitl yr arddangosfa: nhw eu dau yw'r "ffrindiau".

'Nid yn unig hynny, ond hefyd medru cyflwyno i'r Dr Nerys y copi cyntaf o'i hastudiaeth, *The Lives of Alvin Langdon Coburn*, wedi ei chyhoeddi dan ei ffugenw, Caroline N. Hindley, gan wasg Thames and Hudson. Y pris, gyda llaw, yw pumpunt ar hugain; ond i chi heno – ugain punt.'

'Galw Nerys ymlaen,' siaradodd Leri â hi ei hun, 'rhoi'r copi iddi; tydy hi ddim isio deud gair – yr hogan wirion! – rhoi'r copi iddi; wedyn ... wedyn be? ... Mwynhewch y digwyddiad,' ysgrifennodd.

Edrychodd ar y cloc. Chwarter i ddau. 'Amser newid.' Canodd y ffôn ac fe'i hatebodd.

'*Corned beef*,' meddai. 'O, be haru mi? Chdi sy 'na ... Nacdw'n tad! Gneud croesair oeddwn i. A'r cliw oedd: "Math o gig o'r Ariannin" a mi dda'th allan fel'na! Na, dwi 'di addo lifft i Ieuan, Tom. A fydd yna ddim lle i bump ohonon ni yn dy gar bach di ...

Mae hynny'n wir, ond 'nes i ddim cysidro mynd â phawb yn 'y nghar i … Na, cadw at y trefniada gwreiddiol 'sa ora. Rwbath heglog ydy Ieuan ac mae o'n licio lle i'w goesa, a dwyt ti ddim yn licio trafeilio yn y cefn … Dyna ni 'ta … Wela i di yno … O, tua'r chwech ddudwn i … Hwyl i ti.'

Plygodd ei haraith yn ofalus a'i gosod ar y bwrdd coffi, ac aeth i'w llofft i newid.

Eisteddodd Leri ar ei gwely yn edrych i gyfeiriad ei chypyrddau dillad agored yn methu'n lân â phenderfynu beth i'w wisgo, fel petai'r holl ddewis o'i blaen yn drech na hi; yn wir, fod y gormod oedd ganddi rywsut yn ei hamddifadu o'i gallu i ddewis a pheri iddi ddweud yn ddiymadferth: 'Sgin i ddim byd, wir.'

Ond mynnai edrych ar ei gorau, yn bennaf er mwyn Nerys, oedd wedi gofyn iddi agor y noson, ac fe haeddai Nerys, fe gredai Leri, rywun llawn steil, rhywun na fedrid peidio ag edrych arni, i roi cychwyn da i ddigwyddiad mor bwysig. Ond mynnai hefyd, er ei mwyn ei hun, edrych yn ddrud, nid yn gymaint – nid o gwbl? – i greu cenfigen yn rhywun arall, ond i ganu clodydd cyfoeth a'i allu i gonsurio prydferthwch. Nid i fflawntio pres ond i ddangos ei ochr dda a rhagorol. Roedd yna estheteg yn perthyn i wir gyfoeth, deallodd Leri Rhydderch erioed, ac ni fynnai ei guddio. Yn ei dychymyg cyplysai hynny ag wyau Pasg Fabergé, a nenfwd y Capel Sistine, a gerddi Versailles. Yr oedd yn caru Cymru – wel, rhannau ohoni – ond oherwydd y cyfuniad o biwritaniaeth a sosialaeth, gwlad hyll ydoedd. Gwlad heb steil oedd Cymru yn nychymyg Leri Rhydderch. Ac arian oedd prif ysgogydd steil.

Yn ofalus, a hithau bellach yn feistres ei hystafell, ac wedi dod ati hi ei hun, chwifiodd ei llaw drwy'r rheiliau dillad nes dod o hyd i'r wisg a fyddai'n ymbriodi â'r digwyddiad heno. 'Hon,' meddai'n hyderus.

Gwisgodd amdani. Teimlai'n hollol, hollol ddiogel.

163

Cerddodd yn hamddenol i lawr y grisiau, yn eu canol, ei braich wedi ei hymestyn am allan, blaenau ei bysedd yn braidd gyffwrdd â'r canllaw, diamwnt ei modrwy'n fflachio'n eiliadau drudfawr, ei chefn yn syth a'i phen yn uchel. Petai yna dorf yn ei gwylied, byddent, heb os, yn curo dwylo yn gwbl ddigymell. Ond ei hun yr oedd Leri Rhydderch. Nid oedd yno neb i'w gweld.

Aeth i'r lolfa i nôl ei haraith, a'i rhoi yn ei bag llaw.

Cerddodd at y drws ffrynt a chodi allweddi'r car oddi ar y bwrdd bychan. Disgynnodd y rheiny o'i gafael – rhywbeth oedd wedi digwydd o'r blaen: cyllell un tro, pot o farmaled dro arall, llyfr unwaith, a rŵan yr allweddi. Caeodd ac agorodd ei dwrn sawl gwaith. 'Dydy o'n ddim byd,' meddai wrthi ei hun.

Gwelodd ei hun yn fechan ac wedi ei chamffurfio ar arwynebedd y Brancusi.

Aeth am allan. Cloi'r drws. Camu i'r car. I'r fei daeth ei chlun. Crawciai brân. Trefnu ei dillad. Edrych arni ei hun yn y drych. Gwlychu blaen ei bys bach â'i thafod a'i rwbio'r mymryn lleiaf yn erbyn ymyl ei gwefus lle roedd smotyn o finlliw. Tanio'r injan. Mynd.

Ar y lôn i dŷ chwaer Ieuan Humphreys edrychodd i gyfeiriad y môr a gweld y tonnau fel gwallt rhywun oedd newydd godi o'i gwely. Ond nid y hi oedd honno. Gwenodd i'r lôn o'i blaen.

* * *

A'i ddwy benelin ar dop y car, ei ben-ôl am allan, ym maes parcio'r Llyfrgell Genedlaethol, Twm Owen yr ochr arall yn adlewyrchu ei union ystum, meddai Tom Rhydderch, 'Wsti be? O'r ochor, dwi'n siŵr ein bod ni'n dau yn debyg i fwncis pen pric. Ti'm yn cofio petha fel'na, nag wyt, mwn?'

'Nacdw,' ebe Twm Owen.

Bu distawrwydd rhyngddynt.

''Rioed wedi dy weld di mewn siwt o'r blaen,' meddai Tom Rhydderch.

'Er mwyn Nerys,' atebodd Twm Owen.

Tewychodd y distawrwydd.

'Lle ges di hi?' holodd Tom Rhydderch.

'Stiniog.'

'Arglwydd!'

Dyfnhaodd y distawrwydd.

''Dan ni yma o'u blaena nhw,' ebe Tom Rhydderch.

'Pwy?' meddai Twm Owen.

'Leri a Ieu. Yr hen Honda'n ffastach na'r BMW, weldi.'

'Cychwyn ar ein hola ni ddaru nhw.'

'Ddim dyna wyt ti i fod i' ddeud!'

Trymhaodd y distawrwydd.

'Tu ôl i ti, yn yr honglad yna o le, y mae popeth o werth a ysgrifennwyd yn yr iaith Gymraeg erioed. A llawer o 'nialwch hefyd. Mwy o hwnnw. Y cwbwl yn yr un lle,' mentrodd Tom Rhydderch ddweud.

'O,' ebe Twm Owen, ond nid 'O?' chwilfrydedd, nid 'O!' diléit – 'O' fflat wedi egru ar ei dafod ydoedd.

'Dyna ti wastraff ar fywyda.'

'Be?'

'Sgwennu … Pob llenor yn credu – a pheth peryg ydy credu – mai ei beth o neu ei pheth hi ydy'r peth gora a fuodd erioed. A chyrradd y sarcoffagws yma'n diwadd. Fan hyn fydd bedd terfynol yr iaith Gymraeg ryw ddiwrnod. Ysgolheigion fel yndyrtecyrs. A'r Gymraeg yno'n fud. Mae'r lle yma'n ddychryn parhaol i mi. Dwi'n siarad hefo fi'n hun yn fama, dŵad?'

'Nacdach, Tom!' ebe Twm Owen, yn gwenu bellach wedi iddo benderfynu, am rŵan beth bynnag, roi o'r neilltu ei holi mewnol pam roedd un bocs wedi troi'n ddau mewn llofft oedd yn fwriadol wedi ei gwagio.

Nid oedd yr un o'r ddau wedi gweld yr Aston Martin yn mynd heibio a pharcio.

'Stay a minute,' ebe Casi, yn tynnu ar lawes Reggie ac yntau ar fin mynd allan o'r car. 'They haven't seen us yet.'

'I used to go every Saturday morning, you know,' meddai Reggie yn edrych i gyfeiriad y Llyfrgell Genedlaethol ac yn setlo'n ôl i'w sedd, 'to a library. Secret Sevens, Famous Fives – read the lot. Then I stopped.'

'You didn't think of advancing, then?'

'Nah! My adventures became the insides of cars. Nothing wrong with that.'

'Nothing at all ... Don't leave my side tonight. Do you understand?'

'Not tonight. Not ever, Cas. Do you believe me?'

Roedd rhywbeth wedi digwydd i hyder blaenorol Casi, ac atebodd fel hyn, 'No! Then I won't be disappointed, will I? I'm going to begin this time expecting less; then, maybe, I'll be surprised by more.' A gwenodd, 'Let's go.'

Agorodd y drws ac yn adlewyrchiad y ffenest gwelodd BMW Leri Rhydderch yn mynd heibio.

Siomedigaeth a deimlai Ieuan Humphreys y foment honno. Am eu bod wedi cyrraedd. Roedd wedi mwynhau'r agosatrwydd at Leri drwy gydol y daith, gan deimlo cyffyrddiad ei phenelin yn awr ac yn y man wrth iddi newid gêr. Roedd o eisoes yn edrych ymlaen at yr awr a hanner o daith yn ôl, ac egwyl rhwng dwy daith yn unig oedd yr arddangosfa. Ymledodd cywilydd drosto oherwydd ei fod yn teimlo hynny. 'Paid â gneud dim byd gwirion,' oedd sylw Eira pan gyrhaeddodd y car o flaen y tŷ. 'Eto,' ychwanegodd ei chwaer. Ond yr oedd yn rhy hen bellach i bethau fel yna er bod ei ddychymyg mor heini ag erioed.

Law yn llaw â Reggie y cerddodd Casi i gyfeiriad Tom Rhydderch a Twm Owen ar ôl iddi yn gyntaf drio braich ym mraich a phenderfynu yn y diwedd ar ddwylo am fod neges hynny'n gliriach ac yn fwy pendant, ymresymodd. Ond rhyngddynt a hwy yr oedd car Leri Rhydderch a Leri ei hun yn dod allan ohono, yn eu gweld, a chodi ei llaw.

'It's Larry!' ebe Reggie, a theimlodd law Casi yn tynhau am ei law ef.

Ymddangosodd Ieuan o'r ochr arall.

'What's that chap's name?' sibrydodd Reggie.

'Ieuan,' meddai Casi, gan lyncu ei phoer.

'Do you think they'll have Enid Blyton for me?' ebe Reggie wrth Leri. A gollyngodd law ei gymar newydd – yn ddigon ffwrbwt, teimlodd Casi, a rhoi cusan i Leri ar ei dwyfoch. 'You look unaffordable, darling,' meddai wrthi.

'Damia!' ebe Leri wrthi hi ei hun. 'Pam mai hwn oedd yn gorfod bod y cyntaf i sylwi arna i?' Ond gwyddai 'run pryd fod pres yn siarad hefo pres ac nad oedd arlliw o genfigen yn Reggie oherwydd nad oedd rheidrwydd arno i fod yn genfigennus. Yn groes i'w dymuniad ei hun, efallai, meddai hi wrtho, 'I like the Aston Martin!'

'Not bad, eh?' ebe Reggie. 'How are you, Evan?' Ac estynnodd ei law i gyfeiriad Ieuan, na faliodd ei gywiro ynglŷn â'i enw.

'Not bad,' meddai Ieuan, fel petai wedi benthyg y geiriau oddi wrth Reggie.

'That's a shame,' ebe Reggie. 'It's good to be bad.'

Teimlodd Casi ei hun, bellach, fel rhywun oedd yn diflannu, damaid wrth damaid.

'Sut wyt ti, Casi?' meddai Leri o'r diwedd ac yn llawn afiaith fel petai wedi gwirioni o'i gweld.

Fel y troeon o'r blaen, gwelai Casi ei hun yn crebachu ac yn mynd yn llai a llai o flaen Leri Rhydderch.

'Dwi'n iawn, diolch,' atebodd fel petai hi'n hogan fach dda mewn ysgol elfennol a'r brifathrawes o'i blaen. Plygodd Leri i roi cusan iddi, a modrwy ei llaw ar ysgwydd Casi drwy gornel llygaid Casi yn ymdebygu i ryw bryfetyn anghynnes, gloyw – rhywbeth yr oedd Casi awydd rhoi swadan iddo a'i ladd yn y fan a'r lle.

'Falch dy fod ti yma, cofia,' meddai Leri wrthi.

'May I?' ebe Reggie, yn cynnig ei fraich i Leri.

'Of course!' meddai hithau gan roi ei braich yn ei fraich ef am na allai wrthod, hyd yn oed petai hi eisiau gwrthod.

Sylweddolodd Ieuan Humphreys mai dyna'r union beth yr oedd ef yn dymuno'i wneud ond na feiddiai ofyn.

Crafangodd Casi am law Reggie, ond y cwbl a gafodd oedd dyrnaid o aer.

'Ail ora?' meddai Casi wrth Ieuan gan roi ei braich iddo.

'Dim o gwbl, Casi annwyl,' ebe Ieuan, wedi hen arfer fel cynweinidog yr efengyl gymryd arno ffugio diffuantrwydd, heb i'r arall fyth deimlo'i bod yn eilradd.

'Ty'd,' meddai Tom Rhydderch wrth Twm Owen, yn gweld y deuoedd yn dod tuag atynt. 'Mi'r awn ni i'w cwarfod nhw. Bydd hynny'n gwastatáu petha.'

'Dwi'm yn dallt,' ebe Twm Owen.

'Dim ots. Mi rydw i. Felly, ty'd! 'Sa'm gwell i mi gydio yn dy fraich di, dŵad?'

Gwenodd Twm Owen.

Heb edrych arno a chan gydgerdded, ebe Tom Rhydderch, 'Sgin ti ddim byd i boeni amdano fo, sti! Byddi di'n falch ohoni hi heno, rŵan.'

'Mi rydw i,' meddai Twm Owen. 'Fyddan nhw'n dangos y ffilm heno, Tom? Dwi 'di bod ofn gofyn.'

'Ar y teledu fydd honno, sti, ymhen yrhawg.'

A dyna'r unig gyfeiriad a fu erioed rhwng Tom Rhydderch a Twm Owen am y noson honno yn Nhal-y-llyn, sbel go lew o amser yn ôl. Nid oedd awydd o gwbl yn Tom Rhydderch i holi pam yr oedd arno ofn gofyn.

'Mi roeddan ni yma o dy flaen di!' ebe Tom Rhydderch wrth Leri.

'Y wobr gynta felly, 'te,' meddai hithau.

'Twm, my son,' ebe Reggie wrth Twm Owen a'i gofleidio. 'Big night for us both.'

'Ewadd! Siwt, Twm Owen,' meddai Leri.

'Paid gofyn iddo fo lle cafodd o hi,' ebe Tom Rhydderch.

'Mi rwyt ti'n edrach fel y cyth, fel arfer,' achubodd Leri embaras Twm Owen, oedd wedi gwrido.

'Your books in here, Tom?' holodd Reggie.

'They are,' atebodd Tom Rhydderch, 'and my manuscripts, and my underpants, and my socks. Braf dy weld di, Casi.'

'Chditha hefyd, Tom,' ebe hithau.

A theimlodd Casi farwydos hen deimlad yn bywiocáu, fel petai chwythiad ei gyfarchiad didwyll wedi ei gochi.

'Nerys i mewn yn barod?' holodd Leri Twm Owen.

'Yndy! Mi'r a'th fel cath i gythral munud gyrhaeddon ni.'

'Shall we all go then?' meddai Leri.

Cerddodd y chwech tuag at y fynedfa a fflyd o geir bellach yn dirwyn eu trwynau i'r maes parcio. Mi fyddai yno dwr.

'Look, all!' ebe Reggie yn dangos y poster iddynt: 'Coburn a'i Ffrindiau: Coburn and Friends' – *Yr Octopws*, Coburn, wedi ei atgynhyrchu arno. Byseddodd Reggie yn dyner, araf enw ei ferch oedd o dan y llun.

'Thought he'd died,' ebe Reggie.

'Who?' holodd Leri.

'John Sutherland,' atebodd.

'Well, if he hasn't, he's come to the right place,' meddai Tom Rhydderch.

Tynnodd Tom Rhydderch Casi yn nes ato gerfydd ei llawes.

'Lle dach chi'n aros heno?' sibrydodd i'w chlust.

'Y gwesty 'na tu allan, ar y ffordd i Lanrhystud. Llawn atgofion, Tom! Cofio?'

'O'n i'n meddwl mai mewn wigwam fyddat ti. A chditha 'di ca'l sgalp arall.'

'Cau hi'r diawl,' meddai gan wasgu ei law a'i gollwng. A rywfodd daeth ei hyder yn ôl.

'Noswaith dda!' meddai llais wrth fynd heibio'n gyflym.

A gwelsant Janet Osborne. 'Wedi pechu!' meddyliodd Tom Rhydderch ddweud wrth Leri. Ond taw oedd orau, penderfynodd.

Cerddasant i mewn i'r Llyfrgell, ac ar hyd y coridorau i gyfeiriad y Drwm.

'But where are the books?' holodd Reggie. A chydiodd yn llaw Casi yng nghanol yr holl ddieithrwch. Dirnadodd hithau ei bod yn ôl ar ei thiriogaeth ei hun, a rhoddodd ei llaw iddo'n raslon.

'Lle mae Ieuan?' cofiodd Tom Rhydderch yn sydyn amdano. A'i ganfod yn dod ar eu holau ar ei ben ei hun.

Gwelodd Twm Owen ei wraig yn sefyll wrth ochr John Sutherland, y ddau'n sbio i gyfeiriad y drws gan weld y lle'n dechrau llenwi, ac aeth ati'n syth.

Gwelodd Leri Rhydderch Nerys hefyd. Ond yr hyn a aeth â'i sylw oedd y ffrog a wisgai Nerys.

* * *

'... yn stydi yr awdur Tom Rhydderch, ac sydd i'w weld yn yr arddangosfa hon. Ni feddyliais erioed,' llefarai Leri Rhydderch yn groyw o'r ddesg ar y podiwm – ni fyddech yn medru dweud ei bod yn darllen – gan dynnu ac ailosod ei sbectol bob yn hyn a hyn, ei hosgo yn un a gariai awdurdod, 'y deuai i'm rhan y fraint o gael agor arddangosfa o waith Alvin Langdon Coburn, cyfaill fy nhad, wedi ei churadu ar y cyd rhwng y Dr Nerys Owen a'r Athro Emeritws John Sutherland, a hynny yn Llyfrgell Genedlaethol Cymru. Y ddau, yn ddiddorol iawn, iawn, wedi cyfosod peth o'u gweithiau eu hunain ochr yn ochr â lluniau un o arloeswyr ffotograffiaeth hanner cyntaf y ganrif ddiwethaf. A dyna esbonio teitl yr arddangosfa: "Coburn a'i Ffrindiau". Hwy eu dau yw'r ffrindiau.

'Ond nid yn unig hynny, ond hefyd medru cyflwyno i'r Dr Nerys y copi cyntaf o'i hastudiaeth gofiannol o Coburn, *The Lives of Alvin Langdon Coburn*, wedi ei chyhoeddi dan ei ffugenw, Caroline N. Hindley, gan Wasg Thames and Hudson. Y pris, gyda llaw, yw pumpunt ar hugain. Ond i chi, heno – ugain punt.'

A gwenodd yn foddhaus.

'It is, therefore, my pleasure to call upon Dr Owen and Mr Edgar Burroughs from Thames and Hudson, who will present her with a specially bound first copy.'

Amneidiodd â'i llaw ar Nerys. A chymeradwyodd pawb gymeradwyaeth oedd yn gweddu i'r Llyfrgell Genedlaethol, wrth i Nerys ac Edgar Burroughs gyrraedd y podiwm. Cyflwynodd yntau'r copi i Nerys, ysgwyd llaw â hi; ysgwyd llaw â Leri; a Leri'n cusanu Nerys ar ei dwy rudd.

'See that Edgar Burroughs guy,' sibrydodd Reggie i glust Casi. 'He wrote Tarzan.'

'No,' ebe hithau. 'Did he?'

Ac winciodd Reggie arni. Pwniodd hithau ef fymryn yn ei 'sennau.

'Mwynhewch y noson!' ebe Leri wrth bawb.

171

Yna rhyw foment arall o guro dwylo sidêt, nes i bawb droi at ei gilydd yn glystyrau bychain, swnllyd, fel gwsberis yn berwi'n dynn wrth ei gilydd mewn sosban.

Rhuthrodd Nerys at ei gŵr a gafael amdano, y llyfr yn ei llaw yn uchel uwch ei ysgwydd.

'Ti'n ddigon o ryfeddod, sti,' meddai wrtho. 'Sbia!'

Agorodd ei llyfr ac edrychodd y ddau gyda'i gilydd ar ddechrau'r bennod 'The Metamorphosis of an American into a Druid'. Dechreuodd Twm Owen ddarllen. Ond nid aeth ymhellach na 'The'.

'Da,' meddai. A gwyddai Nerys fod ei 'dda' byr ef yn werthfawr.

Wrth eu gweld fel yna, teimlodd Leri Rhydderch rywfaint o ryddhad. Ond yr oedd ei chwilfrydedd am y ffrog wedi cynyddu.

A'i law yn cyffwrdd ysgwydd Leri o'r cefn, meddai John Sutherland wrthi, 'Let me show you something.'

Arweiniodd hi at lun Coburn o Gertrude Stein.

'Look at the other one,' meddai wrthi.

Yno, yn gyfochrog, yr oedd llun â'r teitl *Leri Rhydderck*.

'Gosh!' ebe Leri.

Y ddau lun o'r un mesuriadau, yr un print platinwm, y ddwy'n edrych yn syth i'r camera, dwylo'r ddwy ar eu harffed, llygaid y ddwy fel ei gilydd yn treiddio i berfeddion unrhyw un a edrychai arnynt, a'r ddwy fel petaent am godi o'r llun yn herfeiddiol unrhyw funud a gadael pawb a syllai arnynt mewn dirmyg.

'How on earth did you do that?' holodd Leri.

'I waited and waited, the day of the wedding, and then it happened. Come!' meddai a'i harwain at ddau lun arall. 'There's Coburn's *Woman in Moonlight* and that's my *Woman in Moonlight*.'

Gwelodd Leri ei hun ar feranda Clyd noson y briodas, y

lloergan hyd y cerrig, a hithau, cofiai, yn erchi ar bawb i ddod i mewn ar gyfer y *valse*.

'I'm enthralled!' ebe hi.

'You're a very beautiful woman,' meddai John Sutherland.

'Name your price for your two.'

'Jokingly, I'll say eight hundred each. Without the frames!'

'Without joking, I'll say deal done. But with the frames!'

'God, these pictures are well hung,' meddai Reggie, 'just like me.'

'Stop it, Reggie!' ebe Casi. 'Look at something.'

'All right. Here's one called *John Masefield*. Who's he?'

'"I must go down to the seas again, to the lonely sea and the sky",' dyfynnodd Casi'n foddhaus, a dechreuodd ei llygaid leithio fel petaent rywsut wedi bod yn chwilio am yr esgus i grio ac wedi cofio hynny.

'Oh, my love,' meddai Reggie wedi ei sobreiddio drwyddo, gan afael amdani, 'I can be a silly fool sometimes ... But will you marry me? I've been meaning to ask you over these few days. And this is as good a time and place as any.'

'Reggie! You have the tact of a dwn 'im be, wir. But yes! Gwnaf!' gwaeddodd nes peri i'r rhai o'u hamgylch droi tuag atynt, edrych, a throi'n ôl i'w mân siarad, eu gwydrau gwin gweigion yn llipa yn eu dwylo.

Symudai Ieuan Humphreys yn araf, bwyllog ar hyd y lluniau. Hoffai'n fawr yr un o'r Yeats ieuanc, ei wefusau ychydig ar agor fel petai, tybiai Ieuan, ar fin adrodd 'The Lake Isle of Innisfree', ei lygaid heb os yn gweld, fe wyddai Ieuan, yr 'hive for the honey-bee' a'i glustiau'n clywed y 'bee-loud glade'. Oedodd ger y llun o Theodore Roosevelt trwm a syber. Ac wrth ei ochr Henry James, hyderus, trahaus, ei sbectol yn hamddenol yn ei law, *The Portrait of a Lady* yn ddiogel yn ei ddychymyg. Ac wrth ochr hwnnw –

'Wel!' meddai Ieuan, yn rhyw wirioni – *Tom Rhydderch* gan Nerys. Talcenni llydan Rhydderch a James yn cyhoeddi deallusrwydd dwfn, eu pennau moelion hefo'r ychydig wallt o boptu, tagellau'r ddau.

'Ond rhein ydy'r gora,' meddai Tom Rhydderch o'r tu ôl iddi. 'Ty'd hefo fi!'

Hebryngodd ef gerfydd ei benelin at lun, gan ofalu cuddied yr un nesaf ato â'i gefn.

'Mark Twain, weldi! Un o'r lluniau olaf ohono fo, mae raid. Dwy flynadd, ac mi fuodd farw ... A chditha!' meddai Tom, yn symud o'r neilltu i ddatgelu llun Nerys o Ieuan ei hun.

Yn y llun roedd ei gefn at yr edrychydd, ei wyneb wedi ei adlewyrchu mewn ffenest siop, y geiriau 'Cyngerdd Mawreddog' o'r poster yr edrychai arno ar hyd ei geg, a'i lygaid yn sbio i'r ochr fel petai'n ceisio gweld rhywun arall.

'Y bore hwnnw,' ebe Ieuan, 'mi roedd hi 'rochor arall i'r lôn, 'achan! Sut ar wyneb y ddaear y medrodd hi dynnu hwn?'

'Artistiaid, ti'n gweld,' meddai Tom. 'Wyddost ti ddim lle maen nhw!'

Daeth rhyw ias dros Ieuan wrth iddo sylweddoli mai ar y portread ohono ef yn y ffenest siop yr oedd Mark Twain yn edrych o'i lonyddwch gwyn ym mil naw dim wyth, y sigâr yn ei law yn dal ynghynn ers yr holl flynyddoedd. Arhosodd yn y fan honno yn ceisio deall hanfod celfyddyd. Ni chlywodd Tom Rhydderch o gwbl yn dweud: 'Wela i di'n munud.'

Ychydig iawn oedd yn oedi gerllaw'r lluniau *vortograph* – penbleth i'r mwyafrif oeddynt yn eu dydd hefyd – oddigerth un dyn a oedd wedi plygu ei gorff cymaint ag y gallai i'r chwith, a chodi ei ben yn ôl am i fyny, nes bod cric yn ei wddf yn ddi-os, fel petai'n ceisio penderfynu a oedd y llun â'i ben i lawr ai peidio. Ac felly manteisiais ar y cyfle i hudo Nerys tuag atynt fel y medrai sôn wrthyf amdanynt.

Ar ei phen ei hun yr oedd hi hefo'i gŵr yn cymharu *Gardd yn y Lloergan*, Coburn, â llun a dynnodd Sutherland ohonynt hwy eu dau yn pwyso ar gangen noson eu priodas, a goleuni'r lloer yn disgleirio hyd-ddynt a'r coed o'u hamgylch.

'Ac mi soniaist am dy ofn, yn do?' clywais Twm Owen yn ei ddweud wrth i mi ddynesu tuag atynt. Cymerais arnaf fy mod o'r BBC – roedd fy recordydd yn fy llaw – a chreu rhyw enw ffug i mi fy hun, nad wyf bellach yn cofio beth ydoedd.

'Ydan ni wedi gweld ein gilydd yn rhywle o'r blaen?' holodd Nerys fi ar ôl i mi gyflwyno fy hun a fy nghais.

'Go brin,' meddwn. 'Ond gaethwn i bwt o gyfweliad?'

Nodiodd ei phen hefo peth amheuaeth a thynnodd ei gŵr ar ei hôl gerfydd ei law. Aethom at y lluniau *vortograph* a neb o'u blaenau mwyach. Edrychodd arnaf.

'Mae'n well gin i beidio, mae'n ddrwg gin i,' meddai'n sydyn.

'Popeth yn iawn,' meddwn, a chilio.

Wrth droi gwelodd Tom Rhydderch fi a chodi ei fys arnaf. Ni wn hyd y dydd heddiw ai fy rhybuddio neu fy nghydnabod yr oedd.

Daeth Reggie a Casi at Nerys a Twm, law yn llaw drwy'r dorf, y ddau'n wên o glust i glust.

'What's that about then?' meddai Reggie wrth gyrraedd.

'You're looking at the first abstract photographs ever,' atebodd Nerys ef.

'Am I?' meddai Reggie mewn penbleth. 'And you're looking at a very happy couple. We're getting married.'

'Oh! Dad,' ebe Nerys, 'I am happy. Genuinely happy.'

'My clever, clever daughter,' meddai yntau a'i chofleidio.

Meddyliodd Casi yn ei llawenydd y byddai hithau'n efelychu

geiriau ei darpar ŵr. 'My daughter,' meddai, a gafael yn dynn am Nerys.

O dan ei llais, sibrydodd Nerys i'w chlust, 'Call me that again, you fat bitch, and I'll slap you.'

Ymryddhaodd Nerys o'r goflaid a gwên ar ei hwyneb, ond plygodd yn ôl i roi cusan i Casi. Chwaraeai gwên yn ôl a blaen ar wyneb Casi, a hithau'n methu penderfynu a oedd hi wedi clywed y geiriau ai peidio. Parhaodd Casi i wenu ond ni theimlai fod y wên yn perthyn i weddill ei hwyneb.

'I've got some news too, Daddy,' ebe Nerys, a'i dynnu i le o'r neilltu.

'Dwi mor falch, Casi,' meddai Twm Owen wedi i Nerys a'i thad ddiflannu. 'Dwi'n ei licio fo, 'chi. Ryff deiamond, fel bydda Mam yn arfar ei ddeud.'

Roedd Casi'n fud ond yn dal i wenu.

'Dach chi'n iawn, Casi?' holodd Twm Owen.

'Yndw, yndw,' meddai'n dadebru. ''Di ca'l sioc ydw i.'

'Fel ges inna pan ofynnodd Nerys i mi ei phriodi hitha. A hi nath, 'chi.'

'O, ia?' ebe Casi, yn ceisio cynnull ei hun at ei gilydd yn fewnol a chadw wyneb yr un pryd.

'Lle ma'r hogan 'na?' ebe Leri Rhydderch yn eu cyrraedd. 'Mae hi wedi bod fel arian byw drwy'r nos a finna'n methu'n lan â chael gafael ynddi am sgwrs fach.'

'Maen nhw'n priodi!' meddai Twm Owen.

'Pwy?' ebe Leri, yn edrych o'i chwmpas.

'Ni!' meddai Casi, wedi adfeddiannu ei hun. 'Reggie a fi!'

'Llongyfarchiadau!' ebe Leri gan wasgu ysgwyddau Casi.

'Wyt ti'n ddiffuant?' holodd Casi.

'Wrth gwrs 'y mod i, wrth gwrs 'y mod i.'

A'r ail-ddweud rywsut yn peri i Casi feddwl mai darbwyllo'i hun yr oedd Leri Rhydderch.

Dychwelodd Nerys ar ei phen ei hun.

'Dyma fi wedi dy ddal di,' meddai Leri yn cydio yn ei llawes gan ofalu peidio gollwng ei gafael arni. 'Dwi newydd glywed y newyddion da!'

'Coron ar y noson i mi,' ebe Nerys, yn wincio ar Casi. Casi'n codi ysgwyddau swildod a chrychu ei thrwyn.

'A chan dy fod ti bellach, Dr Nerys, yng ngharchar fy mhresenoldeb i, gad i ni ddod o hyd i gornol. Esgusodwch ni,' meddai Leri.

Llywiodd Leri Nerys at ddwy sedd yr oedd hi eisoes wedi gosod ei bag ar un ohonynt, a chatalog yr arddangosfa a'i sgarff ar y llall.

'Nerys!' gwaeddodd Casi ar eu holau. 'Lle'r aeth dy dad?'

A gwnaeth Nerys siâp ceg: 'pi-pi'.

Roedd Twm Owen yn dilyn â'i lygaid yr un a oedd newydd gyrraedd yr arddangosfa.

'It's my attempt at a vortograph,' esboniodd John Sutherland i Tom Rhydderch, a oedd wedi bod yn craffu o'r naill lun i'r llall: *Bryn Cader Faner*, Coburn, a *Response*, Sutherland. 'It's all done by mirrors, you know, encased within a triangular tube. You place objects in front of the tube – slate fragments in my case – and photograph through the other end. Caroline is the real expert on Coburn's vortographs. Not me. Great innovator he was. Then he gave it all up for mysticism.'

'I've given it all up too,' ebe Tom Rhydderch, 'but for mystification!'

Chwarddodd John Sutherland a'i daro ar ei ysgwydd yn gyfeillgar gan ddweud, 'Let me show you this one though. Then I'll let you go.'

Ac fel petai newydd ddarganfod rhywbeth enfawr, meddai Tom Rhydderch, 'John! I don't think I have anywhere to go. Anymore.'

'Let's go this way then,' ebe John Sutherland, ei law yn braidd gyffwrdd cefn Tom Rhydderch ac yn ei arwain at y portread o Igor Stravinsky. 'My all-time favourite. Those clasped hands of a deep surety, the intensity of the gaze of a man who knows he's made breakthroughs.'

Ni allai Tom Rhydderch oddef treiddgarwch edrychiad Igor Stravinsky, a throdd oddi wrtho, ychydig yn rhy gyflym, a mynd ysgwydd yn erbyn ysgwydd â Roger Jenkins.

'Tom,' meddai Roger Jenkins yn swta.

'Roj,' meddai Tom Rhydderch yr un mor swta.

'Good god,' ebe John Sutherland, yn tynnu'r ddau o dwll, 'I wondered if you'd be here. If you were, I wanted to show you the Henry Jameses. Remember that interesting conversation we had the night of the wedding while you lot' – ac edrychodd ar Tom – 'danced. Come this way. I'll leave you with Stravinsky, Tom.'

'Mi rwyt ti wedi cael dy blesio, decini?' ebe Leri with Nerys.

'Mwy na mhlesio, Leri! Dipyn o waith, cofiwch, i guradu arddangosfa mor fawr. Ond cynulleidfa dda a deallus ... Pwy ydy hwnna?' – holodd Nerys pan welodd fi'n mynd heibio – 'Gad di hwnna i fod,' atebodd Leri hi – 'Fel o'n i'n deud, cynulleidfa dda a deallus. Y llyfr o'r diwadd, y rhan fwya ohono fo wedi ei ysgrifennu yn Clyd. Dyna pam roeddwn i am i chi agor y noson. A diolch i chi am hynny.'

'Raid i ti ddim! Fel dudas i, mraint i.'

Gafaelodd Leri yn llaw Nerys a'i gosod ar gledr ei llaw ei hun, a'i mwytho â blaenau bysedd ei llaw arall yn araf bach. Gan edrych ar y llawr am rai eiliadau, parhau i anwylo'i llaw, yna codi ei golygon ar yr hon a deimlai fel y ferch na chafodd, ebe hi, 'Deud wrtha i pam dy fod ti'n gwisgo ffrog mamolaeth?'

'Wel, am gwestiwn gwirion, Leri,' meddai Nerys, yn tynnu ei llaw oddi wrthi. 'Oherwydd mod i'n disgwl. Pam arall?'

'Ers pryd wyt ti'n gwbod?'

'Chydig wsnosa.'

'A be ddudodd y meddyg wrthat ti?'

'Dwi ddim wedi gweld meddyg. I be? A finna'n gwbod!'

'Mae Twm ar ben ei ddigon, dwi'n siŵr.'

'Tydy Twm yn gwbod dim.'

'Fasa hi ddim yn well i ti ddeud wrtho fo?'

'Yn y man.'

''Sa rywun yn gwbod heblaw ni'n dwy?'

'Nhad. Dwi newydd ddeud wrtho fo gynna. Un syrpréis yn haeddu syrpréis arall! Dach chi ddim i'w weld yn rhannu fy hapusrwydd i, Leri.'

'O, mi rydw i, mi rydw i,' edrychodd Leri arni a chymryd ei llaw drachefn. 'Paid ti â gwylltio rŵan ... Ond Twm ydy'r tad, ia?'

'Ia!' hisiodd i'w hwyneb.

'Cofio ti'n deud rwbath unwaith ydw i, cyn i ni gychwyn o'r tŷ ddiwrnod dy briodas.'

Ceisiodd Nerys dynnu ei llaw yn ôl ond gwrthododd Leri â'i hildio.

'Wel, mae o'n digwydd ... yn rheolaidd, i chi gael dallt. Yn rheolaidd iawn hefyd.'

'Nachdi ... O, ty'd yma. Stedda ar 'y nglin i, wir. Ty'd. Waeth befo be ddyfyd neb. Ty'd.'

Eisteddodd Nerys ar ei glin. A swatio ynddi.

'Nefoedd yr adar! Be ma'r ddwy yna'n neud?' ebe Casi wedi gweld, wrth Twm Owen.

'Deud wrth Twm, 'nei di?' meddai Leri yn siglo Nerys fymryn.

'Llwyddiant y noson, wchi, Casi. A'r ddwy'n rhannu'r un un hapusrwydd,' ebe Twm Owen. 'Maen nhw mor agos.'

'Heno,' ebe Nerys. 'Mi dduda i heno. Ar ôl i ni fynd adra.'

Trodd Twm Owen Casi yn dyner ato.

'Be? Wyt ti awydd gneud 'run peth i mi,' chwarddodd Casi.

A gadawodd Twm Owen i Roger Jenkins fynd heibio heb i Casi ei weld. Cofleidiodd Casi a'i thynnu'n agos ato'i hun. 'Llongyfarchiadau,' meddai.

'Ww!' ebe Casi. 'Paid â gneud hyn'na'n amal. Mae gin i enw drwg, sti, yn ôl rhai.'

'Does 'na'm drwg ynoch chi, Casi,' meddai, yn ei rhyddhau o'i afael a gweld Roger yn diflannu drwy'r drws.

'Mi rwyt ti'n meddwl hyn'na, yn dwyt!' A rhoddodd Casi gusan ar ei foch.

'Hei!' meddai Nerys wrth ei hymyl. 'Fi bia'r dyn yna. Dad bia chi.'

'Sorri!' ebe Casi'n ddychryn i gyd.

'Na,' meddai Nerys, ''y ngair i ydy "sorri" heno, Casi.'

'Mae'n iawn,' meddai Casi, 'mae'n iawn ... Lle gebyst mae dy dad, dŵad?'

'I'm looking for a grandfather,' ebe Leri wrth Reggie, oedd y tu allan i fynedfa'r Llyfrgell yn edrych ar oleuadau Aberystwyth islaw.

'She told you, did she?'

'She did.'

'Why aren't I happy then, Larry?'

'Why aren't you?'

Ni chynigiodd ateb, dim ond syllu o'i flaen.

'Don't tell!' ebe Leri, yn codi paced o sigarennau o'i bag. 'I'm a secret smoker.'

'Mind if I have one? Haven't had a fag for years … Old school, eh?' – pan welodd y B & H aur.

Taniodd Leri sigaréts y ddau a rhoi un iddo.

'Jesus Christ, that's good,' ebe Reggie'n tynnu ar y smôc. 'Do you know, in the old days, I sometimes couldn't say what I preferred, a smoke or sex? Shouldn't have told you that, should I?'

'You can tell me anything.'

'I think I know that … I like you.'

'But you're spoken for … as they say.'

Anadlodd Leri fwg ei sigarét yn ddwfn.

'Although I owe Casi a bit of a retribution from a long time ago,' ebe Leri yn y man.

'She told me the story … Will you demand your pound of flesh?'

'No.'

'Pity.'

'So! Your daughter.'

'Caroline.'

'You can never call her "Nerys", can you?'

'No. Thought for a while it was grief for her mother and that she aped her Welshness. But it went on and on.'

'What do you think it's about?'

'I don't know.'

Gwasgodd Reggie weddillion ei sigarét â blaen ei esgid ac ychwanegu, 'As a child she was a screamer. She would scream and scream for no apparent reason … Mind you, so was her mother.'

'Perhaps her mother had a good reason. It's called "Amlwch".'

Gwenodd Reggie. 'But tell me something. When Nerys – Caroline

— was staying at mine, all those years ago, there was an incident ...'

'And you wrote to me ...'

'So, you remember.'

'I do.'

'Your solicitor replied, not you.'

'Was that so?'

'Come on, Reggie! You know well enough.'

'Yes, I do ... I didn't know who you were then.'

'So you tried to scarce me off?'

'Maybe.'

'In his letter, your man mentioned ...'

'She stabbed a boy in the hand with geometry dividers.'

'What happened?'

'Money happened: the school, the parents, the boy. They were all paid ... You should know all about that kind of transaction.'

'I do. Is there anything else I should know?'

Oedodd Reggie.

'No,' meddai.

'Why don't I believe you?'

'It's the truth, Larry. It's the truth.'

'Did you ...?'

'No, I didn't. I fucking didn't.'

'I believe you. Sorry.'

'That's OK.'

'Another?' A chynigiodd sigarét arall iddo.

'Go on.'

Taniodd hithau ddwy sigarét arall.

'Gangster style, eh?' meddai'n edrych arni'n cynnau'r sigaréts a rhoi un iddo. 'Do you think Twm's the father?'

'She assured me of that ... She's going to tell him tonight.'

'She won't, you know. But don't ask me why I say that.'

'I don't think so either.'

Smociodd y ddau mewn tawelwch.

'Larry,' ebe Reggie heb edrych arni.

'What?' meddai hithau heb edrych arno yntau.

'I want to kiss you.'

Trodd hithau ato. Cusanodd y ddau.

'Was that retribution enough?' holodd Reggie wedi iddo ymryddhau o'r gusan.

'It will have to do. Because there's not going to be anything else. Ever.'

'Let's go back inside, shall we?'

'Let's.'

Cerddodd y ddau yn ôl tua'r fynedfa, ac ar yr un pryd ciliodd Ieuan Humphreys i gysgodion y coridor, o'u gŵydd pan ddeuent yn ôl i mewn.

'Better go in on your own,' ebe Leri wrth Reggie ger y tŷ bach, 'I'll do the customary thing and pop in here.'

'All right,' meddai Reggie. Edrychodd arni ac ychwanegu, 'Thanks, Larry.'

'Whatever for?' atebodd. 'Nothing happened.'

A hithau ar fin gwthio'r drws i'w agor, agorwyd ef o'r ochr arall, ac yno roedd Casi.

'Where on earth have you been?' ebe Reggie, yn dwyn ei chwestiwn oddi arni.

'Oh!' meddai Casi. 'I thought ...'

'Never mind,' ebe Reggie, 'I've found you now.'

'Ti'n meindio?' meddai Leri, yn ceisio gwthio heibio.

'O, dwi ar y ffordd, tydw,' atebodd Casi.

'Ti'n smocio, Casi?' ebe Leri.

'Nacdw i.'

'Meddwl mod i'n clywad ogla smocio. Rhywun 'di ca'l fag slei yn fama, mae raid. Ffor shem.'

'Went for a breather earlier,' ebe Reggie, yn dal llaw ei ddarpar wraig wrth iddynt gerdded ar hyd y coridor yn ôl i'r arddangosfa.

'Did you?' ebe hi. 'I've been looking everywhere.'

'Obviously you didn't look in your heart. Because I'm always there.'

Daeth twr o bobl i'w cyfarfod yn mynd am adref, catalog 'Coburn a'i Ffrindiau' yn nwylo bron pob un ohonynt.

* * *

Mentrodd Ieuan, wedi i'r car stopio o flaen tŷ ei chwaer, roi ei law ar ben-glin Leri Rhydderch, a'i gadael yno. Cododd Leri ei law, heb edrych arno, yn ddiemosiwn o'i phen-glin a'i gosod ar ei ben-glin ef.

'Ydy Tom wedi bod yn rhoi'r amlenni pres i ti, Ieuan?' holodd Leri ef, eto heb edrych arno. 'Mae'n anodd, weithiau, ymddiried yn Tom. Ond oddi wrtha i maen nhw, rhag ofn i ti feddwl yn wahanol a phriodoli'r haelioni i Tom ei hun. Ac mi fyddan nhw'n parhau i ddod. Mi wn i pa mor dlawd wyt ti. Ac unrhyw beth y medra i ei wneud i helpu, mi wnaf.'

'Do.'

O'i blaen gwelodd Leri Rhydderch ddyn yn chwalu fel petai'n lwmpyn o fenyn ar radell boeth. Ffieiddiodd ei hun oherwydd yr hyn a ddywedodd wrtho, ond penderfynodd mai dyna oedd ddoethaf. Derbyniodd lythyr dienw unwaith, pan ddaeth yn wybyddus i rywun fod Ieuan Humphreys yn ymwelydd lled gyson â Clyd, yn sôn am bethau. Ond nid oherwydd hynny y dywedodd yr hyn a ddywedodd.

'Diolch, Leri,' meddai â'i gwrteisi arferol, 'am y pàs ... am bob dim.'

Gydag urddas, gadawodd y car a chau'r drws yn dawel. Cododd ei law. Cododd hithau ei llaw yn ôl a gyrru ymaith.

Gwyddai Ieuan Humphreys ar y pafin mai dyn tlawd ydoedd, ac nad oedd a wnelo arian a'i ddiffyg ddim byd â'r tlodi hwnnw.

Clywodd ei chwaer o'i gwely sŵn y goriad yn y clo. A throdd ar ei hochr.

* * *

'Twm,' ebe Nerys, a hithau'n gorwedd ar ei hyd ar y soffa yn Ara Deg wedi ymlâdd, a rhyw droi tudalennau ei llyfr yn ddi-feind, 'dwyt ti ddim wedi sylwi, naddo?'

'Sylwi ar be?' meddai o'i gadair, ac yntau wedi bod yn syllu arni heb iddi hi ddirnad hynny.

'Y cyflwyniad. Ar y dechra,' ebe hi, yn troi i'r ddalen yn y llyfr a'i estyn iddo.

Cododd Twm a chymryd y llyfr.

' "I Twm. Fy nghariad",' darllenodd yn uchel, 'ac mae o yn Gymraeg!' Fel petai presenoldeb ei iaith yn adfer dilysrwydd i rywbeth na wyddai Twm Owen yn iawn beth ydoedd.

'A dwi'n mynd i ngwely rŵan,' ebe Nerys.

* * *

Yn Aberystwyth, yn y Llyfrgell Genedlaethol, daeth gofalwr a'i fflachlamp i dywyllwch yr arddangosfa. Am chwinciad goleuodd wynebau George Bernard Shaw, H. G. Wells, Henri Matisse, Tom Rhydderch, Auguste Rodin. Oedodd ei olau ychydig bach yn hwy ar *Unidentified Female*, a hoffodd ef yn fawr, cyn diffodd ei fflachlamp a gadael.

Un Diwrnod

Eddy o DHL oedd yna.

'Not the missus today then, mate,' meddai wrth Twm Owen, oedd wedi mynd i agor y drws y bore hwnnw.

'No,' ebe Twm Owen. 'She's out somewhere' – y 'somewhere' yn fwy o ddirgelwch iddo ef nag i Eddy.

'Women, eh! Sign here, mate.'

Arwyddodd a rhoddodd Eddy'r bocs yn gyfnewid iddo.

'See you again, no doubt,' ebe Eddy.

Cerddodd Twm Owen i fyny'r grisiau yn cario'r bocs. 'Nerys!' gwaeddodd er y gwyddai nad oedd hi yno: tôn y gweiddi ddim cweit yn flin, a rhywle rhwng erfyniad a chwilfrydedd.

'Nerys,' meddai eto, o dan ei lais y tro hwn, ger drws y llofft wag.

Er nad oedd wedi bwriadu gwneud hynny, agorodd y drws y mymryn lleiaf, ei lygaid ynghau. Clywodd y drws cefn yn agor a chau, a sŵn Nerys yn stwnian yn y gegin.

'Dwi'n fama!' gwaeddodd Twm.

Daeth hithau i ben y grisiau a'i weld, ei law ar ddwrn y drws cilagored, y bocs o dan ei gesail.

Edrychodd y ddau ar ei gilydd.

Gwenodd hithau wên lydan a gynhwysai rywsut o'i mewn bob yfory posibl.

'Wel!' meddai hi'n afieithus. 'Cer i mewn 'ta!'

Agorodd yntau'r drws led y pen a gwelodd fod yr ymadrodd 'ystafell wag' bellach wedi ei adfer i'w ystyr cynhenid, Cymreig: roedd hi'n llawn dop.

'Mewn â chdi,' meddai gan ei wthio'n dyner i'r ystafell.

Gwelodd Twm Owen.

Y muriau wedi eu stensilio â lluniau amryliw. 'Ring-a-ring-o' roses,' dyfalodd Twm, oedd un. Hosan hir, bron o'r nenfwd i'r llawr, a'r lladron ieuengaf a mwyaf diddichell a welodd erioed yn ei gwau â gweill bob lliwiau oedd un arall, â lleuad lawn, wengar uwch eu pennau. Plant yn rhedeg o esgid fawr goch oedd y llall, a hen wreigan yn eu dwrdio'n gyfeillgar. Yn ei gornel, yn unol â'i rigwm, roedd Little Jack Horner, eirinen fawr ar flaen ei fawd. Ger y grât yr oedd cist oren ei lliw, a sêr a heuliau a lleuadau hydddi, ei chaead ar agor a'i thu mewn yn rhwbstrel o deganau fel petai rhywun wedi bod yn chwarae â hwy eisoes a'u taflu lluch-eutafl yn ôl. Ar y llawr sylwodd ar awyren a doli a jig-so ar ei hanner. Gwelodd gwpwrdd, ei ddrysau ar agor, ac o'i fewn, yn hongian ar hangyrs bychain, res o ffrogiau ar gyfer geneth, a throwsusau ar gyfer hogyn. Dwy ddrôr ar agor, yn llawn o siwmperi a chrysau bychain, a dillad isaf – y cwbl yn daclus.

A chot yng nghanol yr ystafell: un, dau, tri – cyfrodd – morthwyl sinc ar wasgar hyd y cwilt ffriliog gwyn, dis ac ystolion a nadroedd yn chwerthin, a chownteri Liwdo'n batrymau hyd-ddo; un gornel wedi ei phlygu'n barod ... 'yn barod i be?' fe'i cafodd ei hun yn holi. Morthwyl sinc arall ar y gobennydd glas. 'Glas i hogyn, pinc i hogan,' daliodd ei hun yn ymresymu'n hurt drwy ei ddryswch.

Yn hongian o'r nenfwd ac uwchben y cot, yn rhyw fygwth troelli bob hyn a hyn – a oedd ffenestr ar agor? Edrychodd rhag ofn bod, ond nid oedd yr un – yr oedd cylch o awyrennau ac wyneb llawn gwên ar flaen pob un ohonynt. Roedd popeth yma'n gwenu. Mae'n rhaid fod Nerys wedi sylwi ar Twm yn edrych ar y tegan troelli. 'Gwranda!' meddai gan weindio'r peiriant, a dechreuodd y cylch o awyrennau droi go iawn, pob awyren yn lledu ychydig am allan a'i miwsig yn tincial ond rywsut yn anghynnes ar ei glyw.

'I bwy mae hyn, Nerys?' holodd gan gau ei ddwrn am un o'r awyrennau i atal y symudiad.

'I bwy?' ebe hithau gan chwerthin a tharo cusan ar ei foch fel petai'n methu credu iddo ofyn y ffasiwn gwestiwn dwl. A lledsgipiodd o'r ystafell. 'Awydd paned?' meddai wrth fynd. 'Dwi jyst â thagu ar ôl bod yn y lle doctor 'na.'

Ar y nenfwd sylwodd Tom ar fwa enfys.

Ar y cwpwrdd yr oedd rhestr o enwau yn ei llawysgrifen: un golofn i enwau bechgyn, a'r llall i enwau genod – Aled. Alwyn. Aneurin. Bethan. Betsan. Blodeuwedd. A llinell drwy bob un. Ond nid oedd, sylwodd, wedi dileu na Llion na Lleucu. Diolchodd Twm i'r drefn ei bod wedi croesi allan Goronwy a Gareth. Bechod, hefyd, nad oedd yn hoffi na Sioned na Sara. A daeth ato'i hun. Ysgydwodd y bocs oedd yn dal yn ei afael a'i roi wrth ei glust gan deimlo rhywbeth cyfan, tegan arall efallai, o'i fewn. Beth, tybed, oedd ynddo, clywodd ei hun yn holi? Ysgydwodd ef fwyfwy. Yna'n ffyrnicach. Ac yn fwy ffyrnig fyth, yn uchel uwch ei ben. A thaflodd ef i'r cot.

Llamodd o'r ystafell ac i lawr y grisiau gan ddal y canllaw yn y gwaelod wrth iddo fethu'r ris olaf.

'Pwy ydy'r tad, Nerys?' rhuthrodd ar ôl ei gwestiwn i'r gegin gan weld am y tro cyntaf yr ymchwydd bychan yn ei bru drwy ddefnydd ei ffrog, lle llechai, fe wyddai, blentyn rhywun arall.

'Chdi, siŵr,' atebodd Nerys yn dawel, ddigynnwrf gan ddal paned o'i flaen, clust y gwpan tuag ato.

Gafaelodd Tom yn y gwpan ac eistedd i lawr wrth y bwrdd. Edrychodd arni, y gwpan yn dynn rhwng cledrau ei ddwylo yn hollol ddi-feind o'r poethder.

'Sut fedar hynny fod, Nerys?' Ac yn dawelach, yn chwilota am hunan-feddiant, 'Tydan ni – chdi a fi,' ychwanegodd, fel petai'n ceisio darbwyllo'i hun pwy oedd 'ni', ''rioed wedi gneud dim byd. Pum mlynedd o ddyheu yno' i, a dim byd ond cael 'y ngwrthod o dy du di.'

'Paid â deud clwydda,' meddai. A phoerodd y gair 'clwydda' allan ato. Ac am eiliad hir canfu Twm Owen ei hun yn amau'r hyn a wyddai oedd yn wir.

'Nerys,' meddai, 'mae'n rhaid i mi fynd allan.'

Gosododd ei gwpan yn araf i lawr ar y bwrdd. Gwthiodd ei gadair yn araf am yn ôl. Cododd. Gosododd ei ddwy law ar ymyl y bwrdd. Edrychodd arni a hithau arno yntau. Gwenodd hi i'w gyfeiriad. Sythodd Tom ei hun. Gwelodd hi ef yn brathu ei wefus isaf. Lleithiodd ei lygaid. Trodd a mynd o'r gegin drwy'r unig ystafell arall yn y tŷ ac at y drws ffrynt. Gafaelodd yn handlan y drws. Oedodd yn ei unfan. Agorodd y drws. Aeth allan. Caeodd y drws ar ei ôl. Safodd yno. Gwyddai na wyddai i ba le i fynd. Ei galon yn ddiadlam.

Yn y gegin pwysodd Nerys ei chefn yn erbyn y sinc a rhwbio yn araf bach, 'nôl a blaen, ei bru. Caeodd ei llygaid. Ymledodd gwên ar draws ei hwyneb a theimlodd ei hapusrwydd di-ben-draw yn esgyn am i fyny o'i thraed.

* * *

Mis i'r diwrnod ers noson agoriadol yr arddangosfa nid oedd Ieuan Humphreys wedi gadael tŷ ei chwaer heblaw am 'wyntyn', fel y dywedai, o amgylch yr ardd. Am ychydig ddyddiau medrai esgus annwyd, er y gwyddai Eira Humphreys nad oedd arlliw o annwyd ar ei gyfyl ond cymerodd hithau arni fel yntau a chynnig Panadol iddo o bryd i'w gilydd. Daeth wythnos o law i ddilyn ac felly roedd 'yn well swatio rhag ofn iddo ddychwelyd'. Cytunodd hithau mai da o beth oedd hynny. Ond yr oedd y pythefnos diwethaf wedi bod yn un anarferol o braf.

''Dan ni isio dipyn o negas,' ebe Eira ar ôl brecwast. 'Mi rwyt ti'n licio dipyn o fêl ar dy frechdan bnawn. A does 'na ddim mêl, dyna ti un peth.'

'Mi fedra i fyw'n iawn hebddo fo. Mae 'na jam eirin,' ebe Ieuan.

'Ac mi fasa dipyn o *neck* yn rhwbath eitha neis i'w gael ar gyfer lobsgows,' cariodd Eira yn ei blaen. 'Mi ddudodd Ifan Preis y bydda gynno fo beth heddiw ac y cadwai o i mi tasat ti'n mynd i'w nôl o.'

'Fi'n benodol ddudodd o, ia?' meddai Ieuan.

'Choelia i fyth mai dyna ddudodd o hefyd,' ebe hi, 'ac mae angan papur tŷ bach, a chydig o fala, a ...' a daeth Eira â rhestr i'r fei oddi ar ei glin. 'Wel, dyna ti. Mi fedri ddarllen fel finna.'

'Cer di,' meddai Ieuan.

'Cer di,' ebe hi. 'Dwi am i ti fynd.'

'Well i ti fynd rhag ofn ...'

'Rhag ofn be, Ieu? Rhag ofn i ti weld Leri Rhydderch eto.'

'Be haru ti?' meddai Ieuan. 'Sgin i ddim ofn gweld Leri Rhydderch.'

'O, oes. Wn i mo'r manylion. Tydw i ddim am wbod chwaith. Ond mi wn i ddau beth. Fedar dim byd fod yn waeth na'r tro dwytha hwnnw, flynyddoedd yn ôl, a chditha'n llawer fengach bryd hynny, hefo llawer iawn i'w golli.'

'A dim i'w golli bellach, ia?'

'Ia,' ebe hi. 'A'r ail beth ydy hyn: mae Leri Rhydderch yn gymeriad llydan a dwfn. Beth bynnag ddigwyddodd, a rhywbeth bychan oedd o tro 'ma, mi wranta, mi fydd Leri wedi ei lwyr ddiystyru o.'

Ond teimlodd Ieuan frath y gair 'diystyru'.

'Mae Tom Rhydderch wedi bod yn rhoid arian i mi ar hyd y blynyddoedd ... mi deimlodd o'n tlodi ni,' meddai wrth ei chwaer.

'O,' ebe Eira'n llyncu ei phoer a'i llaw yn codi o'i glin i gydio fymryn yn ymyl y bwrdd.

'Sylweddol, i ti gael gwbod. Fel'na y medris i brynu'r baswn i ti.'

Ni ddywedodd Eira air.

Aeth Ieuan yn ei flaen, 'Ond y postmon yn unig oedd o. Leri oedd y wir ffynhonnell.'

'Wela i,' ebe Eira, 'ac mi ddudodd hynny wrthat ti'r noson o'r blaen i'w hamddiffyn ei hun rhag ... Digon teg hynny.'

Rhoddodd Eira ei llaw yn ôl ar ei glin a dweud, 'Y tro nesa y rhydd Tom Rhydderch arian i ti, dyma fydd yn digwydd. Mi rwyt ti i ddiolch iddo fo am ei garedigrwydd gydol yr amser. Ond o hyn ymlaen fyddi di ddim yn derbyn ...'

'Ond ...' ceisiodd Ieuan dorri ar ei thraws.

'Ond o hyn ymlaen fyddi di ddim yn derbyn,' ailddywedodd Eira, 'oherwydd bod eich cyfeillgarwch chi, rwyt ti wedi sylweddoli bellach, mor ddwfn fel bod derbyn arian rywsut yn mennu ar hynny.'

'Ond ...' ailddechreuodd Ieuan.

'Mae'n amlwg nad wyt ti wedi nghlywad i.'

'Mi glywis.'

'Dyna hi'r rhestr i ti. Cer di rŵan.'

A chododd Eira a chroesi ato hefo'r rhestr.

Rhoddodd Ieuan ei fraich am ei chanol a gorfu iddo wasgu ei dillad am beth amser cyn iddo fedru teimlo cnawd.

'Os daw saeth i dy gyfeiriad di unrhyw adeg ... ac mae hynny'n annhebygol yn yr achos yma,' meddai Eira wrtho, 'ond os daw, deud wrth bwy bynnag fod yn rhaid i'r saeth honno fynd drwydda i'n gynta, 'nei di?'

A cherddodd Eira o'r gegin i'w llofft, oherwydd os oedd unrhyw beth yn gas ganddi, yna gweld ei brawd yn crio oedd hynny, a gwyddai ei fod yn gwneud hynny'r foment hon, a chyrchodd ymgeledd ei baswn.

O ben y grisiau gwaeddodd, 'Da bo ti.' Ni chafodd ateb.

Aeth Ieuan i hel neges yn y man. Wrth iddo fynd drwy'r drws clywodd y baswn. Vivaldi, adnabu. Adnabyddai bellach bob darn a phob cyfansoddwr.

Nid âi i gyfeiriad y siopau ar unwaith, penderfynodd. Fe âi'n hytrach yn gyntaf ar hyd 'y lôn gul', chwedl pawb: y gwrychoedd uchel o boptu iddi, y caeau ar y naill ochr a'r llall, ac oherwydd mai pur anaml y deuai car ar hyd-ddi – lôn drol ydoedd, nid i'r 4 × 4 felltith – tyfai glaswellt hwnt ac yma ar ei chanol.

Wedi iddo fynd, rhoddodd Eira'r gorau i chwarae'r baswn a dod i lawr y grisiau. Estynnodd ei llyfr cyfeiriadau a rhifau o'r silff; cododd y ffôn; eisteddodd yn ei chadair; edrychodd am y rhif priodol a deialu.

Esboniodd i'w ffrind, pan atebodd honno, nad oedd ganddi

fawr o amser am glonc ac y gwnâi hynny eto cyn pen y mis, ond gan y gwyddai ei bod hi, ei ffrind, o hyd, er ei hoedran, yn dal i roi gwersi ar y baswn yn Lerpwl i ychydig dethol, holodd beth fyddai pris baswn newydd a da. Ni chynhyrfodd pan ddywedodd honno na châi ddim o werth o dan bum mil o bunnoedd. Diolchodd iddi gan addunedu eto y byddai'n cysylltu ymhen y mis. Dychwelodd i'w hystafell at gwmpeini Vivaldi.

Ar y 'lôn gul' cerddai Ieuan Humphreys yn go gyflym yn troi a throsi'r llanast yn ei feddwl pan ddechreuodd ei gerddediad, er gwaethaf ef ei hun, arafu. Ac arafu fwy. Ac arafu fwyfwy. Nes yn y diwedd yr oedd yn hollol ymwybodol o un droed yn codi ac yna'n gostwng â rhyw dynerwch mawr, a'r llall o'i hôl yn esgyn a disgyn yr un modd. Yr oedd yn symud, ond rywsut heb amgyffred ei fod yn mynd yn ei flaen. Nid oedd iddo'r ymdeimlad o fan cychwyn na man gorffen. A daeth rhyw dymp i'w feddyliau pigog fel petaent yn esgor ar ddiddymdra braf. A dechreuodd glywed.

Clywodd yn y pellter sŵn saethu o'r lle colomennod clai; clywodd y mes yn disgyn i'r llawr; clywodd y dail yn disgyn o'r coed i'r gwellt; clywodd ganeuon adar. Nid ei glywed beunyddiol, arferol oedd hwn, nad yw, a dweud y gwir, yn glywed o gwbl ond yn hytrach yn rhyw gefnlen o sŵn a allai fod yn unrhyw beth ac na fyddai'n gwneud gwahaniaeth petai yno neu beidio. Clywed oedd hwn fel petai ei glust yn sownd wrth ei galon, nes bod cwymp mesen yr un faint â chwymp craig, cwymp deilen yn gymesur â gwydr ffenest yn malu; ac eto, er eu mawredd, nid oedd yr un o'r synau hyn yn ei ddychryn, ond yn ei arwain i ryw ddyfnder, tangnefeddus bron, na wyddai amdano o'r blaen. Nid oedd yn 'arallfydol'; roedd Ieuan wedi hen ffarwelio â hynny. Roedd yn rhan annatod o'r byd naturiol, ond ei fod ef wedi byw yn rhy arwynebol, efallai, i fedru dirnad yr eigion yn y pethau bychain oedd uwch ei ben, o dan ei draed ac wrth ei ymyl.

Canfu rywbeth ar y 'lôn gul' yr oedd 'daioni' cystal gair â dim amdano. A bod y 'daioni' hwnnw rywfodd yn rhan o natur. Cysidrodd bocedu mesen. Ond i beth? gwenodd wrtho'i hun. Yn y gwair yr oedd ei lle, nid yn ei boced ef. A'i le ef oedd y lle yr oedd ynddo ar hyn o bryd ac nid yn unrhyw le arall. Deallodd Ieuan Humphreys ystyr hanfodol 'Yma!' a cherddodd o'r 'lôn gul' am y dref i hel neges, nid yn ddyn gwahanol i'r dyn a aeth yno – yr un un ydoedd – ond rywfodd wedi ei ddyfnhau fel ei fod yn teimlo'n ddyn gwahanol. Clywodd eto fesen yn disgyn, a deilen ar ei hôl, nid y tro yma, efallai, â'r un angerdd â gynnau. A deallodd fod popeth yn disgyn, gan gynnwys ef ei hun, ond nad oedd raid iddo ofni'r Disgyn Tragwyddol hwn, na cheisio 'mochel rhagddo tu mewn i unrhyw ofergoeliaeth, na gormes byw yn ei orffennol, nac ymgeledd gwaeth breuddwydion gwag am y dyfodol. 'Yma!' meddai'n uchel wrth Natur fel petai'n gyffes ffydd. Ac i'r dref yr aeth.

Bwtsiar oedd Ifan Preis a hoffai adrodd wrth y cwsmer a oedd yn ei siop, ac yntau'n digwydd bod ar y ffôn yr un pryd, gynnwys sgwrs yr un a oedd ar yr ochr arall i'r lein ac adrodd yn ôl unrhyw ymateb o du'r cwsmer yn y siop.

'Roedd o'n plesio felly, Mrs Rhydderch,' ebe Ifan Preis, ei ên yn dal y ffôn yn erbyn ei ysgwydd a'i ddwylo'n clymu cig eidion yn dynn â llinyn pan gerddodd Ieuan i mewn i'r siop. 'Mae Mrs Leri Rhydderch yn deud, Mr Ieuan Humphreys, fod y biff gafodd hi'n plesio.'

'Falch o glywad,' ebe Ieuan.

'Mae Mr Ieuan Humphreys yn deud ei fod o'n falch o glywad, Mrs Rhydderch. Mae hi'n cofio atoch chi'n fawr, Mr Humphreys ... O, Mrs Rhydderch! ... Ac mae hi am i mi ddeud wrthach chi, Mr Humphreys, y basa hi'n rhoid sws i chi tasa hi yma.'

Deallodd Ieuan mai llatai cymod oedd Ifan Preis, y cigydd, y bore hwnnw.

'So, Mrs Rhydderch, two lamb chops and five tins of corned beef ... Of course, Fray Bentos! Wrth gwrs, Mrs Rhydderch. Unwaith daw Dewi'n ôl o'i *delivery*, mi ddaw o *at once* i Clyd hefo'r *order*. Diolch i chi am gofio amdanon ni. *Bye* rŵan ... Mr Humphreys, a be ga i neud i chi?' ebe Ifan Preis, y ffôn yn dal rhwng ei ên a'i ysgwydd ac un llaw bellach yn dal cyllell i dorri'r llinyn.

Clywodd Ieuan 'ffwt' y llinyn ac meddai, 'Mae 'na *neck*, medda'n chwaer.'

'Miss Eira'n iawn, ydy hi? Gweld mai chi sydd ar y *shopping* heddiw'r bore. *Very unusual* i chi.'

'O, ydy,' atebodd Ieuan. 'Mae Eira bob amser yn iawn.'

'That's good,' ebe Ifan. 'Rŵan 'ta. Now then. Oedd hi wedi gofyn i mi gadw *neck* iddi hi, oedd hi?'

'Medda hi,' meddai Ieuan.

'Dwi wedi cadw'r peth gora iddi hi,' ebe Ifan yn smalio. 'Only the best for Miss Eira.'

Aeth Ifan i rywle o dan y cownter a bu yno am gyfnod, a chlywodd Ieuan sŵn bwcedi – bwcedi? – yn cael eu symud.

'Five lovely pieces,' meddai Ifan yn ailymddangos. 'Anything else, Mr Humphreys?' holodd wrth eu lapio.

'Nag oes, mae'n ddrwg gen i. Dim heddiw,' ebe Ieuan.

'Peidiwch apolojeisio, plis, Mr Humphreys. Dach chi'n gwbod y *motto* yma,' a phwyntiodd Ifan Preis at gerdyn ar y wal o'i ôl ac arno'r geiriau: 'Even small orders are big in our eyes.'

Sugnodd Ifan ei wefusau am i mewn, plygu ei ben fymryn i un ochr, a wincio i gyfeiriad Ieuan.

Aeth Ieuan i'w boced i chwilio am bres. Gwelodd Ifan hynny, ac meddai, 'No, no, Mr Humphreys. I'll put it down in the little book as per usual. Bob dydd Iau, *end of the month*, y bydd Miss Eira'n setlo'r cownt.'

'Dwi'n gweld,' ebe Ieuan, a wyddai mai ar ddydd Iau olaf y mis y cyrhaeddai pensiwn ysgol ei chwaer.

Cyflwynodd Ifan y *neck* iddo fel petai'n cyflwyno'r trysor mwyaf, a derbyniodd Ieuan y parsel meddal â'r un graslonrwydd.

Wrth iddo fynd drwy'r drws canodd y ffôn a chlywodd Ifan yn dweud, 'Mrs Carlisle. Yes! I have lovely lambs' fry.'

Diolchodd Ieuan o'r lle da, newydd ynddo'i hun nad oedd o flaen y cownter i ailglywed hynny.

'Good-bye, Mr Humphreys. A chofiwch fi at Miss Eira,' gwaeddodd Ifan Preis ar ei ôl.

Cododd Ieuan ei law uwch ei ysgwydd, ei gefn at y cigydd.

'That was the Reverend Humphreys as was,' clywodd Ieuan Ifan yn ei ddweud wrth Mrs Carlisle, pwy bynnag oedd hi.

Gwelodd Ieuan Twm Owen yr ochr arall i'r lôn, golwg bell arno, heb fod a wnelo'i gerddediad rywsut ddim byd â'r pafin yr oedd yn ei dramwyo. Edrychodd Ieuan am yn hir arno'n mynd heibio, gan ei weld yn troi heibio'r Post, i fyny'r allt ac i gyfeiriad Clyd, mae'n debyg, dyfalodd. Aeth yntau yn ei flaen i ymofyn gweddill y neges ar restr ei chwaer. Heddiw, ni fyddai'r ots ganddo gario papur tŷ bach i lygaid y byd.

* * *

Deffrodd Tom Rhydderch y bore hwn yn sbriws gan wybod fod ynddo un nofel – fer! – ar ôl. Os gwir dweud, yr oedd wedi ei gyffwrdd gan y lluniau ohono ef a Henry James wrth ochrau ei gilydd yn yr arddangosfa. Er nad oedd, os gwir dweud eto, erioed wedi cymryd at yr awdur hwnnw, yr oedd, yn ystod yr wythnosau a aeth heibio ers y noson yn Aberystwyth, wedi bod yn ei ailddarllen. Teimlodd drwch *The Ambassadors* rhwng ei fys a'i fawd a'i gael braidd yn ormod. Ond wedyn teimlodd drwch *The Turn of the Screw*, a chanfod hwnnw'n llawer mwy gobeithiol. 'Rhywbeth o'r maint yna!' meddai wrtho'i hun. Yn wir, fe gafodd syniad: am ddyn oedrannus, oddeutu'r saith deg dau mlwydd oed, yn byw ei hun, ei wraig enwocach (bellach) a chyfoethocach (erioed) wedi ei ysgaru; daw i fyw drws nesaf iddo wraig ieuanc hefo'i merch fach ddall, a datblyga perthynas rhwng yr hen ddyn a'r hogan fach. 'Siawns fod rhyw gant a deg o dudalennau mewn peth fel'na,' meddai wrtho'i hun.

Felly, wrth fwrdd y gegin yr oedd ganol y bore, pad sgwennu o'i flaen a beiro yn ei law. Nid oedd wedi meiddio mynd at ei ddesg yn ei stydi oherwydd teimlai y byddai hynny, hwyrach, yn dychryn y geiriau a pheri iddynt swatio yn y 'swildod' hwnnw a'u meddiannodd ers blynyddoedd yn nychymyg Tom Rhydderch.

'Diaist i!' ebe Tom yn uchel wedi iddo ysgrifennu hyn:

Er bod Tomos Prydderch wedi addo iddo'i hun na fyddai byth eto yn edrych drwy'r twll yn y ffens, canfu ei hun y prynhawn braf hwn o Fai yn gwneud hynny pan ddaeth bys yn hegar o'r ochr arall ac i mewn i'w lygad.

Nid hon, efallai, oedd y frawddeg orau a ysgrifennodd erioed, ond mi roedd hi'n frawddeg wedi'r cwbl. (Meddyliodd iddo glywed Henry James yn dweud, 'Beggars can't be choosers, my man.') Yr oedd ei dirnad yno ar y papur yn ei lawysgrifen ei hun, a decini mai dim ond llenorion a all ddeall hyn, yn gymaint o sioc iddo, y math o sioc a gaiff henwr o gyffelyb oedran i Tomos Prydderch, dyweder, wrth gael codiad fel, wrth amgyffred y peth, y diflanna'r codiad – neu'r ysgrifennu, yn achos Tom Rhydderch – o dan ei ddwylo. 'Go damia!' ebe Tom. 'Mae meddwl am rywbeth yn ei ddinistrio fo.' Ceisiodd wagio'i feddwl drwy wneud paned.

Ac yntau'n troi'r siwgwr yn y te, daeth yr ail frawddeg iddo – a'r ail frawddeg yw'r un bwysicaf bob amser, gwyddai. Neidiodd yn ôl i'w gadair i'w hysgrifennu:

A'i lygad yn brifo ac yn dyfrio, ei law yn gwpan drosti, clywodd swˆn chwerthin plentyn o ardd drws nesaf.

Hwyrach na fyddai'n ei defnyddio, ond deallodd rywbeth yr oedd wedi ei hen anghofio, sef mai drwy ysgrifennu y mae ysgrifennu ac nid wrth syllu'n hurt ar ddalen wag am amser maith bwy'i gilydd.

Gorffwysodd ei gefn yn erbyn cefn y gadair a sipiodd beth o'i de, yn gwybod nad oedd raid iddo na rhusio na rhuthro, nad oedd raid iddo fygwth y geiriau ond gadael llonydd iddynt ddod yn eu hamser eu hunain fel petaent yn wenoliaid haf ac yntau'n ddim byd amgenach na bondo cyffredin.

Yr oedd Tom Rhydderch, ar ôl dwy frawddeg, yn awdur eto'n ôl. Dobiodd y papur yn ysgafn â blaen ei fys a phenderfynodd y byddai ymweliad â Leri yn gweddu.

Winciodd ar yr un a eisteddai yn y gadair gyferbyn ag ef. Henry James, wrth gwrs! Pwy arall?

*　*　*

Yr oedd Ieuan Humphreys yn iawn yn ei ddyfaliad mai i gyfeiriad Clyd yr aethai Twm Owen. Ond nid llygaid rhywun oedd yn arfer trin natur yn feunyddiol drwy ddotio a thocio, clirio a chymhennu a welodd y gwrychoedd y bore hwn. Ni welodd gangen, ond marc cwestiwn wedi ei wneud o bren. Nid dail copr ac ambr ac oren yr

198

hydref – 'marw hardd', T. Gwynn Jones – a welodd ond slwts ei galon ei hun. Ebychnod oedd pob boncyff iddo.

Cerddodd heibio pyst y giatiau agored. Gwelodd fonet y BMW yn sgleinio yn y pellter a diolchodd fod Leri adref. Diolchodd am Leri. Crensiodd y graean dan ei draed ar y dreif. Canodd y gloch a daliodd i'w chanu, er nad oedd wedi sylweddoli ei fod yn gwneud hynny. Gwelodd Leri y tu ôl i wydr y drws mewnol. Gwelodd hithau wyneb Twm Owen – a gwyddai. Agorodd hi'r ddau ddrws.

'Mae hi wedi deud wrthat ti, yn do?' ebe Leri.

A'r eiliad honno sylweddolodd Twm Owen wirionedd arall, ac ni wyddai p'run oedd y gwaethaf: ai ei fod ef newydd gael gwybod am feichiogrwydd ei wraig ynteu fod rhywun arall yn gwybod eisoes? Pwy ddiawl arall sy'n gwybod? holodd ei hun.

'Ty'd!' ebe Leri, yn ei arwain i'r lolfa. 'Does 'na neb yn gwbod ond fi a Reggie, a rŵan chdi.'

'Arglwydd,' meddai Twm, prin yn agor ei wefusau yn dirnad mai fo oedd y trydydd ar ôl 'neb'.

Deallodd Leri yr un pryd ei chamgymeriad. Yr oedd hi'n ddigon hirben i sylweddoli fod yn rhaid iddi feddiannu'r sefyllfa, peidio cynnig gwiriondeb paned o de, a rhoi rhyw o-bach emosiynol.

'Reit 'ta! Stedda di yn fan'na,' medda hi gan eistedd bellter oddi wrtho ond gyferbyn ag ef. 'Chdi ydy'r tad?'

'Leri!' ebe Twm. 'Tydan ni 'rioed wedi gneud dim byd.'

'Ti'n siŵr o hynny?'

Edrychodd Twm ar Leri.

'Cweit,' ebe hithau, 'ond os nad chdi, yna pwy?'

'Y cynhyrchydd teledu hwnnw?' cynigiodd Twm.

'O na! Mae hwnnw allan o'r ffrâm. Ffrâm! Be haru mi? Sorri! Mi ddudodd Tom ...'

'Mi ddudodd Tom be, Leri?' holodd Twm Owen, yn codi ei lais fymryn a hanner codi o'i sedd.

'Waeth ti befo hynny rŵan.'

'Leri! Be mae tamad arall o boen yn mynd i'w wneud wrth ymyl poen fwy? Mi ddudodd Tom be?'

'Tom aeth i'w nôl hi ar ôl ...'

'Ar ôl be?' ebe Twm Owen, yn codi ei lais fymryn eto.

'Mi ddigwyddodd 'na rwbath adag y ffilmio,' a daliodd Leri lygaid cythryblus Twm Owen. 'O! Dim byd fel'na. Mi gafodd ryw banic atac ar lan y llyn, mi ffoniodd Tom a mynnu ei fod o'n dŵad i'w nôl hi a mi 'rhosodd yn Nhâl y Noe hefo fo'r noson honno.'

'Hwyrach mai Tom ydy'r tad,' ebe Twm Owen, a daeth gwên i'w wyneb fel petai wedi dyheu amdani.

Pwysodd yn ôl yn ei gadair, ymestyn ei goesau fymryn a gwenu eto. Gwenodd hithau wrth ddweud, 'Yn ei ddychymyg, washi, yn ei ddychymyg.'

'Be wna i, Leri?' meddai Twm yn colli ei wên.

'Hyn!' ebe hi'n sythu ei hun ac ysgwyd ei phen-ôl fwyfwy i'r sedd. 'Mi gawn ni air gynta hefo Dr Huws, jiwnior ... Mae hi wedi bod at ddoctor, ydy hi?'

Nodiodd Twm ei ben i gadarnhau hynny.

'At y jiwnior yr a'th hi felly,' cariodd Leri yn ei blaen. 'Dydy'r hen ddyn yn trin dim byd mwy nag annwyd a pheils ar foreau Mercher bellach.'

'Ond Leri,' ebe Twm, 'ddyfyd o ddim byd. Hyd yn oed wrth ei gŵr hi.' A thaflodd Twm y gair 'gŵr' o rywle dwfn yn ei wddf – carthu'r gair ydoedd, nid ei ddweud rywsut. 'Conffi-den-sialiti.'

'Nid wrth ei gŵr hi, efallai, ond wrth Leri Rhydderch!'

Edrychodd Twm yn amheus arni.

'A maddau i ni ein dyledion, fel y maddeuwn ninnau i'n dyledwyr, Twm,' esboniodd hithau.

Ond yr oedd yr esboniad yn drech na Twm Owen. Roedd popeth yn drech nag o.

'Ac yn ail,' ebe Leri, 'mi rwyt ti i gael sgwrs â hi heno. Ac mi fydda i'n disgwl i ti ei holi hi'n dwll.'

'Fedra i ddim.'

'Medri! Mae'n bryd i ti droi tu min ar honna.'

'Leri!' ebe Twm Owen. 'Mi ga i yn fy nhymer, ar fy mhen fy hun, ei galw hi'n "honna". Chewch chi ddim.'

'Dwi'n ymddiheuro,' meddai Leri. 'Rŵan 'ta! Y ffôn.'

Cododd Leri ac aeth at y ffôn a'i godi, ond disgynnodd o'i llaw. Sadiodd ei hun am eiliad cyn mentro'i godi o'r llawr â'i llaw arall.

'Dach chi'n iawn, Leri?' holodd Twm.

'Ydw!' meddai'n siort. 'Cythru amdano fo'n rhy gyflym wnes i.'

Ond nid oedd Twm Owen wedi ei gweld yn cythru.

'Leri, gredi di ddim!' ebe Tom Rhydderch yn rhuthro i'r lolfa.

''Sgynna i na'r amser na'r diddordeb mewn credu ar hyn o bryd, os o gwbl, Tom. Stedda!' meddai hi.

A gwelodd Tom Rhydderch Twm Owen.

'O!' meddai, 'welis i mohonot ti'n fan'na.'

A hithau'n deialu, ebe hi: 'Nerys yn disgwl.'

'Wel! Llongyfarchiada i chi'ch ...' Arafodd ei eiriau pan welodd wyneb Twm Owen, gan adael i'r 'dau' ddisgyn yn araf fel glafoer o geg hen ddyn. 'Newyddion ...'

'Drwg!' cynorthwyodd Leri ef gan droi rownd i'w wynebu, y ffôn yn canu'r pen arall.

Edrychodd Tom Rhydderch o'i sefyll o'r naill i'r llall a phenderfynodd fod yn dawel am funud.

'Leri Rhydderch sydd yma ... Ia ... A phnawn da i chitha hefyd,' ebe hi i'r ffôn gan droi yn ei hunfan a sbio o'r pared i'r ffenest ac yn ôl. 'Gaethwn i air â Doctor Huws, y mab, os gwelwch chi'n dda?' Amneidiodd ar i Tom Rhydderch eistedd i lawr a gwneud siâp ceg 'Stedda!' er mwyn iddo ddeall yn iawn. 'Dwi'n siŵr ei fod o'n brysur. Ond fel y dudas i, Leri Rhydderch sydd yma' – winciodd ar Twm Owen – 'Diolch'. Rhoddodd ei llaw dros geg y ffôn, 'Dda gin i mor manijyrs syrjyri 'ma.' Cododd Tom Rhydderch ei aeliau ar Twm Owen, ond ni ddaeth ymateb yn ôl – 'A! Dr Huws ... Na, tydw i ddim yn sâl. Meddwl oeddwn i fyddach chi'n fodlon galw yma heddiw? ... Na, heddiw, Dr Huws. Dwi'n siŵr nad oes raid i mi'ch atgoffa chi fod un ffafr yn caniatáu rywbryd neu'i gilydd ffafr fach arall yn ôl. Wrth gwrs ... 'Mhen yr awr 'ta.'

Diffoddodd Leri y ffôn a gwenu.

'Panad, bawb,' ebe hi, 'ac mi gei di ddŵad i gario'r siwgwr ... Tom,' meddai pan gododd Twm Owen.

''Rhosa i i ga'l sgwrs hefo Twm,' ebe Tom Rhydderch. 'Tydy siwgwr ddim yn drwm, Leri.'

'Mae o'n drwm pnawn 'ma!' meddai hithau'n serio'i llygaid arno. 'Ty'd!'

Ar y ffordd i'r gegin, meddai wrtho'n chwyrn, 'Mae dy ddirnadaeth di ambell dro mor drwchus â pharwydydd yr Wybrnant. Mae Nerys yn disgwl! Glywist ti mohono' i'n deud gynna?'

'Mi o'n i'n gwbod,' ebe Tom. 'Mi roedd Ieuan wedi ama' noson yr arddangosfa ac mi ddudodd hynny wrtha i.'

'Ieuan! Sut daeth o i'r casgliad? 'Ta waeth. Cau di dy geg am hynny. Newydd glywad mae o! A mae 'na giw o'i flaen o oedd yn gwybod yn barod – fi'n un, Reggie'n un arall, a rŵan chdi a Ieuan.'

'Mi ffoniodd Casi bora 'ma i ddeud.'

'Bendith dduw, Tom! Nid yr hogyn ydy'r tad! Ti'n dallt rŵan?'

A chwibanodd Tom Rhydderch ei syfrdan.

'Pwy 'ta?' holodd. 'Nid y fi.'

'Ymadrodd o dy ieuenctid di ydy hwnna, ia? Felly fe'i hanwybydda i o.'

'Ac nid Llŷr Teigl chwaith,' meddai Tom.

'Wrth gwrs ddim. Ac ar y mater yna, dwi wedi cawlio petha. Mi adewis iddo wybod gynna ar ddamwain dy fod ti wedi mynd i'w nôl hi'r noson honno, ac iddi hi aros yn Nhâl y Noe. Mi ddudis ryw stori am panic atac. Sticia ditha i'r sgript. Dallt?'

'Dallt,' ebe Tom Rhydderch.

Paratôdd hithau'r te. Gafaelodd Tom Rhydderch yn y bowlen siwgwr.

'Mae pwysa hon yn ddigon â rhoi hernia i ddyn,' meddai.

Chwarddodd y ddau.

'Gyda llaw,' holodd Tom, 'sut fedrast ti ga'l y Doctor Huws 'na i ddŵad yma mor handi? Ar ôl i ti farw mae hwn'na'n troi i fyny fel arfar.'

'O! Hyn a'r llall, sti,' atebodd hithau.

'Mae be fedri di neud hefo papur decpunt yn rhyfeddol.'

'Tom bach,' meddai Leri, 'fedri di neud dim hefo papur decpunt. Ond mi fedri wneud llawer hefo miloedd ohonyn nhw.'

Edrychodd pawb i'w cwpanau unigol. Cododd Leri ei phen a gwenu ar Twm Owen. Gwenodd yntau'n ôl.

'Lle ti'n gweithio rŵan?' holodd Tom Rhydderch Twm Owen yn y man.

'Tŷ chwaer Ieuan Humphreys.'

'I gyfeiliant y baswn, mwn!'

'Ia.'

Fe'u daliwyd oll drachefn gan rwyd tawelwch.

Sylwodd Tom Rhydderch fod Leri yn gafael yn ei chwpan â'i llaw chwith, y glust oddi wrthi.

'Pam ti'n yfad dy de fel nafi?' holodd hi.

'Ydw i?' ebe hithau.

'Wyt.'

'Dwi'n ca'l hen binna mân yn 'yn llaw dde o bryd i'w gilydd.'

'O.'

Nid oedd Tom Rhydderch yn hoffi distawrwydd.

'Dwi ddim yn gwbod, Tom,' ebe Twm Owen.

'Dwyt ti ddim yn gwbod be, washi?'

'Dach chi'n gwbod yn iawn.'

'Mi ddaw popeth i'r fei, gei di weld.'

'Tydw i ddim isio iddo fo fyth ddŵad i'r fei,' meddai Twm Owen gan edrych o'r naill i'r llall. 'Dwi ddim am wbod pwy ydy'r tad. Dwi wedi penderfynu. Ac mi fydda i'n deud hynny wrth Nerys, Leri. Fe enir y plentyn bach a fi fydd ei dad o.'

'Nobl iawn,' ebe hi braidd yn ddifeddwl.

'Does 'na ddim byd yn nobl am hynny,' meddai Twm Owen, 'ond mi fydd o'n naturiol. Mi fyddwn ni fel teulu.'

Gwyddai Tom Rhydderch nad oedd Twm Owen wedi cysidro dim pan ddefnyddiodd y gair 'fel', ond yr oedd y llenor ynddo ef wedi bachu ar y gair dadlennol hwnnw'n syth bìn.

'Lles Nerys a'n babi bach ni ydy f'unig ddyletswydd i rŵan.'

Canodd y gloch, ac aeth Leri i gyrchu'r Doctor Trefor Huws. Cynigiodd baned iddo ond gwrthododd yn gwrtais. Gwahoddodd Leri ef i eistedd ac ufuddhaodd.

''Dan ni i gyd yn nabod ein gilydd yma,' meddai Leri.

Nodiodd y meddyg ei ben i gydnabod ei adnabyddiaeth ohonynt.

'Mae Dr Nerys Owen yn feichiog,' ebe Leri.

'Ydy hi?' holodd y meddyg.

'Tydw i ddim wedi dŵad â chi yma i chwarae *charades*, Trefor,' meddai Leri.

'O'n i'n meddwl mai dŵad â fi fy hun yma wnes i,' ebe Trefor Huws yn eithaf ffroenuchel. Gwelodd Leri hynny, ac meddai,

'Naci! Fi orchmynnodd ac mi ddaethoch, Trefor.'

Nid oedd dda gan Leri Rhydderch mo Trefor Huws o gwbl. Hen gocyn bach balch ydoedd, yn ei thyb hi. Ond yr oedd ganddi deimladau dymunol am ei dad oherwydd ei garedigrwydd tuag at ei thad hi yn ystod ei fisoedd olaf. Yr oedd y 'jiwnior', chwedl hi, wedi elwa ar hynny yn y blynyddoedd a fu, un flwyddyn yn enwedig.

'Ydy, mae eich gwraig yn feichiog,' ebe Trefor Huws wrth Twm Owen, a rhyw gilwenu wrth ei ddweud. 'Mi rydach yn gwbod hynny. Wedi gwirioni, meddai hi. Felly, dwn i ddim pam yr holl gyfrinachedd 'ma.'

'Rhowch o fel hyn,' meddai Leri. 'Mae gwraig, neu ŵr,' ac edrychodd ar Tom Rhydderch, 'mewn orig wan o demtasiwn yn anghofio'r canlyniadau, yn tydyn nhw, Trefor?' A gwyrodd y mymryn lleiaf yn agosach at ei wyneb.

Gwelodd Tom Rhydderch y symudiad bychan yna a dechreuodd roi dau a dau hefo'i gilydd i wneud pump. Rhwbiodd ei ên, a chodi ei ben tua'r nenfwd.

'Mm-hm!' ebe Trefor Huws, yn sbio i'r carped. 'Ond mi fedra i eich sicrhau chi fod pob dim yn iawn,' gan edrych yn ôl at y cwmni'n hunanfeddiannol. 'Beichiogrwydd o ryw dri mis 'ballu, ddwedwn i.'

'Ddwedwn i? 'Ballu?' holodd Leri.

'Ia. Hyd nes y cawn ni'r sgan.'

Cododd Leri ac aeth at y silff-ben-tân.

'Be wyt ti'n neud?' meddai Tom Rhydderch, wedi ei syfrdanu braidd.

'Codi, Tom,' ebe hithau, 'codi!'

Ei chefn atynt a'i dwy law yn erbyn gwaelod ei chefn, meddai, 'A pham nad ydy'r sgan wedi ei gwneud ynghynt?'

'Am fod Mrs ... Dr ... Owen yn gwrthod. Ond does dim brys.'

'Oes!' ebe Leri. 'Mae brys!'

Gwyddai Tom Rhydderch fod rhywbeth 'egwan' wedi croesi meddwl ei gyn-wraig yn sydyn.

'Ddaru ei hwyrfrydigrwydd hi ynglŷn â'r sgan ddim eich taro chi'n od, Trefor?' meddai Leri. 'Onid dyna be fyddai gwraig feichiog ei angen fwya, gweld ei babi'n gwingo yn ei chroth?' A throdd rownd i edrych ar ei chyn-ŵr. 'Dyna,' ebe hi, 'be fyddwn i isio fwya yn y byd.'

'Naddo,' meddai Trefor Huws.

'Mi fydd hi'n mynd yn breifat,' ebe Leri.

'Mi fydd hynny'n costio,' meddai'r meddyg.

'Wel, mi rydach chi yn y lle iawn, yn tydach. Fel y gwyddoch chi, Trefor.'

Sylweddolodd Tom Rhydderch ei fod yn mwynhau hyn.

'Mae hi heddiw'n ddydd Mawrth,' ebe Leri. 'Felly, erbyn dydd Gwener mi fydd Nerys yn cael sgan. Yn bydd, Trefor?'

'Bydd.'

O! roedd Tom Rhydderch wrth ei fodd.

Ac fel petai Leri wedi cofio fod Twm Owen yn yr ystafell, meddai wrtho, 'Cytuno, Twm?'

'Yndw. Ond pwy ddyfyd wrthi hi?'

Edrychodd Leri ar Twm Owen drachefn a chanfod ateb, 'Y fi! Mi a' i â chi am allan, Trefor. Ac mi adewch i mi wybod.'

'*Dismissed*,' ebe Tom Rhydderch wrtho'i hun.

Aeth y ddau am allan. Er na welai hwy, gwyddai Tom Rhydderch fod Leri a Trefor Huws wrth ymyl car y meddyg ac nad am feichiogrwydd Nerys Owen yr oedd y ddau'n siarad bellach.

'Diolch, Leri,' ebe Twm Owen pan ddychwelodd Leri. 'Mi'r af i rŵan.'

'Cer di,' meddai hithau, 'ond paid â sôn dim am hyn. Ac mi

fydda i draw heno. Tua'r saith 'ma. Mi'r eith Tom â chdi allan am beint, yn gwnei, Tom?'

'Gwnaf!' atebodd, a'r ufudd-dod iddi a oedd wedi meddiannu'r ystafell ynghynt yn parhau gan ymledu drosto yntau hefyd. 'Ty'd draw i'r King's Men am chwartar i saith heno.'

Wedi i Twm Owen adael, safodd Tom a Leri Rhydderch yn weddol agos at ei gilydd, wyneb yn wyneb.

'*Tour de force*, myn uffar i,' meddai Tom Rhydderch wrthi.

'Tasa'r Trefor 'na yn gi,' ebe Leri'n ôl, 'tjiwawa fydda fo. Ond be wyt ti'n da 'ma, beth bynnag?' meddai fel petai wedi cofio'n sydyn am ei ymweliad annisgwyl, oherwydd nid oedd Tom Rhydderch yn galw heblaw pan oedd yn teimlo'i unigrwydd, neu'n ofni diflastod ei fywyd ei hun.

'Isio ca'l deud wrthat ti oeddwn i mod i wedi sgwennu dwy frawddeg. Ac os oes dwy, yna'n fwy na thebyg fod degau o rai erill ar eu ffordd o'r twnnel tywyll.'

'O,' meddai Leri'n dawel.

Edrychodd y ddau ar ei gilydd am yn hir.

'Tom,' ebe Leri, 'fasat ti'n meindio'n ofnadwy taswn i'n gofyn i ti afael amdana i?'

Ufuddhaodd a'i thynnu'n glòs i'w gorff ei hun. Fe'i daliodd a theimlodd wlybaniaeth ei hychydig ddagrau ar ei foch. Wrth fwytho'i chefn yn ysgafn dirnadodd ryw feddalwch nad oedd wedi ei deimlo o'r blaen, meddalwch a oedd rywsut yn ymylu ar fregusrwydd. A dirnadodd fwy: nad oedd ef eisiau teimlo bregusrwydd yn ei Leri ef. Dychrynodd rywfaint, er na feiddiai fynegi hynny.

'Diolch,' meddai hi gan ymryddhau o'i afael a thynnu hances les o'i llawes a sychu ei llygaid yn ei ŵydd. Gan nad oedd Tom Rhydderch am holi o gwbl am achos y dagrau penderfynodd newid trywydd.

'Be ydy dy afael di ar y tjiwawa?' holodd yn gellweirus.

'Dwi 'di deud wrthot ti gynna,' ebe hi, 'hyn a'r llall.'

Cyffyrddodd flaen ei drwyn â blaen ei bys.

Ar y ffordd allan rhoddodd Leri amlen i Tom.

'Yr arferol,' meddai wrtho, 'er dwi'n meddwl mod i wedi pechu Ieuan, braidd.'

'Pam?' holodd Tom.

'Camddealltwriaeth y medar dyn a dynes lithro iddo fo weithia.'

Ni holodd Tom Rhydderch fwy.

Wrth i Tom Rhydderch fynd heibio oddi tano ar y dreif, ac yntau'n eistedd ar un o ganghennau'r goeden dderwen bellach wedi ad-feddiannu'r nerth yn ei freichiau i'w dringo, penderfynodd Twm Owen na fyddai'n gweiddi arno ond yn gadael iddo fynd yn ei flaen yn simsan braidd, a dyma'r tro cyntaf iddo feddwl fod Tom Rhydderch wedi torri – hwyrach fod angen yr uchder hwnnw arno i ddirnad hynny.

O fewn Twm Owen, ar y gangen honno, yr oedd dau 'wybod', y ddau mor ddilys â'i gilydd, yn gwrthod cydasio, a geiriau'n rhy drymdroed i ddod i fedru cyflwyno ger ei fron ddatganiad pendant, terfynol, unochrog o wirionedd ei sefyllfa. Gwyddai fod Leri a Tom Rhydderch a Reggie yn gwybod – ac yn rhywle, mae'n siŵr, fod Ieuan Humphreys yn y pair, gan fod hwnnw wastad yn gwybod pob dim – fod Nerys wedi bod yn anffyddlon iddo ac nad ei blentyn ef oedd yn ei chroth. Ond gwyddai ef hefyd amhosibilrwydd hynny, nid yn gymaint oherwydd diffyg tystiolaeth ynglŷn ag 'anffyddlondeb' – cyfle, dyddiadau, lle, pwy – ac ol-reit, digwyddodd rhywbeth hefo'r Llŷr hwnnw nad oedd a wnelo ddim â ffilmio ac fe wyddai hynny ar y pryd, er iddo'i gelu oddi wrtho ef ei hun – a tybed ai dyma oedd hyn rŵan: hunan-dwyll? Gwyddai yn ogystal fod 'ffeithiau' a 'thystiolaeth' yn gwegian o dan bwysau rhyw 'wybod' arall, mwy ystyfnig, mwy gwydn, penstiff a oedd yn ei lesteirio rhag dweud wrth y bitsh bach am fynd i'r diawl. Yn eigion Twm Owen yr oedd rhyw 'wybod' dieiriau, di-siâp, a oedd yn peri iddo wrthod ildio i'r hyn a oedd yn berffaith amlwg i bawb arall – ac iddo ef ei hun. Fe'i teimlai. A phan geisiai ddarbwyllo'i hun mai ei 'gariad' oedd hyn ac enwi'r peth, crebachai'r 'cariad' hwnnw fel esgyll gwyfyn pan ddeuai'n rhy agos at fflam. O ddweud 'cariad' teimlai Twm Owen 'siomedigaeth' fel petai'r dweud yn llai, yn llawer llai, na'r hyn a 'wyddai'. A gwyddai y byddai'n mynd adref, yn cofleidio Nerys ac yn dweud dim. Nid oherwydd ei fod am 'gladdu' rhywbeth, ond oherwydd bod rhywbeth llawer mwy a dilys yn gwrthod cael ei 'gladdu'.

Penderfynodd Tom Rhydderch, wrth gerdded heibio, na fyddai'n cymryd arno iddo weld Twm Owen ar gangen y goeden dderwen – yn llawer is y tro hwn, dywedodd wrtho'i hun, nag yn y dyddiau ystwyth a fu, pan fyddai ar goll ar y brig. Gan y gwyddai nad oedd Twm Owen yn un a fedrai fynegi ei hun yn eglur iawn, gwyddai hefyd ei fod y foment honno yn gwlwm – cwlwm o deimladau chwithig, ac mai gwell oedd gadael llonydd iddo yn ei gyni. Cofiodd am ddigwyddiad nid annhebyg yn ei orffennol ieuanc ei hun. Ond collodd y wraig honno'r plentyn ac ni chlywyd mwy am y peth, a hyd y gwyddai roedd Leri yn y tywyllwch.

Gadawodd Twm Owen i Tom Rhydderch fynd drwy'r giatiau. Gwelodd ei gorun moel yn mynd yn gyfochrog â'r wal nes ei fod o'r golwg yn llwyr y tu ôl i'r gwrychoedd. Daeth yntau'n bwyllog i lawr gan ei ddilyn yn y man, a chofio cadw'i bellter.

Gwyddai Tom Rhydderch fod Twm Owen yn ei ddilyn. Penderfynodd beidio â throi rownd.

* * *

Teimlai Ieuan Humphreys fel pishyn chwech yn cario papur tŷ bach. Diolchodd i'r Drefn ei fod o fewn tafliad carreg i dŷ ei chwaer. Ar y pryd yr oedd prynu dau ddwsin a chael dwsin am ddim yn swnio'n fargen, hyd nes y canfu ei hun ar y palmant y tu allan i'r siop, a sylweddoli fod yn rhaid iddo'u cario ar hyd y stryd fawr am adref. Methai'n lân â gwybod sut i'w dal. Am ychydig cariodd y pecyn yn uchel i fyny, ond golygai hynny fod ei anadl yn taro'n erbyn y polythen, a hynny yn ei dro yn peri i'w sbectols stemio, er nad oedd yn medru gweld beth bynnag oherwydd uchder y twr gwyn o'i flaen, a'r cariyr bag hefo'r *neck* a gweddill ei neges yn llithro i lawr ei arddwrn ac yn ei daro'n annifyr, wrth iddo symud, yn erbyn ei asennau. O'i ollwng yn is, roedd ei benagliniau'n taro'n dragywydd yn erbyn y plastig gan greu hen swn pur annymunol y deuai Ieuan yn fwyfwy ymwybodol ohono, a'r cariyr bag y tro hwn yn neidio'n ôl a blaen oddi ar ei glun – a daeth i sylweddoli fod rhai pobl yn edrych arno. Ceisiodd gario'r pecyn ar ei hyd, ond roedd hynny'n amhosibl am yn hir iawn gan ei fod yn llawer rhy lydan nes gwneud i'w freichiau ddechrau cyffio. A handlenni'r cariyr bag wrth i hwnnw droelli ar ei arddwrn yn troi'n *tourniquet* a pheri i'w law wynnu. Felly, gan amrywio rhwng y safle uchaf a'r un isaf, cyrhaeddodd Ieuan, o'r diwedd, dŷ ei chwaer yn chwysu braidd.

'Nefi, Ieuan!' ebe Eira pan ddaeth ei brawd i'r gegin. 'Tydan ni ddim isio'r holl doilet rolls.'

'Bargan oeddan nhw,' meddai yntau â rhyw ddiniweidrwydd mawr yn ei lais.

Trodd Eira oddi wrtho gan wenu wrthi hi ei hun.

'Mi ddudodd Ifan Preis o'r ffôn i'r siop fod Mrs Rhydderch yn deud fod y biff gafodd hi'n plesio,' gadawodd Ieuan i'w chwaer wybod.

'Wela i,' meddai Eira. 'Welist di rywun arall?'

'Twm Owen. Ond nid i siarad ag o. Mynd i gyfeiriad Clyd, 'swn i'n deud. Golwg od braidd arno fo.'

'Mi ddylsa fod ar ben ei ddigon. A fynta ar fin bod yn dad.'

'Sut ar wyneb y ddaear y gwyddost di hynny?'

'Mae'n amlwg o dy dôn di dy fod titha'n gwbod hefyd.'

'Clywad 'nes i.'

'A gweld 'nes inna,' ebe Eira. 'Mi dda'th y Susnas fach 'na sy'n wraig iddo fo allan o'r siop gemist y bora o'r blaen a mi drychis arni a gweld.'

'O.'

'Mae gin i isio mynd allan.'

'Mi fedrat fod wedi hel y negas 'run pryd felly!'

'Na fedrwn. Oherwydd roedd yn rhaid i ti fynd allan.'

'Oedd, yn doedd,' meddai Ieuan yn dawel gan gofio am y 'lôn gul' a cheisio eto rywsut dwymo'i galon wrth wres y profiad a gawsai yno'n gynharach. Ond gyda phrofiadau o'r fath, pellhânt wrth geisio dynesu atynt, i'r graddau ein bod yn amau a fu iddynt ddigwydd o gwbl. Teimlodd Ieuan yn lletchwith eto a'r papur tŷ bach fel rhyw ynfydrwydd gwyn ar y llawr rhyngddo ef a'i chwaer. Eto, gwyddai fod rhywbeth wedi digwydd ar y 'lôn gul' honno.

'Mi'r af i 'ta,' ebe hi ac amlen yn ei llaw.

'A be sy gin ti isio'i neud?' holodd Ieuan.

'Swyddan,' meddai Eira Humphreys â'i hosgoi arferol.

*   *   *

Nid nad oedd Nerys wedi sylweddoli'r gwahaniaeth yn Twm rhwng yr amser yr aeth allan a'r adeg y daeth yn ei ôl, ond yr oedd ynddo bellach dwtsh o'r mynd dros ben llestri: y 'stedda di a mi wna i' bob tro y dywedai ei bod am wneud rhywbeth; yr ymadrodd 'dwi'n edrach ar ôl dau – neu ddwy! – rŵan'; yr holi 'wyt ti'n iawn?' pan benderfynai ef fod y distawrwydd rhyngddynt wedi bod yn hen ddigon. Hwyrach mai dyna pam, meddyliodd, y dewisodd beidio â dweud wrtho am ei beichiogrwydd cyhyd. Os oedd rhywbeth am Twm a'i blinai, yna ei dueddiad i ffysian oedd hynny. Edrychai weithiau ar eu gardd gefn fechan, gymen, a dyheai ambell dro weld un – dim ond un! – blodyn chwyn yno'n tyfu rhwng y rhesi tatws. Neu sleifio yno rywbryd – yn nhrymder nos? – a thorri dau neu dri blodyn *dahlia* – ei chas flodyn, os oedd hi'n licio blodau o gwbl – a gadael i'r pennau hongian wyneb i waered yn erbyn y coesau gan gymryd arni na wyddai hi, wir, pwy oedd yn gyfrifol am y difrod. Ni theimlai y medrai faeddu – ai dyna'r gair? – asbri 'ymddangosiadol', newydd-ei-ddarganfod ei gŵr drwy ddangos ei hanfodlonrwydd mawr, pan ddywedodd ef fod 'Leri yn dŵad draw heno tua saith'. Fan'no, felly, yr oedd o wedi bod, i grio ar ei hysgwydd gyfoethog hi. Honno, felly, a roddodd y geiriau nad oedd ganddo ef yn ei geg. 'He's a puppet,' ymffurfiodd y geiriau ohonynt eu hunain yn ei chrebwyll. Dymunai i'w gŵr ei churo'n ddidostur.

'Dyna braf,' meddai wrtho, 'cwmpeini Leri.'

'Ia. A dwi inna'n mynd am lymad hefo Tom.'

'You're so naïve, my love,' meddai'r geiriau eto.

'Ein plentyn ni,' meddai Twm, yn cydio yn ei llaw. 'Ni,' meddai drachefn fel petai'r 'ni' blaenorol wedi dodwy 'ni' arall ar ei dafod.

'Ac mi wyt ti'n hapus?' holodd Nerys gan adael iddo wasgu ei llaw.

'Yndw,' ebe yntau.

Gwyddai hi fod ei 'yndw' yn ymdebygu i gwch wedi ei gwthio ganddo o'r lan i'r dŵr ac iddo yntau fethu neidio mewn pryd i mewn iddi. Nid oedd Twm yn y gair, fe wyddai. A thrafeiliodd y gair heibio'i chlust, ei du mewn yn wag, a chlywodd Nerys ef yn dryllio rywle rhwng y tegell a'r peiriant crasu bara.

* * *

Edrychodd Nerys ar y cloc wedi i Twm fynd am y King's Men –
deng munud i saith – a dechreuodd ar hast wasgaru llyfrau André
Kertész hwnt ac yma ar hyd y llawr a'r soffa, gan ofalu eu bod i
gyd ar agor, chwe llyfr i gyd, yn dangos gwahanol luniau o
wahanol gyfnodau o fywyd hir y ffotograffydd hwnnw. Â
diddordeb go iawn, edrychodd ar y llun o *Colette, Paris, 1930* a
chlywodd gar Leri yn stopio o flaen y tŷ. Gwrandawodd: ei injan
yn cael ei diffodd, ennyd o ddistawrwydd, a Leri, fe wyddai, yn
troi'r drych at ei hwyneb, yn edrych ynddo ac ymfodloni ar ei
phryd a'i gwedd, troi'r drych yn ôl i'w le cysefin; sŵn y drws yn
agor, sŵn y drws yn cau, sŵn cerdded, gwich y giât, y gloch yn
canu, cyfrodd i ddeg. Â'r llyfr yn ei llaw aeth at y drws i'w agor.

'Leri!' ebe hi.

'Ond mi roeddat ti'n 'yn nisgwyl i?'

'Wrth gwrs 'y mod i! Ond mae gwbod a gweld yn ddau beth
hollol wahanol. A dwi mor falch o'ch gweld chi.'

Cusanodd Nerys Leri ar ei dwyfoch.

'A choflaid!' ebe Leri.

Cofleidiodd y ddwy. Synhwyrodd Leri wahaniaeth – bychan!
– ond gwahaniaeth, serch hynny, yng nghoflaid Nerys.

'Wyt ti am ddangos i mi?' meddai Leri.

A dangosodd Nerys y llyfr iddi.

'Naci! Dallt fod 'na stafell go arbennig yma.'

'Oes! O, oes,' ebe Nerys ac arweiniodd Leri gerfydd ei llaw i
fyny'r grisiau i'r llofft 'wag'.

'Sbïwch!' meddai a rhoi'r golau ymlaen.

Gwthiodd Leri'r tristwch sydyn a deimlodd – o ba le y daeth?

pam? – am i lawr ynddi ei hun a dynwared llawenydd.

'Be 'sa chi'n licio'i gael gin i?' holodd, a'i chwestiwn yn achub y blaen ar eiriau rhwbstrel eraill a oedd yn prysur newid lle â'i gilydd yn ei chrebwyll i fedru gofyn cwestiwn gwahanol. Cywirach. Gonestach.

'Ceffyl pren! Rywbryd, Leri.'

Gwelodd Leri hogan fach o'i blaen. Ni wyddai'n iawn, ond eto rywsut gwyddai, pam fod ei gwefus isaf yn rhyw ddechrau crynu.

Cryfhaodd Leri ei hun i holi, 'Wyt ti – ydach chi – wedi penderfynu ar enw?'

'Dim eto,' ebe Nerys, 'oherwydd dydan ni ddim yn gwbod ai hogyn neu hogan ydy o ... hi.' Troellodd ei llaw yn dyner ar ei bru.

Daeth dur i dafod Leri.

'Ond mi fyddi di'n gwbod dydd Gwener. Os ...'

'Dydd Gwener?'

'Ia. Diwrnod y sgan.'

'Sgan?'

'Ia. Dwi wedi trefnu'n breifat i ti ga'l sgan ym Mangor. Waeth i mi ddefnyddio fy siwrans ddim. Ac ar bwy well na chdi?'

'Ond ...'

'Ond cofia,' camodd Leri i mewn i ganol ei gwrthwynebiad, 'hwyrach nad wyt ti isio gwbod. Hogyn neu hogan. 'Sa well gin i, dwi'n meddwl ...'

'Wy'chi be, Leri?' ebe Nerys yn llawn afiaith erbyn hyn. 'Dwi ddim yn meddwl y gofynna inna chwaith. Ond cadw'r dirgelwch.'

Teimlodd Leri frath yn ei chalon. Gwyddai nad ei chalon hi oedd yn teimlo'r brath hwnnw.

'Faint o'r gloch ddowch chi, Leri?'

'Mae'r apwyntiad am un ar ddeg. Felly, mi ddo i yma ymhell cyn naw.'

'Geith Twm ddŵad?'

'Ceith. 'Nei di ddeud wrtho fo? Deud wrtho fo mod i wedi trefnu sgan. A'r amsar.'

'Ydy o ddim yn gwbod?'

'Wrth gwrs nad ydy o'n gwbod.'

'Leri! Oedd ganddoch chi rwbath arall oeddach chi isio'i ddeud wrtha i?'

'Nag oedd ... Oedd gen ti?'

'Na. Dwi ddim yn meddwl.'

'Dwi wrth 'y modd hefo'r stafell yma,' ebe Leri.

'Neis, tydy,' meddai Nerys yn weindio'r mobeil. Dechreuodd hwnnw droelli, a chysgodion yr awyrennau bychain yn enfawr ar y parwydydd. Clindarddach eU hwiangerdd. Ar y cysgodion yr edrychai Leri.

'Leri! Be wnawn ni rŵan?'

'Beth bynnag wyt ti isio'i neud. Ma' gin i drwy'r gyda'r nos – hen ddynas sengl fel fi. Ty'd i ni fynd i lawr grisia i ladd ar ddynion.'

Aeth y ddwy, ei breichiau am ei gilydd, a thincial yr hwiangerdd i'w glywed o hyd.

'Sgin ti win?' holodd Leri.

'Oes, ond i chi'n unig! Tydy gwraig feichiog ddim i fod i gyffwrdd alcohol.'

'Wrth gwrs nad ydy hi ddim,' ebe Leri.

* * *

Tynnodd Eira Humphreys yn llawes côt ei brawd cyn iddi agor y drws a chwyrnu i'w glust, 'Paid ti â meiddio cyffwrdd y wisgi hefo hwn.' Wedyn sleifiodd ddecpunt i'w boced. 'Pa hwyl, Mr Rhydderch?' meddai wrth agor y drws a'i weld yno ar y rhiniog.

'Siomedig na faswn i wedi cael clywad nodau pêr y baswn,' atebodd Tom.

Crychodd Eira ei hwyneb i ddynwared gwên, a'r un pryd gwthiodd gefn ei brawd i gyfeiriad Tom a chau'r drws ar eu holau.

Teimlai Ieuan Humphreys fel hogyn drwg wedi cael caniatâd i fynd allan i chwarae hefo hogyn drwg arall.

'Mi'r awn ni i neud dryga, 'ta!' ebe Tom wrtho ar y pafin o flaen y tŷ fel petai wedi darllen ei feddyliau.

'Hy!' meddai Eira Humphreys o'r tu ôl i'r drws caeedig, ei chlust yn erbyn y pren.

Winciodd Ieuan ar Tom, a thrawodd Tom gefn Ieuan yn ysgafn.

Yr oedd Twm Owen yno eisoes yn y King's Men a pheint o Guinness ar ei hanner o'i flaen. Nid oedd wedi disgwyl Ieuan Humphreys hefyd. Ni wyddai pam roedd o'n teimlo siomedigaeth o'i weld. Cyflwynodd Tom Rhydderch Ieuan Humphreys i Twm Owen yn bryfoclyd a medrodd Twm Owen chwerthin am ysbaid.

'Wisgi bach, Ieu?' ebe Tom Rhydderch.

'Na. Hannar o Coke.'

'Be?' meddai Tom Rhydderch gan wgu ar Ieuan cyn ychwanegu, '"Da was, da a ffyddlon", ia?'

Teimlodd Ieuan yn fach. 'Na!' meddai. 'Ty'd â wisgi i mi i'r diawl.'

'Dyna welliant! A chditha, un arall?' meddai gan bwyntio at Guinness Twm Owen.

'Dwn 'im,' ebe Twm Owen.

'Fedri di'm yfad "dwn 'im",' meddai Tom Rhydderch. 'Peint amdani felly!'

Eisteddai Ieuan gyferbyn â Twm Owen. Daeth Tom Rhydderch â'u gwirodydd iddynt, a wisgi mawr iddo ef ei hun.

'Wel, pa newydd?' ebe Ieuan Humphreys wrth Twm Owen.

Edrychodd Twm Owen arno a daeth dagrau i'w lygaid. Llithrodd Ieuan ei law yn araf ar hyd y bwrdd yr oedd diod wedi ei dampio i gyfeiriad llaw Twm Owen nes yr oedd bysedd y ddau'n braidd gyffwrdd â'i gilydd. Trawodd Tom Rhydderch ei ddwrn yn ysgafn, ysgafn ar ddwylo'r ddau. Deallodd Twm Owen pam y bu iddo'n gynharach deimlo siomedigaeth pan welodd Ieuan Humphreys: ofni ei drugaredd yr oedd. Edrychodd Tom Rhydderch o'i gwmpas a dirnadodd mai tafarn i bobl oedd wedi eu hanafu gan eu bywydau eu hunain oedd hon. A bod yr anafiadau rheiny'n cael eu hadlewyrchu gan y craciau yn y muriau, y tolciau yn y plastar a'r farnais oedd yn plicio o bren y bar.

'Mae gen i isio deud rhywbeth,' meddai a chodi ar ei draed. Edrychodd Twm Owen i'r llawr, ac Ieuan Humphreys yn syth o'i flaen. Trodd rhywun o'r bar i'w gyfeiriad a throi'n ôl i sibrwd rhywbeth wrth y barman. 'Llwncdestun!' aeth Tom Rhydderch rhagddo a chodi ei wydr wisgi. 'I Reggie a Casi! Ar ddydd eu priodas!'

'Heddiw?' holodd Ieuan.

'Pnawn 'ma am dri yn swyddfa'r cofrestrydd yn Southport.'

Bu bron i Twm Owen â dweud: 'Rhyfedd na fyddai Nerys wedi sôn,' ond meddyliodd eilwaith.

'Mi ffoniodd Casi i ddeud,' ebe Tom Rhydderch.

'Ac mi roedd hi'n hapus?' holodd Ieuan.

'Oedd. Fel cath a'i llgodan rhwng ei phawenna,' meddai Tom Rhydderch gan eistedd i lawr heb gynnig y llwncdestun wedi'r cwbl.

'Musar Ryddach!' ebe llais o'i ôl. 'Mon' sio deutha chi ma, chi 'di un o'r dynion neisia yn lle 'ma. Ia, wi' dduw. A hen hogy' iawn di hwn 'fyd,' meddai am Twm Owen, 'ond wi'm yn nabod y shenl man 'ma chwaith.'

'Dyma ti, Ieuan,' meddai Tom Rhydderch wrth Edwin Orr oedd yn siglo braidd ar ei draed.

'Ssu mai, Iuan,' ebe Edwin Orr yn cynnig ei law, ond aeth honno rywle dros ysgwydd Ieuan. 'O! Dwi cofio chi ŵan, Iuan. O' chi ficar, o'ch, uffar o ficar da 'fyd. Ffwci' ffeind. Ti iaw', boi?'

'Dwi'n grêt, Mr Orr,' meddai Twm Owen. 'Chitha?'

'Tsiampion, sti. Wel hogia, enjoiwch y noson, 'te. Neis gweld chdi eto, Iuan. O'ch chdi'n *one o' the best*, 'te. Cnebrwn Mam.'

'Ssoi,' ebe Edwin wrth daro bwrdd ar ei ffordd allan, 'ma' ffwci' by'dda 'ma symud bo' man.'

'Pan gladdis i ei fam o,' meddai Ieuan, 'cyfrifydd yng Nghaer oedd o.'

'Mi ddigwyddodd rwbath hefo gwerthu tai,' ebe Tom Rhydderch, 'rhyw sgam. A fo'n unig ga'th garchar. Fuo 'na fawr o drefn arno fo wedyn. Leri ŵyr. Mi na'th waith iddi hi rywbryd.'

Fel petai Edwin Orr wedi cyffwrdd rhywle dyfnach na'i anniddigrwydd ei hun, man tyner ynddo, ebe Twm Owen, 'Dwi'n lwcus, tydw, a mhlentyn i ar y ffordd.'

Gwenodd Ieuan Humphreys a Tom Rhydderch arno – fel petaent am eiliadau, beth bynnag, yn ei goelio.

Teimlodd Ieuan yr un pryd nad methiant i gyd, efallai, oedd ei orffennol, ac mai dim ond rhywun fel Edwin Orr a fedrai ddangos hynny iddo. A bod tramod, er ei ysgelerder ac wedi ei ymddihatru o safon a statws a moesoldeb, rywsut yn nes at y gwir. A gwaelodion yn medru dangos hanfodion.

''Yn rownd i,' meddai Twm Owen.

Roedd Tom Rhydderch ar fin ei rwystro a dweud y byddai ef yn talu, ond cydiodd Ieuan yn ei fraich i'w atal.

Tra oedd Twm Owen wrth y bar, edrychodd Tom Rhydderch dros ei ysgwydd yn slei, a gwthiodd amlen o dan ei benelin i gyfeiriad Ieuan Humphreys. Cyffyrddodd Ieuan yn yr amlen a dweud, 'Dwi ddim yn meddwl y medra i mwyach, Tom.'

'O!'

'Mae o'n amharu ar ein cyfeillgarwch ni bellach.'

'Fy nghyfeillgarwch i sy'n ei roi o.'

'Nid y chdi sy'n ei roi o.'

'A phryd y doist ti i wbod hynny?'

Nid atebodd Ieuan ef. Gwthiodd yr amlen yn araf am yn ôl.

'Wisgis!' ebe Twm Owen.

'Mae rhein yn rhei mawr,' meddai Tom Rhydderch wrth bocedu'r amlen yn gyflym.

'Ma' raid na chlywodd y barman fi'n iawn!' ebe Twm Owen yn wên o glust i glust.

Drachtiodd Ieuan yn ddwfn o'i wydr a llithrodd y wisgi'n gynnes i lawr ei gorn gwddf gan ymledu'n hamddenol hyd ei gorff i gyd. Ni allodd benderfynu ai'r wisgi, ynteu ei safiad ynglŷn â'r amlen oedd yn gyfrifol am y teimlad o ryddid a oedd ynddo'r foment honno. Ond rhyddid a deimlai, beth bynnag ydoedd ei ffynhonnell.

Ceisiodd Tom Rhydderch guddio'i wyneb, drwy droi fymryn i'r ochr, pan welodd rywun na fynnai ei gweld yn dod o gyfeiriad y tŷ bach.

'Tommy, cariad!' meddai Rhian Ellis. 'Paid ti â thrio cuddiad rhag 'rhen Rian yn fan'na rŵan.'

'Duwadd, Rhian!' ebe Tom Rhydderch.

'Duwadd, Rhian, ia! 'Dan ni'n dau wedi mynd i lawr yn y byd os mai yn fama 'dan ni'n llymeitian rŵan.'

Cododd Tom Rhydderch ei ddwy law fel petai'n dweud, 'Fel'na mae hi.'

'Those were the days, Tommy, those were the days,' ebe Rhian.

Teimlodd Tom Rhydderch frath o hiraeth am rywbeth, ond

ni wyddai'n iawn beth yr oedd yn hiraethu amdano.

'Dwi hefo Clive rŵan, yli. This is Tommy, Clive,' gwaeddodd i gyfeiriad y dyn bychan trwsiadus a di-nod ym mhen pellaf y dafarn, 'the writer. He writes books, Clive.'

Cododd Clive ei law, a Tom ei law yn ôl.

'Rhywun yn well na neb, Tommy,' sibrydodd Rhian i'w glust, 'ond *those were the days*, Tommy.'

Gwnaeth sŵn sws i'w gyfeiriad a'i adael.

'Cyn i chi ofyn,' ebe Tom Rhydderch wrth y ddau arall, 'chewch chi'm gwbod.'

'Mrs Ellis, Jograffi, stalwm,' meddai Twm Owen yn gwybod. '"Honalulu is the capital of Hawaii." Rhyfadd be mae rywun yn ei gofio, tydy?'

'Ydy,' ebe Tom Rhydderch, yn cofio.

Yr oedd ymennydd Ieuan Humphreys bellach yn gorwedd ar glustog o wisgi, ei wydr yn wag, ei gof yn wacach.

'Nhro i rŵan,' meddai'n codi am y bar.

'Ti'n siŵr?' holodd Tom Rhydderch ef.

'Yndw, Tom!' atebodd yn herfeiddiol braidd.

Rhoddodd ddecpunt ei chwaer wrth ymyl y ddecpunt a oedd ganddo eisoes.

Ni wyddai Tom Rhydderch i ba le i ddirwyn sgwrs â Twm Owen. Ni wyddai Twm Owen ychwaith. Sipiodd y ddau weddillion eu diodydd. Yr oedd hynny'n rhywbeth i'w wneud. Edrychodd y ddau ar ei gilydd dros ymylon eu gwydrau. Dodasant y gwydrau i lawr bron yr un pryd.

'Wyt ti ...?' ebe Tom Rhydderch ar yr union adeg y dywedodd Twm Owen: 'Ydach chi ...?'

'Ar dy ôl di!' meddai Tom Rhydderch. 'Ydach chi wedi dechra sgwennu eto, Tom?'

'Sgwennu!' ebe Tom Rhydderch yn llawn afiaith fel petai wedi cofio mai dyna a fu'n ei wneud ar hyd ei oes, 'Do, fachgan, do!'

Disgwyliodd Twm Owen am ychydig bach mwy o esboniad ond ni ddaeth 'run.

'Sgin Ieuan 'ma isio help, tybad? I gario,' meddai Tom Rhydderch. Trodd rownd a gweld Rhian Ellis yn mynd oddi wrth y bar.

'Dudwch wrth Tommy, Mr Rhydderch, am beidio trio'n anwybyddu fi fel'na eto,' yr oedd hi wedi ei ddweud wrth Ieuan Humphreys. Cyn i Ieuan fedru dweud dim yn ôl wrthi, hyd yn oed petai ganddo unrhyw beth i'w ddweud, yr oedd hi ar ei ffordd yn ôl i'w sedd at Clive.

Yn ffrwcslyd, aeth Tom Rhydderch i'w boced i nôl ei ffôn, oedd yn canu'n fud. 'Mrs Hindley!' meddai. 'Ti'n lle? ... Maes awyr Manceinion. Ar dy ffordd i Monaco ... Yn y King's Men hefo Twm a Ieuan.'

Chwifiodd Twm Owen ei law o flaen ei wyneb i arwyddocáu nad oedd o eisiau siarad â hi os deuai'r cynnig.

Dychwelodd Ieuan hefo'r diodydd.

'Dyma ti, Ieuan, yli ... Casi!' meddai Tom Rhydderch o dan ei lais a rhoi'r ffôn i Ieuan.

'Llongyfarchiadau!' ebe Ieuan. 'Priodas fach, mae'n amlwg ... Mond chi'ch dau a dau dyst. Wel, dyna ragorol ... Ia! Ewch chi, Casi. Da bo'ch ... Mae hi wedi mynd,' ychwanegodd Ieuan a rhoi'r ffôn yn ôl i Tom.

'Ydy,' ebe Tom Rhydderch, 'mae hi wedi mynd.'

'Gollson gyfla yn fan'na,' meddai Ieuan, a'r wisgi bellach yn llwyr feddiannu ei grebwyll.

'Ydy,' ebe Tom Rhydderch drachefn a throi at Twm Owen. 'Oeddat ti'n fy holi fi am rwbath, dŵad?'

'Nag o'n i,' atebodd.

'Casi!' ebe Tom Rhydderch, ac meddai wrth Ieuan, 'Rhian

Ellis yn deud rwbath wrthat ti, oedd hi?'

'Nag oedd. Nôl cadach oedd hi.'

'Leri,' meddai Twm Owen gan amneidio'i ben tuag at y drws.

Gwelodd Leri hwy a daeth atynt.

'Mae popeth yn iawn,' ebe Leri, yn bennaf wrth Twm Owen, 'yn dda iawn hefyd.'

Cododd Ieuan a rhoi cusan iddi a dweud, 'Dychwelyd y gusan o bora 'ma, Leri fach. A chitha wedi anfon un i mi drwy ffôn Ifan Preis.'

'Wrth gwrs,' ebe Leri, 'diolch.' A gwasgodd ei fraich.

'Gymi di lymad o rwbath?' holodd Tom Rhydderch hi.

Edrychodd Leri o'i chwmpas a dweud, 'Dwi ddim yn meddwl. Well i mi fynd am adra. Dydd Gwenar. Tŷ chi cyn naw, Twm,' ebe hi wrth Twm Owen.

Edrychodd o'i chwmpas drachefn. 'Ia, wel!' meddai. 'Hwyl, hogia.'

Dilynodd llygaid Rhian Ellis hi wrth iddi gerdded am allan.

'Mrs Ellis,' meddai Leri wrthi wrth fynd heibio ond heb edrych arni.

'Mae Leri ...' dechreuodd Ieuan Humphreys, ond rhoddodd Tom Rhydderch ei law ar ei fraich i'w atal a thawodd yntau.

* * *

Pan ddaeth Twm Owen yn ôl i'r tŷ, canfu ei wraig wrth fwrdd y gegin yn symud gleiniau bob lliw, o'r dde i'r chwith, o'r chwith i'r dde, ar abacws o'i blaen. Tynnodd Twm gadair o'r bwrdd a'i gosod wrth ei hymyl. Eisteddodd.

'Mae dad yn ôl,' meddai Nerys ond heb edrych arno. Crwydrodd yntau i mewn i we'r geiriau a daeth pryf copyn ei llaw ar hyd y bwrdd i chwilio am ei law ef.

* * *

Ar ei ffordd adref cyfrodd Tom Rhydderch enwau yn ei ben:
Rhiannon Owen. Menna Pugh. Rhian Ellis. Casi Plemming ...
Cerddodd yn ei flaen ac enwau eraill yn curo ar ddrws ei atgof.

* * *

Baglodd Ieuan Humphreys ar y grisiau wrth fynd i'w lofft. 'Shisst!'
meddai wrtho'i hun yn uchel.

Yn ei gwely gwasgodd Eira Humphreys ei dau ddwrn yn dynn.

* * *

'Os wyt ti'n chwilio am y diawl ei hun,' meddai Rhian Ellis wrthyf
pan gerddais i mewn i'r King's Men dipyn yn ddiweddarach, 'mae
o wedi hen fynd. What you looking at me like that for, Clive?'
ychwanegodd.

Un Diwrnod

A hithau ar ei ffordd i'w char am hanner awr wedi wyth y bore Gwener hwnnw, cyrhaeddodd y fan bost a rhoddwyd dau lythyr i Leri Rhydderch: y bil nwy ac un arall, y llawysgrifen fechan, gymen ar yr amlen yn deffro ynddi ryw frith gof o un debyg flynyddoedd yn ôl. Agorodd yr amlen. 'Mm,' meddai wrth ganfod dogn o bapurau hanner canpunt. Rhwng pedair a phum mil amcangyfrifodd wrth deimlo'u trwch. Gan nad oedd ganddi yn awr yr amser i'w cyfrif yn iawn fe'i postiodd ynghyd â'r bil nwy drwy dwll llythyrau'r drws yr oedd hi newydd ei gloi, ond nid cyn edrych yn sydyn rhag ofn bod llythyr neu nodyn o eglurhad. Nid oedd unrhyw beth o'r fath.

Pan gyrhaeddodd Ara Deg am chwarter i naw, yno yn y giât yn llond wyneb o wên yr oedd Nerys, a chwifiodd ei llaw yn gryndod o fysedd agored ar Leri, yn union, teimlai Leri, fel petai hi'n hogan ysgol yn mynd ar wibdaith Fform Tŵ. 'Doctor Nerys Caroline

Owen,' sibrydodd Leri i'w char gwag fel i'w hatgoffa ei hun pwy oedd yr un a welai drwy wydr y winsgrin.

Daeth Twm Owen allan o'r tŷ a'i wyneb yn bradychu – pryder? – a gorfododd ei hun, fe deimlai Leri, i wenu arni. Bu iddo gloi'r drws a cherdded at ei wraig, oedd yn dal i sefyll yno ac yn dal i chwifio'i llaw, a'i gwthio fymryn gerfydd ei phenelin at y car.

Canfu Leri ei hun yn dymuno i Nerys ddweud nad oedd hi, wedi'r cyfan, am fynd gyda hwy. Ond erbyn hyn roedd Nerys yn y sedd flaen a Twm yn y sedd ôl.

'Ffwrdd â ni 'ta!' ebe Nerys yn llawn asbri. Estynnodd ei llaw yn ôl dros ei hysgwydd fel y medrai ei gŵr afael ynddi. Gwnaeth yntau hynny.

Nid oedd Twm Owen hyd eto wedi dweud gair o'i ben.

'Ti'n dawedog iawn, mistar,' ebe Leri wrtho.

'Ydw i?' meddai yntau fel petai ei dawedogrwydd yn newyddion mawr iddo.

'Nyrfys wyt ti, yntê boi,' ebe Nerys.

Nid oedd Leri erioed wedi ei chlywed yn defnyddio'r gair 'boi' o'r blaen a meddyliodd fod ei hiaith y bore hwn yn perthyn i rywun arall.

Edrychodd Nerys drwy'r ffenest ochr gan fusnesa ym mhobman.

'Fe wnaeth Dad a Casi briodi ddoe,' meddai, yn ddi-hid bron.

'Do?' ebe Leri. Ond rywsut yr oedd y sioc a ddylai fod wedi ei deimlo o gael gwybod hynny yn cael ei dynnu yn ôl gan ryw deimlad arall na wyddai'n iawn beth ydoedd.

'Do,' meddai Nerys, 'neis 'te.'

'Maen nhw'n Monaco erbyn rŵan,' ebe Twm.

'Ydyn nhw?' ymatebodd Leri.

'Twm!' meddai Nerys. 'Dwyt ti ddim i fod i ddatgelu lleoliad mis mêl neb. Hogyn drwg!' A throdd rownd i godi ei bys yn gellweirus arno.

Yn y drych gwelodd Leri ef yn crychu ei wefusau i ffugio gwên.

Er bod nodwydd y cloc cyflymdra yn neidio 'nôl a blaen rhwng chwe deg a saith deg milltir yr awr, roedd y gwibio am ymlaen rywsut yn cael ei ddileu gan y distawrwydd erbyn hyn yn y car, nes peri i Leri feddwl nad oeddent yn symud o gwbl, a bod popeth o chwith, ac mai llonydd oeddent hwy oherwydd mai'r gwrychoedd a'r pentrefi a'r mynyddoedd oedd ar daith. Cydiodd rhywbeth fel pendro ynddi.

Ar gwr y Groeslon, ebe hi, 'Fan hyn roedd John Gwilym Jones yn byw.' Ni wyddai'n iawn a oedd hi'n disgwyl ymateb ai peidio, ond ni chafodd un. Pan welodd yr arwydd 'Caernarfon', 'Caernarfon,' meddai fel petai hi'n profi ei bod yn medru darllen.

'Bangor,' ebe Twm Owen bron yn syth ar ei hôl, wedi iddo yntau weld yr enw ar yr arwyddbost.

'O, ia hefyd,' meddai Leri yn llawn cynnwrf, fel petai newydd ddarganfod am y tro cyntaf erioed mai Bangor oedd y dref nesaf ar ôl Caernarfon.

'Gwrandwch, bois,' ebe hi ym Mhenrhosgarnedd. 'Mi wna i'r siarad.'

Agorodd Nerys ei cheg, ymestyn ei breichiau o'i blaen a phlygu ei phen at ei phenagliniau. 'You'll do no such thing,' meddai ac ymlacio yn ôl i'w sedd, ei llygaid ar gau, gwên ar ei hwyneb. 'It's my baby,' hustyngodd, ei hanadl yn llefaru'r geiriau ac nid ei llais.

Aeth ias drwy Leri Rhydderch.

Nodiodd Twm ei ben wedi i Leri wasgu ei benelin a'i dynnu ati yn ymyl y dderbynfa a sibrwd i'w glust: 'Iawn?' Dywedodd Nerys ei henw llawn wrth y ferch y tu ôl i'r ddesg a'i bod wedi cyrraedd ar gyfer sgan uwchsain. Edrychodd y ferch ar sgrin ei chyfrifiadur a dweud, 'Cymrwch sedd. Mae 'na dair o'ch blaen chi.'

'Esgusodwch fi,' ymyrrodd Leri, 'BUPA! Tydy BUPA a chiwio ddim yn mynd hefo'i gilydd.'

Edrychodd y ferch ar ei sgrin drachefn, 'Mae'n ddrwg gin i, Mrs Owen.'

'Rhydderch,' ebe Leri, 'Mrs Rhydderch!'

'Chi fydd nesa, Mrs Owen,' meddai'r ferch, yn anwybyddu Leri.

'Diolch i chi,' ebe Leri wrthi gan droi Nerys gerfydd ei chefn oddi wrth y ddesg a'i llywio i gyfeiriad dwy sedd wag yr oedd hi wedi eu llygadu eisoes, yn bell o ble'r eisteddai'r mwyafrif.

'Mi steddwn ni'n dwy'n fama. Ydy o'r ots gin ti sefyll, Twm?'

Eisteddodd Leri a Nerys ac ni ddywedodd Twm air o'i ben.

Cwta funudau y buont cyn y galwyd enw Nerys. Cododd hithau. Ond pan oedd Leri ar fin codi pwysodd Twm ei law yn drwm i lawr ar ei hysgwydd i'w gwthio yn ôl i'w sedd. Arweiniodd ei wraig i gyfeiriad y nyrs oedd yn disgwyl amdanynt.

'O, ol-reit 'ta,' ebe Leri'n llariaidd, a mynd yn syth i agor ei bag llaw i edrych a oedd hi wedi dod â'i sigaréts gyda hi. Yr oedd, diolch byth.

'Carys ydw i,' ebe'r nyrs wrthi.

'A Nerys ydw inna!'

'Dwi'n gwbod. Ma'n deud yn fama.' A dangosodd ffeil iddi.

'A dyma Twm, 'y ngŵr i.'

'Ocê, Twm?'

Gwenodd yntau ar Carys, a'u harweiniodd drwy ddrws ac ar hyd coridor.

'Stedda di yn fama, Twm. A Nerys, dos di i'r ciwbicl ar y chwith yn fan'na a newid i dy ddillad isa, a rhoi'r *gown* 'ma amdanat. Rho dy ddillad erill i gyd yn y fasgiad 'ma. Ac mi ddo i'n ôl atoch chi'ch dau yn y munud.'

Gwthiodd Carys ddrws ar agor a mynd trwyddo: golau coch a

golau gwyrdd uwchben y drws; y golau coch ymlaen a'r un gwyrdd wedi ei ddiffodd.

'Fyddi di'n iawn?' sibrydodd Twm ar ôl Nerys.

'Os bydda i 'di anghofio sut i dynnu nillad, mi waedda i amdanat ti!' ebe Nerys dros ei hysgwydd, y fasged yn chwifio'n hamddenol yn ei llaw.

Diflannodd i'r ciwbicl.

Mae rhywbeth yn digwydd i amser mewn ysbytai. Rywsut nid yw'n mynd yn ei flaen, ond yn hytrach yn twchu yn ei unfan nes bod munud yn cymryd arno siâp awr. Stelcian mae o, a phasio wrth beidio mynd heibio.

Edrychai Twm Owen i'r chwith, ac i'r dde, ac yn ôl i'r chwith, ar hyd y coridor hir, gwag, yr un pryd ag yr edrychodd Leri Rhydderch ar ei horiawr, a'r un adeg ag y daeth Nerys yn ôl i'r amlwg o'r ciwbicl yn ei gŵn a golwg eiddil arni, rywsut yn llai nag y gwelodd Twm hi'n mynd i mewn.

'Mi fuost yn hir,' meddai wrthi.

'Naddo? Do?' ebe hithau.

Daeth Carys yn ôl drwy'r drws.

'Dyna sydyn,' meddai wrth Nerys. 'Mi'r awn ni i mewn 'ta.'

Arweiniodd hwy drwy'r drws yr oedd hi newydd ddod drwyddo i ystafell a oedd, heblaw am oleuadau'r peiriannau a golau pŵl yn y nenfwd, yn lled-dywyll. A'i gefn atynt yn darllen llythyr yr oedd y meddyg, ond o'u clywed yn dod i mewn trodd atynt ar ei union.

'Mrs Rhydderch,' meddai, yn estyn ei law. 'Doctor Cadwaladr.'

'Mrs Owen!' ebe Nerys.

Edrychodd y meddyg ar y llythyr eto.

'A! Mi wela i fy nghamgymeriad. Mae'n ddrwg gen i ... Mrs Owen!'

Gwenodd ac erchi i Nerys orwedd ar y gwely.

'Stedda di'n fan'na, Twm,' sibrydodd Carys yng nghlust Twm Owen.

Edrychodd y meddyg a gwenu ar Twm.

'Mr Owen, mae'n ddrwg gen i ... Fyddwn ni fawr o dro,' ebe Dr Cadwaladr gan edrych ar Nerys, wedyn ar Twm. 'Dwi wedi darllen y llythyr oddi wrth eich meddyg teulu, Dr ...' edrychodd ar y llythyr, 'Huws! Diddorol. Nyrs, fyddech chi'n codi gŵn Mrs Owen, os gwelwch chi'n dda? Nawr 'te, Mrs Owen, mi fydda i'n rhoi'r hylif yma ar eich bol chi. Ei bwrpas o ydy galluogi'r teclyn sain i symud yn rhwyddach, dyna'r oll.'

'A wnaiff o ddim drwg i'r babi?' holodd Nerys.

Gwenodd y meddyg ac edrych arni.

'Na,' meddai, 'mi gawn ni lun o bethau ar y sgrin yn fama ... Barod 'ta?'

Gwenodd drachefn. Gwasgodd yr hylif o'r botel ar ei bol a rhoddodd hithau ryw ebychiad bychan.

'Mi ddylwn i fod wedi'ch rhybuddio chi ei fod o rywfaint bach yn oer. Mae'n ddrwg gen i.'

'Iawn,' ebe Nerys, yn codi ychydig ar ei phen i chwilio lle roedd Twm, a daliodd ei lygaid, ac ysgydwodd fymryn ar fysedd ei llaw i'w gyfeiriad. Gwenodd yntau'r mymryn lleiaf arni hithau, a gorweddodd hi'n ôl. Wrth ei hochr yr oedd Carys yn gafael yn ei garddwrn.

'Mlaen â ni,' meddai'r Dr Cadwaladr, gan wthio'r teclyn sain yn araf drwy'r hylif. Wrth iddo wneud hynny, daeth ymysgaroedd Nerys i'r fei yn donnau crynedig, du a gwyn, ar y sgrin.

Edrychodd y meddyg ar y sgrin wrth barhau i sglefrio'r teclyn yn araf drwy'r hylif.

Edrychodd ar Carys, a oedd hefyd yn edrych ar y sgrin. A chydedrychodd y ddau gyda'i gilydd yn ôl ar y sgrin.

Oddi tanynt llifai'r dagrau'n ddwy ffrwd gyfochrog o ddwy

lygad Nerys ar hyd ei gruddiau nes ffurfio dau gylch tamp o boptu ei phen ar y glustog.

Gwasgodd Carys arddwrn Nerys dipyn bach yn dynnach. Edrychodd hi a'r Doctor Cadwaladr arni.

'Does 'na ddim byd yna,' meddai'r meddyg yn dawel.

Cododd Nerys ar ei heistedd. Daeth rhyw sŵn rywle rhwng cyfogi a griddfan allan ohoni. Rhyw 'hych' sylfaenol, gwaelodol, cyntefig, hir.

Ac yntau bellach ar ei draed, dylai Twm, ei gŵr, fod wedi medru mynd ati a gafael amdani. Fe ddylai. Gwyddai beth i'w wneud, ond fel sy'n digwydd mewn amgylchiadau o'r fath aeth gormod o amser heibio, er nad oedd ond eiliadau, rhwng y gwybod a'r weithred, a chyn i'r neges drafeilio o'i ymennydd, drwy ei ddychryn, i'w deimladau, ac i'w goesau a'i freichiau, cydiodd Carys ynddi a'i gollwng yn ôl yn araf ar y gwely, cyn i Twm gyrraedd.

Gafaelodd Twm yn ei llaw o'r diwedd a'i gwasgu i'w fynwes.

Yr oedd llygaid Nerys yn fawr yn ei phen yn edrych, nid arno ond drwyddo. Gwelodd ef ei gwefusau'n cau'n araf, yna'n dynn, fel petai iaith a phob sŵn arall wedi penderfynu cau dôr enfawr o'i mewn. Yr oedd ei distawrwydd yn drymach peth na'r tawelwch a ymledai drwy'r ystafell. A'r distawrwydd yn gwthio'i hun i le is nes cyrraedd ei ben draw mewn mudandod.

'Nerys, nghariad i!' meddai Twm yn y man.

Ni ddaeth ebwch ohoni, dim byd ond y syllu gwag, hir, distaw.

Bron na allasai Twm glywed bolltau'n cael eu cau o'i mewn.

'Ydan ni wedi colli'n babi bach?' holodd, a'i anadlu'n drwm.

'Doedd yna erioed fabi i'w golli,' meddai'r meddyg. 'Mi roedd eich meddyg teulu wedi mwy nag amau. A dyma'r unig ffordd i fedru cadarnhau hynny wrth y claf: drwy uwchsain. *Pseudocyesis* ydy'r enw meddygol. Beichiogrwydd nad ydy o'n bod. Mae o'n digwydd yn aml mewn cŵn.'

Edrychodd Twm ar Nerys fel petai'n disgwyl gweld ci. Ond Nerys oedd yna. Neu rywun oedd yn rhyfeddol o debyg iddi.

'Mae hyn yn beth anghyffredin iawn,' ychwanegodd y Doctor Cadwaladr, 'ond mae o'n digwydd. Yn ôl rhai, mi roedd Mari Waedlyd ...'

'Mari Waedlyd?' ebe Twm.

Nid aeth y Doctor Cadwaladr i esbonio.

'Pam?' holodd Twm.

Cododd y meddyg ei ysgwyddau a gwenu arno. 'Mae symptomau beichiogrwydd yna i gyd,' ebe'r meddyg, yn dianc o'i wên.

'Symptomau?' ebe Twm.

'Yr ysictod ben bore, y chwydd yn y bol, y bronnau'n llaethu.' Agorodd y drws a daeth Carys, nad oedd Twm wedi sylwi arni'n gadael, yn ôl i mewn a Leri Rhydderch gyda hi. 'Ond nid yn yr achos yma. Hynny yw: y bronnau'n llaethu, hyd y gwelaf i.' Edrychodd y meddyg ar ŵn Nerys rhag ofn fod rhyw leithder ar y defnydd a guddiai ei bronnau.

'Leri!' meddai Twm, yn mynd ati. Rhwbiodd hithau ei ysgwydd yn dyner. 'Oeddach chi'n gwbod?'

'Dwn i ddim be o'n i'n ei wbod,' ebe Leri, yn ei dynnu'n ôl yn dyner i gyfeiriad y Nerys orweddog. Cydiodd Leri yn ei llaw. 'Nerys fach, wyt ti'n 'y nghlwad i?' Oedd hi? Ni wyddai neb. Nid oedd dichon gwybod dim tu draw i'w syllu.

'Mi awn ni â hi adra rŵan,' ebe Tom. 'Ty'd, Nerys,' meddai, 'ty'd.'

'Na,' meddai'r Doctor Cadwaladr, 'tydw i ddim yn meddwl fod hynny'n ddoeth ar hyn o bryd. Mae Mrs Owen yn sâl.'

'Sâl?' holodd Twm yn ddiddeall. 'Na, wedi gwneud

camgymeriad mae hi ... ydan ni. Diolch i chi, doctor. Ty'd, Nerys, ty'd.'

'Mr Owen,' meddai'r meddyg, 'ddaru chi sylwi ar y creithiau bychain ar gluniau Mrs Owen fel y gwnes i?'

'Creithiau?' ebe Twm.

'Mae hi wedi bod yn torri ei hun.'

'Torri ei hun?' Teimlodd Twm fraich Leri yn gwasgu ei ganol.

'Â llafn rasel neu gyllell, ddywedwn i. Mae Mrs Owen yn sâl iawn.'

Oedodd Twm a chysidro cyn dweud: 'Ddim yn gall, dach chi'n feddwl, 'te?'

'Tydy geiriau fel yna, hwyrach, ddim o gymorth i Mrs Owen nac i chithau.'

'Ond dyna ydach chi'n ei ddeud yntê, waeth befo'r geiria.'

'Mae angen gorffwys ar Mrs Owen.'

'I le ewch chi â hi?'

'Ar hyn o bryd mi greda i fod Uned Gododdin yn lle cymwys. Mae ymennydd Mrs Owen wedi ei orlwytho.'

'Wedi ei orlwytho,' meddai Twm, yn ailadrodd iddo'i hun. 'Leri?'

'Mae'r doctor yn iawn, Twm bach. Tydy Nerys ddim yn dda.'

'Fawr o ŵr, yn nacdw, Nerys?'

A thrwy'r adeg, yno roedd hi yn eu plith. Yn gorwedd. Yn llonydd. Yn syllu i nunlle. Yno. Ond rywsut nid yno o gwbl.

* * *

Gorweddai Casi ar ei hyd yn ei phais ar y gwely anferth yn eu hystafell mis mêl yng ngwesty San Michelle ym Monte Carlo, Reggie'n noeth ac ar ei fol wrth ei hochr yn cyffwrdd ei thrwyn 'nôl a blaen â'i fys gan adrodd:

'Eeny, meeny, miny, moe,

Catch the monkey by the toe.

If it hollers, let him go,

Eeny, meeny, miny, moe.' A gwthiodd ei law'n gyflym o dan ei phais a rhwng ei chluniau, 'Moe!' meddai.

'O! 'rhen fwnci,' sgrechiodd Casi a gafael ynddo i'w gusanu.

'It's time for dinner,' ebe Reggie gan ysgwyd ei dafod a llithro'i hun i lawr ei chorff a chodi ei phais wrth symud.

'We've got a name for that in Welsh,' meddai Casi.

Canodd ffôn Reggie.

'Go away,' meddai, 'I'm dining!'

Chwarddodd Casi ac ymestyn ei breichiau ar hyd y gobennydd. Peidiodd yr alwad. Anadlodd Casi'n ddyfnach a griddfan. 'Don't stop,' meddai.

'I like being middle-aged with you,' ebe Casi yn y man.

'The sex is better,' meddai Reggie o odre'r gwely.

'Is it really time for dinner?'

'It is!'

'I've a lovely new dress for tonight.'

'It's you that makes dresses lovely, not the other way around.'

'Do you mean that?'

'I do. Do you doubt me?'

'I always doubt men.'

'Then doubt no more,' ebe yntau. Estynnodd ei law i'w chyfeiriad i'w thynnu'n nes ato.

'How much did you lose on the tables earlier on?' meddai Casi'n rhoi ei llaw iddo.

'Two grand!' ebe ef, yn ei thynnu tuag ato. 'I've set myself a limit of four this time.'

'This time? I thought you hadn't been to Monte Carlo before.'

'Did I say that?'

233

'And that you wanted to come to somewhere new with me.'

Canodd ei ffôn drachefn.

'Leave it!' ebe Casi'n codi.

Edrychodd Reggie ar ei ffôn. 'It's Larry.'

'Be uffar sgin honna isio? Lea...'

Ond yr oedd Reggie wedi ei ateb.

'Larry,' meddai, 'how lovely to hear from you! Although your timing could be better ... Yeah! Good message, isn't it? ... No, we were just having dinner ... Sectioned! Again!' a chododd Reggie ar ei eistedd. 'A week. I don't want to disappoint Cas ... Twm's with her and you're there, holding everyone together as always ... I'll speak to Cas ... Has she not? Not a word ... You're on your way back now ... Keep me posted and give her my love ... And thanks, Larry.'

Diffoddodd Reggie ei ffôn a'i daro ar ei ben-glin a phlygu ei ben.

'Nerys?' ebe Casi.

'Mm-hmm. Caroline,' meddai heb edrych arni, 'she's been sectioned. The baby.'

'She lost it?'

'There wasn't ever a baby. She just imagined it.'

'Dogs do that,' ebe Casi heb feddwl.

'For Christ's sake, woman, we're talking about my daughter here ... I'm sorry. I'm sorry.'

'I didn't think. I'm sorry. Do you want to leave?'

'Not now. No. Larry'll be in touch. Let's dress for dinner.'

Aeth Casi i'r wardrob i nôl ei ffrog newydd. Wrth ei thynnu allan cywilyddiodd yn fewnol oherwydd nad Nerys oedd ar ei meddwl, ond Leri Rhydderch.

* * *

Yn hwyr yn y prynhawn yr oedd Nerys mewn ystafell ar ei phen ei hun yn Uned Gododdin. Eisteddai Leri a Twm gyferbyn â hi. O amgylch Leri yr oedd hanner dwsin o fagiau plastig. Bu yn y ddinas yn 'hel petha' ar gyfer Nerys.

'Ges y drefn, cofia,' meddai wrthi. 'Ges smôc ar wal y gadeirlan. Oeddat ti'n gwbod mod i'n ca'l un neu ddwy ambell waith? Ac mi dda'th rhyw hen gocyn bach pen moel mewn colar gron ata i. "This is sacred ground," medda fo, "don't you realise?" Malio dim, ngwas i,' medda finna a chwythu mwg i'w wynab o.'

Yr oedd y distawrwydd yn yr Uned mor sylweddol fel yr ymdebygai unrhyw siarad, pan y'i clywid, i sgriffio cyflym â blaen nodwydd ar baen o wydr. Teimlai Leri ei llais fel rhywbeth cras.

Nid oedd Twm wedi torri gair, dim ond edrych ar ei wraig a eisteddai'n gefnsyth yn ei chadair, ei dwy law yn gymesur ar ei phenagliniau, ei dwy goes yn dynn wrth ei gilydd, ei hedrychiad yn syth o'i flaen a'r syllu diddiwedd hwnnw y torrwyd arno yn unig gan ambell amrantu anaml.

Ni allai Leri ddal hyn. 'Drycha, Nerys, be rydw i wedi ei ddŵad i ti,' meddai, a thuriodd i'r bagiau i ddangos ffrog, a siwmper, a blows, a nicyrs, a theits, a phersawr, a brwsh dannedd, a phast dannedd, a thalcym powder, a sebon, a thyweli, a chadach gwlanen, a Paracetamol a thun o *corned beef*.

'O!' ebe Leri pan welodd y Paracetamol a'r *corned beef*, 'i mi mae'r rhein. Tydw i'n un wirion.'

A rhoddodd y ddeubeth yn ei bag. Cododd, mynd at y wardrob a'i hagor. 'Nefoedd,' meddai, 'dim hangyrs! 'Does 'na'm hangyrs yma, cofia, Nerys. A finna 'di deud wrth ddynas y siop na fyddwn i mo'u hangan nhw. "Dach chi isio'r hangyrs?" medda hi. "Nag oes," meddwn inna. Be wnawn ni heb hangyrs? Be wnawn ni, Nerys?'

Roedd Twm yn rhwbio ymyl yr wrthban â blaenau ei fysedd ond heb dynnu ei lygaid oddi ar ei wraig.

'Dwi'n mynd i chwilio am hangyrs,' ebe Leri. Rhuthrodd am y drws a'i agor. Caeodd ef ar ei hôl. Ond gyda gormod o glep, a difarodd. Daliodd ei gafael ym mwlyn y drws. Yna trodd a gorffwys ei chefn yn galed yn erbyn y wal, ei phen am yn ôl, ei llygaid tua'r nenfwd. Teimlodd fel sgrechian y gair 'hangyrs!' dros bob man.

'Dach chi'n iawn?' meddai llais wrth ei hymyl. Heb edrych, atebodd: 'Tydw i ddim wedi arfer hefo hyn.' Teimlodd law yn rhwbio'i braich ac wedyn sŵn cerdded pwy bynnag oedd yna – merch, o'i llais – yn ei gadael.

A dim ond hwy eu dau yn yr ystafell, daeth Twm o'r gwely a phlygu i lawr wrth ochr ei wraig. Nid o'i blaen. Roedd wedi penderfynu hynny gynnau. Penderfynodd edrych i'r un cyfeiriad â hi. Penderfynodd hefyd, os nad oedd hi'n medru siarad, y medrai ef. Roedd o hefyd wedi penderfynu beth i'w ddweud.

'Dwn i ddim lle rwyt ti,' meddai, 'ond dwi isio i ti wbod y 'rhosa i amdanat ti i ddŵad yn ôl, dim ots faint gymer o. Dwi am i ti gymryd dy amser. Paid ti â rhuthro rŵan. Mae 'na ddigonadd o amser. Ond ty'd yn ôl, os fedri di, o dow i dow. Wna i fyth gloi drws ffrynt Ara Deg o hyn ymlaen, ddydd na nos. Mi fydd o wastad ar agor. Ac os na fydda i yna, ty'd ti i mewn. Fydda i ddim yn hir cyn dŵad yn f'ôl.'

'O!' ebe Leri'n dychwelyd. 'Dwi'n styrbio rwbath?'

'Na,' meddai Twm yn codi ond nid cyn rhwbio dwylo'i wraig yn araf bach, fwythus.

Sylweddolodd Leri pa mor falch yr oedd hi o glywed ei lais.

Agorwyd y drws a daeth Hywel Tomos, y seiciatrydd ymgynghorol, i mewn. Gwenodd wên feddygol arnynt cyn mynd i sefyll o flaen Nerys. Pwysodd gledrau ei ddwylo yn erbyn ei gefn a phlygu mlaen i'w chyfeiriad.

'Mrs Owen,' meddai, 'ar ôl ymgynghori â fy nghyd-weithwyr, mi rydan ni wedi penderfynu peidio â rhoi unrhyw feddyginiaethau i chi am y tro. Mi gawn ni weld dros y dyddiau nesaf sut aiff pethau ac ailasesu wedyn. Ond dwi am i chi gael gorffwys llwyr ... Mr Owen a Mrs Rhydderch, efallai.'

'Ia. Mi'r awn ni,' ebe Leri. 'Yntê, Twm?'

Edrychodd Twm ar Nerys fel petai'n hanner, chwarter hyd yn oed, gobeithio y byddai'n troi ato a dweud: 'Paid â mynd!' Ond ni ddaeth smic na symudiad o'r wraig lonydd o'i flaen.

'Ia,' meddai Twm, a theimlodd Leri ei siomedigaeth.

Aeth Twm yn ôl at ei wraig a rhoi cusan ar ei boch. 'Cofia di,' sibrydodd i'w chlust. Dilynodd Leri ef a'i chusanu.

Agorodd y Dr Tomos y drws iddynt a'u dilyn. Gan rwbio'i fys am i fyny o'i ên i'w geg, meddai'r meddyg, 'Mr Owen, ga i awgrymu'n garedig iawn eich bod yn peidio ag ymweld â Mrs Owen am ryw dridiau.'

'Tridia!' ebe Twm.

'Anodd, mi wn. Ond dwi ddim am i Mrs Owen gael ei chyffroi mewn unrhyw fodd. A hwyrach y byddai peidio â'ch gweld chi yn ei "deffro" hi, gawn ni ddeud. Cytuno?'

Siglodd Twm ei ben mewn cytundeb.

'Faint gymer hyn?' holodd Leri.

'Faint ydy hyd darn o linyn?' ebe Hywel Tomos.

Teimlai Leri fel gweiddi yn ei wyneb a dweud wrtho am beidio â chyfieithu idiomau Saesneg a'u trin fel 'pethau' Cymraeg fel petai o'n un o gyflwynwyr *Heno*, ond dirnadodd mai dim ond angen gweiddi oedd arni.

'Tydy seiciatreg ddim yn wyddor gysáct, mae gen i ofn,' ychwanegodd, 'ond fe all y meddwl dynol ddod at ei goed mor ddisymwth ag yr holltodd. Mi fydd yn rhaid i ni fod yn amyneddgar.'

'O, mi fydda i,' ebe Twm.

'Unrhyw gwestiynau eraill?'

'Doctor,' meddai Leri, 'wyddoch chi ddim lle gaethwn i hyd i hangyrs yn y lle 'ma?'

'Hangyrs?' ebe'r meddyg.

'Chi'n gweld, mae angen hongian dillad newydd Mrs Owen yn y wardrob.'

'Gadewch o i'r nyrsys, Mrs Rhydderch.'

Y funud honno teimlodd Leri nad oedd ganddi, o flaen salwch, unrhyw rym yn y byd.

Gwenodd y doctor arnynt.

'Da bo'ch,' meddai.

Daw gwallgofrwydd i fod nid mewn cestyll tywyll, nid ar ffyrdd diarffordd yn y fagddu; ni ddaw ar ymyl llynnoedd unig mewn lleoedd dinad-man a'r creigiau ysgythrog o'u hamgylch yn duo'u harwynebedd. Yn y cyffredin y daw, mewn lliwiau ac mewn heulwen, mewn chwerthin ac ar ganol stryd tref fechan, Gymreig pan fo gwraig yn piciad i'r siop bwtsiar a dyn yn dod allan o'r llythyrdy. Yn yr ymennydd unig, wedi ei ddal yng nghanol mynd a dod cyffredin pobl gyffredin na wyddant yn wahanol, y triga'r cestyll tywyll, y ffyrdd diarffordd, y llynnoedd duon.

Edrychodd Twm unwaith eto yn ôl ar y drws caeedig.

Rhoddodd Leri allweddi'r car iddo. 'Dos di o mlaen i,' meddai. 'Dwi am ffonio Reggie. Well iddo fo gael gwbod. Dwi wedi rhoi gwbod i Tom eisoes.'

Aeth Twm Owen yn ei flaen.

'O! diar,' sibrydodd Leri i'r nos ar ei phen ei hun.

Deialodd rif Reggie. Ar ôl canu am ychydig, y peiriant ateb yn unig a gafodd: 'Bugger off! I'm on my honeymoon,' ebe llais

238

Reggie. Cafodd Leri gyfle i wenu a deallodd ei bod wedi dymuno hynny. Teimlodd ryddhad. Taniodd sigarét. Wrth ddrachtio'r mwg croesodd ei meddwl: be oedd Reggie a Casi yn ei wneud rŵan? Daeth rhyw chwithdod drosti, a chywilyddiodd braidd o'i deimlo. 'Mi ffonia i o ar y ffordd adra,' meddai wrthi ei hun.

* * *

Rhoddodd Ieuan Humphreys y ffôn i lawr.

'Tom Rhydderch oedd yna,' esboniodd i'w chwaer, 'yn dweud eu bod nhw wedi mynd â Nerys Owen i Uned Gododdin. O, trueni.'

'I'r seilam, ia!' ebe Eira. 'Does ryfadd, yn nag oes? Tydy'r Saeson 'ma ddim hannar call. Fuon nhw 'rioed.'

Teimlodd Ieuan ryw chwerwder di-ben-draw yn tasgu o'i chwaer, nad oedd yr enw 'Nerys Owen' yn ddim byd amgenach iddo na chamlas wag y medrai lifo'n llifeiriant dilyffethair drwyddo. A bod a wnelo'r chwerwder hwnnw nid â Nerys ond ag ef. Felly nid ymatebodd, na cheisio'i darbwyllo'n wahanol.

'Ac mi gaethoch noson dda neithiwr, felly?' ebe Eira wedi peth tawelwch rhyngddynt, y tân glo yn patrymu'r aelwyd yn yr ystafell ddidoleuni.

'Do, eitha, sti.'

'Mi glywis i di'n baglu ar y grisia. Rhag dy gwilydd di!'

Cododd o'i heistedd ac aeth o'r ystafell i fyny'r grisiau ac i'w llofft.

Eisteddodd Ieuan yn ei unfan, ei gorff a'i feddwl yn ddiymadferth. Yn y man clywodd nodau'r baswn. Canfu ei hun yn curo'i fysedd i rythmau'r gerddoriaeth ar yr antimacasar. Yna peidiodd y miwsig yn ddisyfyd.

Trwy'r ffenest gwelodd y lloer yn ei llawnder. Hudwyd ef i'r ardd.

Yno edrychodd ar y ffurfafen a gwelodd gyfandiroedd ansylweddol o gymylau gloyw yn araf fynd heibio, y lleuad yn fagned i'w lygaid fel y bu erioed i filiynau o'i flaen. Fel petai ei weld unigol ef yn weld cyffredin pawb arall hefyd. Ac yn ei gysylltu â'r ddynoliaeth gyfan. Bod eraill o'i flaen, ganrifoedd ar ganrifoedd yn ôl a hyd y funud hon, wedi edrych ar yr un un lleuad, ac fel yntau rŵan wedi derbyn rhyddhad dros dro o'u pryderon wrth godi eu golygon i'r entrychion. Er y gwyddai'n iawn nad oedd y lleuad, na gweddill natur gyfan, yn malio dim amdano ef na neb arall, yr oedd cysur od yn yr wybodaeth ei fod o rŵan yn cydrannu â meidrolion eraill y teimladau cynnes yr oedd natur, wrth edrych arni, yn eu consurio ynddynt hwy ac ynddo ef. Cam bach o hynny fyddai syrthio ar ei liniau ac addoli'r gwrthrych gwyn, crwn uwch ei ben. Nid oedd yn teimlo'n fach nac yn ddi-nod, ond yn enfawr rywfodd – rhywun wedi ei ymestyn ydoedd yr eiliad hon – oherwydd ei gysylltiad â'i gyd-ddynion wrth edrych ar y lloer hefo'i gilydd ond ar gyfnodau ar wahân. Rywfodd yr oedd pawb wedi bod yn y lle yr oedd ef ynddo rŵan. A'r ardd fechan hon yn bobman a fu ac a fydd. Y meirwon a'r byw mewn presennol parhaol. I grud ei deimladau daeth Nerys. Sylweddolodd pa mor ryfeddol o agos ati yr oedd. Fel petai hi'n rhan annatod ohono, a hithau ohono ef. A bendithiodd hi.

Trodd yn ôl am y tŷ. Synhwyrodd symudiad bychan yn llenni ystafell wely ei chwaer. Ar ei union teimlodd ynddo'i hun siomedigaethau ei chwaer, ac yntau, mae'n debyg, y siomedigaeth fwyaf. Ymledodd ohono drugaredd nad oedd ef yn berchen arno, ond yn rhan ohono. Tuag ati hi. Tuag ato ef ei hun. Tuag at bawb.

Yna clywodd sŵn y baswn drachefn. Yn dynerach y tro hwn.

* * *

Mewn anhunedd tynnodd Twm Owen ei chlustog i'w gôl. Crymodd ei gorff o'i amgylch. Arogleuodd ei gwallt.

* * *

Wrth dynnu ei phais y noson honno cyn noswylio, cofiodd Leri Rhydderch yn sydyn am y pres a dderbyniodd y bore hwnnw. Rhwng popeth yr oedd wedi llwyr anghofio amdano. Ond un ydoedd Leri a fedrai'n hawdd anghofio am arian oblegid bod ganddi gymaint ohono. I'w chrebwyll piciodd Reggie. Hwnnw ni fedrai ei anghofio. A dadfachodd ei bronglwm a'i ollwng yn ddiffrwt ar y llawr.

Un Diwrnod

Llywiodd Leri ei char yn llawer rhy gyflym rownd y tro nid nepell o Clyd a bu bron iddi daro Tom Rhydderch.

'Mi rwyt ti wedi bod isio gneud hyn'na ers tro byd,' meddai wrthi, yn ymryddhau ei hun o ddrysni'r gwrych.

'Dim bellach, Tom!' ebe hi drwy'r ffenest agored. 'Rhywun arall sy dani heddiw. Dwi'n mynd i weld y doctor.'

'Be sy? Ti'n sâl?'

'Nacdw! Ond mi fydd o! Mi roedd o'n gwbod, Tom. Y pnawn dda'th o acw. Mi roedd y diawl yn gwbod nad oedd hi'n feichiog.'

'Mi roeddat titha hefyd,' ebe Tom. 'Mi welis i'r peth yn croesi dy feddwl di pan oeddat ti a dy gefn atan ni ger y lle tân. Er na wyddwn i ar y pryd be oedd o.'

'Ama' rwbath oeddwn i. Gwbod oedd o. Ac mi ddewisodd o chwara castia hefo fi. Ac fel y gwyddost ti'n iawn, does 'na neb yn chwara castia hefo Leri Rhydderch!'

''Nenwedig tjiwawa,' meddai Tom. 'Ond mi rwyt ti wedi cymryd dy amsar cyn mynd i dalu'r pwyth. Ma' Nerys i mewn ers dros wsos.'

'Mi ddewisodd y staniffollach bach gymryd wsos o wylia y diwrnod yr a'th hi i mewn. Cyfleus iawn! A heddiw mae o 'nôl. Dwi'n cymryd mai am acw roeddat ti'n mynd?'

'Wel, ia.'

'Petha'n ddrwg felly. Y sgwennu wedi mynd i'r gwellt?' Ffugiodd Leri wyneb trist yn gellweirus.

'Do ... fel arfer bellach, 'te Leri.' Teimlodd hithau'r chwerwder ynddo a ffugio wyneb mwy cydymdeimladol. 'Mi gymra i bàs yn ôl i'r dre hefo ti.'

'Hwda,' meddai Leri gan roddi goriad y tŷ iddo.

'O,' ebe Tom, 'dyma beth newydd.' Teimlodd rywfaint o ofn wrth ei dderbyn.

'Os eith y ffôn, atab o. Rhag ofn mai Reggie fydd yna. Mae o'n dŵad acw heno.'

'A Mrs Hindley?'

'A Mrs Hindley. Hola faint o'r gloch maen nhw'n pasa cyrraedd, 'nei di? Ac ydyn nhw angan pryd. Maen nhw'n mynd i'r ysbyty gynta. Tydy o'm 'di gweld hi eto, sti. Wela i di'n munud.'

'Munud?'

'Munud gymer hyn!'

Pwysodd Leri fotwm y ffenest a gyrru yn ei blaen yn ffyrnig eto.

Aeth Tom drwy fynedfa Clyd gan lusgo draenen oedd yn sownd yng ngholer ei gôt o'i ôl yn ddiarwybod iddo, a'r goriad yn gynnes yn ei ddwrn.

Edrychodd ar y dyddiadau ar y mur uwchben y portsh:

Adeiladwyd	1747
Rebuilt	1849
Helaethwyd	1964 R.O.P.

Ni allodd Tom atal ei hun rhag canu'r gloch yn ôl ei arfer. Gwrandawodd ar ei sŵn yn lleihau, yna'n diffodd yn llwyr yn y tŷ distaw. Byseddodd y goriad am yn hir cyn ei roi yn y clo. Cydiodd yr ofn cynharach ynddo eto. Ofn beth, ni wyddai'n iawn. A oedd Leri'n dechrau ymddiried ynddo eto? Ac mai dyna oedd sail ei ofn: y gwybod mewnol na ddylai neb ymddiried yn Tom Rhydderch. Torrwr ymddiriedaethau a fu erioed. Nid oedd unrhyw sa ynddo. Teimlodd fel troi ar ei sawdl a mynd. Ond cododd ei law fel petai'n gweithredu'n annibynnol arno a rhoi'r goriad yn y clo, ei droi ac agor y drws. Mentrodd y gweddill ohono ar ôl ei law i mewn i'r tŷ. Croesodd drothwy yn llythrennol, ond rywsut hefyd, gwyddai, yn ffigurol, er na wyddai ym mha fodd. Beth pe na bai hi byth yn dod yn ei hôl? Chwythodd rhyw arswyd ar ei wegil.

Oedodd yn ôl ei arfer ger y Brancusi. A'i gyffwrdd eto yn ôl ei arfer. Y tro hwn nid ias celf fawr a deimlodd ond oerni metel, a thynnodd ei law yn ôl yn sydyn fel petai rhywbeth wedi ei serio.

Aeth i'r gegin: y gegin helaeth a fyddai'n llawr isaf, cyfan mewn tai eraill, llawer llai eu maint. Gwelodd yr amrywiaeth o lestri hyd y silffoedd, y sosbenni a'r cawgiau copr henffasiwn ar fachau hyd ymylon dwy wal, celfi ac offer eraill y byddai Sain Ffagan yn 'diolch yn fawr' amdanynt. Rhedodd ei fys ar hyd y ddresel a'i chanfod yn dew o lwch. Agorodd yr oergell, Americanaidd, enfawr – hollol anghymarus â gweddill y gegin – a chanfod ynddi ddim mwy na photel lefrith, potel o win coch ar ei hanner – gwin coch mewn ffrij! Leri! meddai wrtho'i hun – a lwmpyn o fenyn ar blât. Ymestynnai'r topiau ithfaen am lathenni o boptu'r ddwy sinc. Arnynt nid oedd dim ond un bowlen a gynhwysai sbarion ei brecwast: ychydig gornfflecs yn nofio mewn mymryn o lefrith a llwy ar ei hochr. Trodd Tom ei ben yn araf o amgylch helaethrwydd y gegin ac wrth iddo wneud hynny darganfu unigrwydd ei gyn-wraig. Fel petai ar lôn rhyw wirionedd na allai ei wynebu, neidiodd i wrych osgoi fel y medrai'r honiad fynd heibio iddo heb ei anafu. Ond teimlodd frath serch hynny: brath rhywbeth anghynnes a oedd yn ddwfn y tu mewn i Leri ei hun.

Aeth ar ei union i fyny'r grisiau ac yn syth i'w hystafell wely. Ni ddylai, fe wyddai, ond teimlai reidrwydd. Yno, mewn ehangder arall, gwelodd ddrysau caeedig ei chypyrddau dillad, llawes ffrog wedi ei dal yn un o'r drysau. Nid oedd y carped wedi ei hwfro ers tro. Nid oedd hi'r bore hwn – a oedd hi'n gwneud o gwbl? – wedi cyweirio'i gwely. Y gwely dwbl-dwbl, meddyliodd Tom, a dim ond mewn darn bychan ohono yn agos i'r ymyl y cysgai, pant ei phen o hyd yn yr un glustog, crychau yn y gynfas y gorweddai arni drwy'r nosau, cornel y dwfe wedi ei blygu'n ôl fel caead cas llythyr, ei phais wedi ei sgrwnsio'n flêr a'i thaflu ar hast i ran arall o'r gwely. Gweddill y gwely yn – 'ddifrycheulyd', sibrydodd Tom i'r distawrwydd oedd yn hongian fel hen gôt ers blynyddoedd ar fachyn rhydlyd. Teimlai nad erchwyn a welai ond dibyn. Sylwodd ar fronglwm ar lawr, rhywbeth a'i cynhyrfai ar un adeg ond y bore hwn, gyda gweddill yr ystafell a phrofiad y gegin, a barodd iddo gyffwrdd ei thristwch. Ai dyna paham y rhoddodd y goriad iddo? Nid i fedru agor ei thŷ, ond i agor ei bywyd gan ddangos iddo sut beth ydoedd mewn gwirionedd. Arwynebedd yr oedd ef ac eraill wedi ei weld ers blynyddoedd; heddiw gwelodd y tu mewn. Y crombil. Ac fe'i dychrynwyd.

Clywodd ei char yn dychwelyd. Rhuthrodd o'r ystafell wely ac i lawr y grisiau. Cael a chael a wnaeth i gyrraedd y Brancusi'n ôl a chogio'i fela. Daeth hithau i mewn.

'Wel, dyna hyn'na wedi ei neud,' meddai wrtho.

'Oedd o'n hapus hefo'r canlyniad?' ebe Tom.

'Nag oedd!'

'Wna i ddim gofyn mwy.'

'Fyddat ti ddim yn cael gwbod beth bynnag. Fan hyn wyt ti wedi bod drwy'r adag?'

'Ia,' ebe Tom, 'ia.' Mwythodd yr efydd oer.

'Ffoniodd Reggie?'

'Naddo.'

'Dacia!' ebe hi. 'A finna isio gwbod ydyn nhw yma am swpar. Ond mae gin i ddigon o fwyd yn y ffrij beth bynnag. Gyda llaw, mi welis Twm Owen yn dal y bỳs i'r 'sbyty. Mi roedd o'n siarad hefo Eira Humphreys.'

'Oedd o?' meddai Tom yn ddi-hid.

'Wyt ti'n iawn?'

'Yndw. Wyt ti?'

'Wrth gwrs 'y mod i. Dos i'r lolfa ac mi wna i banad i ni.'

'Mi ddo i hefo ti i'r gegin.'

'Na 'nei di, wir! Cer di i'r lolfa. A mi ddo i â phanad drwodd i ni'n dau.'

'Dy oriad di'n ôl. Rhag mi anghofio.'

'Cadw fo.'

Edrychodd y ddau ar ei gilydd.

'Ydw i felly,' holodd Tom, 'i gymryd fod dyddia canu'r gloch ar ben?'

'Debyg,' ebe Leri. 'Ty'd yma.' Ni wyddai Tom beth i'w ddisgwyl. Dynesodd ati. 'Mae gin ti rwbath yn hongian o dy wegil.' Yn ofalus, hefo'i bys a'i bawd, rhyddhaodd y ddraenen o goler ei gôt a'i dangos iddo.

'Nefi!' meddai Tom. 'Fel taswn i ar dennyn.'

'Ond nid mwyach,' ebe Leri.

* * *

Pan ddywedid wrthi am fwyta, fe fwytai – ychydig. Pan ddywedid wrthi am fynd i'r tŷ bach, fe âi. Pan ddywedid wrthi ei bod am gael ei molchi, fe adawai i hynny ddigwydd. Gadawodd i'r pethau hyn i gyd a mwy ddigwydd iddi fel y gedy deilen i'w hun blygu pan chwythir arni.

Y mae mewn salwch ambell dro gyfle i ganfod rhyw addfwynder nad yw rywfodd yn bosibl mewn iechyd. A 'gwneud' yn gorfod ildio i'r peth anoddach hwnnw, sef 'bod' – bod gyda rhywun ond yn methu gwneud dim.

Disgwyl y gyntaf o'r tair bỳs yr oedd yn rhaid iddo'u dal i gyrraedd y ddinas yr oedd Twm Owen pan ddaeth Eira Humphreys ato a thusw o flodau yn ei llaw.

'I'ch gwraig,' meddai wrtho, 'gin Ieuan ... a finna. Mae o'n meddwl y byd ohoni hi. Dwi 'di'ch colli chi'r boreau o'r blaen.'

'Diolch,' ebe Twm Owen, yn derbyn y blodau.

'Ydy hi'n licio cerddoriaeth? Dudwch wrthi y bydda i'n chwarae'r baswn iddi hi bob diwrnod. Mae cerddoriaeth yn medru trafeilio. Vivaldi, dudwch wrthi.'

Ni wyddai Twm sut i ymateb, ond nid oedd raid iddo oherwydd fe gyrhaeddodd y bỳs. Pasiodd Leri Rhydderch yn ei char er na welodd ef hi.

Yn sedd gefn y bỳs yr eisteddai Twm bob tro – sêt smocio'i ddyddiau ysgol. Hwyrach mai meddwl am ei ddyddiau ysgol ar ei deithiau i'r ysbyty a barodd i'r un meddwl ag a'i plagiai'r dyddiau hyn godi ei ben yn y lle cyntaf.

Er i'w fam ddweud â balchder wrth deulu a chydnabod – a oedd yn byw yn ddigon pell o'r pentref bychan yr oeddynt hwy'n byw ynddo ar y pryd fel nad oedd dichon iddynt wybod yn wahanol – fod 'Twm ni'n bumad yn ei glàs', yr hyn na ddywedai ydoedd mai dim ond pump oedd yn y dosbarth beth bynnag.

Am ddyddiau, ac yntau yn lloches uchel ei goed, clywai chwerthin y dosbarth cyfan yn Fform Tŵ yn oedi yn ei ben, pan orfodwyd ef gan yr athro Saesneg i chwarae rhan y 'Fourth Plebian' yn *Julius Caesar*, ac iddo oherwydd ei nerfusrwydd lefaru: 'They were tractors: honyrybl men.' A sylw'r athro wedyn: 'The Romans were indeed inventive people. But even they were not that inventive.' A mwy o chwerthin.

Hyn a'i plagiai: ai oherwydd ei bod yn sâl y pryd hynny hyd yn oed y priododd Nerys hogyn twp fel ef, a phetai hi'n holliach a fyddai fyth bythoedd wedi ei gyffwrdd? Ac unwaith y byddai'n gwella y gwelai ei chamgymeriad?

Ond yr oedd ef wedi ei phriodi hi. Oherwydd ei fod yn ei charu. Daliodd ei afael ar hynny.

Daeth meddwl arall iddo. Andwyai hynny ef hefyd. Tybed a oedd arno angen i Nerys fod yn sâl fel y medrai ei charu'n iawn? Rywsut roedd ei salwch yn gwastatáu pethau, ac yn eu gwneud yn gydradd â'i gilydd. Yn ei godi ef o'r lle 'isel' y teimlai ei fod ynddo gydol eu priodas. Ei chyflwr goddefol hi, erbyn hyn, yn ei alluogi ef i fod yn 'feistr'. Mewn gwirionedd, er ei 'drallod' yn ei gweld fel hyn, dymunai yr un pryd ei chadw fel yna. Medrai ei 'chyrraedd' heddiw mewn modd na fedrai ynghynt.

Cofiai am ei fam, un tro, yn codi llun o'i dad oddi ar y silff-ben-tân ychydig wedi ei farwolaeth ac yn edrych arno am amser hir, cyn dweud: 'Tydy pobol ddim yn marw, sti, mond ffendio ffordd arall o fod hefo chdi.' Yr oedd Nerys wedi canfod ffordd arall o fod hefo fo – ffordd, er na feiddiai ddweud hynny wrth neb, a'i plesiai'n fawr. Felly, nid oedd tri bỳs a bron i dair awr yn ddim byd i Twm Owen.

Pan gyrhaeddodd yr ysbyty yn gynnar yn y prynhawn yr oedd Reggie Hindley yn gadael y maes parcio. Er na welodd y ddau ei gilydd. Ond gwelais i hwy wrth aros am y bỳs i fynd â fi adref yn ôl wedi triniaeth fechan. Gewin bawd fy nhroed oedd wedi tyfu i'r byw. Hen beth poenus iawn. Ni chawn yrru car, wrth reswm.

* * *

'O lle mae'r holl floda 'ma wedi dŵad, Eira?' holodd Ieuan Humphreys ei chwaer gan roi ei lyfr i lawr ar ei lin, a hithau newydd eistedd hefo'i phaned ar ôl golchi'r llestri cinio.

'Mi gei di eu cadw nhw, yli. Fel'na 'dan ni'n gneud, yntê,' meddai hithau.

'Wn i hynny,' ebe Ieuan, 'mai fel'na 'dan ni'n gneud. Ers cyn co'. Golchi a chadw ar yn ail. Ond glywist di be ofynnis i? Am y bloda?'

'Be amdanyn nhw?'

'O le maen nhw wedi dŵad? Mae 'na fwnsiad newydd bob dydd ers dyddia.'

'Iddi hi maen nhw.'

'Hi?'

'Nerys. Gwraig Twm Owen.'

'O,' meddai Ieuan a chodi ei lyfr i'w ddarllen drachefn.

Llithrodd darn o lo yn ddyfnach i'r tân. Clywyd llwnc Eira Humphreys. Ei chwpan wedyn yn tincial ar y soser a ddaliai'n uchel i fyny yn ei llaw.

'"The feel of not to feel it",' meddai Ieuan gan edrych dros ymyl ei lyfr i'r tân. 'Dyna i ti glamp o linell.'

Chwyrnodd fflam o agen mewn clap o lo a distewi'n gyrlan o fwg.

'"'Tis not through envy of thy happy lot, But being too happy in thy happiness",' ebe Eira o'i chof cyn sipian peth o'i the.

Llithrodd y tân i'w gilydd.

Rhoddodd Eira ei chwpan a'i soser i lawr ar y mat, ac ymestyn ei llaw o flaen y tanllwyth tân i'w chynhesu.

'Ond pam fod y bloda yma, Eira?' ebe Ieuan heb godi ei ben o'i lyfr.

'Am fod yr hogyn bach 'na wedi dal y bỳs cyn i mi fedru cyrraedd bob dydd. A tydy o ddim yn beth neis iawn rhoi hen fwnsiad i rywun. Ond mi dalis i o heddiw.'

Ffeiriodd Eira un llaw am y llall o flaen y tân.

'Dyna i ti beth ofnadwy,' meddai Ieuan.

'Be?' ebe Eira.

'Fod Saeson yn licio bloda!' meddai Ieuan. A gwenodd i'w lyfr.

'Bryd i ni dynnu llinell o dan betha, Ieu.'

'Fedri di?'

Nid edrychodd arni. Na hithau arno yntau.

'Mi allwn drio, Ieu.'

Edrychodd Ieuan oddi wrth ei lyfr a thuag at y pared.

'Mi wrthodais arian gin Tom Rhydderch y noson o'r blaen.'

'Dyna gychwyn,' ebe Eira.

Yr oedd Ieuan am ychwanegu, 'Mi fyddwn dlotach,' ond nid oedd diben dweud hynny mwyach.

Croesodd ei meddwl hithau ddweud na fyddai'n mynd i ŵyl Aldeburgh y flwyddyn nesaf fel yr arferai hefo'i chyfeilles o Lerpwl, ei thrêt bob dwy flynedd iddi hi ei hun, oherwydd bod ei chelc cyfrinachol bellach wedi darfod. Nid oedd diben dweud hynny ychwaith.

Rhoddodd Eira broc i'r tân a fflamiodd hwnnw nes gwrido'i hwyneb. Eisteddodd yn ôl yn ei chadair am na fynnai adael yr ystafell gynnes. Cododd Ieuan ei olygon o'r llyfr, gwenodd arni, a chario ymlaen â'i ddarllen.

'It's your old man!' ebe Reggie wrth ei ferch y canol dydd hwn gan eistedd ar ei union ar y gwely, ac yntau newydd gyrraedd ei hystafell. 'God Almighty, the traffic, girl. You should have seen it. Should've seen it. Not a Bank Holiday is it? Those big lorries going to Ireland. The Irish number-plates on the cars. That's how I knew they were going to Ireland, see. They all had Irish number-plates. Nice room this. Not bad. Not bad at all. Taking care of you, are they? What's that you've had for your dinner? Looks nice. Eaten it all, have you? I always say "dinner", don't I? None of this lunch business. So what's been happening then? What have you got to tell me, eh? Monaco was nice. Aren't you going to say "Congrats"? She's all right, Cas. She's all right. Larry rang to tell me of your little mishap. But I know my girl. Jesus, do I know my girl. Before long you'll be right as rain. That's what I said, she'll be right as rain. Funny saying that: right as rain. What's right about rain? It's bloody wet. Twm's been, has he? Probably hasn't been yet today. But he's on his way. Should learn to drive, that boy. Both of you should. Nothing to it. I've told him. I said to him, I'll get you a motor, Twm. A little Fiesta. What you two want anything big for? Or a Micra. Nice little motors. That's for me, I'm afraid. Big cars. Ostentation, that's what it is. Nothing but ostentation. That's me all over. Your mum used to say that: "Reggie, you're nothing but show." And she was right. Always right, your mum. Reggie, you're nothing.' Ac wylodd yn hidl. 'Caroline, what have I done to you? What have I done?'

Aeth ar ei liniau o'i blaen a chydio yn ei dwy law, a'u gwasgu i'w dalcen.

'Say something. For Christ's sake, say something. Even if it's just that you hate me.'

Daeth Reggie ato'i hun. Yn araf gwthiodd ei dwy law yn ei ddwy law ef am i lawr i be feddyliai ef oedd ei harffed, ond ei phlât cinio oedd yno.

'Jesus, damn! Jesus, sorry! Let me get a towel. Lift your hands from your dinner, pet. You can't leave your hands in your dinner. Jesus, look at me. Bloody lasagne hands. Jesus, let me get a towel. Have you got a towel? Where's the towel?'

Agorwyd y drws a daeth nyrs i mewn a gweld y llanast.

'O, Nerys fach,' meddai. 'Dyma smonach.'

'It's my fault,' ebe Reggie gan godi ei ddwy law i'r awyr, ei fysedd yn friwgig ac yn gaws i gyd. 'It's my fault. Where's your towel, Caroline?'

'Caroline?' ebe'r nyrs.

'Yes, Caroline!' meddai Reggie. 'Caroline – that's her name. Caroline!'

'But we've been calling her "Nerys".'

'It's Caroline,' ebe Reggie yn dal ar ei liniau, ei ddwy law am i fyny. 'Where's your towel, love? Where is it, Caroline?'

'Let me,' meddai'r nyrs gan fynd at y sinc i nôl tywel, a dychwelyd, codi dwylo Nerys o'r plât a'u sychu, codi'r plât o'i glin a'i osod ar y gwely.

'Dyna ti,' meddai. 'A sbia! Dim ar dy ffrog newydd di.'

'What about me?' ebe Reggie.

'What about you?' meddai'r nyrs.

'I can't get up if you don't give me the towel. I've nowhere to put my hands.'

Rhoddodd y nyrs y tywel iddo. Sychodd yntau ei ddwylo. Gan roi'r tywel rhwng ei law a'r llawr, cododd ei hun ar un fraich ac un goes.

'You are?' ebe'r nyrs.

'You tell her who I am, Caroline. Tell her. That's right. I'm your dad.'

'Mi ddaw Twm toc, yn daw, Nerys. Tua'r adeg yma mae o'n dŵad bob dydd, yntê? Siwrna gynno fo, yn does? Pam na fasa fo 'di dysgu dreifio? Wyt ti'n medru dreifio? 'Sa'm llawar ers i mi basio nhest, sti. Trydydd tro, cofia, tawn i'n marw.'

'What's that?' ebe Reggie.

'I'll take these out,' meddai'r nyrs, 'and I'll leave you in peace.'

'Excuse me,' ebe Reggie, 'but where exactly do you see the peace?'

Gwenodd y nyrs arno. Rhoddodd lewc ar Nerys ac aeth allan hefo'r budreddi.

Aeth Reggie at y ffenest.

'What a view. Look at that view. I'm going to tell you a little secret. But don't let on now. You won't, will you? I'm thinking of buying a little place in Wales. Won't that be good? Cas loves Southport. Don't get me wrong. But she misses here. I know she does. Shouldn't have sold her old place. What do you think of that, then? What's that? What did you say? What a view. Look, pet. Look at that. I'll head off then. You need your time with Twm. What time does he come? Soon. Is that right? Soon. I'm going to be around for a few days. I'll be seeing Larry later. I'll tell her you're asking for her. I'll tell her that, shall I? And Cas sends her love. She does. She does. And I'll tell her that you were asking for her too. All right then, sweetheart, I'll be off. I'm going now. Is that all right? But as I say, I'm around for a few days. So I'll see you tomorrow and I'll bring Twm. Tell Twm I'll bring him. Will you do that? Come on, give your old man a kiss.'

Cerddodd o'r ffenest a mynd ati. Cydiodd ynddi a rhoi cusan iddi.

'What's that?' Oedodd. 'See you then. See you then.'

Llamodd at y drws a'i agor, mynd trwyddo a'i gau. Tuag ato daeth Dr Tomos, daliodd ei lygaid a chodi ei fys arno. Disgwyliodd Reggie amdano.

'You are Nerys's father, I believe?'

'Am I?' ebe Reggie. 'Are you quite sure of that? Because I'm not.'

Cerddodd tuag at y brif fynedfa gan adael Dr Tomos yn sefyll yn ei unfan yn sbio'n hurt ar gefn yr un a oedd yn dad i Nerys (neu Caroline) yn diflannu drwy'r drws.

* * *

Daeth Twm Owen i mewn. Cododd ei law ar ei wraig wrth gau'r drws ar ei ôl. Rhoddodd y blodau ar y gwely cyn eistedd wrth ei hochr ar y llawr a gafael yn ei llaw. Edrychodd y ddau i'r un cyfeiriad: y pared glas golau, moel. Buont fel yna, ill dau, am hydion.

Piciodd nyrs ei phen rownd ymyl y drws gan godi ei llaw arnynt. Sibrydodd Tom y gair 'fâs' a phwyntio at y blodau ar y gwely. Cododd hithau ei bawd arno a chilio.

Edrychai o bryd i gilydd ar ei wraig a gwasgu ei llaw fymryn.

Agorwyd y drws eto a llithrodd llaw yn dal fâs i lawr ei ymyl. Gadawyd y fâs ar y llawr. Llithrodd y law i fyny'n ôl a diflannu. Caewyd y drws. Cododd Tom yn y man i nôl y fâs a mynd â hi at y sinc. Trodd y tap yn araf a'i llenwi â dŵr. Gosododd y blodau o'i mewn, eu trefnu orau gallai, ei chario i le y medrai Nerys ac yntau ei gweld. 'Gin Ieuan ac Eira,' meddai o dan ei lais. 'Gin Eira, deud y gwir. I chdi. Ac mi fydd hi'n chwara miwsig i ti. Mi ddudodd hynny. Mae miwsig yn medru trafeilio, medda hi.' Cymerodd glustog o'i gwely a'i osod o dan ei ben-ôl. Cymerodd ei llaw yn ei law ei hun.

Aeth amser heibio. Edrychai weithiau ar ei wats. Heibio yr aeth amser.

Gwelodd yn y man ei bod yn bryd iddo fynd.

Cododd ar ei benagliniau. Tynnodd ei phen i'w gesail. Cusanodd hi ar ei chorun. 'Dy garu di,' meddai. 'Wela i di fory.' Sythodd i'w lawn faintioli. Gosododd y glustog yn ôl ar ei gwely.

Aeth i ddal ei fỳs.

O ba le y daw daioni?

Yn y diwedd, y mae'n amhosibl 'esbonio' daioni un dyn a drygioni'r llall. Y mae rhywbeth o hyd yn dengid o afael yr 'esboniadau', boed hwy'r sêr, neu dduw, neu ragluniaeth, neu ffawd, neu fagwraeth, neu amgylchiadau, neu eneteg, neu lwc, neu anlwc, neu riant, neu deulu, neu addysg, neu gyfle, neu ddiffyg cyfle, neu dlodi, neu gyfoeth. Yn y 'rhywbeth' anesboniadwy, anniffiniadwy, annirnadwy hwnnw y llecha dirgelwch daioni a drygioni fel ei gilydd.

Ond ... efallai – efallai? – ei bod yn haws 'esbonio' drygioni na daioni. Er mai sôn am broblem drygioni a wneir, problem daioni sydd yna mewn gwirionedd. Oherwydd bod daioni yn gorfod gwrth-ddweud y fioleg greiddiol, waelodol sy'n pennu a mynnu bod y cryf yn trechu'r gwan o hyd ac o hyd; nad yw'r gwahanol a'r od yn cael goroesi – nac yn medru. Rywfodd y mae daioni yn mynd yn groes i natur waedlyd, ffyrnig a di-hid.

O ba le y daw daioni?

Ymddengys drygioni yn fwy nag ef, ac yn gryfach nag ef. Tawelach, efallai, ydyw. A llednais.

O ba le y daw daioni? O ba le bynnag y daw, yno ac ynddo y mae ein rhyfeddod.

Daliodd Twm Owen y bỳs.

Teirgwaith y bu i Leri Rhydderch ddeialu rhif Reggie Hindley ond dewisodd ddiffodd y ffôn bob tro cyn iddo ddechrau canu. Y tro cyntaf oherwydd y tybiai ei fod yn yr ysbyty ac felly nid peth da oedd ei styrbio. Yr eildro oherwydd y tybiai ei fod yn gyrru ac felly na fyddai'n ddiogel iddo ateb. Nid oedd yn cofio erbyn hyn pam y dileodd yr alwad olaf, ond yn sicr yr oedd rheswm dilys. Gobeithiai'n fawr na ddeuai Reggie a Casi heno ac yr aent i'w gwesty ar eu hunion – lle byddent yn aros, tybed? – ac y deuent i'w gweld hi – os deuent o gwbl, wrth gwrs – yn y bore. Byddai ymweliad byr gan Reggie – ac fe ddylai weld Reggie gan fod yna gwestiwn neu ddau ynglŷn â Nerys yr oedd hi angen atebion iddynt, felly byddai ymweliad byr yn gweddu.

Ond nid Reggie *a* Casi. Hefo'i gilydd. Yn briod. Ni fyddai hynny rywsut yn dderbyniol ganddi. Nid nad oedd yn drwglicio Casi. Hogan ddiddrwg ddidda fu hi ym meddwl Leri erioed. Diniwed ar lawer ystyr. Yn aml yn y gorffennol fe'i pitïai. Pitïai ei hunigrwydd a hynny, teimlai Leri, yn ei thaflu i freichiau dynion hollol anaddas. Ni feddyliodd erioed fod unrhyw ddyfnder yn ei 'pherthynas' – gair rhy gryf oedd 'perthynas': 'liaison' fyddai'r gair gorau, efallai – yn ei 'liaison' â Tom Rhydderch. Fe 'gysgai' Tom yr adeg honno ag unrhyw un – fe wyddai hi, o bawb!, hynny yn well na neb. Roedd Casi druan yn handi iddo.

Duw yn unig a wyddai beth a welodd Roger Jenkins ynddi. Ni fyddai Leri wedi dweud hyn wrth unrhyw un, ond nid oedd crebwyll Casi nac eang na dwfn. Yr oedd Roger Jenkins yn ddyn deallus, fel y gwyddai hi'n iawn, a'i ddeallusrwydd o gelf yn arbennig felly – hafal i'w ddeallusrwydd hi ei hun. Efallai, teimlai Leri pan glywodd am eu 'dalliance' – gair arall a oedd yn agosach i'r gwir na 'perthynas' – y gwyddai Casi pwy oedd Rachel Roberts – actores o'r Rhondda, ia Casi? – ond nid oedd dichon iddi wybod pwy oedd Rachel Whiteread. Dduw mawr, nag oedd. Ychydig ynghynt yr oedd hi – Leri – a Roj wedi prynu darn o gelf gan Whiteread. Cofiai Leri chwerthin ar y pryd pan glywodd am y 'dalliance' annhebygol hwn gan restru enwau artistiaid yn ei phen: Louise Bourgeois, Eva Hesse, Cornelia Parker – wel! pwy ydyn nhw, Casi? teimlai fel holi ar 'foment fawr' y datguddiad amdani hi, Casi, a Roj. Bu bron iddi ag ychwanegu enw Tracey Emin ond tybiodd y byddai Casi, efallai – efallai? – wedi clywed am honno gan fod y ddwy mor gwrs â'i gilydd. Na, nid 'cwrs': roedd hynny'n annheg. Nid oedd arlliw o'r cwrs ar gyfyl Casi: llac ei thafod ar brydiau, efallai, yn enwedig pan oedd siampên neu G & T yn tynnu 'waliau parchusrwydd' i lawr. Digwyddai hynny i bawb rywbryd neu'i gilydd. (Gallai Leri feddwl am un adeg y digwyddodd iddi hi hyd yn oed.)

A rŵan Reggie. Nefoedd wen yr adar! Ond wedi dweud hynny, teimlai Leri fod y 'liaison-cum-dalliance' hwn yn fwy cydnaws â natur Casi ei hun. Fod y 'berthynas' hon â dyn garej yn fwy cydradd rywsut. Nid oedd dim cydraddoldeb yn ei pherthynas – liaison! – â llenor gorau Cymru, yn ei ddydd. Nag ag ysgolhaig, oherwydd dyna oedd Roger Jenkins yn y bôn – ysgolhaig na fu iddo wireddu drwy lyfr a llyfrau ei ysgolheictod, a thrueni oedd hynny. Bu i sawl un godi ei aeliau pan glywodd am Casi a Roger. (Mae'n debygol i'r rhai a wyddai ar y pryd wneud yr un peth wedi iddynt ddeall bod 'rhywbeth' rhwng Tom a Casi.)

Ar fater o egwyddor, ni fyddai Leri fyth bythoedd nac yn y pedwar amser yn priodi Sais. Cofiai iddi adael iddo roi cusan iddi unwaith. Awgrymodd ef ar y pryd – y 'dihiryn' iddo – mai 'dial' ar Casi oedd hynny am iddi 'ddwyn' Roger oddi wrthi. Nid oedd yn natur Casi i ddwyn. Hi, Leri, fu'n rhy araf. Yr oedd Roger wedi gofyn iddi ddwywaith ei briodi. Ac os bu iddo ef, oherwydd ei llusgo traed hi, 'syrthio' mewn 'cariad' â rhywun arall, hyd yn oed Casi, pa hawl oedd ganddi hi i'w rwystro? Difarodd Leri droeon roi'r un gusan honno i Reggie. Ond yr oedd yr amgylchiadau ar y pryd wedi peri i'r ddau simsanu – y noson y dywedodd Nerys wrthynt ei bod yn feichiog – ac er na allent fod wedi rhoi eu bysedd ar unrhyw beth pendant, gwyddent fod rhywbeth mawr o'i le. Gwyddent, ac felly bu iddynt gusanu. A goleuni Aberystwyth oddi tanynt yn fwclis yn y düwch.

O'r mur yn y stydi – hen stydi Tom, lle bu'n gweithio, cofiai'r funud hon, ar nofel ar ôl nofel a'r geiriau'n 'llifo' ohono, a hithau weithiau'n 'awgrymu', yn 'cywiro', yn 'cynorthwyo' – o'r mur edrychai ei thad arni o'r portread ohono gan Augustus John, a beintiwyd ddwy flynedd cyn marwolaeth yr artist. Yr oedd hi o fewn blwyddyn, sylweddolodd mewn syndod, i oedran ei thad pan fu farw yn drigain a phedwar mlwydd oed. Teimlai heno eto fyth, yn ei ŵydd, fel y teimlai erioed, nad oedd hi gymesur ag ef. Gobeithiai na ddeuai Reggie a Casi i darfu ar ei llonyddwch a'i heddwch yn enfawredd Clyd, ei gartref ef.

Yn anffodus iddi, nid felly y bu. A phan glywodd y gloch yn canu o'r diwedd – dduw mawr o'r nef, o'r diwedd! – daeth rhyw dro i'w stumog. Wrth lwc roedd hi wedi newid yn barod. Gan nad oedd ganddi fawr o fwyd yn yr oergell, bu iddi archebu bwrdd – rhag ofn – i dri yn Nisien. Rhagrybuddiodd Oliver a Cai, y perchnogion clên, na fyddai, efallai, ei angen oherwydd nad oedd hi'n siŵr iawn a fyddai ei gwesteion yn cyrraedd neu beidio. Gwyddai Oliver a Cai yn iawn nad oedd wiw iddynt ei gwrthod, er mor ansicr yr oedd hi a fyddai'n dod ai peidio, gan mai Leri Rhydderch oedd un o'u cwsmeriaid gorau – a'r mwyaf hael.

Agorodd y drws. Yno roedd Reggie.

'Larry, my love,' meddai ac edrych arni. 'My god, you're wearing a whole bank account!'

Cynigiodd hithau ei dwy foch iddo a rhoddodd yntau ddwy gusan iddi.

'I wasn't at all sure what time the two of you would arrive,' ebe hi.

'It's only me, I'm afraid, Larry. It needed to be only me today. I needed to see Caroline on my own. Cas agreed. She sends her love, though. And is sorry she couldn't come.'

'So am I,' ebe Leri, 'so am I. Come on in.'

Oedodd Reggie wrth un o'r lluniau yn y cyntedd.

'I don't get that at all, you know,' meddai.

'What? The Whiteread?' ebe Leri'n edrych i gyfeiriad y llun yr oedd Reggie'n edrych arno.

'Is he famous?'

'She,' ebe Leri, 'and yes! One of the great contemporary sculptors. She disorientates you, she makes casts of absences. *House* is her most famous sculpture, when she filled the inside of an actual house with concrete and then removed the shell, only to leave solidified emptiness. The ghosts of windows and doors, the inside of cracks and indentations. And then Bow Council had it demolished. The Philistines! How was Ne... Caroline?'

'Good. Yes, she was good.'

'Really?'

'Not much to say. But she was good.'

'Look, let me ring Cas to tell her where I am.'

'And where are you?'

'Here. I'm here.'

'Go through to the lounge and I'll fix us some drinks. Scotch?'

'Scotch 'll be just the ticket after all that.'

'It's nearly seven,' ebe Leri, 'and I've booked a table for us, for

259

three actually, at Nisien. A lovely place. For eight o'clock.'

Pendronodd Reggie cyn dweud: 'Do you mind if we don't? I feel like being people free. But if you've booked, then ...'

'No,' ebe Leri. 'You must do what you feel like.'

'Listen! Let's have a takeaway. Let's pig out on rogan josh and chicken sag and naan. I'd like that.'

'Or I could rustle up something. I've plenty of food.'

'No, no! But you're all dressed up. Let's go.'

'No, not at all. I can easily change. I'd like a takeaway too.'

'That's settled then. I'll go. Where is it?'

'Between the Spar and the Nat West. It's called Deli Newydd – fair play to them. But have a drink first and you can ring Casi. And I'll ring Nisien.'

Tamaid olaf y sgwrs rhwng Reggie a'i wraig a glywodd Leri ger drws y lolfa a hithau'n dychwelyd hefo'r diodydd. 'I'm at Tom's right now,' clywodd. 'I'll head for the Dewey Cent soonish. Sleep tight. Pretend I'm there. Lots and lots of love,' a gwnaeth swn cusanau cyn diffodd y ffôn.

'Casi all right, is she?' ebe Leri'n cerdded i mewn â'r diodydd.

'Yes. She's good.'

'Where are you staying tonight?'

'I was thinking on the way down for the takeaway that I'd book in at the Dewey Cent. They'll have room, won't they?'

'This time of year!' ebe Leri. 'You can have the whole hotel. And by the way, Reggie, it's Dewi Sant.'

'Didn't I say that?'

Gwenodd hithau.

'To you, Larry,' meddai Reggie'n codi ei wydr.

'Shouldn't that be "To Caroline"?'

'Of course. To Caroline!'

Sipiodd y ddau eu diodydd mewn distawrwydd.

'Do you know, Larry,' meddai Reggie, 'I'd love a house round here. Recommend anything? Something small, you know.'

'Small,' ebe Leri yn edrych arno gan daro'i gwydr yn ysgafn yn erbyn ei gên, 'small, but stands out. Small, but dwarfs everything else. Have I got the handle on "small"?'

'You probably have!'

Yfodd y ddau beth o'u diodydd ac edrych ar ei gilydd yr un pryd. Meddai Leri: 'Before long there will be such a "small" house on the market. The local doctor's.'

'Is that right?'

'Oh yes,' meddai, a thôn ei llais yn ymylu ar y chwyrn.

'Moving on is he?'

'Downsizing, I'd say.'

'How long?'

'Soon. Very soon.'

'Local estate agents will it be?'

'Barclays Bank.'

'The poor bastard.'

'There's no need for the "poor", Reggie.'

'Like that is it?' meddai Reggie a chyffwrdd ei boch â'i wydr.

'Like that indeed,' ebe Leri.

'Keep me posted, will you?'

'I will. I certainly will.'

'Look, let me go and get the takeaways. And book in at the hotel. What will you have?'

'You choose. I should pay. You're my guest.'

'Wouldn't dream of it,' ebe Reggie.

'But I do,' meddai Leri.

'What?' ebe Reggie. 'Dream of it?'

'I insist. Let me get you some money.'

Aeth Leri i'r biwrô ac agor drôr. Tynnodd amlen allan a dychwelyd at Reggie.

'It's all fifties, I'm afraid.'

'You're afraid! God Almighty, Larry, how much is in there?'

'I don't really know,' atebodd hithau. 'It came the other day. From whom and why, I've no idea. I was thinking of using it to buy Caroline's Twm some driving lessons.'

'Good idea. You're very generous, you know. There's enough there for a decent second-hand motor as well. Let's have a look. Do you mind?'

Rhoddodd yr amlen i Reggie. Cyfrodd ef yr arian.

'Four grand three. Not bad. Whoever sent it could have rounded it off to five. The mean so-and-so. I could get you something for three. Nice little Micra or a Fiesta. Do you want me to?'

'Yes, do that. Take three.'

Cyfrodd yntau dair mil a'u rhoi yn ei waled. Rhoddodd y gweddill yn ôl iddi.

'And the fifty for the Indian!' ebe Leri'n rhoi papur hanner canpunt iddo.

'Can I keep the change?' meddai Reggie'n gellweirus.

'I want it all back!' ebe hithau gan blygu ei hwyneb at ei wyneb ef.

'You will,' meddai yntau, yn dynwared ei hystum. 'Oh, you will.' Ac aeth.

Yn ei absenoldeb penderfynodd Leri roi galwad sydyn i Tom Rhydderch. Dim ond i weld a oedd o'n iawn, oherwydd teimlai iddi fod yn rhy ddifrïol y bore hwnnw o'i anallu i ysgrifennu ac yntau beth amser yn ôl, os cofiai'n iawn, wedi rhoi'r argraff iddi fod geiriau eto yn ei feddiant.

Synnodd Tom braidd at yr alwad, ond rywsut fe'i calonogwyd

hefyd oblegid mai eithriad oedd i Leri ei ffonio. Esboniodd wrthi nad oedd trydedd frawddeg wedi 'dod'. Hyd eto, wrth gwrs. Ond rywsut, addefodd, nid oedd yn malio ychwaith gan fod ei le, fe wyddai, y tu mewn i lenyddiaeth Gymraeg wedi ei sicrhau – tra parai'r iaith – oherwydd ei weithiau – 'sylweddol' oedd y gair a ddefnyddiodd – blaenorol. Wrth ddarllen pethau diweddar – 'pethau salach, cofia' – teimlai nad oedd ef bellach yn 'ffitio'. Edrychodd Leri ar ei wats. 'Dwi'n henffasiwn, sti,' esboniodd. 'Mae ngeirfa i'n rhy gyfoethog i'r Cymry sydd ohoni.'

Nid nad oedd Leri'n clywed fawr o hyn gan ei bod yn ceisio dal y ffôn rhwng ei hysgwydd a'i gên wrth chwilota ymysg ei rheiliau dillad am ffrog fwy addas i'w gwisgo. 'Neith hon,' meddai'n uchel.

'Be?' ebe Tom.

'Neith hwn,' meddai Leri'n pwyllo, 'unrhyw air y tro. Neith hwn. Heb feddwl ai dyna'r gair cysáct i'w ddefnyddio i ddisgrifio teimlad. Fel 'na mae sawl awdur "pwysig" yn y Gymru gyfoes.'

'Ti'n iawn!' ebe Tom, yn gwybod bod Leri'n dirnad beth oedd hanfodion arddull.

'Nos da 'ta,' ebe hi, yn eithaf sydyn, tybiodd Tom.

Tra oedd Tom yn dyfalu – a'r ffôn yn dal yn ei law – beth yn hollol oedd diben ei galwad, dadwisgodd Leri, gan benderfynu newid ei dillad isaf yr un pryd – pam lai? – ac yna ymwisgo eto mewn ffrog wahanol.

Yna, aeth i'r gegin i dwymo dau blât o dan y tap dŵr poeth – ei chasbeth oedd bwyd poeth ar blatiau oer – eu sychu, estyn dwy gyllell a dwy fforc a dwy lwy, dau wydr gwin a photel o win da, coch, a'r teclyn i'w hagor, dwy syrfiét, a gosod y cwbl ar hambwrdd a'u cario'n ofalus i'r lolfa.

Yno roedd Reggie a bag plastig llawn o fwyd yn ei law.

'It's you!' ebe Leri.

'It is!' meddai yntau. 'Did you wish it was someone else?'
'No. I don't think so,' atebodd hithau.

* * *

Bob nos arferai Twm Owen wneud dau beth. Arferai dreulio amser yn y 'llofft wag' yn crwydro ymysg y teganau a'r dillad bychain; sbio ar y murluniau, darllen eto yr enwau posibl i'w babi a genhedlwyd yn nychymyg Nerys; taro matras y cot â'i law yn dyner. Nid oedd wedi croesi ei feddwl i glirio pethau. Dim o gwbl. Ystafell i'r dyfodol oedd hon, fe wyddai.

Yna fe âi i lawr y grisiau a deialu ar ei ffôn ei hun ffôn Nerys a gwrando arni ar y peiriant ateb. 'Nid yw Nerys ar gael ar hyn o bryd. Gadewch neges. Leave a message.' Dywedai Twm yn nosweithiol wedi'r wich: 'Dwi yma yn aros amdanat ti. Cym' di dy amsar.'

* * *

Yr oedd Tom Rhydderch yn ddigon hirben i ddweud wrth Casi fod Reggie newydd adael pan ffoniodd hi am air â'i gŵr. ''Dan ni'n cael Pekingese, wsti. Gast,' esboniodd Casi. 'Ac mae'r bridwyr wedi dweud y medrwn ni ei cha'l hi fory ac felly, meddwl o'n i faint o'r gloch oedd Reggie'n pasa cyrradd adra.'

'Arglwydd!' ymatebodd Tom. 'Pekingese! Sgin ti enw iddi hi?'

'Oes, myn diawl,' meddai Casi, 'Elizabeth R!'

'Mi'r eith hynny i lawr yn dda yn Southport!' ebe Tom.

'Waeth gin i amdanyn nhw.' Ymddiheurodd Casi am ei drafferthu. Dymunodd 'nos da' iddo ac y byddai'n siŵr o'i weld yn fuan. Ond nid cyn gofyn, 'Wyddost di ddim i ba westy yr oedd o'n mynd?'

'Y Dewi Sant,' ebe Tom yn ddidaro gan obeithio i'r Brenin Mawr ei fod wedi cael y gwesty cywir. Yr oedd, fodd bynnag, yn go ffyddiog hefyd gan mai dyna'r unig westy pedair seren yn y cwr, ac i le fel yna yr âi Reggie pe byddai'n mynd i westy o gwbl heno. Teimlodd Tom ryw dristwch yn dod drosto, ond nad ei dristwch ef ydoedd.

* * *

Ar y llawr yr eisteddai Reggie a Leri. Nid oedd angen y platiau wedi'r cyfan. 'Let's pig out and eat from the trays instead,' oedd dymuniad Reggie. Cytunodd Leri er nad oedd ar y cychwyn yn gyfforddus iawn yn gwneud hynny. 'Mop the sauce with the naan,' oedd cyfarwyddyd ei gwestai. Nid oedd hi mor ddeheuig ag o yn y weithred: yr oedd llwybr o smotiau 'masala' ar hyd y carped, er mawr anesmwythyd iddi. Torrai Reggie wynt bob hyn a hyn, a 'Beg pardon' yn syth wedyn. Ond rywsut nid oedd Leri yn ffieiddio hynny. Sylweddolodd yr aberthai unrhyw beth heno – a fory, a drennydd, a thradwy, a ddoe, ac echdoe – er mwyn cael cwmpeini. Chwarddodd. 'What you laughing at?'

'You,' atebodd. 'You.'

'We're having a dog, you know. Not a proper one. One of those funny ones.'

'A chihuahua?' dyfalodd Leri.

'No, no. Those ones with bashed in faces.'

'A Pekingese?'

'That's right. Company for Cas.'

'Thought she had you for company,' ebe Leri.

'I'm not always around, you know: Rotary, Masons. You won't approve of the Masons, I suppose, Larry.'

'I have no real opinion. Although my father was one. High

ranking at that. I'll show you his regalia if you like.'

'Yes, I'd like that. So I'm out a lot.'

'And Casi can have a dog to stroke in your absence.'

Cododd Reggie ei ysgwyddau. Craffodd Leri arno.

'This isn't the first time is it, Reggie?'

'First time?' meddai Reggie a'i lais yn codi fymryn ar yr 'm' yn 'time' ac yntau ddim yn siŵr iawn o drywydd ei chwestiwn.

'Caroline. This has happened before, hasn't it?'

'No, never. She's never made up a pregnancy before. To my knowledge at any rate.'

'I'm not talking about a pregnancy. I'm talking about mental illness.'

'Have you candles, Larry? I find this light too bright.'

'While I get the candles,' ebe Leri, 'you have a little think about what you need to say to me.'

Tra oedd hi yn y gegin yn estyn y canhwyllau canodd y ffôn. Meddyliodd ddwywaith cyn ei ateb ond penderfynodd yn y diwedd wneud hynny.

'Dy hun wyt ti?' ebe llais Tom Rhydderch.

'Ia'n tad. Pam?' meddai hithau. 'Dwi newydd siarad hefo ti.'

'Ddaeth Reggie a Casi ddim felly.'

'Naddo, cofia. Y cnafon!'

'A chditha wedi mynd i draffarth.'

'Wel, deud y gwir wrthat ti, benderfynis beidio cychwyn paratoi hyd nes 'san nhw'n cyrradd.'

'Be oedd gin ti, 'lly?'

'Stêcs. Ond pam ti'n holi, Tom?'

'Cynnal sgwrs. Ar ben 'yn hun ydw i. Fel chditha.'

'Wel, ddaethon nhw ddim!'

'Gwranda. Tasa Reggie yn galw, deud wrtho fo fod Casi 'di ffonio fama yn chwilio amdano fo.'

'O! Ei hun mae o felly?'

'Mae raid. Ac mae o'n aros yn y Dewi Sant.'

'O, felly. Mi alwith yn bora, mae'n siŵr, i ti. Mae hi'n rhy hwyr heno bellach.'

'Gneith, debyg,' ebe Tom. 'Drycha di ar ôl dy hun rŵan.'

'Wrth gwrs y gwna i. Hwyl i ti 'ta, Tom.'

'Maen nhw'n mynd i ga'l ci,' meddai Tom.

'Dwi'n gwbod,' ebe Leri.

'Cym' di bwyll', ebe Tom, a diffodd y ffôn.

Gosododd Leri dair cannwyll ar y silff-ben-tân.

'Your phone rang,' ebe Reggie.

'It did.'

Cyneuodd y gyntaf a'r ail o'r canhwyllau. Wrth iddi gynnau'r drydedd dechreuodd ei llaw grynu a gollyngodd y fatsien.

'You all right?' holodd Reggie, yn hanner codi.

'It's nothing,' atebodd. 'I get it sometimes.'

'And what does the doctor say?'

'Nothing,' ebe Leri. Pwyntiodd â bys ei llaw arall at y gannwyll nad oedd wedi ei goleuo. 'Do you mind?'

Cododd yntau. Wrth i'r fatsien danio fflachiodd y fflam gan oleuo wyneb Leri. Caeodd hithau ei hamrannau a thaflu ei phen am yn ôl, godre ei gwallt yn euro fymryn yn y goleuni egwan. Edrychodd Reggie arni. 'If I had known you for a very long time, I would say to you now that I'd hate anything to happen to you.' Trodd i gynnau'r gannwyll, fflam y fatsien bron yn cyrraedd ei fysedd a blaen y fatsien yn gwafar du.

'So what do you need to tell me about Caroline, then?'

'Nothing really,' ebe Reggie. 'Nothing really.'

Eisteddodd y ddau gyferbyn â'i gilydd ar eu penolau ar y carped, eu cefnau yn erbyn dwy soffa, y silff-ben-tân a'i chelfi uwch eu pennau yng ngoleuni'r canhwyllau fel tref bellennig yn y nos – fel Aberystwyth un noson, meddyliai Leri.

'So,' meddai Leri, 'when I rang you in Monaco to say that Nerys had been sectioned, your response was "Again!" "Again!" was "nothing", was it?'

'Do you know Kensington?' ebe Reggie yn y man.

'I do,' meddai Leri. 'The V & A, Harrods nearby.'

'Jesus!' ebe Reggie. 'Kensington, Liverpool, darling. Where the pavements are made of dog shit. Where the billboards promising its regeneration are falling apart. That Kensington. She lived there as a student. Christ! She could have done Oxford, that girl. Lat and I were against it. Her living there. Allerton or Aigburth. But no. Kensington it had to be. She had this socialist phase. Be where the "real" people are and all that tosh. She'd been there a little over a year when we had a phone call one night. Something had happened. Lat dealt with it. That's it really, I suppose.'

'And what had happened?'

'Oh, I don't know. She wouldn't speak. That kind of thing.'

'She was hospitalised?'

'Yes! But then she was right as rain. Right as rain she was. You watch. You watch.'

'What?'

'She'll snap out of it. She always did. Even as a child.'

'As a child?' holodd Leri.

'Once or twice, once or twice.'

'How many times?'

'I don't remember. Lat dealt with it. I told you.'

'Same thing?'

'Maybe! Maybe! I told that psychiatrist then. I told him.'

'Told him what, Reggie?'

'Her. It was a her. I told her, no child of mine goes anywhere.'

'Did she want to send her somewhere?'

'How do I know? Lat dealt with it. It was a private clinic. I paid. Two weeks. I agreed to that. But no more. Two weeks – max. Lat went with her.'

'How old was she, Reggie?'

'I don't know. I don't remember. Nine, maybe. Jesus Christ, Larry, she was only nine.'

Estynnodd Leri ei llaw tuag ato.

'I'm all right,' meddai Reggie, 'I'm OK. We're like that as a family. She'll be all right, Larry. I'm telling you. Right as rain.'

'Was she silent then too?'

'What's with all the questions, Larry?'

'I'm trying to understand, Reggie. I care for Caroline so much.'

'And do you think I don't? Is that what you're saying? An absent father with a fucked-up daughter. Is that what you're saying? It was the cutting, Larry. That's why she went away for that month. She cut her arms and her legs with razor blades. Jesus Christ Almighty, why does a young girl of seven do that?'

'Lat was with her all the time?'

'The whole three months.'

'And you visited?'

'Yes, yes! Every weekend, regular as clockwork.'

'Was she all right with you?'

'Of course she was all right with me. What are you insinuating? Of course she was all right with me … I didn't go at all, Larry. I couldn't, I couldn't go. The six months she was there, I couldn't go.'

'Any family history of …'

'Not on my side. We're a family of grafters. You get on with it. That's what you do. You get on with it. Get out of it, Caroline. For

Christ's sake, get out of it. And get on. Lat's father topped himself.'

'Did Caroline know him?'

'He was long dead before she was born. That's why Lat came to Liverpool. To get away from all of that. To get away.'

'My mother was an alcoholic. But nobody knew. She hated my father.'

'Did she?'

'Oh yes. She hated him.'

'Did you hate your father?'

'I loved my father,' ebe Leri.

'Can we drop this now? I'm not a bad man, you know. I only sometimes do bad things.'

Edrychodd Leri arno.

'Yes, we can,' ebe hi, 'I think I get the picture.'

'Do you? I've been staring at an empty frame for years.'

'I'm sorry.'

'Don't be. She'll be right as rain. I'm telling you. She's like me. She's my side of the family in the end. She always changes the spark plugs and revs up, that one. Would you do me a favour?'

'What's that?'

'Would you ring Twm? Caroline's Twm. Not now. In the morning. I was going to give him a lift to the hospital tomorrow. But I need to get back. Cas's bloody dog. But don't tell him that. Tell him I'll be back over the weekend. Will you do that for me?'

'I will,' ebe Leri. 'You can't face it, can you, Reggie?'

'No,' meddai yn symud *tray* o rogan josh oer â bawd ei droed, 'I never could.'

Syllodd y ddau ar ei gilydd.

'Look, Larry,' ebe Reggie, 'I forgot to book in at the hotel ... I thought ... You've a large house ... and empty rooms ... Could I?'

'I've a large bed,' meddai Leri, 'it's been empty for years ... Casi?'

'She'll never know. I rang her while you were looking for the candles. You've got to be kind to be cruel, haven't you?'

'You do,' ebe hithau.

* * *

Nid oedd y ferch yn nerbynfa Gwesty Dewi Sant mor ddyfeisgar ag y bu Tom Rhydderch yn gynharach. Dywedodd wrth Casi nad oedd neb o'r enw 'Reggie Hindley' yn aros yno'r noson honno.

Ychydig bach yn ddiweddarach ffoniodd Reggie ei hun i ddweud wrthi pa mor gyfforddus oedd yr ystafell: golygfa o'r môr ganddo, a goleuadau'r trefi bychain 'all the way from here to the Lynne peninsula' yn gysur egwan iddo ar ôl diwrnod gweddol anodd hefo Caroline, 'but not, of course, as much of a comfort as you would be if you were here now.'

* * *

Yn hwyr iawn y noson honno, yr oedd Tom Rhydderch wedi ysgrifennu pum brawddeg drybeilig o sâl – gwyddai yn ei galon ei fod yn taflu geiriau o gwmpas y lle fel yr oedd natur yn gwasgaru had gan obeithio y byddai un neu ddau ohonynt o blith y miloedd yn glynu ac yn cydio – pan ddaeth iddo syniad. Cymerodd siswrn a thorri o'r brawddegau y geiriau unigol a'u rhoi mewn hen focs Oxo. Caeodd gaead y bocs a'i ysgwyd yn ffyrnig. Edrychodd ar gloc y gegin ac ar y bys eiliadau. Agorodd gaead y bocs ac ar hap, am ddeg eiliad ar hugain, tynnodd allan air ar ôl gair a'u trefnu'n 'frawddeg' newydd. Gwnaeth yr un peth drachefn a thrachefn hyd nes nad oedd geiriau ar ôl. Yr oedd yn 'ysgrifennu' arbrofol, diddorol. Nid oedd erioed wedi 'ysgrifennu' â siswrn o'r blaen. Hoffai'n fawr y frawddeg hon:

siafio Aeth llygoden. Cythruddodd dyfnach, oni bai rhyglyddu hebddo; trachefn Mudodd ac oni bai? Ac Ergydiodd! bodd;

Hwyrach fod rhywbeth yn hyn, meddyliodd? Ond yr oedd wedi blino gormod i arbrofi mwy.

Un Diwrnod

Dilynodd Reggie Casi i mewn i'r lolfa yn Cattrick, eu cartref yn Southport, a phaneidiau o goffi yn nwylo'r ddau.

'I didn't expect you back so early,' ebe Casi yn eistedd.

'You should have seen that Bentley go. They don't call it "Flying Spur" for nothing.'

'Caroline? All right was she?'

'Not bad, you know. Could be better. She and Twm need the time together. So I decided to come home.'

'Where did you stay last night?' holodd Casi'n sipian ei choffi.

'At that hotel, I told you. What's it called?'

'I don't know. What is it called?'

'The Dewey Cent.'

'Y Dewi Sant. You did tell me. I'd forgotten. Sorry, Reggie.'

'What?'

'I'm sorry, I'm sorry I didn't go with you. I won't let that happen again.'

'It's all right,' meddai Reggie, a'i dro ef oedd sipian coffi y tro hwn. 'I can't expect you to come with me everywhere.'

'But I will!' ebe hi. 'I won't let you go on your own again. Ever. Do you hear me?'

'I do. I do ... I was thinking on the way back – you can think in a Bentley, it does the driving for you. I was thinking. We need to buy a little place over there. Larry ...'

'Leri?'

'Yes. Larry might know of somewhere. Do you think she might know of somewhere?'

'She might,' ebe Casi, 'except that we don't need a place over there any more.'

'Don't we?'

'No, I don't.'

'I was thinking of you,' meddai Reggie, yn llyncu mwy o'i goffi gan edrych arni dros ymyl ei gwpan.

'Were you thinking of me, Reggie?'

'That's your home. Over there. You shouldn't have sold the old one.'

'This is my home, Reggie. Here. With you. My husband. You are my husband.'

'I know that, silly thing,' a chwifiodd ei law yn yr aer.

'We don't need a little place there, do we? Do we, Reggie?'

'Don't we? No! Of course not. I was only thinking ...'

'It won't happen, Reggie. I won't allow it to happen.'

Clywyd cyfarthiad bychan o'r tu ôl i'r soffa.

'She's woken up! Come and meet her royal highness,' ebe Casi, a thynnodd ef gerfydd ei law i'r fan y tu ôl i'r soffa lle roedd basged anferth, gron, a'r Pekingese yn ei chanol ar glustog flewog, binc yn deffro.

'This is Elizabeth R., daddy,' meddai Casi yn ei chodi.

'Elizabeth R.! Is that right? Wouldn't a Welsh name have been more suitable perhaps?'

'What, in Southport? A Welsh name! No, I don't think so. They'd never be able to say it … By the way, she's not paid for. I said you'd be over tomorrow, today by now, to settle things.'

'Of course!'

'It is a nuisance this, Reggie.'

'What is?' holodd ef.

'Not having a joint bank account.'

'It is,' ebe Reggie, 'I'm sure it is. I'll see to it. I've been meaning to do it for months.'

'You have. So I took the liberty of going to the bank first thing and getting the forms. And you came too, didn't you, little darling,' ebe hi wrth Elizabeth R. 'It came to me in the night – I couldn't sleep – that I should get them. The forms.'

'Good,' meddai Reggie, 'that's good. I'll sign them and take them in. Tomorrow.'

'Could you do it now, darling?' ebe hithau. 'They're on the table there.'

'Of course!' meddai yntau yn mynd tuag at y bwrdd.

Gwasgodd Casi Elizabeth R. yn dynnach i'w mynwes. Edrychodd y ddwy ar Reggie'n arwyddo. Cododd Reggie ei olygon tuag atynt. Gwenodd Reggie a Casi ar ei gilydd. Meddyliodd Reggie fod Elizabeth R. yn gwenu hefyd.

'She's smiling at daddy, too,' meddai Casi, yn cadarnhau dyfaliad Reggie.

Daeth 'yap!' egwan o enau Elizabeth R.

'Daddy,' ebe Casi, 'would you like a little hold?'

'I would. I would,' meddai Reggie.

Cyflwynodd Casi'r bwndel bychan blewog iddo. Wrth wneud hynny, ebe hi: 'Go to daddy. Daddy likes a bitch.'

Gwenodd Reggie. Nid oedd Elizabeth R. wedi bod fawr o dro yn ei freichiau anghyfforddus pan deimlodd ryw wlybaniaeth ar hyd ei law dde.

'Oh! Daddy,' ebe Casi. 'She's done a wee-wee on you. Naughty, naughty, Elizabeth R.'

'I think you better have her back,' meddai Reggie'n gwenu eto fyth. 'I'm not used to her yet.'

'Not yet!' ebe Casi'n wincio arno.

Ar hynny canodd ffôn Reggie.

'It's my phone!' meddai fel petai rhyw orfodaeth arno i esbonio'r sŵn.

'I know, I can hear it,' ebe Casi.

'So you can,' meddai.

Ac yntau ar fin ei ateb, dywedodd Casi, 'Leave it, please. I'd like a phone-free day.'

'But it's Larry.'

'Oh yes! Do leave it.'

'Of course.'

Rhoddodd y ffôn yn ôl ym mhoced ei siaced.

'It's just the three of us,' meddai Casi.

'I know,' ebe Reggie. Teimlodd yr 'I know' yn ei amgylchynu fel petai wedi ei ddweud nid mewn lolfa lawn, grand a'r cloc Ormoleu fel rhywbeth unllygeidiog yn edrych arno, ond mewn ogof wag. 'I'll go then!'

'Go where?' holodd Casi.

'To the bank. And to pay for the little dog.'

'We'll come too. I told you. I'll never let you go anywhere on your own again.'

O leiaf, meddai Casi wrthi hi ei hun, bydd gen i gi i'w gofleidio o hyn ymlaen.

* * *

Nid oedd Twm Owen wedi medru dal ei fŷs arferol y bore hwnnw oherwydd bod Leri wedi ei gadw ar y ffôn yn esbonio'n hirwyntog na fyddai Reggie'n gallu rhoi pàs iddo i'r ysbyty, er na wyddai ef ddim byd am unrhyw drefniant o'r fath. Aeth yn ei blaen wedyn i sôn am ryw gi. Yr oedd yntau hefyd angen mynd â dwy ffilm – dwy ffilm y daeth o hyd iddyn nhw – wedi eu cuddio oedden nhw, tybed? – ym mhen draw drôr dillad isaf Nerys – i'r siop gemist ac felly roedd yn rhaid aros iddi agor. (Teimlodd rywsut y dylai fynd â hwy yno ben bore cyn mynd i'r ysbyty.) Felly, yr oedd yn hwyrach na'r arfer yn cyrraedd Uned Gododdin.

Pan gerddodd i mewn drwy'r brif fynedfa yn ôl ei arfer, daeth Dr Tomos a gweinyddes i'w lwybr, yn amlwg yn mynd am allan. Sylwodd ar ddau heddwas yn eistedd ar fainc ger y coridor oedd yn arwain i ystafell Nerys, y ddau'n edrych arno. Canfu Twm ei hun yn llyncu ei boer. Cododd y ddau heddwas.

Ond, yn rhyfedd iawn, ato ef yr oedd y Dr Tomos a'r nyrs yn dod, nid mynd am allan.

'Mr Owen,' ebe Dr Tomos.

Clywodd Twm ef yn iawn ond, rywsut, fe wyddai nad ato ef yr oedd y meddyg yn cyfeirio. Felly cyflymodd ei gerddediad tuag at ystafell ei wraig. Camodd un heddwas i geg y coridor fel petai am ei rwystro.

'Mr Owen,' ebe'r meddyg drachefn. Arhosodd Twm.

'Pwy? Fi?' meddai.

Dynesodd y ddau heddwas atynt.

Digwyddodd hyn i gyd mewn eiliadau. Ond teimlai Twm fod

277

yr eiliadau rheiny ar faglau oriau. Ynddo'i hun, a'r un pryd, gwyddai ddeubeth: gwyddai na wyddai beth yn y byd a allasai fod o'i le, *a* gwyddai fod rhywbeth ofnadwy wedi digwydd i'w wraig.

'Mae'n ddrwg gin i mod i'n hwyr,' meddai.

'Dowch i'r swyddfa am funud bach, Mr Owen,' ebe Dr Tomos, yn cydio yn ei fraich.

'Wrth gwrs,' meddai bron yn ddidaro. 'Ond dowch i mi jyst esbonio i Nerys pam mod i'n hwyr gynta.'

A cherddodd yn ei flaen. Daeth heddwas yn nes ato.

'Mr Owen,' ebe'r Dr Tomos.

Trodd Twm ato a dweud, 'Dudwch o rŵan. Dudwch o'n fama.'

'Mae Nerys wedi diflannu,' ebe'r Dr Tomos.

O'r diwedd, gadawodd Twm Owen i'r gair 'marw' ffynnu yn ei grebwyll, oherwydd y gair hwnnw yr oedd o wedi disgwyl ei glywed. Rywsut yr oedd 'diflannu' yn llawer gwell gair ar ei glustiau. Caeodd ei lygaid a gwenu'r mymryn, mymryn lleiaf.

'Glywsoch chi'r hyn ddywedais i?' ebe'r meddyg.

'Do ... Do,' meddai Twm. 'Ydy hi'n bosib i mi ga'l mynd i'w hystafell hi?'

Edrychodd y Dr Tomos i gyfeiriad y ddau heddwas a nodiodd un ei ben.

Eisteddodd Twm yn ei chadair gan fwytho'r fraich.

'I lle mae hi wedi mynd?' meddai.

'Dyna roedden ni'n ei obeithio y medrach chi ei ddeud,' ebe'r heddwas a roddodd ei ganiatâd iddynt fynd i'w hystafell. 'Sarjant Hughes ydw i. A dyma'r Cwnstabl Williams.'

'Dwn 'im,' ebe Twm.

'Mae hyn yn dipyn o embaras i ni,' meddai'r Dr Tomos, 'oherwydd ddyla hyn ddim fod wedi digwydd. Mi aeth hi rywbryd ar ôl brecwast. Dwi'n ymddiheuro. Efallai ... hwyrach ... oherwydd toriadau cyllid ... mae lefelau staffio ...'

'Dwn 'im,' ebe Twm eto.

'Mi benderfynon ni beidio'ch ffonio chi, Mr Owen ... Twm ... a gadael i chi gyrraedd yma,' esboniodd y meddyg, 'ond mi rydan ni wedi rhoi gwybod i Mrs Rhydderch. Hi roddoch chi i lawr fel y perthynas agosaf. Mae hi ar ei ffordd, Mr Owen ... Twm ... ond, fel dwi'n dweud, mae hyn yn embaras ... Tasa'r papurau ... Fyddwch chi ...?'

'Ydy hi?' ebe Twm.

'Pwy?' meddai'r meddyg.

'Ydy hi ar ei ffordd ... Leri ... Mrs Rhydderch?'

'Ydy.'

'I le fydda hi wedi mynd, dach chi'n meddwl?' meddai'r Rhingyll Hughes.

'O! Adra,' ebe Twm. 'Mae hi wedi mynd adra.'

A chododd ar wib o'i sedd. Rhwystrwyd ef gan y Cwnstabl Williams.

'Fydda i byth yn cloi'r tŷ, dach chi'n gweld. Ddim wedi gneud ers iddi hi fynd. Adra mae hi,' meddai Twm, 'ond fydda hi ddim wedi cyrraedd eto. Rhyfadd 'te. Ni'n dau'n pasio'n gilydd ar y ffordd heb yn wbod i'n gilydd.'

'Mae'r heddlu eisoes yn y tŷ, Mr Owen,' ebe'r Rhingyll, 'ac mi rydan ni'n tjecio'r bysys a'r lonydd. Rwla arall 'sa chi'n meddwl?'

'Na. Adra fydda hi'n mynd, 'chi.'

Daeth Leri i mewn ar ei hyll.

'Lle mae hi?' ebe hi yn edrych o gwmpas yr ystafell, a chododd wrthban ei gwely i chwilio. 'Be oedd ganddi hi amdani?'

Agorodd y wardrob a chwilota drwy ei phethau. 'Mae 'na dair blows ar yr un hangyr yn fama! Rhag eich cwilydd chi.' Edrychodd ar y Dr Tomos. Edrychodd ar y ddau heddwas. 'Be ydach chi'ch dau yn ei neud yn sefyllian yn fama? Allan yn chwilio mae'ch lle chi.'

'Mae hynny mewn dwylo yn barod,' ebe'r Rhingyll.

'O!' meddai hi. 'Dwi'n falch o glywad mai dwy law sydd wrthi ac nid un. Ond fydda angen dim o hyn tasa'r lle 'ma'n ca'l ei redag yn iawn, yn na fydda, Dr Tomos? Wyt ti wedi gwneud cwyn swyddogol bellach, Twm? Naddo. Ga'd o i mi. Wel! Tydy hi ddim yn fama, yn nacdi!'

Edrychodd Leri yn y sinc. 'Ty'd, Twm, mi awn ni i chwilio.'

'I lle?' ebe Twm.

'Mr Owen,' meddai'r Rhingyll, 'ewch chi am adra. Ac mi gysylltwn ni â chi yn fuan iawn. Mi fydd heddwas yn y tŷ hefo chi.'

'Tydw i ddim isio neb ond ...' Ni ddywedodd ei henw.

'Esgusodwch fi!' meddai Leri wrth y plismon. 'Dach chi ddim wedi dallt. Mi rydan ni'n mynd i chwilio.'

'Esgusodwch fi,' ebe'r Rhingyll Hughes, 'ond nac ydach. Mi rydach chi'n mynd â Mr Owen adra.'

'O,' meddai Leri gan ollwng ei hun ar y gwely – yr 'O' fel rhyw gyfarthiad bychan, diniwed.

Ar y ffordd o'r maes parcio edrychai Twm Owen hwnt ac yma drwy ffenestri'r car. 'Honna ydy hi'n fan'na, d'wch, Leri?' meddai.

'Naci, washi,' atebodd Leri. 'Naci.' Oherwydd yr oedd ef yn dechrau ei gweld ym mhobman. Cofiodd mai yma y gwelodd hi gyntaf erioed. Yng nghar Tom Rhydderch. 'Dyma Nerys. Ac mae hi wedi dysgu Cymraeg.' Ac na fedrodd dynnu ei lygaid oddi arni yr holl ffordd adref. Edrychodd yn y sêt gefn. Rhag ofn ei bod yno. Eto.

Ni allodd atal ei ddagrau. Beichiodd grio yn ei gwman. Roedd popeth yn drech nag ef.

Cyffyrddodd Leri â'i ysgwydd.

'Paid â chymryd sylw ohono' i, sti,' meddai wrtho. 'Dwi'n hen jolpan wirion weithia.'

'Good god!' ebe Casi pan welodd yr holl bapurau hanner canpunt yn waled Reggie wrth iddo'i hagor i estyn ei gerdyn banc er mwyn talu am yr ast.

'Oh! I'd forgotten everything about these. I can pay cash,' meddai wrth Mr Rodgers, perchennog y fridfa. 'Four hundred, is that right?'

'Four seventy five!' ebe Mr Rodgers.

'Call it five!' meddai Reggie gan daro'r arian o'i flaen.

Ond gwnaeth Mr Rodgers gamgymeriad. Cydiodd yn un o'r papurau hanner canpunt a'i ddal i'r golau. 'You can't be sure of fifties these days,' meddai. 'Forgeries, you know.'

Cydedrychodd Reggie ac ef drwy'r papur. 'How beautiful is that?' ebe Reggie. 'But you've just looked a gift horse in the mouth. Four seventy five it is, then. You can give me the change.'

'Where did you get all that money?' holodd Casi ef yn y car, Elizabeth R. ar ei glin a hithau'n ei mwytho.

'Some bloke,' ebe yntau, 'for a motor. Wanted to pay in readies.'

'Lunch would be nice,' meddai Casi, 'seeing you've got all that.'

'It would,' ebe Reggie, 'it would. Where would you like to go?'

Meddyliodd Casi am y lle drutaf.

'Darling,' meddai Casi, 'before the pudding arrives, would you mind checking Elizabeth R., all alone there in the car?'

'Who, me?'

'Yes, you.'

Ond nid oedd Reggie'n malio oherwydd clywodd ei ffôn yn canu'n ddistaw ym mhoced ei siaced. Gwyddai'n reddfol mai Leri oedd yno. Felly yr oedd angen esgus arno.

'Of course,' meddai.

'Reggie,' ebe Casi.

'What?'

'Give her a peck from mummy.'

Wrth eistedd yn sedd y gyrrwr teimlodd Reggie rywbeth meddal yn toddi ar hyd pen-ôl ei drowsus. Wedyn clywodd yr ogla. 'Jesus!' meddai. Trodd ei ben yn araf at y sedd wrth ei ochr lle roedd Elizabeth R. ar ei heistedd yn edrych arno. Dechreuodd honno gyfarth yn fain ac yn uchel. Gafaelodd Reggie yn ei gwddf o dan ei gên. 'Look!' meddai wrth y ci distaw bellach, 'I don't like you. You're the ugliest thing I've ever seen. You're something between a dirty dishcloth and a fucking hedgehog. Crap in my car again and I'll turn you into sausages. And don't you dare come between me and my wife.' Ysgydwodd ei gên. Ymffurfiodd yr ast fach ei hun yn belen ar y sedd, ei chefn tuag ato.

Deialodd yntau rif Leri. Ei pheiriant ateb a gafodd. 'It's me,' meddai, 'what's up?'

'I think she likes me,' ebe Reggie'n eistedd yn ôl wrth y bwrdd bwyd, ei *compote* o ffrwythau'n aros amdano, a gwlybaniaeth ei drowsus, wedi iddo wneud ymgais i'w lanhau â thywel papur yn y tŷ bach, yn dechrau diferu i'w drôns a hwnnw'n glynu yn ei groen.

'Does she? Ah!' meddai Casi. 'What's that smell?'

'It's the custard, I think,' ebe Reggie. 'It has a sicky kind of taste. Pity, after such a good and expensive meal.'

Teimlodd y ffôn yn canu'n dawel.

'I'll have to take this,' meddai, yn dirnad fod rhywbeth o'i le.

Dywedodd Leri wrtho am yr hyn oedd wedi digwydd yn yr ysbyty. Medrai Casi glywed ei llais ond nid yr hyn a ddywedai. Gwasgodd fefusen yn slwts ar y plât â chefn ei llwy.

'I'll be right over,' meddai Reggie a diffodd ei ffôn.

'What did that one want?' holodd Casi.

'Caroline's gone missing. I'm going back.'

'We'll all go,' meddai Casi, yn rhoi ei llwy ar ymyl y plât gan wthio gweddill ei phwdin oddi wrthi, ei harchwaeth wedi llwyr ddiflannu.

* * *

Roedd Tom Rhydderch wrth ei fodd hefo'i siswrn sgwennu. Hwyrach fod ei 'frawddegau' yn fwy o 'baentiadau' nag o 'frawddegau'? (Fe'i calonogwyd yn fawr pan gofiodd yn sydyn fod D. H. Lawrence a Tennessee Williams hefyd yn arlunwyr. Edgar Allan Poe yn ogystal, os cofiai'n iawn. James Thurber yn un arall. Credai iddo weld llun – lluniau? – un tro o waith Islwyn Ffowc? Do, ddim?)

Medrai roi rywbeth fel hyn, siawns, mewn ffrâm:

'nodwydd. . Darganfu ysig. Penderfynodd a fflamiodd Ubain; Archlod!,;,'"

Gludo a nadreddu'r geiriau hyd y papur, efallai. Neu eu higam-ogamu. Cornel iddo'i hun ym mhabell Celf a Chrefft yr Eisteddfod. Damia! roedd pethau gwaeth wedi eu harddangos? Tybed? Medrai alw'r dechneg yn 'Si-sw(r)n'. Tybed? Neu'n well fyth: 'Si-swn.' Tybed?

Aeth i chwilota am Pritt Stick.

Wedi dod o hyd iddo, dychwelodd at fwrdd y gegin. Trodd y geiriau wyneb i waered. Dewisodd un o'u plith – ac wele! – 'nodwydd'. Gludodd gornel o bapur A4 a gosod y gair arno. Dewisodd air 'dirgel' arall, ond gan fod glud eisoes ar ei fys glynodd y gair ynddo.

283

Canodd cloch y drws ffrynt, ac aeth i'w hateb.

'Nefoedd fawr!' meddai Leri, yn gweld y gair 'Archlod!' ar flaen ei fys estynedig.

'Duw! O le ddoth hwnna, dŵad?' ebe Tom, yn sylwi ar y gair a'i dynnu oddi ar ei fys.

'Dwn 'im. A dim ots,' meddai Leri. 'Mae Nerys wedi dengid o'r hosbitol. Ty'd!'

'I lle?' ebe Tom.

'Dwn 'im! Jyst ty'd!'

Aeth Tom fel ag yr oedd i'w char, a'r gair 'Archlod!' wedi glynu erbyn hyn ar lapel ei siaced yn ddiarwybod iddo.

Gyrrodd Leri yn ei blaen yn wyllt am ychydig cyn stopio'r car ar ganol y lôn.

'I lle 'dan ni'n mynd, Tom?' holodd.

'Dyna be ofynnis i i ti!' ebe Tom.

Lapiodd Leri ei dwy fraich am yr olwyn lywio a tharo'i thalcen yn ei herbyn. Edrychodd Tom yn fud arni. Bi-bibiodd car ei gorn y tu ôl iddynt.

'Mae o isio i ti symud,' meddai Tom. Canodd y car ei gorn drachefn. Trodd Leri a gweld wyneb y Dr Trefor Huws yn edrych arni. Gwelodd yntau hithau. Cododd ei law yn nerfus oddi ar yr olwyn gan ysgwyd fymryn ar fysedd ei law. Gwnaeth siâp ceg: 'Ma'n ol-reit. Sorri.' Llywiodd Leri ei char i ymyl y lôn ac aeth y meddyg heibio'n araf heb edrych arnynt.

'Ei fai o ydy hyn i gyd,' meddai Leri. 'Archlod!' meddai gan dynnu'r gair oddi ar lapel siaced Tom a'i rowlio'n belen rhwng ei bys a'i bawd. 'Waeth i ni fynd i Ara Deg ddim!' Cododd Tom ei ysgwyddau. 'Mi fydd Twm ein hangan ni.'

'Fydd o?' ebe Tom Rhydderch.

Wrth lywio'r car o ymyl y palmant trawodd Leri'r weipars ymlaen yn ddamweiniol.

284

'Diffodd dy weipars, nghariad i,' ebe Tom yn y man. 'Tydy hi ddim yn bwrw.'

Ond ni chymerodd Leri sylw ohono. Gwrandawodd yntau ar swn rhythmig y weipars ar y gwydr sych yr holl ffordd i Ara Deg.

* * *

'For Christ's sake!' ebe Reggie'n llywio'r Bentley Flying Spur o'r A55 i fyny'r lôn i gyfeiriad y Little Chef oherwydd bod Elizabeth R. angen 'drinky-poos'.

'Well, I can't give it to her whilst the car's moving, can I?' taerodd Casi.

Tra arllwysai Casi ddŵr o'r botel Evian i'r ddysgl Portmeirion ar ei glin, ac Elizabeth R. yn dynn yn ei chesail yn cythru amdano, ffoniodd Reggie Leri. 'What news?' holodd. 'What do you mean "nothing"? ... The police are in the house. What the hell are they doing in the house? They should be out looking! OK, OK! I'll sue that bloody hospital for this ... Give us an hour. Yes, she is. Bye.'

'I take it "she" is "me",' ebe Casi.

'Yes!' meddai. 'Yes! And there's no news, seeing you asked. Now let's go! I'm sorry, Cas. I'm sorry.'

Trodd i gydio yn ei wraig nes peri i'r ddysgl a'i dŵr droi drosodd ar ei glin a hyd-ddo yntau a'r ci.

'What a mess,' meddai Reggie.

'I do care, Reggie,' ebe Casi, 'But sometimes when I ...'

'What?'

'Nothing. Let's go.'

* * *

Siop fferyllydd henffasiwn oedd 'Edwards – Chemist and

285

Perfumery' mewn llythrennau aur yn plicio rhywfaint, ar yr arwydd derw uwchben y siop. Ffiolau bochdew, mawrion, amryliw yn y ffenest, a seloffên oren tu mewn i'r gwydr er mwyn nadu i'r pyramidiau o focsys persawr golli eu lliw. Oddi mewn, ger y cownter, edrychai Twm Owen ar 'Hair Products'.

Ar stôl eisteddai geneth lywaeth yr olwg yn rhwbio'i gwinedd ag *emery board*, yn gwbl ddiystyriol o'i bresenoldeb. Daeth Guto Edwards, gorwyr yr Edwards gwreiddiol – Guto oedd hwnnw hefyd, yn ôl y sôn – i'r fei, ei gorun moel yn sgleinio a'i gôt wen amdano. Sylwodd Twm Owen arno'n mynd heibio'r ferch a oedd yn dal i rwbio'i gwinedd, gan adael i'w gorff gyffwrdd ei chefn, er nad oedd y lle y tu ôl iddi'n gyfyng o gwbl.

'Wedi dod i nôl y llunia,' meddai Twm wrtho.

'O, ia,' ebe Guto Edwards yn ei lais lled ferchetaidd, a phersawr ôl-siafio'i siop yn tasgu ohono gan amgylchynu Twm Owen.

Gwenodd y fferyllydd arno am ysbaid cyn plygu o dan y cownter, sglein ei farnais yn cynganeddu â sglein ei ben, i'w nôl.

'Dyma chi!' meddai gan ddal ei afael arnynt. 'Wyth bunt a chweugain yn yr hen bres.'

Parhaodd i ddal ei afael yn y lluniau gan syllu'n wengar ar Twm. Rhoddodd Twm bapur decpunt iddo. Aeth Guto Edwards, a'r lluniau'n dal yn ei feddiant, ar hyd y cownter, blaenau ei fysedd yn sglefrio ar hyd y pren, at y til henffasiwn a phwyso'r botymau. Neidiodd 7/11d i'r ffenest fechan, wydr. Dychwelodd hefo'r newid, a'i gyflwyno i Twm. Cymerodd Twm y newid a gafael yn y lluniau. Daliodd Guto Edwards ei afael ynddynt eto fyth, edrychodd tuag at y ferch oedd yn trin ei llaw arall erbyn hyn, plygu ei ben tuag at Twm Owen, a sibrwd, 'Peidiwch â dŵad â phethau fel hyn i'r fan yma eto.' A gwenodd, codi ei aeliau beth, a nodio'i ben y mymryn lleiaf. Teimlodd Twm Owen ei hun yn chwys oer drosto a phersawr ôl-siafio'r dyn o'i flaen yn codi cyfog arno.

'Sorri,' meddai, er na wyddai am beth yn y byd yr oedd yn ymddiheuro.

Agorodd y drws a chlywodd dinc y gloch uwch ei ben.

'Marilyn!' clywodd Guto Edwards yn ei ddweud.

Y tu allan, ar y palmant, chwyrlïai'r byd o'i amgylch, ond teimlodd Twm Owen nad oedd yn rhan ohono o gwbl, nad oedd yn perthyn i ddim byd mwyach. Na neb.

Aeth i fynedfa rhwng dwy siop. Agorodd y pecyn lluniau ar hast. Yn frysiog aeth o lun i lun. Trodd ei gefn a chwydu.

* * *

Eisteddai Tom Rhydderch, Leri Rhydderch a'r blismones Caryl Pritchard mewn distawrwydd ac ar wahân yn ystafell fyw Ara Deg. Cododd Tom yn y man a mynd i edrych ar y llun gan Richard Wilson. Cyffyrddodd ef â blaenau ei fysedd.

'Mae o'n hir iawn, tydy o ddim?' ebe Leri Rhydderch.

'Angen gwyntyn,' meddai'r blismones. 'Gadwch iddo fo fod. Hyn yn anodd, tydy. Fedar y cradur neud dim.'

'Fedrwch chi?' ebe Leri'n lled chwyrn.

'Medrwn!' atebodd Caryl Pritchard.

'Be'n hollol?' meddai Leri.

Gwenodd y blismones arni. Yn nawddoglyd, teimlai Leri.

'Rho'r gora i sbio ar y llun 'na, Tom!' ebe Leri. 'A ty'd yn ôl i ista.'

Ufuddhaodd Tom a gwenu ar y blismones. Meddai hithau wrtho, 'Mr Tom Rhydderch, yntê? Mi 'nes i *Do Mi Re* i fy Lefel A.'

'Bendith dduw!' ebe Leri.

'O,' meddai Tom, yn anwybyddu ei wraig. 'A? ... Licio?'

'O'n. Deud y gwir. Fel mae llyfra Cymraeg yn mynd.'

'A be mae hynny i fod i' feddwl?'

'Wel, wchi ...'

'Na wn i.'

'Roedd 'na dipyn o *go* yn 'ych llyfr chi.'

Daeth Twm Owen drwy'r drws. Cododd Leri a Caryl.

'Mae gwedd y ddaear arnat ti,' ebe Leri.

'Na, dwi'n iawn,' meddai a tharo'r pecyn lluniau y tu ôl i'w gefn. 'Panad, bawb?'

Aeth i'r gegin. Amneidiodd Leri i'r ddau arall aros lle roeddynt a dilynodd hithau ef. Caeodd ddrws y gegin.

'Be sy gin ti'n fan'na?' meddai Leri'n pwyntio at y pecyn.

Heb ddweud dim rhoddodd Tom y pecyn iddi. Agorodd hithau ef. Aeth drwy'r lluniau fesul un ac un yn araf. Edrychodd y ddau ar ei gilydd.

'Arglwydd,' ebe Leri.

Rhoddodd y lluniau yn ôl yn yr amlen. Estynnodd Tom ei law amdanynt.

'Na,' meddai Leri. 'Dwi'n mynd â'r rhein. I'w dinistrio. Chaiff neb weld y rhein. Na gwbod be sy ynddyn nhw.'

Ysgydwodd Twm Owen ei ben yn dawel i gadarnhau ei fod yn llwyr gytuno. Rhuthrodd at Leri a gafael yn dynn amdani.

'Ond mi welodd Edwards Cemist nhw.'

'Gad ti Edwards Cemist i mi,' ebe Leri.

Neidiodd Tom Rhydderch pan glywodd ryw glindarddach yn dod o gyfeiriad Caryl Pritchard. Pwysodd hithau fotwm ar y teclyn ar ei hysgwydd a gwrando, 'Iawn ... Iawn ... Dduda i ... Iawn ... Mr Owen!'

Daeth Twm Owen a Leri yn ôl i'r ystafell. Cododd Tom Rhydderch. Meddai Caryl Pritchard, 'Newyddion! Mae cameras CCTV stesion Bangor wedi ei dal hi'n mynd ar drên.'

'I le?' holodd Leri.

'Dyna ydan ni'n chwilio i mewn iddo fo rŵan,' meddai'r blismones.

'I Lerpwl!' ebe Tom Rhydderch ar ei union.

'Sut gwyddoch chi hynny, Mr Rhydderch?' meddai Caryl.

'Am mai nofelydd ydw i! Cofio?'

'Ych a fi!' gwaeddodd Leri pan welodd lygoden fawr yn dod drwy'r drws.

'Amdana i ddudas di hyn'na?' oedd cyfarchiad Casi wrth gamu i'r ystafell ar ôl Elizabeth R.

'What news?' ebe Reggie yn gwthio'i wraig o'i flaen.

'She's been spotted on a train,' meddai Leri. 'Tom thinks she might be headed for Liverpool.'

'Be gythral sgin ti'n fan'na, Casi?' ebe Tom Rhydderch.

Edrychodd y chwech ar Elizabeth R. yn pi-pi ar y carped.

'Helô,' meddai Twm Owen yn ei chodi a'i hanwylo fel petai arno angen teimlo rhyw feddalwch rhwng ei freichiau. Gwenodd Casi, a oedd wedi dirnad ei angen, arno.

'Liverpool, eh? That's my girl,' ebe Reggie. 'She's gone home. It's an about turn then, Cas. We'll be there to meet her. Let's go.'

'Ond tydan ni ddim yn gwbod hynny eto, yn nac'dan?' meddai Caryl Pritchard.

'What's she saying?' holodd Reggie.

'Wrth gwrs ddim!' ebe Leri.

'A gwiriondab ydy mynd yr holl ffordd yn ôl rŵan,' meddai Casi.

'What?' ebe Reggie.

'Dowch, bawb, yn ôl i Clyd,' meddai Leri, 'ac mi wna inna bryd.'

'Ac mi rown ninna wybod am bob datblygiad,' ebe Caryl.

'Sgin ti fwyd?' holodd Tom Rhydderch.

'Jesus! What's going on?' ebe Reggie.

'Aros yma wna i,' meddai Twm Owen, a'r ast fach yn llyfu ei law.

'Mae hi wedi cymryd atat ti,' ebe Casi wrtho.

'Na wnei di, wir!' meddai Leri.

'Be ydy ei henw hi, Casi?' holodd Twm Owen.

'Elizabeth R.!' ebe Casi.

Dechreuodd Caryl Pritchard biffian chwerthin. Pwniodd Tom Rhydderch hi'n ysgafn yn ei hochr, a dweud, 'Wyddach chi ddim o'r blaen mai gast oedd eich bòs chi, yn na wyddach?'

'Excuse me!' ebe Reggie. 'I'm Caroline's dad.'

'Na, ddo i ddim, Leri,' meddai Twm Owen. 'Yma dwi isio bod.'

'Sorry, darling,' meddai Casi wrth Reggie, 'you've been overlooked.'

'So what's going on then?' ebe yntau.

'Chdi ŵyr, Twm,' meddai Leri.

'We've all decided to stay put,' ebe Casi.

'But I wasn't consulted,' meddai Reggie. 'We need to go, Cas.'

Edrychodd Tom Rhydderch 'nôl a blaen o Casi i Reggie.

'Constable ...' meddai Casi'n edrych ar Caryl Pritchard.

'Pritchard!' ebe'r blismones.

'Constable Pritchard,' esboniodd Casi i'w gŵr, 'believes we should stay since there is no certainty that Ca... Nerys has gone to Liverpool.'

'Of course she has!' ebe Reggie. 'My girl's gone home. Let's go.'

'Dwi'n aros,' meddai Casi.

'What?' ebe Reggie.

'I'm staying,' meddai Casi.

'Staying where?' holodd Reggie. 'Where will you stay?'

'Wel,' ebe Casi yn edrych ar Leri, 'where you stayed last night.

Y Dewi Sant. I'll probably have the same room. You said there weren't many there, didn't you?'

'Mae croeso ...' meddai Leri.

'You're right, you're right,' ebe Reggie. 'I'm jumping the gun, aren't I?'

'You're jumping something, darling,' meddai Casi.

'You're right,' ebe Reggie. 'Mustn't get carried away. Look ... I'll go and book us in. I'll walk.'

'Ring them from here now,' meddai Casi. 'You've got your phone. Save your old legs, sweetheart.'

'The old legs need a breather. They do. They do. Clear my head. Get things in perspective.'

'I'll walk with you,' meddai Casi.

'Isio cerddad sgin ti, Casi?' ebe Tom Rhydderch. 'Be am i ni'n dau gerddad am Clyd. Ydy'r cynnig yn dal ar gael, Leri?'

'Wrth gwrs,' atebodd Leri, yn ddiymadferth braidd.

'What's going on now?' holodd Reggie.

'You go and book the room, Reggie,' ebe Tom Rhydderch. 'Casi and I have decided to walk up to Clyd.'

'Do?' meddai Casi.

'Do,' ebe Tom Rhydderch. 'Mi awn ni 'ta, Casi.'

'Dwyt ti ddim yn meindio ci arall yn y tŷ, yn nag wyt, Leri?' holodd Casi.

'Fasa hi'n ca'l aros yma, tybad?' meddai Twm Owen.

'O! ... Wrth gwrs, washi. Oh! Elizabeth R. is going to be without mummy.' Dobiodd Casi drwyn yr ast fach yn dyner.

'Sym', wir dduw,' ebe Tom Rhydderch wrthi.

'You've got some pickies, Larry,' meddai Reggie. 'Anything interesting?'

'Not really,' ebe Leri.

Dyna pryd y sylweddolodd Tom Rhydderch fod y lluniau a

oedd yn gynharach ym meddiant Twm Owen bellach yn nwylo Leri Rhydderch.

'I'll go then, shall I?' meddai Reggie.

'Up the hill and to your right, then on your left,' ebe Tom Rhydderch wrtho rhag ofn na wyddai Reggie ymhle'n union yr oedd y Dewi Sant.

'Of course!' meddai Reggie.

'Tra byddwch chi'ch dau'n cerdded tuag at Clyd,' ebe Leri, 'mi bicia i i Pepco. Dwi'n brin o un neu ddau o betha.'

'Diolch am Pepco 'te!' meddai Tom Rhydderch.

'Be ti'n awgrymu?' ebe Leri.

'Dim,' atebodd, 'dim! Rhyw sylw llanw, 'na'r cwbwl. A'i bod hi ar agor yn hwyr.'

'Ydach chi'n iawn i mi fynd, Mr Owen?' holodd Caryl Pritchard.

Heb yn wybod i neb yr oedd Twm Owen yn yr ardd, yn y cyfnos, Elizabeth R. yn ei gesail.

'You'll let us know, will you, as soon as ...' meddai Reggie wrth y blismones.

'We will,' ebe hithau.

'Merseyside will now take over, I trust.'

Nid atebodd y blismones ef.

'Thanks,' ebe Reggie dan ei wynt wrth Tom Rhydderch a gwasgu ei benelin.

'Steaks all round?' holodd Leri.

Nid atebodd neb hi.

'Steaks it'll be then!' meddai hithau.

'Ffordd hyn, yli,' ebe Tom Rhydderch wrth Casi ar y lôn.

'Ond nid ffordd hyn mae mynd am Clyd,' meddai hithau.

'Wn i!' ebe ef. 'Mynd am adra ydw i i nôl y car. Mi fydd hi fel bol buwch ar hyd y lonydd culion 'na toc.'

Pinsiodd Tom ei phen-ôl.

'Be ti neud?' meddai Casi.

'Rhyw fyrraeth yno' i 'rioed, hogan, i ga'l pinsio tin y Cwîn Myddyr.'

Pwniodd Casi ef, yn hapus o fod yn ei gwmni eto.

'Bob dim yn iawn acw, ydi?' ebe Tom yn y man. 'Yn Southport bell, chdi a Reggie?'

'Fuo fi 'rioed yn hapusach, Tom,' meddai hi – yn edrych oddi wrtho a'r nos fel caead bocs gwnïo'n cau'n derfynol ar edafedd o liwiau. Rhoddodd hithau ei braich drwy ei fraich ef, 'Rhag mi syrthio yn y sodla 'ma.'

* * *

Ni allai Tom Rhydderch benderfynu'n iawn beth oedd y mwyaf gwydn: y golwyth ynteu'r sgwrs.

'A fine piece of meat, indeed,' ebe Reggie, 'beautifully cooked.'

Cododd Casi ei phen o'i phlât gan wenu ryw gymaint, mewn hanner cylch o gwmpas y bwrdd. Dychwelodd i lifio'r cig â'i chyllell, y fforc yn ei dwrn.

'Not tough, is it?' holodd Leri.

Rywfodd yr oedd Tom Rhydderch wedi gadael y cwmni ers meitin, a thu mewn i'w feddyliau ei hun yn suddo. Nid oedd yna, sylweddolodd, ddyfodol i'r 'siswrn sgwennu'. Byddai rhyw ddiawl o'r colegau'n bownd o ddweud mai ymgais dyn oedd wedi colli ei ddawn yn llwyr oedd hyn. Yn hytrach, meddyliodd – a bu'n meddwl am hyn ers peth amser, a dweud y gwir – mai ysgrifennu nofel go iawn oedd orau iddo a'i gadael yn anorffenedig. Roedd rhyw rin, fe wyddai, yn perthyn i'r anorffenedig: y paragraff 'olaf' yn ymestyn am byth i ddistawrwydd, cymeriadau'n 'syrthio' i ddirgelwch dros ddibyn yr atalnod 'terfynol' – ond nid atalnod llawn. Dod â rhywbeth i 'ben' hefo'r gair 'ac'. Y diddordeb o hynny ymlaen, nid yn yr hyn a ddywedwyd ond yn yr hyn nas dywedwyd. Y tudalennau gweigion fyddai'n goglais pobl o hynny ymlaen. Yno y byddai'r MAs a'r Ph.Ds. Meddyliodd â phleser am *Sandition*, Jane Austen, ac fel yr oedd ...

'A drop more wine if I may, Larry?' ebe Reggie.

'Mae'n ddrwg gen i, be?' meddai Tom, yn dychwelyd.

Pasiodd Casi'r botel yn ddi-feind i'w gŵr heb edrych arno, dim ond symudiad ei braich fel petai'n dynwared agor drws mewn gêm o *charades*.

'Of course!' ebe Leri, a Reggie eisoes yn arllwys y gwin i'w wydr. 'Oh! You've got it already.'

Edrychodd Casi ar Leri.

'Y stecan 'ma'n drech na fi, mae gin i ofn,' ebe Tom. 'Neis iawn. Ond rhy hwyr i fwyd, mae raid.'

'I hope the little dog's all right,' meddai Casi.

'Of course she is, of course she is,' atebodd Reggie. 'Sweet-natured thing she is. Don't you want your steak, Tom? Lovely personality she has.'

Cynigiodd Tom ei blât iddo a fforciodd Reggie'r cig a'i roi ar ei blât ei hun.

'Lovely piece of meat this,' meddai, 'lovely. I can see a bit of broccoli there. Do you mind, Larry?'

Estynnodd Leri'r bowlen iddo.

'Ydw i haws â chynnig pwdin?' ebe Leri.

Cododd Casi a mynd am allan.

'Tŷ bach!' meddai, yn troi ger y drws at y bwrdd, fel petai hi wedi cofio y dylai esbonio'i hymadawiad.

'Leri,' ebe Tom, a deimlai ei hun fel yr unig ddeilen ar ôl ar gangen ddechrau'r gaeaf. 'Gad i mi biciad i'r stydi am chwinciad.

Mae gin i awydd darllen *The Mystery of Edwin Drood* eto. Ac mi wn fod fy nghopi i yno.'

'Ia, iawn,' meddai Leri, yn gweld y drws yn cau ar ei ôl.

'Don't forget about that house now,' ebe Reggie heb edrych ar Leri.

'She knows,' meddai Leri.

'Maybe!' ebe Reggie gan droi ati. 'But she weighed the pros and the cons a long time ago. And the pros outdo the cons. Money wins, Larry. All the time.'

'I know,' ebe Leri

Gwthiodd ei law ar hyd y lliain bwrdd, y lliain yn crychu yn y symudiad, a braidd gyffwrdd bysedd Leri. Crafangodd Leri ei bysedd am ei fysedd ef.

Gwelodd Tom Casi'n plygu i lawr ar ben y grisiau gan godi rhywbeth oddi ar y carped.

Gwasgodd Casi'r botwm crys yr oedd hi newydd ei godi o'r carped yn ei dwrn, a gweld o dan ei chesail Tom Rhydderch yn mynd ar flaenau ei draed i'r stydi.

Gwelodd ddrws caeedig ystafell wely Leri wrth iddi fynd i'r ymolchfa. Daeth iddi'r awydd i'w agor. Ymataliodd.

Yn yr ymolchfa pwysodd ar y sinc ac edrych yn y drych o'i blaen. 'Paid â chrio,' meddai wrth ei hadlewyrchiad yn y gwydr, 'paid ti â meiddio, Casi Plemming. Jyst plua fo.' Nid ufuddhaodd ei llygaid i'w hewyllys. Teimlodd â blaen ei thafod ddeigryn hallt. Wedyn un arall. Wedyn mwy.

Pan gyrhaeddodd odre'r grisiau yn ôl daeth Tom Rhydderch o'r stydi, a llyfr yn ei law. Arhosodd Casi amdano. Rhoddodd yntau ei fraich am ei chanol a'i harwain yn ôl i'r ystafell fwyta.

'Awydd darllen hwn eto, hogan,' meddai wrthi. 'Ddaru o 'rioed ei orffan o.'

Ni ddywedodd Casi ddim. Na holi 'Pwy?'

'Wyt ti'n hapus, Casi?' holodd Tom.

Heb edrych arno, meddai hi, 'Heneiddio ydw i, Tom. Ac mae heneiddio'n golygu dy fod ti'n newid ystyron rhai geiriau i siwtio dy oed a dy amgylchiada: "hapus" yn un ohonyn nhw. Mae 'na lai o le yn y gair heno nag oedd yna yn fy ieuenctid i. Ac ydw, Tom, mi rydw i'n "hapus". Does dim raid i ti ofyn i mi eto.'

'Don't let that house go on the open market,' ebe Reggie wrth Leri.

'It won't,' ebe hithau.

Daeth Tom a Casi i mewn wrth iddi yngan y geiriau.

'What won't?' holodd Tom.

'Merseyside police!' meddai Reggie. 'It won't be long before they find her.'

'Trifle, anyone? Not my own, I'm afraid. Pepco's. I make lovely trifles,' ebe Leri.

'That will be lovely,' meddai Reggie.

* * *

'Back for a second night, Mr Hindley,' adroddodd y ferch a'r enw 'Gwenith' ar ei bathodyn yn nerbynfa'r Dewi Sant.

'You remembered!' meddai Reggie gan droi'n fuddugoliaethus at ei wraig a gwenu arni.

'Ye-es,' atebodd Gwenith.

Cofiodd Casi am 'ddrama' yn festri'r capel un tro yn ei hieuenctid, pan fu i Dafydd Tomos, Ty'n Pridd, anghofio'i linellau yn llwyr a'r cwbl fedrai ei ddweud oedd 'I-a', a gweddill y cynhyrchiad ciami yn mynd dros ei ben. Roedd yn amlwg iddi nad oedd Reggie ond wedi rhoi cildwrn am un llinell yn unig i 'Gwenith'.

'We'll have the keys, if you don't mind,' meddai ef.

'And have you got us the same room?' ebe Casi'n afieithus wrth i Gwenith roi'r allweddi i'w gŵr.

'She has!' meddai Reggie'n llywio'i wraig ar fyrder o'r ddesg.

Edrychodd Casi drwy ffenest yr ystafell wely ar oleuadau'r trefi a'r pentrefi a'r llecynnau yr adnabyddai'n iawn. Ynganodd yn dyner, hyglyw, litani o enwau: enwau cyfarwydd, angenrheidiol iddi, dirnadodd: 'Penrhyndeudraeth. Minffordd. Porthmadog. Cricieth. Pwllheli. Llanbedrog. Aber-soch. Trwyn Cilan.'

Teimlai wrth eu dweud fel petai'n rhoi hen ddillad cynnes yn ôl amdani. Enwau lleoedd fel pâr o slipars oedd wedi gweld dyddiau gwell yn derbyn eto flinder ei thraed – a'i henaid – ac na fyddai petheuach newyddion wedi gwneud y tro o gwbl. Trodd at ei gŵr – 'What's that?' meddai ef – ac ynganu'r enwau drachefn. A'r tro hwn teimlodd yn ei llaw gyllell ddiawchlym y Gymraeg. Ond cyllell, serch hynny

'What's that, my love?' ebe Reggie, yn tynnu ei grys.

'Oh, look!' meddai Casi. 'You've lost a button off your shirt.'

'So I have!' ebe Reggie yn edrych ar ei grys.

'There it is,' meddai Casi ac aeth yn syth at ymyl y gwely gan godi botwm, 'must have come off last night. Here. In this room. Because you haven't changed your shirt, have you. You came back just as you were!'

'What eyesight you have,' ebe Reggie.

'I know!' meddai Casi. 'I can see everything.'

'Will you sew it back on for me?' holodd Reggie, ei ddwy law am ei chanol.

'Of course,' ebe hithau, 'but you'll have to pay me. From now on.'

Rhoddodd gusan ar flaen ei drwyn.

'Will a cheque do?' meddai Reggie yn ei thynnu ato.

Cusanodd y ddau. Reggie'n frwd. Casi yr un mor hael – fel petai'n cael ei thalu am wneud.

* * *

Roedd Twm Owen wedi syrthio i gysgu ar y soffa, ac Elizabeth R. hefyd ynghwsg wrth ei ymyl. Gorfu i'r heddlu ganu'r gloch fwy nag unwaith i'w ddeffro. Dywedodd Caryl Pritchard wrtho fod camerâu diogelwch gorsaf Lime Street, Lerpwl, wedi gweld Nerys yn gadael yr orsaf honno.

Un Diwrnod

Yr wythnos hon bu farw'r llenor Tom Rhydderch: Thomas Prys Edward Rhydderch, a rhoi iddo'i enw llawn.

Ar un cyfnod, gan rai, fe'i cyfrifid fel yr awdur pwysicaf yn y Gymraeg. Aer Saunders Lewis, fel y dywedid yn aml, er iddo ef geisio pellhau ei hun oddi wrth yr haeriad hwnnw, oherwydd, yn ei eiriau ef, mewn cyfweliad radio un tro: 'Nid adweithiwr aden dde wyf fi.' Ond tasg anodd iawn, fel yr honnodd sawl beirniad, oedd ei leoli yn wleidyddol. Mynnodd yr academydd Aelwyn Morgan mai rhyw 'genedlaetholwr adeg 'Steddfod fel Caradog Prichard' ydoedd. Yn ôl y Marcsydd Celfyn Ifans, mewn adolygiad o'i nofel bwysicaf *Do, Mi, Re*: 'Trwy ei sbectol Dorïaidd y gwêl y proletariat Cymraeg. Y mae ei frawddegau wrth eu disgrifio yn diferu o'r nawddoglyd. Nid oes ganddo ddim i'w ddweud wrth ardaloedd deheuol Cymru.

Y mae ei Gymru ef yn gorffen ryw filltir neu ddwy y tu allan i Fachynlleth.'

Nid na fu i hynny fennu dim ar Rhydderch. 'Ysgrifennaf er eu gwaethaf,' meddai. Serch hynny, swnio'n ddi-feind yr oedd. Oblegid dyn croendenau iawn ydoedd. A'i angen parhaus oedd cael ei dderbyn i ffrwd 'uniongrededd' llenyddiaeth Gymraeg. Ni fynnai fod yn ddyn ar y cyrion. Cael ei wthio yno fu ei hanes. Teimlai'n alltud parhaus. Eto, fel Caradog Prichard.

Fe'i cymharwyd – gan un neu ddau – i'r awdur Americanaidd Philip Roth. Difrïo hyn a wnaeth ef. 'Nid yw awduron Cymraeg,' meddai, 'yn cael sefyll ar eu pennau eu hunain. Rhaid yw "eu dal i fyny" wastad gan awdur arall, anghyfiaith. Ni fyddai wedi croesi meddwl neb erioed i ddweud fod Philip Roth yn debyg i mi. Neu fod Virginia Woolf yn debyg i Kate Roberts. Yr awdur Saesneg sydd bob amser yn perchenogi'r "orsedd" a'r awdur Cymraeg yn gorfod penlinio'n daeogaidd o'i flaen yn disgwyl cnegwarth o gydnabyddiaeth. Nid oes dim yn ddilys yng Nghymru os nad yw'n cael sêl bendith ieithoedd a gwledydd eraill – y Saesneg a'r Saeson yn bennaf. Ni ddaw clod llawn i'r gwaith gwreiddiol hyd nes y bydd yn derbyn "gwarant" cyfieithiad i'r iaith fain. Beth yw gwerth adolygiad yn *Barn* pan fedrir cael adolygiad yn y *London Review of Books*? Mae'r awdur Cymraeg wastad allan yn y glaw fel plentyn bach yn disgwyl fferins o'r siop Seisnig. Anhygoel yw ein diffyg hunan-werth.'

Dyma pam na chaniataodd erioed i'r 'run o'i lyfrau gael ei gyfieithu i'r Saesneg nac i unrhyw iaith arall. 'Nonsens!' oedd sylw'r Athro Janet Osborne am y penderfyniad hwn. 'Nid yw unrhyw un o'i lyfrau'n werth ei gyfieithu,' oedd ei barn hi – sylw a'i clwyfodd yn fawr. Ond nid cymaint â'i haeriad mai ei wraig ei hun, Leri Owen-Pugh, oedd awdur ei lyfrau cynnar, haeriad na fu iddo ef erioed ei wadu. 'Nid yw'n werth y drafferth,' oedd ei unig sylw diymadferth ar y pryd.

Ni hoffai ychwaith gael ei alw'n 'awdur hunangofiannol'. 'Fy nychymyg sy'n rhoi fy nofelau i mi,' meddai, 'nid fy mywyd.' Ond anodd iawn fyddai gweld ' _ _ _ ' fel cynnyrch ei ddychymyg yn unig. 'Cyffes ydyw,' ebe'r Athro Osborne, 'a chyffes go wan ar hynny.' Ni wadodd Rhydderch hynny, ychwaith.

Yn nhyb rhai, pallodd y 'dychymyg' hwnnw. Ni fu i Tom Rhydderch gyhoeddi dim yn ystod yr ugain mlynedd diwethaf. Ceisiodd ysgrifennu nofel am flynyddoedd olaf yr arlunydd Richard Wilson, a methu. Bu i'w wraig, serch hynny, wneud hynny.

Yn ôl y sôn, y mae un nofel anorffenedig yn bodoli. Ei theitl yn unig sy'n wybyddus: 'Memento'. Efallai ei bod o hyd ar gael yn rhywle.

Ganed Tom Rhydderch ar y 25ain o Orffennaf, 1940, yng Nghaernarfon. Priododd ym 1962 â Leri Owen-Pugh. Ysgarodd y ddau ym 1979. Buont yn gyfeillion agos wedi hynny. Ar ôl cyfnod byr fel athro ysgol – Saesneg oedd ei bwnc – bu'n awdur 'llawnamser'. 'Er,' fel y dywedodd ef, 'mai ychydig iawn o'r amser "llawn" hwnnw a dreuliais yn ysgrifennu erioed. Yr oedd pethau eraill i'w gwneud, megis: cysgu, cwcio, a ...!'

Yn Ardudwy yr ymgartrefodd er 1962. Yno y bu farw.

Fe'i goroesir gan ei gyn-wraig a'i gyfaill mawr Ieuan Humphreys.

Y mae'r llun ohono uchod o waith y ffotograffydd rhyngwladol Dr Nerys Owen, a gymerodd o dan ei adain yn gynnar yn ei gyrfa pan symudodd hi o Lerpwl i Gymru i fyw.

301

'Tynged pob awdur Cymraeg,' dywedodd unwaith, 'yw silffoedd llychlyd y llyfrwerthwr llyfrau ail-law. Ychydig iawn o lyfrau sydd yn para. Y mae rhyw gysur od yn hynny: y bydd y mwyafrif ohonom – y gwych a'r gwachul – hefo'n gilydd yn ystafell anghofrwydd.'

Yn nhrymder y noson cynt y meddyliodd Tom Rhydderch y byddai'n beth da iddo ysgrifennu ei goffâd ei hun. Ar ôl ei ailddarllen, arwyddodd ef â'r enw 'Annabel Vaughan'.

(Defnyddiais i un frawddeg ohono pan fu farw Tom Rhydderch y llynedd.)

Yr oedd hi'n wyth o'r gloch y bore a chlywodd lythyr – neu lythyrau – yn cael eu gwthio drwy'r drws gan y postmon.

* * *

Gan na fu i Twm Owen, y bore hwnnw, ateb y drws pan fu i Ieuan Humphreys ganu'r gloch, ceisiodd Ieuan ei agor a'i gael yn ddi-glo, ac felly cerddodd i mewn a gweiddi ei bresenoldeb. Nid oedd neb yn yr ystafell fyw. Neb yn y llofftydd. Neb yn y gegin. Ond gwelodd Ieuan fod y drws cefn yn llydan ar agor. Aeth drwyddo ac i'r ardd. Sylwodd fod drws y sied yn gilagored. Agorodd Ieuan ef yn araf bach. Yno roedd Twm yn benisel, ei gefn at Ieuan, offer ei waith yn llonydd ar hyd y waliau. Enw pob teclyn wedi ei brintio oddi tano. 'Bwyell,' darllenodd Ieuan, 'Llif Bwa, Morthwyl.' Ond nid oedd morthwyl yno, dim ond ei amlinell ddu ar y wal bren. Ymdebygai'r wal, meddyliodd Ieuan, i lyfr darllen cyntaf plant bach.

'Ydach chi'n gwbod be ydw i'n mynd drwyddo fo, Ieuan?' ebe Twm Owen gan droi'n araf tuag ato, y morthwyl yn ei law, ei lygaid yn goch ac yn llaith.

'Lol ydy deud,' meddai Ieuan, 'na fedar neb iawn deimlo poen rhywun arall, a bod pawb yn y diwadd ar ei ben ei hun. Mae gin bawb rwbath ...'

'Oes 'na rwbath, Ieuan,' torrodd Twm Owen ar ei draws, 'wedi aros ar ôl o'r hen ddyddia pan oeddach chi'n ficar?'

Edrychodd Ieuan Humphreys arno a mentrodd ateb – hwyrach yn fwy iddo'i hun nag i Twm Owen – y cwestiwn annisgwyl hwn.

'Efallai fod ... Y syniad o gariad na welwyd erioed mo'i fath. Cariad mor enfawr, ond eto mor glòs, fel pan y sefi di o'i flaen o, na fedri di mo'i wrthod o, na dengid rhagddo fo. A bod dy ryddid di yn dy allu di i aros, nid yn dy allu di i adael. Yn y sefyll hwnnw mi ddaw pob twll a chornel o dy fywyd di i'r fei o'u gwirfodd. Pob dim da a wnes i – ac ychydig, heb os, fydd hynny. A phopeth hyll a brwnt a phoenus ac ingol – a mwy o'r rheiny, mi wranta. Ac mi ddaw fi cyflawn i'r golwg o'r diwadd. Popeth y mynnwn i ei guddio, a'i gelu, a cheisio'i anghofio. Mi fyddan nhw yna i gyd. Ac mae'n siŵr y gwna i dorri i lawr y foment honno, ac wylo'r dagrau na wyddwn eu bod nhw gen i. Ond fydd yna ddim condemnio arna i, gan y bydda i wedi barnu fy hun drwy'r dagrau dilys yng ngŵydd y cariad hwnnw. Ac mi ga i fy rhyddhau o fy hualau. A nerbyn fel ag yr ydw i, heb amodau a heb delerau. Dwn i ddim a ydy hynny'n fwy na syniad, a bod "rhywun" yna sy'n ymgorffori'r syniad. Ond dyna sydd ar ôl: y syniad o gariad y mae'r gair "anferthol" yn rhy fach o lawer i'w ddisgrifio fo.'

Syllodd y ddau ar ei gilydd. Ar y fainc gwelodd Ieuan y teclyn na wyddai neb beth ydoedd y cyflwynodd Twm i Nerys ar ddydd eu priodas.

''Swn i'n licio dallt Nerys,' ebe Twm yn dawel yn y man. 'Mae hi'n bedwar diwrnod ers iddi hi fynd. A dim byd ers iddi hi gael ei gweld ar CCTV rhyw fỳs.'

'Mi ddaw hi'n ôl,' meddai Ieuan.

'Ddaw hi?' ebe Twm.

'Daw. Nid i ga'l ei dallt, ond i ga'l ei charu. Hwyrach nad ydy Nerys yn dallt Nerys. Ond y mae cariad bob amser yn canfod ffordd sy'n gadael y deall ar ôl mewn mieri a drysni.'

Trodd Twm Owen yn ôl at y pared. Aeth Ieuan Humphreys yn ôl adref yn gwybod nad oedd mwy i'w ddweud y bore hwnnw.

* * *

'You were late coming in last night,' meddai Casi wrth Reggie pan ddaeth â phaned o de iddi i'w gwely.

'Was I?' meddai yntau. 'Was I? Driving around you know ... Looking.'

Weithiau y mae rhyw dir neb yn bodoli ym meddyliau pobl rhwng gwybod eu bod yn bwriadu cyflawni rhyw weithred, a gwadu yr un pryd iddynt eu hunain eu bod yn bwriadu cyflawni'r weithred honno. Yn y tir neb hwnnw yr oedd Reggie Hindley pan lywiodd ei gar y noson cynt ar hyd lonydd cefn Kensington, Lerpwl. Hen gar oedd hwn, oherwydd iddo am ryw reswm benderfynu peidio â gyrru un o'i gerbydau crand, ac felly ffeiriodd gar yn ei fodurdy. Ni fyddai neb yn ei adnabod mewn Fiesta.

Roedd Reggie wedi gwneud hyn sawl gwaith o'r blaen. Ond, fel yn ystod y troeon cynharach, teimlai nad ef oedd yno ond rhywun arall tebyg iddo. Ac fel yn ystod y troeon blaenorol teimlai ei nwyd yn cynyddu yng ngoleuni gwael y lampau stryd, niferoedd ohonynt wedi eu diffodd neu wedi eu malurio.

Camodd merch o'r cysgodion. Arafodd yntau ei gar. Stopiodd gyferbyn â hi. Plygodd hithau ei phen i ffrâm y ffenest a gwenu arno. 'Jesus Christ!' ebe Reggie a tharo'i droed yn ffyrnig ar y sbardun.

Weithiau, y mae ein hadnabyddiaeth o eraill, cyfarwydd iawn i ni mor glir ac mor dda fel nad adwaenwn hwy o gwbl dan amgylchiadau sy'n hollol anghyson â'n dirnadaeth ardderchog ohonynt, ac y tybiwn mai rhywun dieithr a gwahanol, ond tebyg o ran pryd a gwedd iddynt, a welsom.

Arafodd Reggie ei gar ym mhen pellaf yr heol. Chwarddodd chwerthiniad bychan, byr am ben ei dwpdra yn meddwl mai ei ferch ef ei hun a welodd ar y pafin yn y nos, yn plygu'i phen tuag at ffenest ei gerbyd.

'Leave it to the police, darling,' ebe Casi. 'They spotted her on a bus, didn't they? They're close.'

'I need to tell you something,' meddai Reggie.

'No, you don't!' ebe Casi, yn gweld Leri Rhydderch o'i blaen. 'There is nothing to tell, Reggie. Nothing.'

Gorweddodd yntau yn ei ddillad wrth ei hochr. Nid oedd yn ymwybodol ohoni'n sipian ei the'n araf, na sŵn ei llwnc. Nid oedd yn ymwybodol o dafod fechan Elizabeth R. yn llyfu ei law.

* * *

Bellach a hithau wedi troi un o'r gloch y prynhawn, ymwthiodd Tom Rhydderch yn ei gar o geg twnnel Penbedw. Medrai weld Oriel Walker i'r chwith o'i flaen.

Yn ddiymdroi, ar ôl iddo ddarllen y llythyr byr a dderbyniodd y bore hwnnw, gyrrodd am Lerpwl. Gobeithiai na fu i Leri ei weld pan welodd ef hi'n dod allan o siop gemist Edwards.

'Annwyl Tom,' ailddarllenodd yn ei gof. 'Ddowch chi â fi adref? Byddaf y pnawn 'ma (pan gewch chi hwn!) wrth lun Wilson yn y Walker, lle bu i ni gyfarfod o'r blaen flynyddoedd yn ôl. Arhosaf yno amdanoch hyd nes y dowch. Neb ond chi, os gwelwch yn dda. Cariad mawr, Nerys.'

Cofiodd yntau am y tro blaenorol hwnnw y bu iddo gyfarfod â hi o flaen *Yr Wyddfa o Lyn Nantlle*, Richard Wilson, yn y Walker, a'r boen ingol a deimlodd oherwydd ei datguddiad. Ond nid oedd am ail-fyw hynny'r prynhawn hwn. Rhywbeth i'w gladdu oedd y gwybod hwnnw, bryd hynny, heddiw, a hyd byth.

Wrth iddo ddringo grisiau'r Walker i ystafell y llun, teimlodd Tom Rhydderch ei henaint yn ymledu drosto. Edrychodd dros ganllaw'r grisiau ar y bobl yn mynd a dod â'u prydau bwyd a'u paneidiau yn eu dwylo at y byrddau crynion. Gwelodd ŵr ieuanc tebyg ryfeddol iddo ef ei hun yn ei ddyddiau cynnar – ef iau? – yn edrych arno, pensil yn ei law a llyfr llawn o ysgrifennu o'i flaen. Gwenodd Tom arno ond oherwydd y pellter rhyngddynt gwyddai na fedrai'r gŵr ieuanc weld ei wên.

Ar ben y grisiau cymerodd ei wynt ato cyn mynd yn ei flaen drwy'r drysau gwydr i'r ystafell ymhle y gwyddai yr oedd llun Wilson o'r Wyddfa.

Trwy wydr y drws fe'i gwelodd hi. Ei chefn ato. Gwthiodd y drws i'w agor. Trodd hithau i'w gyfeiriad. Roedd popeth allanol am Nerys yn wahanol. Edrychai'n gostus. Ei gwallt wedi ei ailffasiynu. Ei dillad blêr braidd, arferol, wedi eu cyfnewid am rai llawer drutach. Oherwydd y sodlau uchel ar ei hesgidiau, edrychai'n dalach. Hi wenodd gyntaf. Cerddodd Tom Rhydderch tuag ati.

'Nerys, ia?' ebe Tom gan gydio yn ei hysgwyddau fel petai rhyw ofn ynddo iddi ddengid eto.

'Ia,' meddai hithau.

Edrychodd y ddau mewn tawelwch ar y llun am ysbaid cyn i Tom ddweud, 'Adra?'

'Adra!' ebe Nerys.

Rhoddodd hi ei braich yn ei fraich ef.

Ar y grisiau gwasgodd Tom ei benelin i gnawd ei braich ac edrychodd hithau arno.

Edrychodd Tom dros y canllaw am y gŵr ieuanc. Ond yr oedd wedi mynd. Os bu gŵr ieuanc yno o gwbl erioed.

Cuddiais innau'r tu ôl i un o'r cerfluniau marmor yn ystafell y cerfluniau gan adael iddynt fynd heibio.

Nid ei le ef, penderfynodd Tom, oedd holi Nerys am ei hynt a'i helynt. Tasg ei gŵr oedd honno. Felly, cyfuniad o fân siarad a distawrwydd, distawrwydd yn bennaf, a fu rhyngddynt ar hyd y ffordd yn ôl.

Nid nepell o Ara Deg stopiodd Tom y car a dweud, 'Wyt ti am i mi ddŵad i mewn hefo chdi?'

'Nacdw,' atebodd, 'a gollyngwch fi'n fama. Mi gerdda i'r rest. Diolch, Tom.'

Gafaelodd yn ei law a'i chodi i'w gwefusau a dodi cusan arni.

Canodd gloch drws tŷ ei gŵr. Gwelodd ei siâp yn y man yn dynesu'n gryniadau duon drwy'r gwydr barugog. Agorodd Twm y drws a'i gweld.

'Ga i ddŵad i mewn, Twm?' holodd ei wraig ef.

Edrychodd Twm Owen arni a theimlodd frawddegau, rhai ohonynt yn anghynnes, yn datod yn ei grebwyll. 'Wrth gwrs y cei di,' meddai.

* * *

Yn ei breuddwyd y noson honno gwelodd Nerys ferch yn codi o ddiflastod ei gorwedd ar y gwely yn ystafell grand y gwesty, ei gŵn nos euraid ar agor i ddangos ei noethni, i bipian drwy dwll ysbïo'r drws cyn ei agor.

'Like old times,' meddai wrthi pan agorodd y drws i'w adael i mewn.

Deffrodd Nerys yn gryndod drosti. Edrychodd i gyfeiriad ei gŵr rhag ofn ei bod wedi edliw pethau ac yntau'n gwrando. Ond cysgu yr oedd. Penderfynodd wisgo'i choban yn ôl. Yn y tywyllwch ni fedrai ddod o hyd iddi. Ond cafodd hyd i grys pyjamas Twm, yr oedd ef wedi ei daflu ynghynt ar hast i draed y gwely. Gwisgodd hwnnw.

Un Diwrnod

Heddiw oedd diwrnod yr angladd.

* * *

'It was good of you to put me up,' ebe'r cyn-Athro John Sutherland, yn edrych drwy'r ffenestri helaeth ar y môr o'i flaen yn wyn yn y goleuni fel lliain bwrdd di-grych.

'What was that?' meddai Reggie'n dod tuag ato a dau wisgi yn ei law.

'I was saying: it was good of you to put me up.'

'Don't mention it. We have plenty of spare rooms,' ebe Reggie'n rhoi'r wisgi iddo.

'A doctor's house once, did you say?'

'That's right. That's right. He had to sell. Some financial difficulties. Larry found it for us. We've renamed it Aston Place.'

'Have you?'

'Yes. Well, I did … One of yours!' meddai Reggie'n codi ei wydr i gyfeiriad portread o Nerys ar y wal.

'Goodness!' ebe John Sutherland. 'That goes back some years. Faux Bill Brandt, I'm afraid … Well? Is she? Caroline?'

'Very. On her way back from London as we speak.' Edrychodd Reggie ar ei wats. 'Should be long back by now.'

'Ah! The exhibition. Heard good things. Very good things. Nice review in *The Guardian*.'

'Was there?'

'As good as it gets, Reggie. "She brings a poignant lyricism back into contemporary photography. The new Fay Godwin." That's what was said.'

'Is that so? The children will be glad to have their mummy home.'

'How old are they now?'

'Four and four.'

'Twins!'

'Boy and girl.'

'Who will look after them today?'

'They will be there! Don't agree with it. Children in funerals.'

'No … The dog?' ebe John Sutherland, yn cyffwrdd llun bychan o gi.

'Elizabeth R., would you believe! Cas's dog. I ran over it. By accident, of course. The first weekend after we moved in.'

'I could be witty and say that was regicide.'

'Beg pardon?'

'My attempt at a very bad joke.'

'A double tragedy,' ebe Reggie.

'Double?' holodd John Sutherland.

'Cas doesn't really like this house. She was always agin' it.

Then the first weekend we took possession, the bloody dog dies.'

'But this is home ground for her?'

'Yes. But she sensed some complications, I think.'

'Complications?'

'This and that, you know.'

'I do. But you haven't moved here permanently, have you?'

'Goodness, no. The odd weekend. For me, that is. Cas seldom comes. As I said, she ...'

A daeth Casi i mewn i'r ystafell yn ei du.

'Dwi'n barod,' meddai.

'Black so suits you, Cas,' ebe Reggie.

'Does it now?' meddai hithau. 'Shall we go?'

* * *

Roedd y ddau'n pwyso yn erbyn cefn y soffa'n edrych drwy'r ffenest.

'Dyma hi, Mam,' meddai Beca.

'Naci!' ebe Cai. 'Ti'n deud hyn'na am bob car sy'n pasio. Car gwyn sgin Mam.'

'Un gwyn oedd hwn'na!'

'Ond nid car Mam oedd o. Roedd o'r siâp rong.'

Nid oedd Nerys ymhell. Edrychodd ar ei wats. Hanner awr arall, llai, a byddai adref. Yr oedd hi wedi aros am ychydig ar y lôn rhwng Dolgellau a Thrawsfynydd, gan edrych i gyfeiriad y Rhinogydd. Ar y sedd wrth ei hochr roedd catalog ei harddangosfa: 'Wails: Photographic Cries and Laments'. Darllenodd y cyflwyniad eto: 'I'r efeilliaid: Beca a Cai. Y Cymry newydd – efallai? Cariad mawr. Mam.'

Blwyddyn i'r diwrnod y dywedodd y meddygon wrthi nad oedd angen iddynt ei 'gweld eto' oedd heddiw. Ar ddiwrnod y dylai ei 'ddathlu' yr oedd hi'n mynd i angladd.

Cofiodd am y 'sgyrsiau' a gafodd ag Eira Humphreys. Y rhai hynny oedd y trobwynt, mae'n debyg.

Cofiodd fel y daeth Eira i Uned Gododdin yr holl ffordd ar y bỳs ar ei phen ei hun i'w gweld un prynhawn, ychydig ddyddiau wedi i'r heddlu fynd â hi yn ôl yno y bore ar ôl iddi ddychwelyd o Lerpwl. Ni ofynnodd Eira iddi ymhle yr oedd hi wedi bod na beth yr oedd hi wedi ei wneud. Daeth â thusw o flodau iddi a sgôr consierti Vivaldi i'r baswn.

'Benthyg y rhein rydach chi'n ei gael,' meddai Eira wrthi am y llyfr cerddoriaeth. 'Mi wn i'r cyfan ar fy ngho'. Pan ddowch chi o'r lle 'ma, ddowch chi â nhw'n ôl i mi? Ac mi chwaraea i'r rhannau i chi. Ddowch chi?'

'Dof,' ebe Nerys fel petai'r gair wedi dengid ohoni ar ei ben ei hun, a'i fod wedi bod yno erstalwm yn aros i'w chwestiwn gyrraedd.

Yn y 'dof' hwnnw agorwyd rhyw ddrws ynddi, daeth Nerys i sylweddoli. Ni wyddai ar beth, nac ar ba le. Yr oedd yn wahoddiad na allai rywsut ei wrthod. Hwyrach ar y dechrau mai teimlo dyletswydd i dalu'r gymwynas yn ôl i'r hen wraig hon am ei thrafferth yn ymweld â hi a barodd iddi gytuno. Ond cyrhaeddodd dyletswydd honedig reidrwydd mewn byr dro. Trodd dyled yn anghenraid iddi. Roedd yn *rhaid* iddi gael mynd bob prynhawn pan ddaeth, yn y man, adref yn ôl o'r ysbyty: i wrando ar gerddoriaeth ar y dechrau, wedyn i ymgyfranogi ohono a bod y tu mewn iddo. 'Reit-o! Mi awn ni 'ta,' fyddai geiriau Eira'n ddi-ffael ar ôl ei gwahodd i mewn i'r tŷ; Ieuan yn gweiddi 'Helô' a phur anaml yn dod i'r golwg. 'Gadwch o hefo'i ffilosyffyrs a'i feirdd,' dywedai Eira. 'Mae o'n rhyw how saff yn fan'na.' Ac i'w llofft â hwy: y baswn fel rhyw seiffti-pìn anferth yn clymu'r Eira fechan i'w chadair. Chwythai hithau a deuai'r nodau allan i'r aer o guddfeydd y tyllau.

Fel yr âi'r wythnosau a'r misoedd heibio, canfu Nerys fod y miwsig yn ei dadlwytho. Er na ddywedodd Eira hynny erioed, gwyddai Nerys fod y dadlwytho hwn wedi digwydd i Eira ei hun hefyd ar ryw gyfnod neu'i gilydd. Adnabu'r ddwy rywbeth yn ei gilydd nad oedd angen geiriau i'w fynegi. Nid nad oedd 'pethau' gorffennol Nerys yn diflannu, ond yr oeddent yn colli eu nerth. Ynddi roedd rhywbeth yn dadmer. Ymddangosai bylchau yn y storïau a fu'n gaglau yn ei hymennydd ers hydion. Pan ddeuai ambell stori yn ei hanterth hen i'w phlagio, a pheri iddi ddyheu am ddianc eto, deuai hefyd ysbryd y gerddoriaeth i liniaru ei malais. Yn y man, medrai Nerys glywed presenoldeb y miwsig heb fod raid i Eira ei chwarae iddi. Cofiodd iddi ei glywed dro'n ôl hefyd drwy ei mudandod yn Uned Gododdin, er na wyddai'r pryd hynny beth ydoedd nac o ba le y daeth, na sut y daeth. Ond gwyddai fod rhywbeth wedi ei ddanfon.

Teimlodd leoedd gweigion, braf yn ei chrebwyll, yn debyg i gerrig gwynion yn tywynnu o bellter yn yr haul ar ochr mynydd yn yr haf, fel petaent yn agorfeydd i gael mynediad i anferthedd y mynydd ei hun. Teimlai fel petai, ar un cyfnod, wedi rhedeg ei dwrn caeedig ar hyd draenen dew, ddu ond mai cortyn o silc oedd yno bellach. Un tro yn unig y taflwyd hi oddi ar ei hechel, pan ganodd y ffôn un noson yn hwyr iawn a rhywun, yn ôl Twm a'i hatebodd, a hithau yn ei gwely, wedi gofyn amdani. Mae'n rhaid fod Twm wedi synhwyro rhywbeth oherwydd ni alwodd arni. Dim ond dweud wrthi am yr alwad yn ddiweddarach. Y tro nesaf y digwyddai hynny, penderfynodd y byddai'n dweud y cwbl wrtho. Dyna, beth bynnag, a benderfynodd y noson honno. Ond ni ddaeth galwad arall. Hyd yn hyn.

Ychydig dros awr y parai'r chwarae. Deuai Eira ag ef i ben â'r gair: 'Reit!' Cynigiai baned o de. Weithiau cymerai Nerys un, ei sipian yn hamddenol, a byddai mân siarad rhwng y ddwy: prisiau, y tywydd, cyflwr yr ardd. Dro arall gwrthodai. Deuai Ieuan i'r drws fel arfer i ffarwelio â hi gan daro'i law ar ei hysgwydd. Rhwng y ddwy yr oedd rhywbeth tebyg i adnabod dwfn wedi sefydlu ei hun.

Un bore, wrth iddi edrych yn y drych, sylweddolodd Nerys ei bod wedi gwella heb iddi ddirnad fod taith gwellhad wedi digwydd yn ddistaw o'i mewn. A throdd rownd i chwilio – chwilio am beth, ni wyddai. Amdano, efallai? Ond nid oedd dim yno i'w ganfod, na dim i'w dychryn, ond ei chartref clyd bellach. A Twm annwyl, Twm ffyddlon a da. A'i phlant.

Un diwrnod, mentrodd fynd â'i chamera efo hi i dŷ Eira. Ar ganol y gerddoriaeth pwyntiodd at y camera. Nodiodd Eira a'r baswn eu pennau. Tynnodd Nerys luniau. Gwnaeth hyn ar sawl prynhawn arall. Cliciadau'r camera a'r nodau rywsut yn cydasio. Ar ôl hir bwyso arni, medrodd berswadio Eira i ddod i'r arddangosfa ohonynt yng Nghaernarfon. Ei harddangosfa gyntaf ers yr un yn Aberystwyth.

Ac Eira, un prynhawn, ar fin agor y drws iddi gael mynd allan, ataliodd Nerys hi a sibrwd i'w chlust, 'Dwi'n feichiog.'

'Da iawn,' ebe Eira'n dawel a di-ffys.

'Fi oedd y trydydd i gael gwybod, dwi'n dallt,' oedd sylw crafog Leri Rhydderch. 'Beth sydd gan Eira Humphreys nad ydy o ddim gen i?'

Edrychodd Nerys ar ei wats eto. Roedd hi'n bryd mynd. Ond teimlodd y dagrau'n cronni yn ei llygaid. Sylweddolodd nad oedd, rhwng pob dim, wedi medru teimlo'i galar yn iawn.

* * *

Cerddodd Tom Rhydderch i lawr y grisiau yn Clyd. Yr oedd wedi bod yn chwilio am Leri. Aeth i'r lolfa. Yno roedd hi.

'Fan hyn wyt ti'r hen hogan,' meddai wrthi. 'Mae hi'n oer yn y tŷ 'ma. Tydy'r gwres ddim ymlaen gin ti. Pam na roist di'r gwres ymlaen, 'mach i?'

Ond o'i harch ni ddaeth smic.

* * *

Yn yr ystafell fyw yr oedd Ieuan Humphreys yn mwngial y gwasanaeth claddu iddo ef ei hun – canys yr oedd blynyddoedd lawer wedi mynd heibio ers iddo wneud hyn ddiwethaf – y llyfr teilchion yn ei law. Ond yr oedd ei gof yn adrodd y brawddegau ynghynt nag y gallai ei lygaid eu darllen. Ynddo'r prynhawn hwn yr oedd haenau o wybod: pob un haen yn gorwedd ar ei gilydd; a dymuniad Tom Rhydderch iddo gymryd y gwasanaeth, efallai, wedi peri rhyw erydu mewnol ynddo gan ddod â'r haenau i'r amlwg.

Dywedai'r haen ddiweddaraf, yr un oedd ar y brig, wrtho nad oedd bellach yn credu dim o'r hyn a ddarllenai yn y llyfr claddu. A'r haenau oddi tani yn llawn o'r profiadau – y siomedigaethau a'r methiannau, a medrai eu teimlo i gyd eto – a arweiniodd yn y diwedd at yr haen uwch. (Eu darllen am i lawr yr ydoedd.) Odanynt hwy yr oedd haenau ei obeithion cynnar a'i weledigaethau, cynhyrchion ei ddychymyg a gwres ei galon – a medrai deimlo eto'r pethau hyn hefyd. Sylweddolodd fod pob un o'r profiadau hyn ynddo o hyd, a bod y naill brofiad mor ddilys â'r llall. Er bod yr haen islaw wedi arwain at yr haen uwchben, nid oedd yr un uwchben wedi dileu'r un oedd islaw. Roedd tapiadau – tyner? ... ia! tyner – morthwylion bychain yr hen eiriau yn yr hen lyfr o'i flaen – 'ysgatfydd' oedd un gair: pwy rŵan a

315

ddefnyddiai 'ysgatfydd'? – wedi llacio rhyw rwbel o wyneb ei fywyd gan ddod â haen ar ôl haen i'r fei, a gadael iddo wybod mai 'ef' oedd yr haenau i gyd. Nid un haen ond eu cyfanrwydd gwrthgyferbyniol. Ac y medrai – os dewisai wneud hynny, a dewisodd! – wthio'i law yn ddwfn i mewn iddo ef ei hun a chyffwrdd haen a'i pherchenogi eto am gyfnod, heb orfod gwadu gwirioneddau yr un o'r lleill. Nid gwrth-ddweud ei hun oedd hynny ond amgyffred mai cyfanwaith o wrthddywediadau oedd swm a sylwedd ei fywyd.

Cyffyrddodd â'r haen honno ynddo yr oedd geiriau'r llyfr claddu'n perthyn iddi. Er mawr syndod iddo – a ddylai fod wedi ei synnu? – dirnadodd fod y geiriau'n dal yn gynnes, er bod eu hystyron wedi hen oeri yn yr haen uwch. Hwyrach, meddyliodd, mai emosiwn gair, ei le ar un adeg yn naearyddiaeth ei fywyd, oedd ei wir arwyddocâd, yr hyn y medrai'r gair ei gonsurio ac nid ei ddweud, ac mai eilbeth fu ystyr erioed. Er iddo lwyr wagio'r gair 'duw' o'i holl ystyron posibl nes gadael dim byd ond ogofâu gweigion rhwng y llythrennau, nid ei lais ei hun oedd pob un o'r adleisiau a ddeuai yn ôl ato. Weithiau, clywai adlais dieithr, na wyddai oddi wrth bwy nac o ba le y deuai.

Rhoddodd Ieuan y llyfr yn ei boced yn ofalus. 'Well i ni fynd i'r drws, dwâd?' meddai wrth ei chwaer. 'Mi fydd un o geir Edwin Moss yma'n munud.'

Yr oedd Eira wedi bod yn edrych yn hir ar ei brawd, gan ddyfalu beth yn union oedd yn corddi yn ei feddwl. 'Ddoi di â'r offeryn?' meddai wrtho.

* * *

'Ti'n iawn tro 'ma!' meddai Cai ar ôl i Beca weiddi eto fyth: 'Dyma hi, Mam!'

Gwelodd y ddau hi'n parcio'r Jaguar XK gwyn – 'A welcome home present, Caroline, from your old man, with free driving lessons for you both.' (Wedyn y gofynnodd iddi a oedd hi'n well.) Nid na fu i Twm Owen fynd ymhellach na'r ddwy wers gyntaf, er mawr siom i'w dad-yng-nghyfraith, ond pasiodd Nerys mewn dim o dro.

'Mae Mam yma, Dad,' gwaeddodd Beca.

Daeth Twm o'r gegin yn ei siwt yn sipian mygiad o de.

'Ca'l a cha'l!' ebe Nerys pan gerddodd i mewn a gweld Twm yn edrych ar y cloc. ''Nes i ddim stopio'r holl ffordd yn ôl.'

Gwelodd Twm ôl crio arni a gwelodd hithau fod Twm wedi gweld. 'Dwi'n ocê,' meddai gan fynd ato a rhoi cusan iddo.

O'i hôl safai Beca a Cai, eu llygaid ynghau, eu pennau am yn ôl, a'u gwefusau wedi eu gwthio am allan yn barod am eu cusanau hwythau. 'Tair bob un!' meddai Nerys yn rhuthro amdanynt a'u swsio.

'Sut beth fydd yr hebrwn?' ebe Beca.

'Cnebrwn,' atebodd Twm yn ei chywiro, a'i thynnu ato, eistedd i lawr, a'i chodi ar ei lin. 'Fydd 'na lot o grio.'

'Mae Mam 'di bod yn crio'n barod,' ebe Cai. 'Geith hi sbario gneud eto.'

'O, mae 'na lot mwy i ddŵad,' meddai Nerys yn eistedd wrth ochr ei gŵr a'i merch a dwyn Cai i'w chesail.

'Fydd Ffeifyrs yno?' ebe Beca.

'Taid!' meddai Twm yn gwenu.

'Ffeifyrs wir!' ebe Nerys yn rhwbio gwallt Beca.

Oherwydd fel yna y cyfarchai Reggie ei ŵyr a'i wyres bob amser: 'Come here and get your fivers.'

'Fydd Casi yno hefyd, felly. Dwi'n licio Casi,' ebe Cai.

Edrychodd Nerys a Twm ar ei gilydd.

'Dwi'n meddwl ei bod hi'n dŵad,' meddai Nerys, yn edrych

eto ar Twm, a nodiodd yntau ei ben i gadarnhau. 'Gwrandwch, blantos, mi fydd Mam yn siarad yng nghnebrwng Anti Leri.'

'Pam?' holodd Cai.

'Isio ca'l deud petha neis am Anti Leri ydw i.'

'Fydd Ffeifyrs yn deud petha neis amdani hi hefyd?' holodd Beca.

'Dwi ddim yn meddwl,' meddai Nerys.

''Nes i weld o'n rhoid sws iddi hi unwaith. Sws pobol fawr,' ebe Beca.

'Be ydy sws pobol fawr?' holodd Cai.

Caeodd Beca ei llygaid, pletio'i gwefusau ac ysgwyd ei phen o ochr i ochr yn gyflym. 'Fel'na,' meddai.

'Ond mi fydd Yncl Tom yn deud petha neis am Anti Leri,' ebe Nerys.

'Fo o'dd 'i gŵr hi 'te,' meddai Cai.

'Sut mae stopio priodas?' holodd Beca.

'Sgynna i ddim syniad,' meddai Nerys, yn llithro'i llaw ar hyd gwar ei gŵr a thynnu ei bysedd drwy ei wallt.

''Wrach fod Ffeifyrs yn gwbod,' ebe Beca.

Cododd Nerys a Twm eu haeliau ar ei gilydd.

'Well i ni hwylio i fynd,' meddai Twm.

'Mi'r af i i nôl 'y magia o'r car,' ebe Nerys.

'Gad i mi fynd,' meddai Twm.

'Na 'nei!' ebe Nerys, yn codi'n gyflym o'i heistedd nes peri i Cai syrthio'n ôl ar y soffa.

Edrychodd y tri arni'n mynd ar ei hyll drwy'r drws. Trodd y plant at eu tad a gwenu fymryn arno. Rhwbiodd yntau ei ben-glin yn araf. Plygodd Beca ei phen y mymryn lleiaf, fel y mae blodeuyn yn crymu pan fo defnyn o ddŵr yn ei daro. Yr oedd Nerys, heb os, wedi mendio, ond a oedd hi wedi gwella? Cwestiwn a brociai fel rhywbeth du, di-siâp mewn dyfnder duach yng nghrebwyll Twm

Owen weithiau ac weithiau'n aml. Weithiau, wrth orwedd yn ei wely a'i gwylied yn deffro ben bore ac edrych i'w llygaid, teimlai fod rhywbeth – neu rywun – arall wedi deffro hefyd o'i mewn ac o'i blaen hi'n gynharach yn nhrymder y nos gan ffeirio llygaid â hi.

* * *

'Ydan ni'n barod, Mr Rhydderch, syr?' meddai Edwin Moss, a oedd wedi llithro'n ysgafndroed yn null ambell ymgymerwr i'r lolfa yn Clyd, ac yn ddiarwybod i Tom.

'Ydan ni, Leri?' ebe Tom heb edrych arno, ac 'Ydan', atebodd ar ei rhan.

'Hogia,' sibrydodd Edwin Moss wrth y cludwyr o'i ôl. Aethant hwy tuag at yr arch.

Cododd Tom o'i sedd. Gwelodd fod Edwin yn cario het silc a deallodd Edwin hynny. Meddai, yn codi'r het: 'Er parch i Misus Rhydderch, syr. Ar y 'sgwydda, hogia.'

Gwelodd Tom Leri'n cael ei chodi yn araf i fyny, caead yr arch yn y symudiad yn llathru drosto, y dynion yn dynesu at ei gilydd, yn ei gostwng ar eu hysgwyddau a phletio'u dwylo o'u blaenau.

'Mr Rhydderch, syr,' ebe Edwin Moss, â'i law agored yn erchi iddo ddilyn yr arch.

Yn araf cododd Edwin ei het silc i'w gorun.

Dechreuodd y fintai symud.

Yn sydyn canfu Tom Rhydderch ei hun yn y lle rhyfedd hwnnw a all ddod i fod mewn cynhebrwng, rhwng beichio crio a lladd ei hun yn chwerthin. Ac fel sy'n digwydd eto mewn angladd, daliwyd ei sylw gan un peth, a'r un peth hwnnw'n cael ei chwyddo allan o bob rheswm: gwich esgidiau un o'r cludwyr.

Gwelodd het silc Edwin Moss yn camffurfio yn sglein chwydd efydd y Brancusi, a'r arch yn ei ddilyn yn plygu yn y metel llachar, a'r dynion yn ei chario'n ymestyn a theneuo. Yng ngwydrau'r lluniau ar y wal yr ochr arall i'r Brancusi yr oedd Edwin Moss arall, ac arch arall, a chludwyr eraill, a Tom Rhydderch arall yn mynd heibio o ffrâm i ffrâm. Trodd Tom at y wal â'r tri llun a gwelodd ei wyneb ei hun deirgwaith yn edrych arno, cilio, edrych arno, cilio, edrych arno, cilio.

Fel yr âi'r arch drwy'r drws am allan yr oedd fel petai'n toddi yn y goleuni, a'r goleuni'n rhedeg ar ei hyd.

Roedd popeth y tu allan yn sgleinio nes peri i Tom gau ei amrannau'n dynn. O'u hagor gwelodd yr arch yn llithro'n araf y tu ôl i ochr wydr difrycheulyd yr hers ddi-fefl, fel petai hi'n rhywbeth anghyfarwydd yn dod i'r amlwg ac i'r canol o ymyl acwariwm.

Edrychodd ar ddüwch cotiau'r cludwyr yn duo fwyfwy yn nu'r hers.

Safai gyrrwr y limosin yn dalsyth, ei goesau fymryn ar led, ei ddwy law ar bennau ei gilydd o'i flaen, yn llonydd ger drws cefn agored ei gerbyd. Yn aros – 'Amdana i!' sylweddolodd Tom mewn dychryn. 'Mae ganddo fo gap pig!' meddai wrtho'i hun.

Rhyfeddodd Tom pa mor lanwaith, pa mor gymesur, pa mor drefnus y medrid gwneud marwolaeth. A theimlodd yn ddwfn ynddo'i hun yr awydd i styrbio pethau. Felly, â'i fawd, yn hegar, gwthiodd fotwm cloch drws ffrynt Clyd, a'i ddal yno nes peidiodd y gloch â bod yn gloch a throi'n waedd hyd yr ystafelloedd amddifad, hyd y llofftydd a adawyd, hyd y grisiau di-sang, gan beri i'r *chauffeur* gydio yn ymyl ei ddrws, i'r cludwyr stopio a throi i edrych, i Edwin Moss gyffwrdd cantel ei het silc.

'Popeth yn iawn?' meddai Edwin Moss o'i ôl. Trodd Tom ato a sylwi ar ei wyneb a'r plorynnod hyd y croen: roedd o fel rhywbeth wedi ei bebldasio – gan alar pobl eraill, mae'n rhaid.

Cloiodd Tom y drws.

Clywodd sŵn deilen iorwg yn yr awel yn curo'n ddi-baid yn erbyn gwydr un o ffenestri'r llofftydd. Llofft Leri oedd honno.

Arweiniodd yr ymgymerwr ef i gyfeiriad y limosin.

Eisteddodd ar ganol y sêt gefn ledr. Teimlodd oerni'r lledr ar ei law a'i arogl yn ei ffroenau. Edrychai'r tu mewn yn hollol lân. Ond sylwodd Tom ar un bedol pinc conffeti ar y llawr. Clywodd y drws yn cael ei gau'n feddal. Peidiodd pob sŵn. Gwelodd Edwin Moss yn rhoi cyfarwyddyd i'r gyrrwr a'r cludwyr.

O'i flaen roedd Leri. Orweddog. Guddiedig. Farw.

'Do you mind coming over, Tom. To my place,' clywodd eilchwyl lais crynedig Reggie yn oriau mân y bore Sadwrn hwnnw dros wythnos yn ôl. 'I think Larry's dead.'

Gwelodd yr hers yn symud. Teimlodd y limosin yn symud hefyd. Nid oedd wedi dirnad bod y gyrrwr wedi dychwelyd.

Wrth weld Leri yn mynd drwy giatiau bythol agored Clyd daeth drosto yr amgyffrediad a oedd yn hollol wybyddus a phlaen iddo, ond a oedd yr un pryd yn drymlwythog o'r dieithrwch mwyaf a deimlodd erioed: fydd hi ddim yn dŵad yn ôl. Byth.

Daeth yr hers i stop yn gymesur rhwng pyst giât yr eglwys. Gwelodd Tom o'i sedd Ieuan Humphreys – y Parchedig Ieuan Humphreys heddiw – yn ei gasog, a'i wenwisg, a'i sgarff bregethu ddu. Y tu ôl iddo, Nerys a Twm Owen a'u dau fach, un ym mhob llaw eu rhieni. Ni chlywodd Tom Beca'n dweud wrth ei mam 'fod Anti Leri wedi ei lapio fel parsal mewn papur brown'.

Nid oedd yn Tom Rhydderch awydd yn y byd i ddod o'r car, oherwydd teimlai os medrai aros yn ei unfan y medrai yr un pryd gadw Leri o fewn ei olygon am ychydig bach yn hwy. Ond goddefol yw galarwyr mewn angladd – gwneir pethau iddynt a throstynt a'u hewyllysiau yn eiddo i eraill. Felly agorwyd drws y car gan Edwin Moss a'i ddal ar agor heb ddweud dim. 'Isio i mi ddŵad allan ydach chi?' holodd. Gobeithiai y dywedai'r ymgymerwr wrtho, 'Na, 'rhoswch chi yn fan'na am byth ac am byth.' Gwenodd Edwin Moss arno. A gwyddai yntau fod yn rhaid iddo godi a mynd allan.

Daeth Ieuan tuag ato ac ysgwyd llaw ag ef, yn union fel pe na baent erioed wedi cyfarfod â'i gilydd.

'Diolch i ti am neud hyn,' meddai Tom wrtho. Ac fel petai ei ddefnydd o'r gair 'hyn' wedi ei ddychryn rywsut – nid 'hyn' oedd Leri – esboniodd ei hun: 'Ti'n gwbod be dwi'n feddwl.'

Gwelodd gefn yr hers yn agor yn araf ac adlewyrchiad y coed yn llithro o'r gwydr, i fyny ac i nunlla'r awyr.

'Helo, Yncl Tom,' meddai Cai.

Nid oedd erioed wedi sylweddoli peth mor wyrthiol oedd llais plentyn. Rhywbeth a oedd yn nes at drydar aderyn nag at lais oedolyn a oedd wedi ei feichio gan y peth yma a'r peth arall: teimlai'n lân ac yn newydd fel petai'n dod o blith dail ac nid o balmantau a heolydd. O'i glywed ysgafnhaodd rhywbeth yn Tom Rhydderch. Ynddo'i hun diolchodd i Nerys am ddod â'i phlant i'r arwyl.

'Wel!' meddai a'i lais yntau rŵan hefyd rywsut yn golchi ei hun i ieuenctid ar ei dafod hen. 'Dach chi'ch dau fach yn ddigon o ryfeddod. Mi fydda Anti Leri wedi gwirioni.' A daliodd Nerys ef gan adael iddo grio ar ei hysgwydd. Teimlodd yntau law Twm Owen a llaw Ieuan Humphreys ar ei gefn. 'Well i mi neud hyn'na yn fama, dwi'n meddwl,' meddai.

'Pan dach chi'n barod, Mr Rhydderch, syr,' ebe Edwin Moss.

Atebodd Ieuan Humphreys drosto drwy symud i'w le priodol o flaen yr arch.

Cododd Edwin Moss ei het silc i'w ben.

'Corn simna,' ebe Beca braidd yn rhy uchel.

Trawodd Edwin ryw lewc bychan i'w chyfeiriad cyn cerdded yn ei flaen yn urddasol iawn. Edrychodd Twm Owen a Tom

Rhydderch ar ei gilydd a dechreuodd y ddau chwerthin.

'Did she die in your arms, Reggie?' sibrydodd Casi, heb edrych ar ei gŵr a oedd yn eistedd wrth ei hochr yn yr eglwys. A hwn oedd y tro cyntaf iddi sôn dim am noson ac amgylchiadau marwolaeth Leri Rhydderch.

Wrth odre'r pulpud, y baswn o'i blaen, eisteddai Eira Humphreys fechan a dechreuodd chwarae 'Campanae Parisiennses', Respighi, o'i threfniant ei hun.

Caniataodd Reggie iddo'i hun eto deimlo'i thalcen oer wrth ei ochr yn y gwely yn Aston Place. Caniataodd iddo'i hun eto glywed ei eiriau ei hun: 'Christ! You can't die here.'

Yn y drws clywid llais Ieuan: 'Yr Arglwydd a roddodd, a'r Arglwydd a ddygodd ymaith; bendigedig fyddo enw yr Arglwydd.'

Cododd y gynulleidfa. A fyddai'r gair Cymraeg hollgynhwysol hwnnw – 'teilwng' – yn disgrifio'r gynulleidfa honno? Na fyddai. Roedd Leri wedi tramgwyddo gormod o bobl yn ystod ei hoes.

Wrth iddo fynd heibio, teimlodd Tom Rhydderch law Casi yn braidd gyffwrdd ei law ef.

Nid oedd emynau, gan y gwyddai Tom yn iawn nad oedd Leri yn eu hoffi.

Darllenodd Ieuan o'i gof, er bod y llyfr o'i flaen. Rhyfeddodd ei hun gymaint yr oedd yn ei gofio ar ôl yr holl flynyddoedd. A ffurfioldeb y geiriau anhygyrch i bron bawb yno yn cywain unrhyw emosiwn i le diogel. Nid oedd llawer o ddagrau i'w gweld.

'Be ma'n ddeud?' ebe Cai wrth ei dad.

'"Canys y mae rhagor rhwng seren a seren mewn gogoniant",' ebe Ieuan.

Trodd Beca at ei thaid a chodi ei bawd arno. Gan fod Reggie a'i ben i lawr cododd Casi ei bawd yn ôl arni.

'"Wele yr ydwyf yn dywedyd i chwi ddirgelwch",' ebe Ieuan.

Wedi'r darlleniad cododd Tom Rhydderch a mynd at y ddarllenfa.

'Llythyr!' meddai gan dynnu cas llythyr o'i boced a'i rwygo ar agor. Tynnodd y llythyr allan a'i agor o'i blyg:

Annwyl Dot,

Mi rydan ni i gyd yma, nghariad i. Does 'na ddim ymddiheuriadau. Ac mae pawb yma oherwydd eu bod nhw isio bod yma, nid oherwydd eu bod nhw'n teimlo y dylen nhw fod yma.

Ond rhywbeth rhyngo' fi a chdi ydy hyn. Mi gaiff y gweddill glustfeinio os mynnan nhw.

'Deud y gwir, Tom!' meddat ti wrtha i ar un adeg, flynyddoedd yn ôl. Dwn i ddim a ddudas i'r gwir wrthat ti 'radag hynny. Fwy na thebyg, ddim. 'Mae gin ti rwbath yn erbyn y gwir, fel mae gin ti rwbath yn erbyn te heb siwgwr,' fel y dudast di wrtha i dro arall.

Felly, dyma i ti ymgais arall, gen i, i ddeud y gwir.

Un o'r petha sy gasaf gen i, a chditha, mi wn, ydy edifeirwch mewn cnebrwn. Dagrau'n mynd i nunlla ydy peth fel'na.

Mi ddigwyddodd yr hyn ddigwyddodd rhyngom ni, ac mae pawb yn gwybod hynny. Mi ddudast wrtha i chydig yn ôl nad oeddat ti wedi maddau fy anffyddlondeb i, ond dy fod ti bellach wedi cyrraedd rhyw le oedd yn teimlo fel maddeuant. 'Mae o'n debyg i faddeuant', dyna oedd dy eiriau di. Mi roedd hynny'n fwy nag y disgwylis i erioed.

Yn y diwedd, cariad pellter oedd ein cariad ni. Fedren ni ddim byw hefo'n gilydd, ond fedren ni ddim chwaith fyw heb ein gilydd. Ar wahân mi roedden ni'n anwahanadwy. Ar ôl dy farwolaeth di y sylweddolis i faint yr 'anwahanadwy' hwnnw.

Fel'na mae hi bob tro – rhyw 'wedyn' i'n plagio ni. Gormes anniffoddadwy 'wedyn'.

Ydw i wedi deud y gwir am unwaith, hogan?

Gyda'r cariad nad oeddwn i erioed ynghynt wedi dirnad na'i led o na'i ddyfnder o.

Tom

Daeth i lawr o'r ddarllenfa. Gosododd ei lythyr ar yr arch. Dychwelodd i'w sedd.

Cododd Nerys ac aeth i ben yr arch a'i chyffwrdd. Cadwodd ei llaw yn y fan honno, a dweud:

Tydw i ddim yn fardd, Leri, ond dwi isio deud rwbath sy'n teimlo fel barddoniaeth.

Diolch am roi'r lle a'r amser a'r amynedd i mi ddod o hyd i Nerys, damaid wrth damaid poenus. Diolch am drefnu nyth fel y medrwn i'n raddol bach ddeor fy hun o'i fewn. Diolch am y meddalwch a'r tynerwch y medrwn i orffwys fy mhengaledwch aml arno. Diolch am ddiogelu cyfrinachau – y rhan helaethaf ohonyn nhw'n ddiogel ynddoch chi o hyd.

Yn ddiweddar, mi rydw i wedi dysgu llawer am gerddoriaeth oddi wrth fy ffrind, Eira. Bellach, Leri, tydw i ddim yn meddwl fod neb yn marw, dim ond newid cyweirnod. Cyweirnod nad ydym ni, hyd eto, wedi medru darganfod na'r dull na'r modd o'i glywed o.

Mi wn, Leri, fod eich miwsig chi a miwsig y meirwon i gyd yma hyd yr aer. Yma ac ym mhobman. A bod yna gyflawnder yn y miwsig hwnnw nad oedd yn bosibl yn nyddiau trafferthus eu bywydau.

Oedd hi wedi trefnu'r peth ai peidio, ni wyddai neb yn yr

eglwys, ond dechreuodd Eira chwythu'n ysgafn i'r baswn a llanwyd y lle â melodi.

Daeth y felodi i ben a chymerodd y distawrwydd ei lle, fel petai'r distawrwydd yn rhan annatod o'r felodi.

Buan iawn y daeth Casi ati ei hun, er iddi gael ei swyno am ychydig bach gan ddigwyddiadau'r angladd. 'Didn't miss a thing,' sibrydodd wrth ei gŵr.

'Didn't think I did,' sibrydodd ef yn ôl. 'Who's that chap over there? The one with the velvet collar on his coat. Second pew on the left.'

'Douglas-Richards,' ebe Casi mewn islais. 'Hyphenated. Her solicitor.'

'Thought so,' meddai Reggie.

Rywfodd deallodd Casi feddyliau Reggie Hindley.

Yr oedd Reggie wedi meddwl dweud rhywbeth wrth Casi am y noson honno yn Aston Place, y noson y bu farw Leri o'r strôc. Ond penderfynodd beidio. Penderfynodd yn hytrach aros yn y storm, pe deuai un, yn hytrach na cheisio ymochel yn nhwlc 'esboniadau' na fyddai Casi'n credu'r un ohonynt p'run bynnag. Hyd yn hyn, nid oedd y storm wedi digwydd. Dim byd ond barrug ac awel oer, fain rhyngddynt. Rywsut teimlai Reggie bellach nad oedd storm am ddod ychwaith. Canmolodd ei hun oherwydd ei adnabyddiaeth drylwyr o'i wraig. Mentrodd osod cledr ei law ar gefn llaw Casi – nid dal dwylo fel y cyfryw, ond cyffwrdd dwylo. Rhyw fentro i weld beth ddigwyddai wedyn. Caniataodd Casi i hynny ddigwydd. Na, meddai Reggie wrtho'i hun, ni ddaw storm bellach. Roedd y mellt yn diffodd mewn rhyw fancw arall.

Yn y fynwent, pan ddaeth hi'n amser iddo enwi Leri yng ngweddi'r claddu daeth crac egwan i lais Ieuan Humphreys: crac trwch edau. Go brin fod neb wedi sylwi ond Eira.

'Pam fod Yncl Tom wedi lluchio rhosyn i'r twll?' ebe Beca dros bob man.

'Am ei fod o'n caru Anti Leri,' sibrydodd Nerys.

'Gawn ni luchio rwbath hefyd?' holodd Cai.

Clywodd Tom Rhydderch, a'u herchi i ddod ato. Rhoddodd rosyn yr un iddynt. Taflodd Cai ei un ef ar ei union heb sbio i'r bedd. Camodd Beca fymryn yn ei blaen, edrych ar yr arch yn y gwaelodion, wedyn ar Tom.

'Ga i gadw fo?' meddai gan gipio'r rhosyn y tu ôl i'w chefn.

'Wrth gwrs y cei di,' atebodd Tom a lledodd gwên ar draws ei wyneb. 'Diolch i ti, Nerys, am be ddudas ti. Ond yn benna am ddŵad â nhw eu dau fach.'

'Ddowch chi 'nôl i'r Dewi Sant hefo ni, Tom?' holodd Nerys.

'Dwi am aros am dipyn. A hwyrach yr af i i lawr i'r traeth wedyn.'

'Deall yn iawn,' ebe Nerys.

'Ddaeth Reggie a Casi ddim i'r fynwent?' meddai Tom.

'Naddo,' ebe Nerys.

Daeth Ieuan Humphreys atynt. 'Ti'n edrach y "part",' meddai Tom wrtho. Cydiodd Tom yn Ieuan a'i dynnu o'r neilltu. 'Dwi 'di aros am y cyfla ers hydion i fedru rhoid un o'r rhein i ti.' Rhoddodd amlen i Ieuan. 'Ond fawr feddwl mai heddiw roddai'r cyfle hwnnw i mi.'

'Fedra i ddim,' ebe Ieuan.

'Medri!' meddai Tom. 'Gin i mae o. Tro 'ma.'

Edrychodd y ddau yr un pryd â'i gilydd i gyfeiriad y bedd agored.

Wedi i bawb adael a Tom yno'n unig ar lan y bedd, canfu ei hun yn edrych yn ôl a blaen o garreg fedd Rhiannon Owen, ei gyn-gariad, i fedd ei wraig – fel petai'n methu'n lân â phenderfynu ar ba un i sefydlu ei fryd. Clywodd lais Leri: 'Deud y gwir, Tom.'

'Tom,' meddai llais o'i ôl.

Trodd yntau. Yno roedd Roger Jenkins. Rhosyn yn ei law. Tynnodd Tom ef ato, a'i wthio'n dyner at y bedd. Taflodd Roger y rhosyn ar yr arch.

'Mi fedrat ...' dechreuodd Tom cyn ymatal.

'Dwi wedi meddwl hynny droeon,' ebe Roger.

Ysgydwodd y ddau law. Aeth Roger Jenkins oddi yno.

Dechreuodd smwcan bwrw – fel y dylai, wrth gwrs, ar ddiwrnod angladd. Edrychodd Tom ar y pridd. 'Clai,' meddai wrtho'i hun. Gwyddai ei ystyr erioed. Y funud hon, teimlodd ei hanfod.

Gan ysgwyd o ochr i ochr yn y pellter ar hyd y llwybr, ei sŵn yn cynyddu wrth iddo ddynesu, gwelodd Tom Rhydderch y JCB bychan, melyn. Am eiliad front o gofio bryntach, meddyliodd mai cert golff ydoedd. A'i law'n chwifio arno.

'Amsar i mi fynd, Leri,' meddai. 'Amsar i mi fynd.'

* * *

Oherwydd iddynt benderfynu peidio â mynd i'r fynwent, cyrhaeddodd Reggie a Casi'r Dewi Sant cyn pawb arall.

Yno, o'u blaenau ar y byrddau yr oedd plateidiau o frechdanau, coesau cywion ieir, *vol-au-vents*, sawl math o *quiche*, cawsiau, cacennau. Daeth morwyn i mewn a thynnu'r cling-ffilm oddi ar y platiau. 'Helpwch eich hunan,' meddai wrth fynd allan.

Edrychodd Casi a Reggie ar ei gilydd. Yr oedd Casi'n benderfynol nad hi fyddai'r gyntaf i droi ei golygon o'r neilltu. Yr euog yn unig sy'n gwneud hynny. Yr oedd Reggie yr un mor benderfynol. Gan ddal i edrych arni, rhedodd ei ddwy law ar hyd ei hysgwyddau ac i lawr ei breichiau.

'Black so suits you,' meddai wrthi.

'You've already said that once. You're good at repeating yourself, Reggie. But I'm not grieving.'

'No, I suppose you're not. Can I offer you a plate of something?'

'Should we not wait?'

Ar hynny llamodd Beca a Cai i mewn. 'O'ch chi'n iawn, Mam,' ebe Beca. 'Ma' Ffeifyrs a Casi yma. Sut oeddach chi'n gwbod?'

'Mae eich mam yn gwbod pob dim,' meddai Twm Owen, yn dod i'r golwg rownd ymyl y drws.

Dilynwyd ef gan Nerys, Ieuan Humphreys – roedd yn well gan Eira fynd adref – John Sutherland a'r rhan fwyaf o'r bobl oedd wedi mynychu'r gwasanaeth.

'Come here,' ebe Reggie wrth ei ŵyr a'i wyres. Plygodd i lawr. Edrychodd Beca ar Cai a gwenu. (Nid oedd y tric a oedd ar fin cael ei gyflawni byth yn colli ei rin iddynt.) Rhoddodd Reggie ei ddwylo'r tu ôl i un o glustiau'r ddau a dwyn i'r amlwg bapur pumpunt yr un a'u chwifio o flaen eu llygaid llawn syfrdan.

'Sut dach chi'n gneud hyn'na?' meddai Beca wrtho.

'What's that in English?' ebe Reggie'n cogio dwyn yr arian yn ôl.

'Don'no,' meddai Cai.

'Tell your mum to teach you some English.'

'Good god, Dad,' ebe Nerys, 'You don't have to teach English in Wales. It's Welsh that you have to teach here.'

Cododd Reggie i weld Casi'n dal dau blât o'i flaen. Cymerodd Reggie un. Ond daliodd Casi ei gafael arno. Edrychodd ar Reggie. A Reggie arni hithau. Rhyddhaodd y plât o'i gafael yn y man. Gwenodd Reggie'n gariadus arni.

'Rhowch sws i Casi,' ebe Nerys, oedd wedi bod yn dyst i beth bynnag a ddigwyddodd rŵan rhwng ei thad a'i wraig.

'You were good, darling. Very good,' meddai Reggie, yn tynnu

Nerys o'r naill du. 'Didn't understand, mind. But I felt it all. I was moved. Moved I was.'

Nid ymatebodd Nerys.

Cyffyrddodd Reggie flaen ei fys ar ei gên. 'Caroline,' meddai, 'can I ask you something? At times like these, odd questions don't seem so out of place as they would be were circumstances different.'

'What is it, Dad?' ebe Nerys.

'All those years ago, when you went on your little jaunt, did you once see me through a car window in Liverpool's Kensington?'

Edrychodd Nerys arno. Gwyddai er pan oedd yn hogan fach i beidio byth â thynnu ei llygaid oddi ar ei thad.

'No,' meddai, 'I don't think so. I don't think I ever was in Kensington at that time.'

'Where were you?' ebe Reggie.

'It must remain a secret, mustn't it?'

'What must?' holodd Reggie.

'Your grief today, your grief for Leri.'

'It must,' ebe Reggie. 'It must.'

Cyffyrddodd Nerys ym mraich ei thad a'i adael.

Gwyddwn yn iawn fod Nerys wedi ngweld i'n gynharach. Meddyliais ei bod yn bwysig iawn i minnau dalu'r 'gymwynas olaf', ys dywedir, i Leri Rhydderch. A gan fod digon o Gymreictod henffasiwn ar ôl ynof, penderfynais fynd i'r te. (Wrth i'r weinyddes dynnu'r cling-ffilm oddi ar y platiau gynnau, meddyliais am y gair 'ectoplasm'.) Rŵan, daethom wyneb yn wyneb â'n gilydd: Nerys a fi. Daeth yn nes ataf fel nad oedd ond trwch papur rhyngom.

'Diolch i chi am beidio â dweud pob dim,' ebe hi. 'Dwi'n

cymryd eich bod chi'n gwybod y gwir i gyd?' Nid atebais mohoni. Aeth hithau oddi wrthyf. ('Y gwir i gyd!' meddwn wrthyf fy hun, rywle rhwng dychryn a'r awydd i chwerthin yn afreolus. Y gwir i gyd! Pwy – neu be! – mewn difri calon, oedd hi'n ei feddwl oeddwn i?) Bwyteais frechdan *corned beef* a phicl cyn troi am 'adra'.

'Tell me his name again,' ebe Reggie wrth Casi, am y dyn a oedd ar ei ben ei hun yn dewis brechdanau.

'Douglas-Richards,' meddai Casi.

'Hold my plate for a mo,' ebe yntau.

Llywiodd Reggie Hindley ei hun yn wengar drwy'r fintai i gyfeiriad Jonathan Douglas-Richards.

'Mr Douglas-Richards,' meddai Reggie wrtho.

'Yes. And ...'

'Hindley. Reginald Hindley.'

'Glad ...'

'Let me come straight to the point, Mr Douglas-Richards. It's about Mrs Rydack's will.'

'Are you a relative by any chance?' gwenodd Jonathan Douglas-Richards arno.

'Yes, of sorts. Am I to assume that she died intestate? The death being so sudden and all that.'

Edrychodd Douglas-Richards arno, a rhedeg ei ddannedd fymryn ar hyd ei wefus isaf.

'You hesitate,' ebe Reggie, 'so my assumption may be right. But I don't expect you to tell me anything. It's about the house. That's all. Nothing more. I'd like to make an offer.'

'Why don't you come to see me tomorrow morning?'

'Certainly,' meddai Reggie, 'about ten?'

'Half past?'

'That'll be tops. Those are rather nice by the way,' ebe Reggie'n dangos y brechdanau cig cimwch iddo.

'What was that about?' meddai Casi wrtho ar ei ddychweliad.

'I think you've guessed,' ebe ef. 'Now! You'd live there, wouldn't you?'

'Maybe,' meddai hithau. 'Where's Tom Rhydderch?'

* * *

Ar y traeth gwelodd Tom Rhydderch y delysg a'r gwymon fel llanast iaith – rhywbeth annealladwy. Gwelodd enw yr oedd rhywun wedi ei dorri ar y tywod, a chadach llawr llwyd, diwedd ton yn ei ddileu. Clywodd leisiau. Clywodd John Gwilym Jones: 'Ti'n cofio ti'n dŵad, boi bach, ata i ar bnawniau Sul i wneud croesair y *Times* ac i gael te. Paid â phoeni, does 'na neb yn 'yn narllan inna mwyach chwaith.' Clywodd Kate Roberts: '"Brenhines" – fel tawn i wedi cymeradwyo'r enw hwnnw erioed! – wedi ei hanfon i eistedd ar hen stôl fuddai ydw i erbyn hyn. Er, cofia, na ŵyr neb bellach be ydy "buddai".'

Gwyddai'r foment honno fod rhywbeth anadferadwy wedi ei golli o'i Gymru ef. A rhywbeth fel rhith, nad oedd mor ddilys â'r rhith y cuddiai Gwydion a Lleu o'i fewn, yn enhuddo'r wlad i gyd gan hudo gormod o lawer i feddwl fod pethau'n rheitiach, a gwell, a mwy gobeithiol nag a fuont erioed o'r blaen. A'r Gymraes fach yn llaw ei mam o Saesnes wedi ei distewi am byth gan *lucky bag* yn llawn o geriach melys: y fam yn gwenu gwên lydan o San Steffan i Fae Caerdydd.

Gwyddai'r foment honno y gwahaniaeth dirdynnol rhwng 'newid' a 'dirywiad', a methiant torcalonnus y mwyafrif i fedru adnabod y gwahaniaeth.

Daeth iddo'r sylweddoliad arswydus fod rhywbeth yr oedd ef wedi ei fyw – ac yn ei fyw o hyd – yr un pryd yn ei enaid ef yn atgof o bethau nad oeddynt bellach yn bod. Cenedl yn atlas ei hiraeth oedd ei Gymru ef.

Meddyliai Tom Rhydderch am ei ddyddiau cynnar, pryd yr oedd y Saesneg fel mymryn bach o inc yn cael ei dywallt yn raddol i ddŵr ei Gymreictod – yr oedd, wrth gwrs, fwy ohono nag a gofiai, neu a sylweddolai, bryd hynny hyd yn oed – ac fel yr âi'r blynyddoedd heibio cynyddai'r llif nes staenio'r cwbl erbyn heddiw; ac nad oedd y broses o chwith yn gweithio o gwbl, sef tywallt dŵr i'r inc: nid oedd hynny'n medru newid lliw ei wlad.

Edrychodd o'i flaen ar dro anferthol Bae Ceredigion, a heibio iddo i'r tir. Gwelodd Gymru ysgafn. Gwelodd Gymru fas. Gwelodd Gymru yr oedd y gair 'cenedl' yn ormod o air i'w disgrifio.

Yr oedd rhywbeth ynddo a soniai am ennill yr holl fyd a cholli ei enaid ei hun yn y fargen.

Clywodd rhywun yn gweiddi o'i ôl: 'Tom! Tom!'

Sylweddolodd fod y llanw wedi amgylchynu ei draed a'u bod yn socian, hyd at odre ei drowsus. Gwelodd fod y môr yn llechwraidd wedi dod rhyngddo a'r lan.

Rhedai Reggie Hindley drwy'r dŵr ato. A Nerys ar y traeth yn gweiddi ei enw nerth ei phen.

'Let me take you home,' meddai Reggie gan afael mewn hen ddyn.

'Lle yn y byd mae fan'no?' ebe Tom Rhydderch.

Un Min Nos

Gwyddai Tom Rhydderch na fyddai Ieuan Humphreys adref yn nhŷ ei chwaer pan alwodd. Felly Eira Humphreys atebodd ei gnoc.

'Tydy Ieuan ddim yma, Mr Rhydderch,' ebe Eira.

'Dwi'n gwbod.'

'O! Felly, pwy oedd ganddoch chi eisiau ei weld? Fedra i ddim credu mai dŵad yma i ngweld i rydach chi.'

'Ia,' atebodd Tom hi. 'Gaethwn i ddŵad i mewn?'

Edrychodd Eira Humphreys arno.

'Cewch,' ebe hi.

Eisteddodd Eira yn ei chadair.

Parhaodd Tom i sefyll.

Amneidiodd Eira arno yntau hefyd i eistedd.

Eisteddodd.

'Be oedd ganddoch chi mewn golwg, Mr Rhydderch?'

'Wn i ddim,' meddai.

'Wel, os na wyddoch chi, wn inna ddim chwaith.'

'Fuo pethau erioed yn gynnes rhyngddon ni.'

'Efallai fod hynny'n wir.'

Edrychodd Tom Rhydderch yn daer arni.

Lleithiodd ei lygaid.

Ymhen peth amser, meddai wrthi: '"A byddai esmwythdra i Saul".'

Deallodd Eira Humphreys ef i'r dim. Cododd ac aeth o'r ystafell ac i fyny'r grisiau.

Yn ei habsenoldeb gwelodd Tom ystafell dlodaidd.

Dychwelodd Eira hefo'i baswn ac eistedd.

'Vivaldi,' meddai wrtho.

Dechreuodd chwarae.

Ni wyddai Tom Rhydderch o'r blaen y medrai ei ddwy lygaid ddal cymaint o ddagrau.

Dagrau distaw fel distawrwydd ei flynyddoedd o'i ôl bellach.

Yn y man daeth Eira Humphreys â'r gerddoriaeth i ben.

Cododd Tom Rhydderch.

Aeth i gyfeiriad y drws allan.

'Ieuan wedi mynd eisoes, ydy o?' ebe Tom.

'Ydy,' meddai Eira.

'Dach chi ddim wedi mynd?'

'Pam fyddwn i, Mr Rhydderch?'

'Diolch,' ebe Tom ar y trothwy a'i gefn ati.

Caeodd hithau'r drws ar ei ôl.

* * *

Eisteddai Casi Hindley ar ben y grisiau, ei dwy ben-glin wedi eu tynnu at ei gên.

Clywodd leisiau llawn afiaith yn ei chyrraedd o bellter y lolfa, y tŷ yn gynnes drwyddo.

Edrychodd dros ben y Brancusi i gyfeiriad y drws ffrynt, yn disgwyl amdano.

'Not here yet?' clywodd ei gŵr yn gweiddi o'r gwaelodion.

'Not yet,' atebodd hithau.

A chanodd y gloch.

Cymerodd Casi ei hamser i fynd i lawr y grisiau hir, llydan: ei braich yn estynedig, a blaenau ei bysedd yn braidd gyffwrdd – yr holl ffordd i lawr – y canllaw cadarn, derw. Y fodrwy ar ei bys yn eiliadu goleuni.

Edrychodd arni ei hun yn y drych. Twtiodd fymryn ar ei gwallt.

Agorodd y drws.

'Tom!' meddai. 'Croeso i Clyd.'

Rhoddodd yntau gusan ar ei dwy foch.

Arweiniodd ef i'r lolfa, hi fymryn ar y blaen.

Ger y drws, cyffyrddodd â'i benelin a'i wthio'n dyner am i mewn.

Yno roedd pawb: Nerys a Twm Owen, Cai a Beca, Ieuan Humphreys, a dau arall nad adwaenai Tom hwy.

A'i fraich yn hongian yn llac ar y silff-ben-tân, gwydriad mawr o wisgi yn ei law, yr oedd Reggie Hindley.

Aeth Casi heibio Tom ac at ei gŵr.

Edrychasant i gyd i'w gyfeiriad. Ar ei ben ei hun yno ar y rhiniog.

Dirnadodd Tom nad oedd geiriau ar ôl ynddo.

'Come on in, Tom,' ebe Reggie. 'Come on right in.'

336